FRAICHE

COMME UNE ROSE

CALMANN LÉVY, ÉDITEUR

DU MÊME AUTEUR

Format grand in-18 jésus.

ADIEU, LES AMOUREUX!.... .... 1 vol.

IMPRIMERIE GÉNÉRALE DE CHATILLON-SUR-SEINE. — JEANNE ROBERT

FRAICHE
COMME UNE ROSE

PAR

RHODA BROUGHTON

TRADUCTION DE

Mᵐᵉ C. DU PARQUET

PARIS

CALMANN LÉVY, ÉDITEUR

ANCIENNE MAISON MICHEL LÉVY FRÈRES

RUE AUBER, 3, ET BOULEVARD DES ITALIENS, 15

A LA LIBRAIRIE NOUVELLE

—

1880

FRAICHE COMME UNE ROSE

I

Avez-vous jamais été dans le pays de Galles ? J'adresse
cette question directe à tout membre de la société qui aurait le bon esprit de s'asseoir tranquillement pour lire cette
histoire d'amour, histoire aussi véridique que celle
d'Héloïse et d'Abélard, ces amants coupables, aussi touchante, j'ose le dire, que celle de ces innocents amants,
Paul et Virginie. Je présume que le nombre de ces lecteurs
sera malheureusement assez restreint, malgré la bonne opinion que j'ai de mon talent de narrateur ; mais le jugement
que le ciel m'a octroyé me permet de ne conserver aucune
illusion à cet égard et de ne pas aspirer, pour une œuvre
d'imagination, à la grande popularité d'un *Guide* ou d'un
Paroissien. Je me contenterai donc de quelques auditeurs
bienveillants qui daigneront s'intéresser à une modeste pas-
torale.

1

Je reprends : Avez-vous jamais été dans le pays de Galles ?
Non, à moins que ce ne soit pour traverser cette région
sauvage en vous rendant vers la terre verdoyante, malpropre et charmante où fleurissent *Pat* et son rude accent, les
pommes de terre et l'émigration, l'*Irlande*, autrement dit.
Supposé même que vous ayez traversé à toute vitesse une
partie du pays de Galles, durant cette course rapide vos
yeux, votre nez, vos oreilles étaient si bien remplis
de poussière que, tout en clignant les paupières et en
ne goûtant que le seul plaisir d'aller vite, vous aurez été
incapable ou de voir les beautés de la nature, ou d'ouïr
des sons agréables, ou de sentir des odeurs délicieuses.
Enfin, je mets en fait que vous n'avez jamais habité la
terre des antiques Cimbres ou Kymris, et que vous n'avez
pas eu occasion de remarquer ce que peut boire un Kymri
mâle un jour de marché ou de constater par vous-même
qu'à l'âge de trente ans une Kymri femelle ressemble à une
vieille sorcière. Ce n'est pas votre propre expérience qui
vous fera répéter ce dicton sévère :

> *Taffy était Gallois,*
> *Donc Taffy était voleur.*

Moi, j'ai vécu dans le pays de Galles et j'en puis parler
savamment. Eh bien, je ne crois pas *Taffy* plus porté à enfreindre le dixième commandement que la canaille de tout
autre pays. Ce n'est pas que notre Taffy, notre paysan gallois, soit un être bien brillant. Son grand bonheur est de
se sentir ivre à moitié ou d'aller hurler des psaumes dans
son conventicule, ce réceptacle de schismes. Il vous débi-
tera aussi une foule de gros mensonges, dépourvus de ce
sel piquant qui assaisonne les mensonges de *Pat*, son voisin ; mais, du moins, il est respectueux et assez inoffensif.

J'affirmerais même qu'il lui arrive plus rarement encore qu'à ce même voisin de battre sa femme ou de convoiter les cuillers du prochain.

Mais pourquoi m'égaré-je à vous décrire les mœurs de ces indigènes? Les personnages que je veux vous faire connaître, aimer ou haïr peut-être, vivent au milieu d'eux, mais ils n'ont rien de commun avec les *Taffys*. Ils ont seulement planté leur tente dans ces localités. Vous ne trouverez en eux rien d'extraordinaire ; leurs actions sont simples ; quand elles sont blâmables, ils n'en sont pas toujours punis sur l'heure en ce monde, et nous ignorons s'ils seront, dans l'autre, flagellés par de cruelles Tysiphones. Ce récit ne sera ni une œuvre démoniaque ni une vie des saints, ni un roman moral, ni un roman dans le genre de *la Dame aux Camélias*. J'en avertis d'avance les lecteurs qui ne goûtent que ces sortes d'ouvrages, et, dès à présent, ils sont maîtres de jeter le volume au feu, à moins toutefois qu'il n'appartienne à un cabinet de lecture.

Il y avait une fois... J'aime ce début d'une forme antique et vénérable ; il vous laisse parfaitement libre de donner carrière à votre imagination ; il ne vous force à indiquer aucun règne, il ne vous astreint à aucune époque. Donc, il y avait une fois une vallée dans le pays de Galles — elle y est probablement encore, à moins que quelque récente convulsion du globe ne l'ait transportée sur le sommet des montagnes ou submergée dans les profondeurs de l'Océan. C'était une vallée plus délicieuse que celle de l'Ida où le volage Pâris menait paître ses brebis et ses chèvres noires et débutait dans la carrière de la galanterie ; il est vrai que l'on n'y rencontrait pas des bergers séduisants comme le beau Pâris, mais bien un ou deux gentilshommes du pays, à cheveux roux, toujours légitimement mariés à une Gal-

loise également rousse, et qui, de leur vie, n'auraient fait
la cour à la moindre bergère. Elles sont rares, en cette
vallée, les bergères semblables aux Amaryllis ou aux Nérées,
d'autant plus rares que les petits moutons vifs et maigres,
qui parsèment les flancs des collines, y vivent en liberté
comme sur une terre primitive, sans être guidés ou sur-
veillés par les filles des Kymris.

Cette vallée n'est point sauvage, pourtant. On y voit des
habitations de gentilshommes et de paysans, et la race
cambrienne s'y perpétue d'une manière rassurante. Les
maisons y sont tantôt grandes, tantôt petites, tantôt neu-
ves, tantôt vieilles; elles ont des façades soit rouges,
soit blanches, le plus souvent d'un gris sale, mais celle
qui attire notre attention est une des plus modestes et des
plus anciennes. Située à mi-côte, elle voit en face d'elle des
collines assez hautes qui, du fond de la vallée, s'élèvent en
pentes douces vers l'horizon, pour s'abaisser ensuite, par
des plans successifs, jusqu'à la mer éloignée de vingt milles.
La petite maison, assez riante, a une façade noire et blanche, formée par des poutres enchevêtrées, et son potager,
à murs bas, s'étend par derrière sur le penchant de la colline. Elle a vu passer bien des générations et elle porte le
nom barbare de Glan-yr-Afon.

. . . .

« Jack et moi, nous avons rentré nos derniers foins
aujourd'hui, sans une goutte de pluie. C'est la première
bonne chance que nous ayons eue depuis longtemps.
Si nous possédions le moindre morceau de terre, nous de-
vrions en sacrifier un petit coin pour *la part du Diable*,
mais nous n'avons pas, à nous, de quoi faire seulement
pâturer une oie. Il m'est arrivé aujourd'hui une singulière aventure. Robert Brandon m'a demandée en ma-

riage ; c'est la première fois, et cependant, j'ai eu dix-sept ans le mois dernier. Je voudrais bien que ce fût la dernière fois, tant c'est désagréable. J'ai dit *oui*, une espèce de *oui* après une demi-douzaine de *non ;* pourquoi ai-je dit *oui ?* Je ne le comprends pas, car je n'en avais guère envie. Est-ce parce que je me sentais assez flattée que l'on pût désirer ma compagnie pour toute la vie ? » .

Le nom inscrit sur la première page de ce journal est celui d'Esther Craven, de Glan-yr-Afon. La date, 10 juillet 186*. Le mois de juillet est assez ordinairement pluvieux, mais, cette année, durant ses trente et un jours, le ciel a été de cuivre ardent, tel qu'il parut au prophète Élisée sur le mont Carmel. Les derniers foins du jeune Craven sont bien rentrés, ainsi que le constate le journal de sa sœur. Dans la matinée de ce même jour, les prairies du haut des collines étaient encore couvertes de petits tas de foin : ce soir, elles sont unies comme les plaines de Salisbury. Tout le long du jour, les chariots ont monté et ont descendu, en grinçant et en chancelant, l'espace rocailleux qui sépare le champ du grenier à foin. Tout le long du jour Évan, Hugh, Ruppert, le gilet entr'ouvert et les bras nus, aidés par [des matrones cambriennes portant des chapeaux au sommet de leur tête et les mains armées de fourche, ont entassé dans les chariots les foins desséchés et d'*agréable odeur*, comme la mémoire de l'homme de bien, et en telle quantité qu'il n'apparaît plus que les oreilles, le nez et les jambes de devant du cheval qui les traîne. Tout le long du jour, Esther est restée assise contre une meule, et, ainsi que Salomon nous peint la femme forte, « surveillant les travaux domestiques ». Le foin se moule comme un souple fauteuil autour de son corps jeune et mince et de grandes araignées à longues pattes se promènent à leur aise sur son dos ou explorent la forêt vierge de ses épais cheveux bruns. On lui a apporté son goûter, du pain et du lait dans un bol de porcelaine, mais elle trouve bien insociable et assez ennuyeux de manger toute seule. Selon elle, on ressemble à un pauvre chien qui s'en va, dans un coin, la queue basse, ronger un os ou lapper sa soupe. Les faneurs sont bien plus heureux, car ils sont là, ensemble, étendus à l'ombre des haies de noisetiers, déployant de grands mouchoirs à pois bleus et blancs, d'où ils sortent d'épaisses tranches de lard gras, enfonçant leurs couteaux dans la terre pour les nettoyer après le repas, et causant entre eux dans cet idiome gaélique qui, pour les ignorants, a toujours un accent querelleur ou interrogatif.

Pourquoi Esther se sent-elle si seule? C'est que Jack est absent pour la journée, et que, quand il n'est pas là, tout a l'air abandonné. Certes, ce n'est pas un refrain mélodieux celui que l'on entend résonner tantôt dans la cour de la ferme, tantôt dans l'enclos, mais, sifflé ou chanté gaiement par Jack : « Rendez-moi mon léger bateau, » on aime à l'entendre, car il annonce sa présence. Même quand Jack parle à ses ouvriers, dans l'idiome des Kymris, où quatre consonnes se suivent sans une voyelle, il semble que sa voix jeune et fraîche ôte à ce rude langage sa tristesse et son âpreté.

« Le village semble endormi quand Lubin est parti, » dit la chanson. Esther, bien qu'elle soit entrée dans sa dix-huitième année, — ce qui, au siècle dernier, eût passé pour un âge presque mûr, car les Chloés et les Philis d'alors n'avaient jamais plus de quinze ans, — Esther n'a pas d'autre Lubin que son frère.

II

Durant cette journée laborieuse, on a pu voir souvent Gwen, la cuisinière, et Sarah, la brave servante, en robes lilas et en tabliers blancs, gravir péniblement la colline pour porter de la bière aux faneurs dans tous les pots de grès, de verre ou d'étain que Glan-yr-Afon a pu fournir. Peu à peu, ces enfants de la nature deviennent un peu vacillants sur leurs jambes, et lorsqu'ils amènent le chariot à la dernière meule sur laquelle trône leur jeune maîtresse, je ne répondrais pas qu'il ne s'offrît à leurs yeux deux meules et deux Esthers. Celle-ci, bien qu'accoutumée depuis longtemps à ce qui est la condition normale d'un bon Gallois, se lève précipitamment à leur vue et descend, en courant avec légèreté, le sentier de la colline, malgré ses gros souliers de campagne qui défient les pierres roulant sur ce sol calcaire.

Sarah l'arrête au passage et l'avertit que *M. Brandon* l'attend depuis longtemps dans le salon. Au bout d'une demi-heure de conversation, ils y sont encore en tête-à-tête. Il est sept heures, l'heure du dîner des Craven. Voulez-vous savoir ce que M. Brandon a de si long à dire, et si cela vaut la peine de retarder le dîner de miss Craven?

Nous sommes dans une petite pièce située au couchant, éclairée par les derniers rayons du soleil et embaumée par l'odeur des roses thé qui grimpent à l'extérieur. Sur le mur de la chambre s'étend un papier à fond clair, parsemé de petits bouquets de fleurs; aux fenêtres sont des rideaux de mousseline blanche; tout cet ensemble a un aspect propre et frais comme celui d'une maison où il n'y a pas d'enfants pour chiffonner les housses et déranger les meubles.

Dans un coin de ce petit salon, nous voyons une jeune personne, la rougeur au visage. Elle paraît s'y être retranchée à cause d'un jeune homme, qui est là debout et encore plus rouge qu'elle. Au premier abord, vous donneriez à ce jeune homme au moins six pieds de taille, mais placez-le le dos au mur, la tête droite, les talons rapprochés, et vous trouverez que s'il n'a pas six pieds il a encore dix centimètres de trop pour un homme qui veut faire son chemin dans le monde et trouver des chevaux capables de le porter. Ses habits sont un peu usés et il ne paraît pas riche, mais, depuis la pointe des cheveux jusqu'à celle de ses gros souliers, c'est un *gentleman*, sans être un grand seigneur. Ses traits sont ceux d'Apollon ou d'Apollyon, autant que vous en pouvez juger au milieu de cette forêt de cheveux blonds; mais les larmes semblent bien près de ses yeux, purs comme ceux d'un enfant de trois ans et bleus comme le ciel entre des nuées d'orage.

— Est-ce que vous ne croyez pas que nous ferions mieux de rester comme nous sommes? lui demande timidement la jeune fille.

— Je n'en sais rien quant à vous, répondit-il tristement; mais, pour moi, je sais que j'ai perdu quinze livres depuis l'année dernière.

Esther se met à rire :

— Il vous en reste encore assez, dit-elle en regardant avec malice la large carrure du jeune amoureux.

Ceci vous explique pourquoi le rôti de mouton est à demi brûlé. Le jeune homme est venu lui offrir son cœur et sa main ; il lui a proposé de mettre en commun les trois mille francs de sa paye (la solde exorbitante d'un lieutenant d'infanterie), sa vieille montre de chasse, son beau chien d'arrêt et elle a refusé toutes ces offres brillantes. Sur le cadran de la pendule dorée qui représente une Minerve, l'aiguille a marché de six heures trente minutes à sept heures cinq minutes, et, durant ces trente-cinq minutes, miss Craven a refusé trois fois le don de cette main. La première fois, très catégoriquement, assise dans le fauteuil de Jack où elle avait d'abord pris place ; la seconde fois avec la même décision, mais un peu moins nettement, assise sur le tabouret du piano ; et la troisième fois, émue et un peu hésitante, du coin où elle s'était réfugiée comme dans un retranchement derrière la table à écrire.

— Mais... mais..., dit-elle, essayant vainement de garder son sérieux, tandis que, sur ses lèvres rebelles, de légères contractions indiquent qu'une idée un peu risible lui traverse l'esprit ; mais c'est une proposition si étrange ! Je n'ai jamais été si surprise ! Quand Sarah m'a dit que vous étiez ici, j'ai pensé que vous veniez à propos de cet engrais. Pourquoi donc, jusqu'à présent, n'aviez-vous rien dit de votre intention ?

— N'en ai-je rien dit ? répond le géant, l'air consterné. J'ai fait plusieurs tentatives, mais je crois que vous ne m'avez pas compris, car vous vous mettiez à rire aussitôt.

— Je ris toujours quand on me fait des compliments, répond naïvement la jeune fille. Je ne sais pas comment les

1.

prendre. Je suppose que c'est parce que l'on m'en adresse si peu qu'ils me paraissent si *niais*.

— Je ne suis nullement surpris de ne pas vous plaire, reprend Brandon humblement. Je n'ai pas la prétention de plaire au premier moment. Je sais que je suis laid, gauche, que je n'ai pas l'esprit prompt...

— Vous *ne me déplaisez pas*, — dit Esther en l'interrompant généreusement, et comme touchée d'entendre son amoureux se déprécier lui-même. Pourquoi me déplairiez-vous? Vous n'êtes pas si mal ; je suis sûre aussi que vous avez un très bon caractère, ajouta-t-elle à ce mince éloge, par pure politesse.

— Je sais, dit Brandon, que le marché serait très inégal.

Le pauvre garçon, bien que trop humble pour s'en offenser, se sent quelque peu mortifié de la quantité et de la qualité des louanges qu'elle lui accorde.

— Je sais trop bien que vous valez beaucoup mieux que moi !...

Elle ne saurait le contredire, car ces paroles trouvent de l'écho en elle-même.

— Assurément, se dit-elle, je vaux mieux que lui et je pourrais bien m'en apercevoir plus tard.

— Voilà pourquoi, continue-t-il vivement, j'étais si pressé de parler. Je craignais, si je ne me hâtais, que vous ne me fussiez enlevée par d'autres.

Ils restent quelques minutes en silence. Esther a pris un essuie-plumes qui a la forme d'un petit plumeau et semble l'étudier attentivement. Elle se demande : Dois-je sauter par-dessus la table pour me sauver ? Non ! l'encrier pourrait se renverser et tacher le tapis. D'ailleurs, il reviendrait demain et me poursuivrait dans un autre coin. Pauvre garçon ! j'espère qu'il ne va pas pleurer et se jeter à mes pieds.

Brandon ne paraît pas devoir se porter aux extrémités que redoute Esther. Il se tient tranquille en mordant seulement sa moustache blonde et reprend enfin :

— Allons! je comprends que je ne dois pas vous tourmenter plus longtemps. Un homme devrait se contenter d'un seul *non*. Je vous ai donné la peine d'en dire trois.

— C'est bien désobligeant de ma part, reprend Esther en fronçant le sourcil d'un air un peu embarrassé; je déteste dire *non* à qui que ce soit, quoiqu'il ne me soit pas encore arrivé de le dire en pareille occasion, puisque personne ne m'a encore demandée... mais je n'y peux rien.

— Eh bien! laissons la chose en suspens; que ce soit une épreuve, dit-il en lui tendant la main par-dessus la table, non sans renverser l'encrier en route. Je ne menace pas de me tuer si vous me rejetez parce que je n'en ferai rien; d'abord, je trouve que c'est une lâcheté et ensuite ce serait abandonner ma mère et la réduire au désespoir ; mais vous savez ce que c'est pour un homme que de conserver l'espérance.

On entend dehors des sons qui se rapprochent. Quelqu'un, près de la maison, siffle : « Rendez-moi mon léger bateau. » Esther, tremblant de peur d'être surprise par Jack dans une position sentimentale, dont il la plaisanterait éternellement, répond en hâte : « C'est bien ! c'est bien ! j'y penserai. Auriez-vous la bonté de lâcher ma main ? » Il obéit à regret, et elle, pour que la chose ne se renouvelle pas, cache discrètement sa main dans la poche de sa robe. Le gai refrain ne s'entend plus que de loin. Apparemment que le chanteur est allé s'habiller pour dîner. Esther pousse un soupir de soulagement :

— Je pensais, dit-elle, que c'était quelqu'un.

— Et quand cela serait?

— Je ne pourrais supporter que l'on me trouvât blottie dans un coin comme un enfant à l'école et vous, comme la maîtresse d'école, là, devant moi, répond-elle en se laissant aller au rire facile et irrésistible de ses dix-sept ans.

Entièrement incapable de partager sa gaieté, il s'appuie au mur l'air très malheureux. Tous les chagrins ont un caractère respectable; seuls, les chagrins d'amour ont parfois quelque chose de risible.

— C'est vraiment absurde, reprend Esther dont la compassion est mêlée d'un peu d'impatience. Tâchez donc de n'y plus penser.

— C'est plus aisé à dire qu'à faire, répond-il tristement. Je pourrais aussi bien vous demander de cesser d'aimer Jack.

— Ce n'est pas la même chose, réplique-t-elle un peu froissée comme d'une espèce de sacrilège. Mon affection pour Jack est toute naturelle. Elle est fondée sur les habitudes de toute ma vie, sur des services sans nombre, sur des bontés incalculables. Quels services, moi, vous ai-je jamais rendus? J'ai cousu une fois un bouton à votre gant, et, une autre fois, j'ai attaché une rose à votre boutonnière, et c'est tout.

— J'ai conservé la rose.

— Peuh! fait-elle avec dédain, en détournant la tête.

Le bruit des plats et des assiettes se fait entendre à travers la porte. Esther se décourage. Va-t-il donc recommencer? Toujours, toujours, comme un orage dans la montagne?

— Peut-être craignez-vous de vous marier sans fortune? reprend Brandon après un instant de silence.

— Je crains de me marier n'importe comment, répond-elle. Pour moi le mariage est un dénouement, et je n'en suis encore qu'au commencement.

— Mais je ne vous presse pas, dit-il en balbutiant.

— Vraiment ? Vous aviez l'air si pressé tout à l'heure !

— Pour l'amour de Dieu, Esther, ne riez pas. C'est peut-être un jeu pour vous, mais pour moi c'est la mort.

— Je ne ris pas.

— Peut-être souffrirez-vous quelque jour ce que je souffre aujourd'hui.

— Peut-être, dit-elle d'un air de doute.

— Vous trouverez alors que ce n'est pas matière à plaisanter.

— Peut-être.

Le bruit qui se renouvelle des assiettes que l'on apporte sur un plateau avertit Brandon que le temps presse.

— Esther ! s'écrie-t-il avec cet accent pathétique si proche parent du ridicule, Esther ! donnez-moi un peu d'espoir !

— Que voulez-vous donc que je vous réponde ? dit-elle, le visage animé par l'impatience, les yeux brillants et en tapant du pied. — Je vous ai dit la vérité toute simple, et vous n'êtes pas content. Voulez-vous qu'à présent je mente pour vous faire plaisir ? Que je vous avoue un amour soudain ? Que je vous dise que vous seul pourriez faire mon bonheur ?

— Ne parlez pas ainsi, s'écrie-t-il un peu blessé de son ironie. Je connais mon peu de mérite et je vois avec douleur que je ne suis qu'un importun, mais d'autres avant moi ont souvent triomphé de plus grands obstacles. Pourquoi n'y parviendrais-je pas ? Laissez-moi cette chance.

Elle reste silencieuse.

— Dites que vous essayerez de m'aimer. Ce n'est pas mentir, cela.

— Mais si je n'y réussis pas ? dit Esther un peu

ébranlée, de fatigue d'abord et aussi de pitié, car une
femme ne peut s'empêcher d'éprouver quelque pitié pour
les souffrances qu'elle cause.

— Si vous ne parvenez pas à m'aimer, ne m'en dites rien ;
je m'en apercevrai bien moi-même et... je saurai le supporter, je crois.

Il achève sa phrase avec un profond soupir.

— Et, sans doute, vous vous consolerez en disant à tous
vos amis que je suis une coquette et que j'ai mal agi avec
vous ?

Apparemment qu'il ne croit pas ce propos digne de ré-
futation, car il se tait et elle ajoute :

— Si vous ne le dites pas, votre mère le dira.

— Non, certainement, réplique-t-il avec indignation.

— Vos sœurs, alors, le diront.

— Mes sœurs non plus, répond-il avec un peu moins
d'assurance.

— Et si... si... après très longtemps... je parviens à vous
aimer un peu... je ne veux pas dire que je le pourrai, au
contraire, je crois que ce n'est pas probable... mais, enfin,
si cela arrive, est-ce que vous vous attendez à ce que je vous
épouse ?

— Je m'y attends un peu, dit-il en souriant malgré
lui.

— Je veux dire d'ici à bien longtemps, jusqu'à ce que
Jack soit marié, quand je serai plus vieille, que j'aurai au
moins... vingt-cinq ans ?

— Ce sera quand vous le voudrez.

— Et si, selon toute apparence, je ne parviens pas à vous
aimer et que je me voie forcée de vous l'avouer, penserez-
vous mal de moi ?

— Non !

— Vous en êtes certain ?

— Très certain. Quoi que vous fassiez, je vous aimerai aujourd'hui, demain et toujours, dit le jeune homme avec solennité, et son regard se porte au-dessus d'elle, du côté de la fenêtre, vers le ciel bleu, comme s'il voulait le prendre à témoin de son serment.

Quant à elle, son âme prosaïque aspire au dîner, et c'est vers la pendule qu'elle porte ses regards, tandis qu'il a les yeux tournés. Il s'en aperçoit et lui dit avec un pénible sourire :

— Vous désirez que je m'en aille ?

— N... on.

— Je n'aurais pas dû venir à cette heure-ci. J'aurais mieux fait d'attendre jusqu'à demain.

— Il est un peu tard.

— Mais demain me paraissait si loin, que je voulais connaître tout de suite mon sort, en mal ou en bien, sans attendre un jour de plus. Est-ce *oui* ou *non*, Esther ?

— Ni l'un ni l'autre, mais plutôt *oui*, répond-elle dans l'espoir que son admirateur se décidera à partir, et ne songeant pas, avec la légèreté de la jeunesse, à quel prix elle achète ce départ : — Je vous suis très reconnaissante, je vous assure ; mais, en même temps, je désire que vous deveniez plus raisonnable, et, de mon côté, je vais tâcher de m'accoutumer à l'idée de vous épouser... Ne me regardez pas comme si vous en doutiez.

Il s'en va donc avec ce faible espoir, traverse le petit porche dont sa tête semble toucher le faîte, passe devant les étables et retourne chez lui par le bois, le chemin le plus long.

III

C'est l'heure où, du milieu des buissons, s'élève la voix
du rossignol; c'est l'heure où les serments d'amour semblent
plus doucement murmurés. C'est l'heure où *chanteclair* se
retire sur son perchoir dans le poulailler, baisse sa queue
orgueilleuse, met son bec dans sa poitrine et va sommeiller
entre ses deux grasses épouses. C'est l'heure où l'animal et
la sauvage humanité vont se coucher, tandis qu'à la même
heure l'humanité civilisée va dîner. Plus nous avançons
dans la civilisation, plus nous éprouvons le besoin de reculer les bornes du sommeil et de l'oubli.

La salle à manger de Glan-yr-Afon est, comme le reste
de la maison, petite et proprette. On n'y dînerait pas à
l'aise plus de douze, mais il arrive rarement que l'on y soit
plus de deux, et ces deux-là, étant jeunes et peu portés à la
gourmandise, passent peu de temps dans cette salle à
manger. Dans la jeunesse, ce n'est pas là notre temple,
ainsi qu'il arrive souvent plus tard. Dans la jeunesse,
l'âme est grande et le corps mince; plus tard, trop souvent,
le corps devient large et l'âme étroite. La plus grande des
fenêtres de cette pièce, qui s'ouvre sur un parterre riant et
fleuri, est tout encadrée par des guirlandes de convolvulus

aux larges cloches blanches. A la muraille sont accrochés
deux ou trois tableaux assez bons quoique enfumés et
couverts de poussière : c'est lord Strafford, sombre, hautain,
taciturne, dans une armure bronzée, regardant d'un air
menaçant le spectateur comme il devait regarder Pym et
Hollis ; c'est Érasme, au corps maigre, à l'air fin, coiffé d'un
petit bonnet noir ; c'est encore Marie Stuart, le visage pâle,
décoloré, indistinct, car le temps a effacé le carmin de ces
joues et de ces lèvres qui ensorcelaient l'Europe entière il y
a trois siècles. Un vieux chien de berger est couché sur le
tapis du foyer et garde ses yeux intelligents sur son maître,
en léchant de temps en temps ses babines, quand il voit un
morceau appétissant porté à une autre bouche que la
sienne.

Ce soir, lord Strafford se penche plus sombre, Marie
Stuart plus déclorée que jamais sur deux personnes en
train de dîner et sur une troisième en bonnet blanc et en robe
d'indienne, qui va et vient activement pour les servir. Au
milieu de la table est un grand vase, vase que nos pères
eussent trouvé commun, plein de roses brillantes. Elles
viennent d'être fraîchement cueillies dans la haie de vieux
rosiers, près du potager.

Mais la plus fraîche, la plus jolie, la plus grande des
roses n'est pas dans le bouquet parmi les autres. Elle est
assise auprès, sans rosée sur ses joues, sans épines, et son
nom est Esther.

— Veux-tu un morceau de ce bois desséché? Essie. Ce
n'est pas du mouton rôti que je t'offre, parce qu'il n'y en a
plus depuis une heure, au moins. C'est Jack qui parle. Jack
est un jeune homme dont les traits sont ordinaires, et sa
moustache naissante, comme les anciens daguerréotypes
n'est visible que sous certains aspects. Ses joues, son front,

son menton, son cou sont aussi bruns que des graines mûries
par le soleil d'automne.

— Il est un peu sec en dehors, mon cher petit; mais cela
vaut mieux que s'il n'était pas assez cuit, répond Esther en
faisant une petite moue, qu'un amant trouverait adorable,
mais qu'un frère, dans sa brusque franchise, appellerait
une grimace.

— J'aimerais que les gens se souvinssent qu'il y a des
heures pour les visites et des heures pour dîner et que ce
ne sont pas les mêmes, reprend Jack avec un peu d'humeur.

Un homme supportera la perte de son premier-né, le
penchant que montre sa femme à aimer son voisin plus que
lui, la perte de son petit avoir dans une banqueroute, car,
à tous ces maux il peut opposer le courage et la résignation
du chrétien; mais quel héros, quel sage, quel archevêque
gardera l'égalité de son âme, *æquam mentem*, devant le
mouton trop rôti ou trop bouilli, la soupe brûlée ou les
pommes de terre aqueuses?

Esther sait ce que cela veut dire, mais elle fait un *chut*
silencieux, et dit en français : *tais-toi*, pour faire comprendre
à son frère qu'il ne doit pas commenter devant Sarah les
énormités de la conduite de M. Brandon. Sarah est très accoutumée à cet échantillon du français d'Esther, et elle tend
toujours l'oreille pour savoir ce qui va suivre, mais ils restent en silence quelque temps.

— Comme les jours sont longs maintenant! dit Jack en
regardant le soleil couchant qui étend un manteau de lumière sur toute la campagne.

— C'est ce qu'on dit toujours à cette époque de l'année,
réplique Esther en souriant. Il serait bien plus nouveau de
faire la remarque qu'ils sont courts. Si on tenait un journal

de toutes les observations faites par quelqu'un dans le cours de l'année, on y trouverait terriblement de redites. Quel dommage qu'on ne puisse pas s'en tenir à ne dire les choses qu'une fois !

— Si vous voulez ne rien dire qui n'ait jamais été dit, réplique Jack un peu sèchement, vous risquez fort de ne pas parler. La plupart des remarques ont été faites plus d'une fois depuis six mille ans, j'imagine.

Pendant quelques discours insignifiants, le dîner s'achève, et Sarah s'en va après avoir mis sur la table une pyramide de fraises, leur modeste dessert.

— Est-elle partie ? vraiment partie ? s'écrie vivement Esther. Dieu soit loué ! J'ai cru qu'elle n'en finirait jamais ! O Jack ! que de secrets j'ai à te dire !

— Quels secrets ? dit le jeune homme en ouvrant de grands yeux.

— Jack, est-ce que je parais ce soir plus grande qu'à l'ordinaire ?

— Non.

— Plus grosse ?

— Non. Je ne m'en aperçois pas.

— Tu ne vois donc aucune différence dans ma personne ?

— Aucune. Cependant, en y regardant bien, je crois que tu as les joues plus rouges que d'habitude. Pourquoi y aurait-il quelque changement en toi ?

— Parce que — se redressant — j'ai, aujourd'hui... j'ai été... demandée en mariage.

— Par qui ? par un des faneurs ?

— Non, mais je n'en aurais pas été plus surprise. Je vais te raconter tout bien vite, maintenant que ma langue est déliée. Robert Brandon est venu ici aujourd'hui.

— Je le sais bien, et à mes dépens encore! dit Jack, toujours grognon en pensant à son mauvais dîner.

— Et... et... voyons! Quel est le mot le plus joli? Il a demandé ma main.

— Est-il fou? s'écrie Jack en se laissant aller à un langage un peu vif.

— Oui! C'est bien de la folie, comme tu le dis agréablement.

— Et toi, que lui as-tu répondu? dit vivement le jeune homme, restant la bouche ouverte.

— Je lui ai dit que je le remerciais beaucoup, mais que pour le moment je désirais ma liberté.

— Est-ce à dire que tu lui as répondu *non?*

— Oui, je lui ai dit *non,* tant de fois *non,* que je ne saurais les compter.

Jack pousse un soupir de soulagement et jette un biscuit au chien, qui n'a cessé de le regarder avec convoitise. — Vieux mendiant, dit-il; attrape, Luath!... Brandon est le meilleur garçon de la terre; eh bien, je parie que ses visites vont maintenant nous devenir désagréables. Au diable les femmes!

— Mais, Jack.....

— Eh bien, Essie? Est-ce que ce n'est pas fini? Est-ce que tu en as encore congédié d'autres?

— Non, non, mais Jack... — elle baisse la tête et se rougit les doigts avec la queue des fraises, — Jack... je ne suis pas bien sûre, après tous ces *non,* de n'avoir pas dit quelque chose qui n'était pas tout à fait *non.*

— C'est-à-dire *oui?*

— Non! pas un *oui* immédiat, positif; c'était entre les deux; comme un *oui* un peu vague.

— Ce n'en est que plus bête, dit Jack brièvement.

— Ne me gronde pas, méchant, s'écrie-t-elle en entourant son cou de ses bras avec ces façons câlines que les sœurs affectionnent tant et que les frères, en général, repoussent tant qu'ils le peuvent; si tu me grondes, je pleurerai, et tu sais que c'est une chose que tu détestes.

— Ce que je déteste, c'est que tu fasses une sottise, murmure Jack à moitié étouffé, mais un peu adouci. Voyons! il n'est pas nécessaire de m'étrangler.

— Attends au moins que je la fasse cette sottise, reprend-elle gaiement; jusqu'à présent je ne fais qu'en parler, et il y a du chemin entre dire et faire.

— Ce qu'il y a de pire, c'est de dire ce que tu ne penses pas.

— Jack, mon cher ami, ne sais-tu pas que je ne puis souffrir de faire de la peine à quelqu'un? Je n'ai jamais eu la faculté de dire des vérités dures. J'aime encore mieux inventer des histoires et j'étais si fatiguée de dire *non;* il en paraissait si peiné, que j'ai dit *oui* pour changer et me débarrasser de lui.

— Alors, puis-je te demander avec quoi vous comptez vivre? reprend Jack pour qui les sentiments romanesques sont encore lettre close, et dont la pensée, en vrai Anglais, se détourne vite du « beau rêve d'amour », vers le côté pratique qui se résout par livres et deniers.

— Sans doute; nous vivrons et quoi encore?... des huit francs par jour de sa paye, et peut-être bien que je pourrais devenir la blanchisseuse du régiment, répond Esther en riant aux éclats.

— C'est bien plaisant, en vérité, réplique Jack en riant, mais malgré lui. Et tu prétends me faire croire que tu as pris pour Brandon une passion assez subite pour consentir à passer avec lui ta vie dans la pauvreté? Pas plus tard qu'hier, tu te moquais de lui ; tu disais qu'il dansait mal.

Esther, qui a glissé jusque sur le tapis où elle s'est assise, répond avec un grand sérieux :

— Je ne voudrais pas l'avouer, mais... Pauvre cher homme ! Comme c'est mal à moi... Eh ! bien, entre nous, je crois que si je ne devais jamais le revoir, je n'en mourrais pas. Mais, je t'en conjure, ne le lui répète pas !

— Je répète ma question, si elle n'est pas trop indiscrète : Que comptez-vous faire ? demande Jack, se rejetant la tête en arrière, et regardant, les paupières abaissées, la coupable qui gît à ses pieds. — Vas-tu épouser un homme qui n'a rien, uniquement parce qu'il est le premier qui t'ait demandée en mariage ?

— Rien n'est plus loin de ma pensée, répond Esther en rougissant. Comme c'est méchant de me le reprocher ! Tout ce que je veux, c'est que tu interposes ton autorité comme parent. Tu peux même, au besoin, nous menacer de ta malédiction ; je veux que tu prennes toute la charge sur tes épaules, et, ajoute-t-elle d'un ton plus léger, ces pauvres chères épaules ! elles ne sont pas bien fortes, mais elles le sont plus que les miennes et je leur transporte toutes mes difficultés.

— Du tout ! s'écrie Jack avec animation, en ôtant de dessus ses épaules la main fine d'Esther et la regardant avec indignation. Tu veux faire des choses qui ne sont pas honnêtes et que je les prenne à mon compte ! Merci ! je n'accepte pas ce marché.

La petite tête d'Esther, si bien ornée d'une abondance de boucles brunes et soyeuses, se penche jusqu'à ses genoux. Elle est très facile à émouvoir, surtout quand c'est Jack qui la gronde.

— Une belle réputation que vous allez vous faire, miss

Essie! poursuit le jeune Salomon avec sévérité. Je m'attends à ce que vous alliez bientôt incendier tout le pays.

Esther lève vers lui ses yeux pleins de larmes, comme deux grands diamants vus à travers les eaux, et dit d'une voix lamentable :

— Mais, Jack, tu sais bien que c'était la première fois; on fait mal les choses la première fois, par maladresse; je m'en tirerai mieux 'a fois prochaine.

— Je ne crois pas que vous deviez vous attendre à une *fois prochaine*, reprend-il, toujours aussi inexorable. Ce n'est pas quand vous serez la femme de Brandon, et à moitié morte de faim, que d'autres viendront vous demander en mariage.

— Mais je ne suis pas encore sa femme! répond vivement Esther.

Elle est devenue sérieuse et paraît un peu alarmée de la peinture peu séduisante que son frère lui fait de sa destinée future.

— Je n'épouserai ni lui ni d'autre, ajoute-t-elle. Penses-tu que je te quitterais même pour l'ange Gabriel, s'il descendait du ciel afin de me demander en mariage?

— Alors, pourquoi as-tu accepté Brandon? lui demande-t-il, un peu désarmé par sa douce flatterie.

— Je ne l'ai pas accepté positivement. Je lui ai dit que j'allais tenter l'épreuve pour savoir si je me déciderais à l'épouser, mais je sais bien que je n'y réussirai pas, et quand bien même je l'aimerais, je ne l'épouserais pas. Je pense comme toi que nous sommes trop pauvres.

— Alors, mon enfant, pourquoi lui avoir fait la moindre promesse? demande l'honnête Jack, tout effarouché de ces subtilités à l'occasion d'engagements si sacrés.

— Pourquoi y a-t-il des gens qui donnent du *gin* aux en-

fants? Ce n'est pas bon pour eux, mais c'est pour les faire
tenir tranquilles. C'est ce que j'ai fait. Ce n'est pas bon pour
Robert de croire à notre engagement; mais c'est le *gin* qui
le tient tranquille, dit Esther, tandis que sur son joli visage
le rire et les larmes se livrent un combat.

— Tu ne dois pas jouer avec lui un double jeu, réplique
Jack d'un ton décidé et en secouant sa tête bouclée. C'est
un trop brave garçon pour qu'on se joue de lui. Vous entendez, miss Esther?

— Je n'en ai pas la moindre envie, répond Esther d'un
air mutin et boudeur. — Si je me jouais de quelqu'un, je
le voudrais plus amusant, et j'espère bien ne plus entendre
prononcer cet odieux nom. Il a gâté notre dîner, et t'a rendu
très méchant... et...

Après quoi, la fiancée de M. Brandon se sauve en pleurant.

IV

Le jour a reparu. Le soleil ne souffre pas d'être plus long
temps éloigné de la terre, son amante; aussi revient-il en
grande hâte, avec une magnificence toute royale, une couronne éclatante de rayons, un manteau de flamme sur ses
jeunes épaules, et suivi d'une grande troupe de nuages lé-
gers et floconneux qui portent sur leurs faces de courtisans
un reflet de son sourire vermeil. Les grives et les merles disent déjà leurs joyeuses chansons, séparément ou en partie.
Depuis hier au soir, plus de vingt roses se sont épanouies,
et toutes les fleurs ont un air de fête. Les agneaux, que
l'on pourrait, maintenant, prendre pour leurs mères, tant
ils sont gros, tant leur toison est épaisse, bondissent sur
l'herbe des prairies, près de la maison, dans toute l'ivresse de
la jeunesse et l'heureuse ignorance du boucher. Le maître
de Glan-yr-Afon est assis sur une chaise de jardin, lisant le
Times et se disant qu'il gouvernerait bien mieux sa patrie,
qu'il la rendrait plus grande, plus forte, plus généreuse aux
yeux des autres nations, s'il tenait seulement les rênes pour
quelques instants. Le vieux Luath est à ses pieds, les yeux demi
clos, happant paresseusement les mouches au passage et en
attrapant une à peu près tous les quarts d'heure. Esther est

2

dans la basse-cour, au milieu d'une nombreuse population de poulets avides. Elle a mis autour de sa taille un grand tablier blanc qu'elle tient d'une main, tandis que de l'autre elle jette du grain à la multitude assemblée; aux petits cochinchinois vêtus de velours jaune ; aux vieux cochinchinois qui se dandinent sans avoir le moindre vêtement sur leurs dos dépouillés; aux cochinchinois adultes bien fourrés jusqu'au cou dans une abondance de plumes couleur de cannelle et des bas de la même couleur jusqu'aux talons; aux canards de Rouen; aux dindons à la crête gonflée. Elle fait de son mieux pour partager également le trésor commun, pour protéger les faibles et empêcher la violence et les exactions; mais, comme tant d'autres législateurs, la tâche est au-dessus de son pouvoir. Malgré ses efforts, ce sont les canards qui avalent tout. Ils n'ont pas de honte et ils peuvent absorber à la fois des quantités énormes. Le dindon, par contre, est celui qui en attrape le moins, parce que le long appendice sur le bec est toujours dans son chemin et le gêne considérablement.

Une voix claire, limpide et rapprochée, résonne dans l'atmosphère de juillet.

— Esther !

— Ici! répond Esther de sa voix la plus aiguë, ce qui n'est pas précisément harmonieux.

— Où es-tu?

— Dans la basse-cour.

Suivant cette direction, celui qui a crié avec de si excellents poumons apparaît dans ses vêtements larges et frais et en souriant. C'est Jack. Il n'est pas beau, mais il est agréable et bon enfant.

— Jack, mon ami! ouvre vite! ne te mets pas dans le chemin! Ne le laisse pas passer sous le treillage! s'écrie Es-

ther très excitée, courant de toute sa vitesse à la poursuite
d'un gros canard gourmand au col brillant comme l'arc-en-
ciel, qui s'en va le bec ouvert, les ailes à demi déployées,
voletant, courant à droite et à gauche autant que ses jambes
boiteuses et son gésier rempli le lui permettent.

Jack obéit.

— Il y a quelqu'un au salon qui te demande; dit-il en
s'appuyant les bras croisés sur la barrière et prenant l'air
assez malin.

— Qui est-ce? demande distraitement Esther, tournant la
tête de tous côtés pour voir si le canard montre quelques
velléités de retour. — Est-ce encore lui?

— Quel était le nom du mari d'Esther? Celui qui avait ré-
pudié sa première femme? Ah! je sais son nom. Reine Esther,
c'est votre Assuérus, autrement dit Bob.

Esther lâche le coin de son tablier et le grain tombe tout
à la fois sur le dos de ses pensionnaires cochinchinois; as-
sitôt la guerre entre poulets picotant, se poussant, voltigeant,
fait rage à ses pieds.

— Déjà! dit-elle.

Et, dans son accent, il n'y a rien de la tremblante émotion de l'amour, ni sur ses joues nulle apparence de la
pâleur ou de la rougeur qui en sont les symptômes. Elle a
seulement l'air un peu ennuyé.

— Oui, déjà, dit l'impitoyable Jack, et non seulement
lui, mais avec lui tous ses dieux domestiques. Il traîne à sa
suite une bande de vieilles femmes. Je pense qu'il a aussi
amené un notaire et que nous allons faire des fiançailles
en forme.

— Quelle bêtise! dit Esther en s'élançant vers la barrière et posant sur ses épaules deux petites mains suppliantes : — Tu vas venir avec moi, n'est-ce pas, Jack?

— Pas du tout, répondit-il très nettement. Je ne ne voudrais pas, pour tout l'or du monde, me trouver en face de ces vieilles filles, dans l'état d'excitation où elles sont. Elles emploieraient aussi le notaire contre moi avant que j'eusse le temps de m'en apercevoir.

— Jack, est-ce que mes cheveux sont bien arrangés ? demande-t-elle en les lissant de ses doigts effilés.

— Parfaitement bien. On dirait que les poules ont gratté dedans.

Pendant ce temps, M. Brandon et ses *vieilles femmes*, c'est-à-dire sa mère mistress Brandon et ses sœurs, attendent dans le salon. Attendre est toujours une épreuve pénible, depuis cette forme adoucie des dix minutes qui précèdent le dîner alors que la langue des convives est comme liée et leurs esprit congelés par le tourment d'une faim impatiente, jusqu'à la géhenne de l'antichambre d'un dentiste. Robert est sur le gril depuis le matin ; il ne peut tenir en place : il agite ses longues jambes : il les croise ; il bat la mesure sur le plancher avec ses souliers ferrés.

— Que tu es agaçant, Bob ! lui dit sa sœur Bessy.

Miss Elisabeth Brandon est de dix ans plus âgée que son frère et de dix pieds environ plus petite. Elle est en train de s'aigrir comme du vin gardé trop longtemps ou de la petite bière en temps d'orage. Il y a dix ans, la pauvre petite vierge était plus douce, et dans dix ans elle sera plus douce qu'aujourd'hui !

— Oui, dit Bob, je vais rester tranquille. Et il s'arrête, mais pour recommencer, involontairement, un bruit dix fois pire que le premier, une sorte de grincement désagréable avec le pied de sa chaise.

Mistress Brandon est sur le point de dire : — Croyez-vous qu'on l'ait prévenue que nous étions ici ? quand la porte s'ouvre et qu'une petite vision apparaît avec ses jolis cheveux tombant sur ses yeux brillants, une petite vision, pense Bob, qui devrait être soulevée sur des nuages roses avec des chérubins et des séraphins portant la queue de sa robe, au lieu de la voir traîner sur une toile cirée et un tapis fané.

— Je... je suis bien désolée... je crains de vous avoir fait attendre. Je ne pensais pas — elle va dire : « que vous viendriez si tôt, » mais elle se rappelle juste à temps que ce serait la remarque la plus impolie qu'elle pourrait faire. — Je ne pensais pas que vous fussiez ici et Jack vient seulement de me le dire. Elle a substitué si adroitement cette phrase à l'autre que ses auditeurs ne s'aperçoivent pas du point de jonction.

— Je ne sais pas ce que votre frère aura pensé en nous voyant envahir sa maison, dit mistress Brandon, mais c'est *lui* qu'il faut blâmer, ma chère, *lui seul* — en indiquant Bob d'un mouvement de tête et paraissant trouver quelque chose de singulièrement plaisant à l'idée qu'Esther pourrait trouver qu'il fût blâmable en quoi que ce soit.

Mistress Brandon est une femme âgée qui a un honnête visage et un affreux chapeau noir à grande passe. Elle embrasse Esther et les deux misses Brandon, après elle, lui donnent une accolade solennelle et fraternelle en posant leurs lèvres sèches et minces sur ses joues rosées. Comme c'est la première fois de leur vie qu'elles l'embrassent, elle sent comme si on lui mettait les fers aux pieds et aux mains. Elle est tentée de s'écrier : « Que faites-vous? Vous vous trompez toutes. Mistress Brandon, je ne suis pas votre fille! Miss Bessy, je ne suis pas votre sœur! je ne veux pas l'être. Reprenez vos baisers, je vous en prie, si c'est là ce qu'ils signifient. » Si elle eût été seule avec Robert, elle aurait pro-

2.

bablement parlé ainsi, sans difficulté, mais maintenant les
paroles lui paraissent impossibles à articuler; elle éprouve
la timidité d'une jeune personne vis-à-vis d'une vieille, la
timidité d'une contre trois. Elle trouve aussi que ce serait
impoli, quand elles se montrent si empressées de l'adop-
ter comme une des leurs, de ne pas s'en montrer aussi très
satisfaite.

Silencieuse et assez confuse, elle s'assied sur une chaise
basse aussi loin qu'elle le peut de Robert. On ne pourrait
dire ce que deviendra la beauté d'Esther avec les années;
peut-être qu'elle ne ferait pas une jolie photographie, mais
maintenant elle est comme un délicieux pastel. En pleine
lumière, son teint est aussi pur, aussi frais et aussi transparent qu'un pétale de rose.

Personne ne dit mot, sauf la pendule avec sa Minerve
court-vêtue, et elle ne dit rien de particulièrement original.
Enfin, la vieille dame s'adresse à la jeune fille d'une voix
basse et affectueuse :

— Vous voyez, ma chère, que Robert nous a annoncé la
grande nouvelle?

Esther n'a pas la moindre idée de ce qu'elle doit répondre,
aussi choisit-elle le mot le plus court qu'elle sache et répond-elle par un *oui* demi-affirmatif et demi-interrogatif.

— Et nous n'avons pas eu de cesse, reprend la bonne
dame encouragée, que nous ne fussions venus vous dire
que c'était une bonne nouvelle.

Esther ne répond rien. Les cils lui semblent collés à ses
joues. Elle a le sentiment, avec une rage intérieure, qu'elle
rougit, qu'elle a l'air embarrassé, qu'elle a l'attitude que
doit avoir une jeune fiancée.

— Je suis vieille, continue mistress Brandon assez émue
de sa propre éloquence, et je ne puis m'attendre à voir en-

core un grand nombre d'années. Vous savez, mon amour, que ce sont les paroles du Psalmiste, mais j'ai la confiance que je pourrai voir encore la bénédiction de Dieu s'étendre à mes enfants et faire d'eux ses serviteurs dans ce monde et dans l'autre.

Tout en parlant, elle a posé une main sur la tête d'Esther. Heureusement que Bob est un peu loin; sans cela elle eût posé sur sa tête l'autre main. Les deux petites acolytes assises sur le canapé répondent *amen* en soupirant. Esther se sent prise de peur. Il lui semble que ce discours sérieux, que la figure solennelle des trois femmes, ont presque accompli la cérémonie du mariage. Elle pense à Jack et au notaire, et elle n'est pas très certaine, en entendant cet *amen*, de ne pas s'appeler Esther Brandon. Enfin, elle se recule un peu, mais pas trop brusquement.

— Vous êtes bien bonne, dit-elle d'une voix douce, et c'est bien aimable à vous d'être venue à travers le bois... Je crois que c'est loin pour vous... Je crains qu'il n'y ait là quelque erreur... Rien n'est encore décidé... rien du tout, je vous assure. J'ai bien dit hier au soir la chose à votre fils; seulement, j'ai peur qu'il ne m'ait pas comprise, ajoute-t-elle en le regardant d'un air de reproche.

— Je vous ai très bien comprise, — s'écrie le pauvre Bob en se levant avec tant de vivacité qu'il jette sa chaise à terre et ne cherche pas à la relever ; — j'ai redit à ma mère vos propres paroles, mais elle leur a donné le sens qu'elle désirait... que nous désirons tous, ajoute-t-il en terminant avec une grande émotion.

Il se fait un nouveau silence, rompu par mistress Brandon qui se lève en tendant la main à Esther; cette fois, c'est pour prendre congé.

— Je crains bien, ma chère, de m'être trop pressée, dit-

elle en s'efforçant, mais vainement, de ne pas parler trop
sèchement. Vous me pardonnez, je l'espère; toutes les mères
sont sujettes à la partialité et je ne pouvais croire qu'il était
difficile d'aimer mon fils.

Mais miss Craven ne peut en rester là. Elle épouserait le
diable plutôt que de voir la mère et la sœur du diable la
regarder de travers ou paraître blessée de ce qu'elle ne montre aucun goût pour ses cornes, sa queue et ses pieds four-
chus.

— Oh! non, ne vous en allez pas ainsi ! s'écrie-t-elle avec
une grande animation, en joignant ses mains suppliantes.
— Ne soyez pas fâchée contre moi ; je n'ai pas voulu vous
faire de la peine. J'aimerais beaucoup vous appartenir, je
vous le jure. J'ai craint seulement que vous n'attendissiez
de moi plus que je ne puis promettre *encore*, dit-elle en terminant, la tête un peu basse et les joues plus rouges que ne
l'est une pêche après les baisers du soleil.

La raideur disparaît, car personne ne pourrait longtemps
garder rancune à Esther Craven.

— Nous ne pouvons vous demander de nous appartenir,
si tel n'est pas votre désir, dit la vieille dame avec gravité,
mais sans mauvaise humeur.

— Je ne sais seulement pas quel est mon désir, répond
naïvement la jeune fille un peu hors d'elle-même.

Elles la quittent aussitôt, Robert donnant le bras à sa
mère. Il irait de même se promener dans Pall-Mall avec
elle coiffée de son immense chapeau et suivi des deux petites vestales à mauvaise tournure, tout simplement, sans
en paraître gêné et sous les yeux des officiers, ses camarades, qui le regarderaient des fenêtres de leur club.

— O mes joues! mes joues! Est-ce qu'elles dérougiront jamais! s'écrie Esther en se jetant sur le petit banc de chêne

sous le porche et en appuyant sa figure contre les fraîches feuilles du lierre.

— On dirait que tu les as rôties au feu de la cuisine, lui dit Jack avec l'aimable franchise d'un frère.

Jack s'était dissimulé derrière une grosse touffe de lauriers, selon la manière dont un Anglais se fait un plaisir de recevoir les visites de ses amis.

— Pourquoi n'es-tu pas venu à la rescousse, frère dénaturé? Que pouvais-je faire à moi seule contre ces trois Gorgones? Peuh! j'ai mal à la tête, rien qu'en pensant au chapeau de la maman.

— Quand une personne s'est mise dans l'embarras, je me fais une loi de la laisser s'en tirer toute seule, pour lui apprendre à être plus sage à l'avenir, répond Jack stoïquement.

— Mais je ne m'en suis pas du tout tirée, je m'y enfonce de plus en plus, comme dans un marais d'Irlande, dit la triste Esther. — Oh! Jack, reprend-elle encore dépitée, mais en riant malgré elle — le rire est aussi bien un signe d'ennui que de joie — si tu avais entendu les histoires que j'ai dû faire! J'ai mérité d'être foudroyée, emportée, enterrée, tout autant que la menteuse Ananie.

V

Le monde est partagé entre pauvres et riches. Ceux qui travaillent pour eux-mêmes et ceux qui font travailler les autres. Les Craven sont dans la première catégorie. Dans l'après-midi du jour mentionné plus haut, Esther fait elle-même ce qu'elle aurait bien préféré que l'on fît à sa place. Elle est assise devant sa machine à coudre, ayant près d'elle un tas de toile ouvrée coupée en essuie-mains. Tant que la civilisation restera au niveau élevé où nous la voyons maintenant, les gens auront besoin d'essuie-mains et le préjugé existant veut qu'on ourle les bords qui s'effilent. Ouf! qu'il fait chaud! comme il serait bien plus agréable d'être dehors à couper les roses défleuries, à enlever le bonnet vert des boutons d'escholtzia! Une ombre qui voile la fenêtre fait sauter en sursaut miss Craven.

— J'ai sonné plusieurs fois, dit Robert Brandon pour s'excuser, mais personne n'a répondu.

— Ah! c'est vous? dit-elle d'un ton qui n'exprime pas précisément beaucoup de plaisir. — Nos domestiques s'arrangent pour n'y être jamais quand il nous vient de rares visites.

— Je suis venu vous proposer de faire une promenade,

dit-il en hésitant, car sa manière n'est pas encourageante.

— Il fait trop chaud, répond-elle nonchalamment, appuyant sa tête sur le dos de sa chaise et fermant les yeux comme si sa présence la portait au sommeil.

— Pas dans le bois, reprend vivement Robert. Sous les chênes il fait sombre comme la nuit, et il vient une brise fraîche du ruisseau.

— Je suis occupée, dit-elle avec une certaine impatience de ce qu'il insiste. D'un seul regard peu favorable, elle enveloppe l'ensemble de sa personne, sa barbe blonde, les manches usées de sa jaquette, son apparence rustique et vigoureuse.

Il ne dit rien; mais incertain et distrait, il reste appuyé contre le montant de la fenêtre.

— Je crois que Jack n'est pas à la maison, reprend-elle sèchement.

— Je ne suis pas venu voir Jack, répond-il simplement; puis, sans y être invité, il franchit, timide, le seuil de la porte vitrée et place une chaise auprès d'elle, pas trop près.

— Que je ne vous interrompe pas, dit-il.

Elle le prend au mot et continue à travailler. Son pied marche en cadence pour manœuvrer la roue; l'aiguille fait aussi son œuvre régulière et rapide. Si, comme je l'ai dit, l'effort seul de s'appliquer au travail dans une après-midi de juillet excite la chaleur, la pensée que quelqu'un est là qui observe chaque mouvement de vos paupières, chacune de vos respirations et chaque cheveu qui s'échappe pour retomber sur vos yeux ou sur vos joues ajoute singulièrement à l'excitation. L'influence magnétique qui appelle tôt ou tard la personne que l'on regarde vers celle qui la regarde oblige Esther, après un peu de temps, à lever, malgré elle, ses yeux vers ceux de Robert.

— Je voudrais que ma mère pût vous voir ainsi, dit-il avec un sourire empreint d'un bonheur profond.

Esther arrête sa machine un moment :

— Pardon! cette machine fait tant de bruit que je n'ai pas entendu ce que vous disiez!

— Je disais que je voudrais que ma mère pût vous voir en ce moment.

— C'est un plaisir dont elle jouit fréquemment, mais pourquoi plutôt en ce moment?

— Elle verrait comme vous êtes active et industrieuse.

Esther rit de mauvaise grâce :

— Vous me donnez l'idée que votre mère aura prononcé un jugement sévère sur moi et sur ma conduite.

— Elle croit que vous êtes trop jolie, trop vive, et... — il allait dire trop *frivole*, car c'est le mot dont s'est servie mistress Brandon, mais il ne peut se résoudre à l'employer, — que vous aimez trop le monde pour vous occuper volontiers des ennuyeux détails du ménage.

Esther fait de la tête un mouvement d'impatience.

— Mistress Brandon pense, d'après ce bel axiome composé, sans doute, par une personne d'une beauté douteuse, qu'il vaut mieux être bonne que jolie; ce qui prouverait que l'un est incompatible avec l'autre.

Après cette sèche réponse, elle retombe dans un silence irrité, et lui dans son admiration muette. Au bout d'un quart d'heure, comme il ne fait pas mine de s'en aller, miss Craven, trouvant la situation intolérable, se lève tout à coup, jette à terre son paquet de toile grise et dit avec une résignation forcée :

— J'irai dans le bois, puisque vous le voulez. Nous pourrions rester ainsi cent ans.

— Je me trouve parfaitement heureux comme je suis, répond-il avec une bonne humeur agaçante, et continuant à admirer dans sa bienheureuse ignorance sa jolie figure mécontente et la façon de sa robe bien faite et peu coûteuse.

— Mais moi, je ne me trouve pas bien, répond-elle brusquement. On étouffe dans la maison. Allons le plus vite possible respirer cette brise que vous me vantez. Je n'en ai pas senti un souffle aujourd'hui.

Elle va chercher son chapeau et le met sans prendre la peine de se regarder dans une glace pour savoir s'il est posé droit, trop indifférente à ce qu'elle paraîtra aux yeux de Brandon.

— Ne ferions-nous pas mieux de nous promener bras dessus, bras dessous? lui demande-t-elle ironiquement, quand ils ont fait quelques pas en silence. Je crois que c'est assez l'usage, du moins Gwen et son amoureux se promènent ainsi tous les dimanches soir.

Il la regarde avec une expression de ravissement :

— Le voulez-vous réellement?

Elle se sent involontairement adoucie par l'expression de bonheur qui paraît sur son visage honnête et simple ; ce visage qui deviendrait beau si quelque grand chagrin venait seulement l'ennoblir, si quelques mois de veilles et de plaisirs mondains venaient lui enlever cette apparence de santé rustique et exubérante.

— Non! non! Je plaisantais.

— Voulez-vous vous asseoir ici? demande Brandon en lui indiquant un banc naturel sous un gros chêne plus élevé et plus touffu que tous ses voisins. — Voyez! n'avais-je pas raison? Il ne passe pas un rayon de soleil à travers ses branches, et le bruit et la fraîcheur du ruisseau nous arrivent jusqu'ici.

3

— Je n'aime pas cet endroit, répond-elle en continuant à marcher. Il est plein de perce-oreilles.

— L'autre jour vous disiez qu'il paraissait fait pour des rendez-vous d'amour! s'écrie-t-il avec surprise.

— Exactement, et c'est pourquoi je préfère attendre que j'aie de meilleures raisons de le choisir.

Enfin, miss Craven trouve une place qui lui convient mieux, parce qu'elle est plus près de la lisière du bois et bien en vue de la route de Naullan par laquelle passent les femmes qui vont au marché, les charrettes des charbonniers, les porteballes errants; c'est donc un endroit peu favorable aux tendres épanchements.

Les rayons de soleil glissent le long de la tige satinée des bouleaux qui ont crû parmi des fragments de roches, et se jouent autour de la tête d'Esther quand elle s'assied, au pied des arbres, sur une grosse pierre grise toute tapissée de mousse verte et de petites herbes sèches. Au-dessous d'elle, le ruisseau court en murmurant, presque aussi large qu'une rivière; il n'a pas, cependant, la force de lutter contre les cailloux qui sont au fond de son lit et coule furtivement autour de leurs blanches parois avec de petits remous caressants, de petites bulles tourbillonnantes. Les écureuils ont apporté leurs débris de noix et d'amandes de l'automne dernier sur la pierre où est assise Esther qui, distraitement, joue avec ces épluchures desséchées. Des rayons de lumière dansent au milieu du feuillage échevelé du bouleau, paraissent et disparaissent sur la robe d'Esther et sur la personne de Robert, couché à ses pieds, dans un repos complet et délicieux. Deux heures se passent ainsi. Esther essaye de prendre plaisir à la société de Robert, mais elle ne fait que bâiller.

— Voilà, sans reproche, la septième fois que vous bâillez depuis que nous sommes ici, lui dit-il.

— Je le crois bien! et pour peu que nous y restions encore cinq minutes, vous pourrez peut-être compter septante fois sept fois.

— Dans la maison, vous n'aviez pas envie de bâiller.

— J'étais à mon ouvrage. Qu'est-ce qu'une femme sans ouvrage? Un corps sans âme. — Elle étend paresseusement les bras comme pour y recevoir l'air sec et chaud, tout en se disant intérieurement : « Est-ce que c'est toujours aussi ennuyeux quand on vous fait la cour? » Enfin, elle reprend : — On me disait l'autre jour qu'une femme ne peut être heureuse si elle n'aime pas le travail. C'est placer le bonheur dans de tristes conditions, mais je crois que c'est vrai.

— De même qu'un homme n'est pas heureux s'il n'aime pas à fumer, réplique Bob, pour répondre par une proposition tirée des goûts masculins.

— J'ignore ce qui peut plaire aux hommes, répond Esther d'un air accablé; personne n'en sait moins que moi en ce qui concerne le genre masculin.

— C'est que vous êtes encore si jeune! dit Brandon, en guise de consolation.

— J'ai eu dix-sept ans à la fin de mai. Vous ne pouvez dire que je sois si jeune.

— Je puis dire que vous êtes de huit ans plus jeune que moi.

— Vraiment? répond-elle avec distraction, comme si ce calcul lui était complètement indifférent.

— Oui. Je suis bien aise qu'il y ait entre nous une si grande distance.

— Pourquoi?

— Parce que, selon toute apparence vous me survivrez.

— Oh! bien certainement, dit-elle d'un air de confiance. Les femmes doivent survivre aux hommes, même à égalité d'âge. Nous menons une existence plus tranquille, plus saine. Si je passe ma vie ici, j'atteindrai tout doucement la centaine.

— Mais vous ne passerez pas ici toute votre vie! s'écrie-t-il.

Elle fait un mouvement d'épaules :

— J'y resterai tant que Jack ne sera pas marié.

— Alors, j'espère que ce ne sera pas long. A-t-il montré déjà quelque préférence pour quelqu'un ? demande Brandon en prenant un intérêt bien plus vif qu'il ne le soupçonnait lui-même aux amours ou amourettes de Jack.

— Je n'en sais rien. Jack et moi nous n'oserions pas montrer de préférence. Cela n'est pas permis quand on est pauvre. Personne ne se soucie de vous.

— J'en suis bien aise.

— C'est donc une satisfaction pour vous de savoir que vous ne pouvez avoir de rival ?

— Assurément, et je ne vous en estime pas moins.

Nouveau silence. Passe une vieille femme secouée sur le dos d'un âne qui marche la tête basse. Elle a noué un grand mouchoir par-dessus son chapeau et porte un panier à chaque bras.

Esther la regarde d'un œil d'envie. Heureuse vieille! elle n'a pas d'amoureux!

— Je voudrais que vous n'eussiez pas l'air si satisfait, dit miss Craven brusquement, en lançant à son compagnon un éclair de ses grands yeux noirs.

— Pourquoi n'en aurais-je pas l'air? Je suis si heureux!

— Mais vous n'avez aucune raison de l'être, dit-elle en appuyant sur les mots.

— Il est probable que je m'exagère mon bonheur, dit-il humblement, quand je me regarde comme un homme singulièrement favorisé ; ma profession me convient par-dessus tout. Je n'ai jamais été malade, et j'ai pour mère la femme la plus excellente de toute l'Angleterre.

Un corps vigoureux, un grade dans un régiment de fantassins, une vieille mère méthodiste renforcée, tout cela semble des biens assez médiocres pour se regarder comme un des favoris de la fortune.

Nouveau silence. « Resterons-nous ici encore une heure ? » se demande Esther. Les brunes abeilles au corsage de velours vont et viennent en bourdonnant, en picorant çà et là. Une cigale aux grandes épaules chante aigrement. L'air vibre de tous ces sons.

Bob, aux pieds de sa fiancée, se rapprochant un peu plus, lui dit doucement :

— Esther, ma mère espère qu'elle vous verra maintenant beaucoup plus souvent qu'autrefois.

— Elle est vraiment bien bonne ! répond Esther qui sent un peu de remords de ne pouvoir se réjouir de cette proposition.

— Elle m'a chargé de vous dire qu'elle espérait que vous viendriez le soir aussi souvent que possible. Nous sommes toujours à la maison ; mes sœurs font la lecture à haute voix et ma mère pense que...

— Que cela pourrait m'instruire et que j'en ai grand besoin, dit Esther en l'interrompant brusquement. Je suis tout à fait de son avis, mais je ne puis quitter Jack le soir. Il est dehors toute la journée et je ne l'ai qu'à ce moment.

— Je suis sûr que vous trouvez toujours quelque chose à lui dire, à lui ? reprend Robert avec un soupir involontaire sur le mot lui.

— Souvent nous restons assis en face l'un de l'autre dans un silence complet.

— Comme vous l'aimez ! dit Robert en soupirant de nou-

veau à la pensée qu'il se passera bien du temps avant que
quelqu'un puisse dire de lui : « Comme *vous aimez* Robert
Brandon ! »

— Il est le seul être au monde dont je ne pourrais me
passer, répond-elle avec un accent passionné bien différent
de la langueur d'auparavant; son doux visage brille de tendresse, — je n'ai ni parents, ni amis, ni relations, ni fortune.
Je suis, par le fait, aussi dénuée de tout, sans qu'il y paraisse,
que cette fille qui vient de passer en traînant ses pieds dans
la poussière et qui ne possède au monde que trois bottes
d'allumettes dans ses mains sales. Si je n'avais Jack, vous
pourriez aussi bien m'apporter en présent une demi-livre
de thé et quatre sous de tabac à l'hospice de Naullan.

Robert reste pensif et fait un *hem!* pour toute réponse.

— J'ai quelquefois pensé que mon Jack était trop bon
pour ce monde, dit tristement la jeune fille en arrachant
une tige d'orchis dont elle regarde, sans les voir, les taches
noires qui parsèment la feuille verte.

Robert est un peu embarrassé. Il ne voudrait pas contredire sa bien-aimée. Il évite donc, par un silence prudent de
discuter les mérites du jeune Craven.

— Je suis pour lui un tel sujet de dépenses ! continue
Esther si amèrement qu'il semble qu'elle va pleurer. —
Songez donc ! l'habillement, la nourriture ! Quoiqu'on mange
peu, tout compte à la fin de l'année !

— Si vous m'acceptez, vous ne serez plus une dépense
pour lui, répond Robert en caressant sa longue barbe
blonde, barbe qui devra disparaître quand il rejoindra son
brave régiment aux Bermudes.

— Même dans ce cas-là, il faudrait encore qu'il me don-
nât un trousseau et un gâteau de noces.

— Je l'en dispenserais.

— Vraiment? dit-elle en plaisantant. Eh bien! je n'y consentirais pas. J'ai toujours pensé que la partie la plus agréable du mariage, c'est la quantité de nouvelles robes qu'il faut se faire.

— Vous les auriez.

— Alors, je serais une occasion de dépenses pour vous, dit-elle en le gratifiant d'un sourire de reconnaissance aussi brillant et aussi froid qu'une matinée de janvier. Tout froid qu'il est, c'est encore un sourire et qui l'encourage à aborder un sujet plus près de son cœur que les perfections de Jack.

— Puisque vous n'auriez pas la possibilité de venir nous voir le soir, dit-il, me permettriez-vous?... pourrais-je?... N'auriez-vous pas objection à ce que je vinsse vous voir ainsi que Jack... quelquefois... pendant une demi-heure, si cela ne vous gêne pas?

Sa figure change sans qu'elle puisse s'en empêcher.

— Oui, répond-elle d'une voix contrainte. Si vous le désirez, nous serons toujours bien aises de vous voir.

— Je ne viendrai pas bien souvent, dit le pauvre jeune homme embarrassé... Une fois par semaine, peut-être, pour que nous nous connaissions mieux. Ma mère dit...

— Ne me répétez pas tous les discours de votre mère aujourd'hui, ou il n'en resterait pas pour demain, interrompt Esther d'un ton de plaisanterie ironique.

— Il est temps de rentrer à la maison, dit-elle en se levant précipitamment.

— Il semble que nous ne soyons ici que depuis cinq minutes! dit Robert en soupirant, mais un regard d'Esther lui apprend qu'elle est loin d'être de son opinion.

Ils retournent au logis à travers le bois plein de chants d'oiseaux, et se séparent à l'entrée du porche. Robert aurait

bien voulu lui serrer la main en la quittant; peut-être
même qu'une autre manière de prendre congé d'elle s'est
présentée à son esprit, mais l'expression du visage de sa
bien-aimée coupe court à tous ses desseins. Il voudrait
bien qu'on lui demandât d'entrer; on ne le lui demande pas,
et, par conséquent, le courage lui manque et il s'éloigne
tristement. Esther, restée dans l'ombre, le regarde partir en
faisant ces réflexions : « Quels souliers mal faits! N'a-t-il pas
une épaule plus haute que l'autre? »

Il n'en est rien pourtant. La taille de Robert est droite
comme un jeune cèdre.

VI

La moisson est faite, l'été est fini ou, du moins, bien près de finir; Jack et Esther sont à déjeuner. Au dehors, les géraniums écarlates brillent sous le soleil du matin qu'ils égalent en éclat et les moucherons dansent en l'air sur un sol élastique. Esther a ce matin une robe de percale semée de petits œillets rouges et elle est fraîche comme une marguerite des prés. Jack lit ses lettres, qui ne sont guère que des factures ou des circulaires, comme la correspondance des hommes, en général. Il vient de finir ce rapide examen, chiffonne la dernière des enveloppes bleues, la jette dans le foyer bien nettoyé pour l'été et dit, en reprenant une conversation interrompue un quart d'heure avant par l'entrée des prières et de l'urne à thé:

— Je ne puis comprendre ce que tu as fait à ce garçon. C'était le meilleur enfant qu'on pût voir; pas un génie, bien sûr! mais enfin, j'aimais à me promener avec lui dans les champs, bien qu'il ne sût pas distinguer un navet d'une betterave. Il ne se connaît pas en agriculture comme sa mère. Maintenant, il n'a plus un mot à dire, il est aussi muet qu'un poisson.

— Je ne lui ai pas coupé la langue, répond Esther en riant

3.

d'un air un peu embarrassé. Peut-être que, comme les oiseaux, il ne chante pas en été.

— Pourquoi le traînes-tu après toi comme la queue d'un
cerf-volant? reprend Jack Craven en cassant son pain avec
impatience. Ce doit être insupportable d'avoir à toute heure
ce grand corps tournant autour de soi ; tandis que, si tu lui
donnais dès à présent son congé, il pourrait encore reprendre
de l'entrain d'ici à quinze jours, pour l'ouverture de la chasse.

— Ah! tu crois? dit Esther relevant la tête en rougissant
de dépit.

Nulle femme n'aime à penser que son empire ne sera pas
éternel.

— Si tu n'aimes pas à le lui dire toi-même, je peux m'en
charger, poursuit le frère, croyant faire l'offre la plus généreuse. — Je lui dirai tout simplement : « Mon cher ami, c'est
inutile ; elle ne se soucie pas de vous. »

— Jolie manière de s'expliquer, s'écrie Esther ironiquement. Parlez-moi d'un homme pour s'y prendre délicatement !

— Je ne suis pas d'avis d'employer des détours, réplique
Jack mécontent. Si tu tombais malade soudainement, si le
poulain bai s'était cassé la jambe, un malheur enfin, j'aimerais bien mieux que l'on vînt me l'annoncer tout droit, sans
prendre des mitaines pour m'y préparer. Des nouvelles à
moitié dites, c'est comme si on vous coupait la gorge à
moitié avant de vous pendre. C'est mourir deux fois.

— Mais, supposé que j'eusse un peu de goût pour lui?
reprend Esther avec une vive rougeur, mais en regardant
hardiment son frère.

Jack met sa main devant sa bouche comme pour caresser
une moustache absente et, en réalité, pour dissimuler un
sourire.

— Je ne voudrais pas, dit-il, me montrer indiscret, mais puis-je te demander depuis quand? Il y a une semaine à peine que tu m'as prié de me joindre à vous dans une de vos excursions à travers cet éternel bois et que tu m'as dit qu'apparemment ta montre ne marchait pas, car le temps te paraissait bien long.

— Une semaine! s'écrie-t-elle avec indignation. Il y a au moins trois semaines ou un mois.

— Tu te trompes, Esther. Il y a quinze jours, c'était la fête de Ryvel-Horse et c'est pour y aller que j'ai refusé ton invitation.

— Qu'importe une semaine de plus ou de moins? s'écrie-t-elle en colère.

— Cela ne signifie rien, en effet, pour une femme ou une... girouette.

Cette dernière injure exaspère miss Craven.

— Je vois que tu es décidé à me tourner en ridicule! Je vois que tu ne veux pas me croire! dit-elle en se préparant à quitter la chambre comme un tourbillon.

— Ma chère Essie, dit Jack en se levant précipitamment, lui saisissant les deux mains et s'efforçant de ne pas rire; — me voilà, dis-moi tout, et je te jure, sur la tombe de ma grand'mère, de te croire.

— Pourquoi ne l'aimerais-je pas? Y a-t-il en lui quelque chose de si haïssable qu'on ne puisse l'aimer? réplique-t-elle en sanglotant.

— Non, rien que je sache... excepté ses souliers, et c'est toi qui m'as dit que...

— Oui, c'est vrai, reprend-elle en souriant à travers ses larmes... Ils sont affreux et je pourrais dire qu'ils me hantent.

— Il est bien loin de s'en douter, je peux te l'assurer, car,

pas plus tard qu'hier, il me les montrait avec orgueil en me
disant qu'il les achetait chez Hugh Hugues, à Naullan, et
qu'il me conseillait d'en avoir de semblables.

— C'est pourtant vrai, dit Esther en s'appuyant sur le dos
d'une chaise qu'elle dandine. Il est devenu tout stupide;
mais, après tout, je ne sais pas si ce sont les gens qui disent
des choses spirituelles avec qui on aimerait le mieux passer
sa vie.

— Tu penses alors passer ta vie avec lui, dis-moi? La
dernière fois que tu m'as fait l'honneur de me confier tes
plans, tu devais rester une vestale jusqu'à la fin de tes
jours.

— Je pense à l'avenir; je ne puis m'attendre à ce que tu
te contentes de moi éternellement, répond-elle avec un sourire assez triste; et alors, quand je serai remplacée, un bon
garçon bien simple, avec des idées très chevaleresques sur
le rôle de la *Femme*, la femme avec une grande *F*, qui rira
de mes plus sottes plaisanteries, sans les comprendre et sans
en faire, celui-là vaudra mieux que rien.

— C'est bien ! dit tranquillement Jack en se dirigeant vers
la porte et déployant le *Times* avec un froissement de papier qui couvre presque entièrement sa voix. — Comme il
te plaira : seulement, tu auras la bonté de me dire à quand
la noce, car il me faut un habit. Je ne pense pas que celui
que j'ai eu à l'enterrement de l'oncle John puisse encore me
servir.   .   .   .   .

.   .   .   .

Le désir d'être aimé est assez général, mais dans Esther
il est porté jusqu'à la passion. C'est l'origine de toutes les
sottises et de toutes les fautes que vous allez trouver dans
la suite de cette simple histoire. Elle aurait voulu que
l'homme, la femme, l'enfant, la vache, le veau, le chien,

le chat qu'elle rencontrait la vissent venir avec joie et partir avec chagrin. Mais Robert ne ressemble pas à son idéal, à l'idéal qu'elle s'est représenté de grandeur naturelle dans le miroir de son esprit durant les longs instants inoccupés de ces deux dernières années de transition ; il est vrai que si nous attendions pour nous marier que notre idéal vînt frapper à notre porte, le monde serait bientôt dépeuplé de ses habitants légitimes. L'idéal de miss Craven est brun ; à dix sept-ans, l'idéal est toujours brun : il a de grands yeux fiers, languissants et impénétrables. Robert est blond comme les blés et ses yeux sont bleus et francs ; ils expriment sa pensée ni plus ni moins que sa langue ; ils n'ont rien de fascinateur, ce qui n'est pas une recommandation pour une femme. Le nez de l'idéal est d'une fine proportion et délicatement sculpté ; ses joues sont plutôt creusées et pâlies par trente-cinq ans environ d'une vie agitée, mondaine, insouciante, pendant laquelle on n'existe pas. L'idéal transgresse les commandements avec une aisance gracieuse ; il serait porté au scepticisme et à la raillerie à l'égard des antiques croyances et des faits consacrés par le temps et le respect. Robert, chaque soir, prie à genoux de « n'être pas induit en tentation et d'être délivré du mal » ; il croit fermement tout ce qui lui a été enseigné depuis l'A, B, C, et ne pourrait pas plus donner à ses lèvres honnêtes l'expression de la moquerie qu'il ne pourrait trouver la quadrature du cercle. Les enfants qui le voient pour la première fois viennent placer leurs petites mains potelées dans la sienne et lui rient avec une impudence confiante ; des chiens qui ne le connaissent pas viennent frotter leurs têtes velues contre ses genoux et se couchent en rond contre ses pieds amis. L'idéal monte à cheval comme un vrai Centaure. Robert, très amateur d'un jour de chasse à courre, sait, à l'oc-

casion, débourser ses deux guinées pour louer un cheval,
ce qui n'arrive pas très souvent, et il aime à en avoir pour
son argent en franchissant aveuglément tout ce qui lui fait
obstacle, mais il n'a aucune idée de l'équitation. L'idéal est
une idole que l'on élève pour l'adorer, un Baal auquel on
rend un culte de sang, de larmes, de sacrifices. Robert est
un adorateur que l'on rend heureux par un froid regard
et un rare sourire. *Adorer* est plus agréable pour une
femme que d'être adorée. En adorant, on élève ses regards ; en étant adorée, on les abaisse.

Suivez-moi ce dimanche d'août à travers les bois de Glan-
yr-Afon jusqu'à Plas-Berwyn, c'est-à-dire de chez Esther
chez Robert. Il y a à peine cent mètres à l'ombre ou au soleil
par un étroit sentier peu fréquenté dont la trace n'est qu'ef-
fleurée au milieu des herbes sèches et des fougères en graines qui le recouvrent. Déjà les pommes rougissent dans le
petit verger de Plas-Berwyn ; les champs moissonnés et nus
étendent leur chaume doré sur le penchant des collines.
Pendant bien des jours, le blé a jauni sous le regard ardent d'un soleil sans voile, et maintenant le voilà tombé ;
l'orge a baissé sa tête barbue sous le tranchant de la faucille
et les avoines leurs tremblantes couronnes. Toute la récolte
de mistress Brandon est faite et rangée en énormes meules.
Bien construire une meule est tout ce qu'un Gallois sait
faire.

Il est une heure après midi et le révérend Evan Evans
permet à sa congrégation de sortir de la vieille grange blanchie et affaissée qu'il appelle son église et de reposer ses esprits après les textes mal coordonnés et mal expliqués qu'il
appelle son sermon. Plas-Berwyn est une maison à peu
près de la grandeur de Glan-yr-Afon, mais les pièces n'y
paraissent pas si grandes parce qu'elles sont beaucoup plus

remplies de gros meubles et de grosses personnes. La salle
à manger est encombrée par une grande table d'acajou, un
grand buffet d'acajou, de grandes chaises d'acajou, reliques
incommodes, conservées précieusement comme le témoignage d'un passé plus opulent, ainsi que le plateau de laque et les chandeliers de cuivre. Il y règne partout une atmosphère pesante de vétusté et de grave ennui. Rien du parfum, de la lumière, de la mélodie que la jeunesse, la seule
jeunesse, fût-elle dépourvue d'autres qualités, porte en soi-
même.

Généralement, on est maussade et on a une faim inaccoutumée le dimanche; j'ignore pourquoi, mais regardez votre prochain et vous verrez que c'est vrai. Affamés ou non, les
Brandon sont à dîner; c'est un dîner frugal et économique
de bœuf froid et de tarte aux pommes froide. Il ne paraît jamais rien de chaud sur leur table le jour du Seigneur,
parce que dans la matinée du dimanche toute âme vivante
à Plas-Berwyn, chaque fille de cuisine, chaque servante récalcitrante est poussée, de gré ou de force, à l'église; la
porte de la maison est fermée et mistress Brandon en garde
la clef dans sa poche.

Tous les Brandon détestent dîner dans le milieu du jour;
or, le dimanche ils dînent dans le milieu du jour. Chacun
sait qu'il n'y a rien de plus désagréable que de rester dans
la pièce où l'on a pris son repas et où l'odeur durable et la
vapeur des viandes que l'on a desservies montent encore à
vos yeux et à votre nez; par conséquent, les Brandon se
tiennent dans la salle à manger. Le dimanche est pour eux
une combinaison des tristesses du mercredi des Cendres et
du vendredi saint. Le samedi soir, miss Bessy Brandon ramasse les romans, les voyages, les biographies, les revues,
les ouvrages de poésie qui traînaient partout, en nettoie la

place et les condamne à être consignés dans une armoire, jusqu'à ce qu'elle leur rende la liberté le lundi matin.

La famille Brandon, au moment présent, a donc pris sa figure et ses habits du dimanche, aussi peu seyants que possible. Peu d'hommes sont à leur avantage dans le strict costume de cérémonie, et, par une raison inexpliquée, un habit noir fait par un tailleur de campagne va plus mal qu'un habit de couleur. Le vêtement qui couvre les larges épaules de Bob arracherait des larmes à M. Poole, le célèbre tailleur, s'il pouvait le voir. Quant à mistress Brandon, elle a, habituellement, sa figure du dimanche — je ne dis pas cela pour la blâmer — mais seulement pour rappeler que c'est une expression placide, uniforme, que n'altère jamais une vive manifestation de joie ou de colère. Elle est toute vêtue de soie fanée et porte sur sa poitrine une miniature de feu M. Brandon, en robe et ceinture de ministre, aussi grande qu'une soucoupe et contenant, à l'intérieur du médaillon, deux boucles de cheveux du susdit Brandon. Il y a si longtemps qu'il est mort qu'elle doit avoir oublié jusqu'à sa figure, mais elle porte encore son effigie, de même qu'une vieille auberge continue à porter l'enseigne de la *Tête noire*, bien qu'il y ait des siècles que les Sarrazins ont disparu de la surface de la terre.

Vis-à-vis l'une de l'autre, et toutes semblables, sont assises les misses Brandon, vêtues de petites robes qui ne sont d'aucune étoffe ni d'aucune couleur. De minces bandeaux bien plats et bien lisses descendent sur leurs oreilles, et des chignons minuscules sur leurs nuques. Leurs petites personnes, sans buste, sans taille, sans hanches, leurs longs nez tristes et leurs yeux ternes et doux, proclament qu'elles appartiennent à la tribu des vierges à qui saint Paul a promis la palme de l'excellence. La littérature du dimanche est

éparpillée sur des chaises durement rembourrées : « *Mettez
une digue au torrent,* » posé à plat la table, est ouvert à l'endroit où miss Bessy l'a abandonné en faveur du bœuf froid ;
la « *Nuit du samedi* » garde entre ses feuillets un couteau
à papier.

— Coupe deux ou trois grosses tranches de bœuf, Bob,
mon cher ; ce sera très bon pour le vieux John Owen, dit
mistress Brandon de sa voix bienveillante et cassée.

— Nous les lui laisserons en allant à la chapelle. Bob les
portera, dit miss Bessy avec autorité.

Bob se tait.

— Bob, reprend-elle, n'aime pas à porter un panier. Il
croit que cela manque de tenue.

— Je me moque bien de la tenue, dit Bob en riant. Si un
homme est comme il faut, il le sera toujours, quand même
il pousserait un perambulateur dans Régent's street ; mais,
à dire la vérité, je préfère ne pas aller à l'église cet
après-midi.

— Ne pas aller à l'église ! ne pas aller à l'église ! ! ne pas
aller à l'église ! ! ! sur trois tons différents, passant de l'é-
tonnement jusqu'à une incrédulité pleine d'horreur.

Car M. Brandon a rarement manqué d'assister au service
divin depuis l'heureux jour où, il y a vingt-deux ans, lorsqu'à l'âge tendre de trois ans, accablé de sommeil, il est
tombé de son banc avec un grand fracas et s'est fait, à son
jeune front, une monstrueuse bosse rouge. Robert sent bien
le poids de l'opinion publique, mais, avec un courage viril,
il maintient sa décision.

— Pas aujourd'hui, ma mère. Esther doit venir nous
faire ses adieux à tous, et, pour son dernier jour, je tiens
à la voir le plus longtemps possible.

— Que veux-tu dire, Bob? Est-ce qu'elle va mourir cette

nuit? demande miss Bessy en relevant vivement sa tête
d'un blond de filasse.

— Dieu nous en préserve! s'écrie-t-il avec un mouvement d'effroi : non! mais elle part demain pour aller passer
huit ou dix jours chez des amis.

— Elle s'en va sans nous en avoir dit un mot?

— Êtes-vous donc surprises qu'elle ne nous dise pas où
elle va? Est-ce qu'elle est obligée de tout *nous* dire? Est-ce
qu'elle doit nous prendre pour ses confidents? insinue miss
Bessy avec un dépit mal dissimulé.

Le dépit est permis le jour du sabbat, quoique les pommes
de terre chaudes et les romans soient défendus.

— Jusqu'à hier, elle n'en savait rien elle-même, répond
Bob brièvement.

— Mais quels sont ces amis qui ont surgi tout à coup?
Quel est leur nom? Où demeurent-ils? Raconte-nous cela,
cher enfant, dit doucement la vieille dame, en voyant que
son fils est un peu irrité.

— Leur nom est sir Thomas et lady Gérard; ce sont d'anciens amis du père des Craven et ils vivent dans le comté
de ***. C'est tout ce que j'en sais.

— Un vieux couple bien tranquille, je pense? Est-ce que
ce ne sera pas un peu triste pour une jeune fille vive et gaie
comme Esther?

— Je crois qu'il y a une jeune personne de son âge, une
pupille de sir Thomas.

— Une pupille, oh!

— Et un fils aussi.

— Un fils, oh!

— Eh bien! pourquoi pas un fils? Quel mal y a-t-il à cela?
demande Bob, en élevant la voix avec quelque impatience.

— Aucun mal! cela vaut bien mieux qu'une fille! Un

garçon peut faire son chemin tout seul! Je ne sais pas de quoi vous parlez, dit une voix jeune et hardie, qui se fait entendre en même temps qu'apparait une tête brune par la porte entr'ouverte. Oh! vous êtes en train de dîner? alors, je vais rester dehors jusqu'à ce que vous ayez fini; c'est si désagréable qu'on vous regarde pendant que vous mangez, n'est-ce pas? Je déteste ça! — et la tête et la voix disparaissent aussi vite qu'elles étaient venues.

Une rougeur foncée couvre les joues vermeilles de Robert, vermeilles comme celles du roi David quand il gardait son maigre troupeau dans les champs de Syrie. Rejetant bruyamment son couteau et sa fourchette, fermant la porte avec un fracas qui fait bondir sur leurs chaises de crin les misses Brandon, il s'élance après la petite apparition. Peu après, il la ramène en triomphe.

— Ainsi, vous allez nous fuir, mon amour? dit mistress Brandon en serrant dans sa vieille main veinée la jeune main blanche d'Esther.

— Oui! je le crains! N'est-ce pas un bien grand ennui?

— Si c'est un si grand ennui, pourquoi y allez-vous? dit sèchement miss Bessy.

— Parce que je pense que je dois me chercher quelques amis. Personne n'a si peu d'amis que Jack et moi. A vrai dire, nous n'en avons aucun, excepté vous, cependant, ajoute-t-elle avec un second mouvement.

— Quand vous serez à mon âge, ma chère, dit mistress Brandon en secouant la tête et les innombrables garnitures de son bonnet, et voulant faire peser sur la vive jeunesse d'Esther le poids de sa triste expérience, selon la terrible coutume des vieilles gens, — quand vous serez à mon âge, vous trouverez qu'un petit nombre de bons amis vaut mieux qu'un grand nombre d'indifférents.

— Mais pourquoi ces personnes ne seraient-elles pas pour moi de bons amis? demande la jeune fille non convaincue. Qui sait? Il y a dans le monde plus de bonnes gens que de méchantes gens; ainsi, les chances sont en leur faveur.

— Il nous est extrêmement défendu de juger autrement... commençait miss Bessy charitablement — mais voilà le premier coup de cloche; allons vite mettre nos affaires, Jane!

VII

Cinq minutes plus tard l'on voyait, gravissant lentement le chemin qui conduit à la Maison de prière, trois grands parasols bruns, un vaste chapeau noir, et deux petits chapeaux de couleur terne. Les amants ont Plas-Berwyn pour eux seuls. Bob est resté maître du terrain, malgré une épigramme que lui adresse en partant Bessy sur l'inconvenance d'abandonner le Créateur pour la créature.

— Ding dong! s'écrie gaiement Esther en sautant dans la chambre comme un enfant et en imitant le son de la cloche de l'église qui vient à travers la vallée: écoutez, Bob! ne croirait-on pas qu'elle dit *ding dong* comme si elle parlait? Ah! je vais changer toutes les places où elles en étaient dans leurs pieuses lectures, et je parie qu'elles ne les retrouveront pas; — et, ce disant, elle ôte le couteau de *la Nuit du samedi* et, suivant le titre, *ferme* soigneusement *les digues du torrent.*

— Quelle vivacité vous avez aujourd'hui, Essie! dit Bob à cheval sur le rebord de la fenêtre, ses longues jambes pendantes, l'air lugubre et la suivant du regard comme les yeux d'un enfant suivent un papillon. — Je pense que vous vous réjouissez d'être pendant quinze jours débarrassée de moi.

— C'est possible, répond Esther négligemment. Toute ma vie, je n'ai vu et entendu que Glan-yr-Afon et Plas-Berwyn maintenant je vais voir et entendre quelque chose de nouveau. Ce peut être mieux, ce peut être pire, mais, sûrement, ce sera différent. Peut-être que je reviendrai, comme le rat des champs, plus amoureuse que jamais de mes croûtes de fromage et de mes bouts de chandelle; peut-être — le regardant avec malice — peut-être que je trouverai là quelqu'un que j'aimerai mieux que vous, et que je ne reviendrai pas.

— Chut ! dit-il vivement en lui mettant la main devant la bouche. Ne dites pas cela ; c'est une méchante plaisanterie. Je crois que vous ne le diriez pas s'il ne s'y trouvait quelque apparence.

Esther redevient sérieuse.

— Plût au ciel que vous ne fussiez pas si épris de moi, reprend-elle vivement. Je vous en prie, essayez de vous guérir. Il me semble toujours que je vous fais quelque tricherie... que je reçois et que je ne rends rien.

— J'aurais pu renoncer à vous d'abord, si vous m'aviez parlé très nettement; je suis certain que j'aurais su me passer de vous comme j'ai pu me passer de bien des choses que d'autres jeunes gens regardent comme nécessaires; mais, maintenant...

Il a saisi ses deux mains et les tient serrées devant lui. C'est la seule familiarité qu'il se soit jamais permise ; jamais, encore, il n'a embrassé sa fiancée. « C'était, lui avait-elle dit un jour, une sotte coutume, pas plus raisonnable que de frotter ensemble ses deux nez, comme les naturels des îles Fedjé ; pour sa part, elle détestait ça, etc. »

— Mais, maintenant... quoi ? Finissez donc votre phrase, dit gaiement la petite captive.

— Esther, je voudrais que ces gens n'eussent pas un fils.

— Quelles gens ?

— Les Gérard.

— Pourquoi ? Est-ce que vous pensez qu'ils vous feraient leur héritier s'ils n'avaient pas d'enfants ?

— Non, ce n'est pas cela, dit-il en souriant malgré lui ; mais, Essie, promettez-moi de m'écrire et de me dire comment il est.

— Oui.

— Quel âge il a.

— Oui.

— Si vous le voyez souvent.

— Oui.

— Ce qu'il vous dit.

— Oh ! cela, je ne puis le promettre, répond-elle en riant. Comment, mon cher ami, vous êtes jaloux d'un nom, d'une ombre, d'un être imaginaire ?

— Oui ! je suis jaloux, répond-il en rougissant. Je ne peux pas plus l'empêcher qu'un homme qui a la goutte ne peut empêcher les élancements. Je serai jaloux jusqu'à ce que vous soyez réellement à moi ; après, je ne le serai plus.

— J'espère bien que non, dit-elle légèrement, car si vous l'étiez, je croirais de mon devoir de vous en donner des motifs.

La cloche a cessé. On n'entend dans la chambre tranquille d'autre son que celui du bourdonnement d'une grosse mouche vert-bouteille qui travaille à grimper à la vitre et retombe lourdement. Robert a quitté le bord de la fenêtre, qui n'est un siège ni commode ni agréable. Il va et vient par la petite chambre, la traversant dans toute sa longueur en un pas et demi. Esther s'est jetée dans un de ces fauteuils américains à bascule et elle s'y balance violemment, essayant de se tenir sur le bord.

— Promettez-moi, Essie, dit le jeune homme, s'arrêtant brusquement devant elle, promettez-moi que nous parlerons sérieusement de... vous savez quoi... à votre retour. Je vous donne jusque-là. Grand Dieu! quel singulier marché Jacob avait fait en consentant à ces quatorze années!... Si je peux devenir adjudant des volontaires, poursuit-il en continuant sa promenade, les yeux fixés en terre et le sourcil froncé par l'intensité de ses réflexions, — ou, mieux encore, de la milice, ou bien capitaine, ou gouverneur de quelque prison?... Il y a toujours des places vacantes, pourquoi n'en aurais-je pas comme un autre? Nous avons besoin de si peu!...

— De si peu... interrompt Esther. Parlez pour vous, je vous prie. J'ai besoin de *beaucoup*, moi ; seulement, à ce que je peux prévoir, il faudra que je me contente de peu.

— Vous n'êtes pas une belle dame, dit-il en se parlant plus à lui qu'à elle-même, à qui il faut du monde pour la servir. Vous savez faire vos robes, vos chapeaux, n'est-ce pas? Mes sœurs les font.

— On s'en aperçoit bien, répond sèchement Esther.

— Que voulez-vous dire? N'ont-elles pas raison? Est ce que vous ne les trouvez pas bien? demande-t-il avec surprise et s'arrêtant court, comme si l'idée qu'il peut manquer quelque chose à la toilette de ses sœurs ne s'était jamais présentée à lui. Mais l'expression de la jolie bouche d'Esther est plus significative que tout ce qu'elle pourrait dire contre les costumes des misses Brandon.

— Si nous n'avions pas un revenu suffisant pour vivre par nous-mêmes, dit-il en reprenant sa promenade, nous pourrions faire ménage commun avec ma mère et mes sœurs. Je suis persuadé qu'elles ne s'y refuseraient pas.

— Mais moi, *je m'y refuserais*, s'écrie Esther, se levant

brusquement et comme indignée. Nous en aurions par-dessus la tête en moins d'une semaine. Robert, faut-il vous répéter que si je vous aime assez pour aller naviguer avec vous sur le fleuve de la vie aussi longtemps qu'il sera tranquille et agréable, je ne vous aime pas assez pour en affronter les dangers et les écueils? Je le ferais pour Jack, et bien volontiers, mais non pour aucun autre sur la terre.

— Vous ne m'aimerez donc jamais autant que Jack? lui demande-t-il en la regardant avec une telle tendresse qu'il semble impossible qu'elle n'en soit pas touchée. Son regard à elle reste froid; la froide expression de l'amitié.

— Jamais.

— Pas dans dix ans?

— Non, non, pas même dans mille ans. Ne pouvez-vous donc voir combien les choses sont différentes? Si on perd un amant, on peut en retrouver une centaine tout aussi bons, sinon meilleurs, que celui qu'on a perdu; mais, si je perdais Jack... O mon Dieu! comment puis-je supposer une chose aussi terrible?... Qu'est-ce qui me rendrait un autre frère?

— Comme vous voudrez, puisque je ne dois, toute ma vie, jouer que la seconde partie; mais, — en soupirant, — Essie, pouvez-vous me promettre de m'écrire tous les jours?

— Oh! non.

— Tous les deux jours, alors?

— Non! certainement.

— Deux fois par semaine, au moins?

— Peut-être,... si j'ai quelque chose à dire.

— Et vous êtes certaine de ne pas rester plus de quinze jours?

— Cela dépend! S'ils veulent me traiter en parente pauvre, je reviendrai après-demain. Si, au contraire, ils se montrent empressés, et si M. Gérard est jeune, beau et

4

aimable, j'ose affirmer que vous ne me reverrez pas avant
deux mois.

Il prend l'air si peiné qu'Essie a quelques remords de
conscience.

— Là, dit-elle, je vous ai assez tourmenté pour une fois.
Embrassons-nous et soyons amis, au figuré s'entend. Venez,
dit-elle, en étendant la main pour le tenir à distance, allons
au potager voir si les guêpes nous ont laissé quelques abricots.
Si Bessy était ici, elle nous raconterait de charmantes histoires de gens qui ont cueilli des abricots le dimanche et à
qui ils sont restés dans le gosier, qui en ont été étouffés et
sont morts dans d'horribles souffrances, mais je suis prête à
en courir les risques avec vous.

. . . .

Neuf heures du soir. Les servantes sont retournées à la
chapelle, combinant le double avantage de sanctifier leurs
âmes et de rencontrer leurs amoureux. Esther, délivrée du
sien, est assise à terre près de la fenêtre ouverte du salon, son
frère auprès d'elle. Les corbeaux qui noircissaient les champs
il n'y a qu'un moment se sont envolés vers leurs nids éloignés.
Le monde est grand, immense! Qui pourrait imaginer qu'il
renferme tant d'hommes occupés, tant de chiens aboyants,
tant de machines à vapeur fumantes? Il semble, ce soir,
n'être qu'un monde d'étoiles et de fleurs.

Jack fume. De temps en temps, Esther lui prend sa pipe,
pousse une ou deux bouffées, étouffe, tousse et la lui rend.
O douceur de l'intimité qui permet de rester assis des heures
durant près de quelqu'un sans dire un seul mot! Esther
songe à cette existence champêtre, agréable comme une
idylle. Elle pourrait se croire une bergère d'Arcadie, dans
cette charmante vallée, loin de la fumée des villes, des
soins vulgaires, des soucis ordinaires. Elle est jeune et belle

— nulle jolie femme ne se déprécie intérieurement. — Elle
vit avec un frère qui est pour elle ce que sont père, mère,
frère, sœur, mari, enfants; un frère qui n'a que trois ans de
plus qu'elle, et, par conséquent, ne doit pas mourir longtemps avant elle. Puis, elle pense, non sans un peu de regret,
que cette vie si belle et si poétique passe vite et si vite qu'elle
n'a pas le temps d'en goûter suffisamment toute la douceur.

— Que feras-tu à cette heure-ci demain, Essie? lui demande Jack, interrompant sa rêverie.

— Je puis répondre que j'aurai la plus grande envie de
revenir, dit Essie avec assurance. Jack, continue-t-elle en
frottant doucement sa joue contre sa jeune épaule, — car
Jack n'est encore qu'un adolescent, — Jack, je crois que si
j'étais dans le paradis et si je te voyais ici, tout seul, fumant
ta pipe, je jetterais là ma harpe et ma couronne pour venir
te tenir compagnie.

— Je crois que si tu étais dans le paradis, murmure Jack
gravement, tu serais si surprise et si charmée de te trouver
là, que tu ne serais nullement pressée d'en descendre, ni
pour moi, ni pour d'autres.

— C'est possible, mais je ne le crois pas, répond-elle en
soupirant et en passant doucement son bras sous le sien.

— As-tu un peu d'argent, Essie?

— Beaucoup.

— Combien?

— Cela ne t'importe pas.

— Mais il m'importe au contraire.

— J'en ai assez pour l'aller et le retour et je ne suppose
pas qu'ils me fassent payer ma nourriture et mon logement.

— Les domestiques, dans ces maisons riches, s'attendent
à beaucoup de pourboires, dit Jack pensivement, en secouant
les cendres de sa pipe.

— Ils peuvent s'y attendre, alors. C'est une chose utile à tout le monde qu'un petit désappointement. Ce serait plutôt à eux à me donner des pourboires.

— Il peut y avoir aussi des sermons de charité, continue le jeune homme avec une prévoyance digne d'un âge plus avancé. Je ne sais comment cela se fait, mais je n'ai jamais été dans un nouvel endroit sans y trouver des quêtes pour les Cafres ou pour les Juifs, ou pour les curés supplémentaires, ou n'importe quoi, dès le dimanche suivant.

— Je dirai que j'ai oublié ma bourse.

Jack remet sa pipe dans sa poche, se lève, se retire dans son cabinet de travail, allume une bougie, fouille dans un tiroir et revient avec un billet de banque de cinq livres. Les billets de banque n'abondent pas à Glan-yr-Afon.

— Voilà, Essie.

— Non! *Non!* Non! crie Essie de tout son pouvoir, en mettant ses mains derrière son dos.

— Oui! *Oui!* Oui!

— Il ne te restera pas assez d'argent pour payer les gens samedi soir.

— Parle de ce que tu sais, dit Jack brusquement. Est-ce que tu crois que je laisserais ma sœur s'en aller comme une mendiante?

— O Jack! Jack! dit-elle en se jetant à son cou et cachant sa figure dans sa poitrine hâlée. — Comme c'est cruel de toujours recevoir et de ne rien donner! Oh! si j'avais quelque chose à te donner! Mais tu sais que je n'ai rien au monde.

— Tu as Bob.

— C'est vrai — faisant une petite grimace — et tu sais que si cela pouvait te faire le moindre bien, je te le donnerais, et de grand cœur, encore!

VIII

Le train de Brainton de deux heures vingt-cinq arrive à
Felton à cinq heures trente. Il approche de Mither maintenant, escorté par une avant-garde, un corps d'armée et une
arrière-garde de nuages de poussière. Il marche sous un
soleil qui frappe l'impériale des wagons de manière à les faire
ressembler à des compartiments de l'enfer. Dans une voiture de première classe, il y a un baby enrhumé, et la nour-
rice et la mère idolâtre exigent que la fenêtre reste fermée.
Il y a encore un vieux ministre, très rustique, portant des
lunettes dorées, un jabot, et lisant le *Guardian*; un voyageur de commerce, sans chapeau, un bonnet écarlate sur la
tête, et profondément endormi les jambes en l'air ; une jeune
personne, enfin, assise au fond de la voiture, aveuglée par la
poussière du charbon qui lui souffle à la figure, étouffant,
toussant avec la plus grande patience. Sur ses genoux, elle
a posé un immense bouquet de roses jaunes et rouges et de
giroflées doubles toutes molles et fanées. Bob le lui a apporté
en venant lui faire ses adieux à la station. C'était bien aimable à lui, et le bouquet était très beau, mais, comme elle
avait déjà un sac, une boîte et une ombrelle à porter, elle
pense, sans oser se l'avouer, qu'elle aurait préféré s'en passer.

4.

Le train se ralentit. — Felton ! crie une bande de porteurs en uniforme, comme la longue file de wagons rase le quai.

— Pardon, madame, êtes-vous miss Craven ? lui demande un grand valet de pied poudré, portant la main à son chapeau à cocarde, tandis qu'elle est là, seule, immobile, essayant d'ôter de ses yeux des grains de poussière.

— Oui.

— La voiture attend madame. Veut-elle me dire où sont ses bagages et sa femme de chambre ?

— Je n'ai pas de femme de chambre et voilà mes bagages, indiquant d'une main dont le gant est sali une petite malle debout et si bourrée qu'elle paraît toute prête à éclater. Elle est honteuse de son aspect misérable et très fâchée d'en être honteuse.

— La voiture ne va-t-elle pas se changer en potiron ? se dit miss Craven en montant dans un grand landau jaune, attelé de deux fringants chevaux gris, qui l'attend à la sortie de la station. Après les quintes du baby, le triste roulement du train, comme cela paraît délicieux ! Si c'était seulement ma voiture, se dit-elle encore en s'étendant sur les coussins moelleux avec la sensation de la propriété, tandis que quelques paysans qui passent saluent, en tirant leur mèche de devant, la livrée bien connue. — Eh ! bien, cela est arrivé quelquefois. Mais *Bob !* Le prince tombe amoureux de Cendrillon à première vue; pourquoi le prince Gérard n'en ferait-il pas autant en me voyant ? Je suis sûre que je vaux bien Cendrillon !

Comme on passe devant l'école-modèle de lady Gérard, vingt petites filles de la charité forment la haie dans leur uniforme, robe de cotonnade et chapeau de paille, et font vingt révérences à Esther, qui se sent comme le *Dormeur éveillé* des *Mille et une Nuits*, alors qu'il s'éveille sultan.

Des laboureurs regagnent lentement leur maison, portant leurs outils sur l'épaule et le dos courbé comme il l'est d'ordinaire chez ces travailleurs de la terre. On franchit rapidement des clôtures de parc à travers lesquelles de grandes fougères passent leurs fortes tiges ; puis une *loge*, bâtie en briques rouges et bleues ; puis un parc ombreux et pittoresque ; on arrive à un château également bâti de briques rouges et bleues et les dalles retentissent sous un portique sonore. Le *potiron* s'arrête ; Cendrillon en descend.

— Miss Craven ! annonce le maître d'hôtel en ouvrant une grande porte, et miss Craven, rassemblant tout son courage, pénètre dans une grande et sombre bibliothèque, toute tapissée de livres grands et sombres, et elle y marche comme un petit ramoneur. La poussière est amassée sur son chapeau ; la poussière, non la belladone, fait une ombre noire sous ses yeux ; la poussière poudre ses cheveux, ses cils et son nez, sur lequel, en outre, sans qu'elle s'en doute, heureusement pour elle, il y a encore une tache noire, et, enfin, une couche de poussière s'étend sur les roses jaunes fanées, qu'elle a conservées par conscience.

A son entrée, une déesse s'élève comme une suave vapeur et vient au-devant d'elle en flottant sur un nuage lilas. C'est ainsi, du moins, que les choses lui apparaissent ; mais en réalité, c'est une grande et belle jeune dame, en robe de mousseline mauve, qui s'avance vers elle, et, au même moment, on voit disparaître par la fenêtre les deux jambes d'un homme.

— Comment êtes-vous ? lui demande gracieusement la déesse. Je pense que le train a eu du retard ? Nous vous attendions il y a une demi-heure.

— Oui.

Un silence, pendant lequel on cherche quelque chose à se dire.

— Voulez-vous du thé ?

— Oui, s'il vous plaît.

Le thé est versé ; il a attendu une heure sur la table et il est complètement froid. La déesse et la petite charbonnière s'examinent réciproquement.

— C'est inquiétant, se dit celle-ci ; elle parle si bas et elle a une telle difficulté à prononcer les *R* ! C'est probablement plus distingué. Eh bien ! dorénavant, j'appellerai Robert *Obert...*

— Elle serait jolie si elle n'était pas si malpropre, se dit l'autre...

— Du même âge que moi, probablement, mais elle a l'air d'avoir cinq ans de plus...

— Je pense que, si vous le voulez bien, nous ferions mieux d'aller nous habiller. Sir Thomas exige une grande exactitude.

— Vraiment ? Était-ce sir Thomas qui s'en allait par la fenêtre quand je suis entrée ?

— Oh ! non, c'était Saint-John.

— Saint-John, se dit Esther à part ; quel joli nom ! bien plus joli que Bob !

.   .   .   .

Sir Thomas Gérard se promène de long en large dans la bibliothèque, sa montre à la main et prêt, au premier coup de la pendule, à tirer violemment le cordon de la sonnette pour demander ce que signifie ce retard. Sir Thomas est un gros homme qui affecte l'apparence d'un bon gentilhomme campagnard, qui s'habille en conséquence et ne parvient, après tout, qu'à ressembler à l'idée que les Français se font d'un *mylord*, tel qu'il était représenté dans le *Punch*, il y a quelques années, où on le voyait avec un chapeau bas de forme et des pantalons larges, la physionomie d'un boucher,

faisant claquer son fouet et criant d'une voix de stentor,
conformément à son rôle : « Rosbif ! J'enverrai ma femme à
Smiffel ! Goddam ! etc., etc. »

Sir Thomas n'use pas de ce langage en parlant à lady
Gérard, mais, sous d'autres rapports, le portrait lui ressemble. Lady Gérard est couchée dans un fauteuil ; elle est d'un
embonpoint effrayant ; elle a un nez court et retroussé, les
jambes courtes, le teint rouge et les cheveux rares. La pendule sonne et au même instant le maître d'hôtel ouvre la
porte en annonçant que le dîner est servi.

— Allons, Conny ; dit sir Gérard en offrant le bras à sa
pupille.

— N'attendons-nous pas miss Craven ? Et Gérard n'est pas
encore descendu, dit lady Gérard en se soulevant péniblement de son fauteuil.

— Les attendre ? Non pas ! répond sir Thomas. Si les gens
ne veulent pas se conformer à la règle de ma maison, tant
pis pour eux ! Ils peuvent se passer de dîner ou se servir
eux-mêmes. Allons, Conny.

La soupe est presque finie quand deux personnes qui se
rencontrent à la porte, par une coïncidence fortuite, font
leur entrée simultanément dans la salle à manger.

— Aussi coupables l'un que l'autre, dit Saint-John Gérard,
en jetant un regard ironique à son père et saluant Esther,
comme il s'assied près de miss Blessington.

— Bonjour, dit sir Thomas, tendant à Esther la main gauche, car de la droite il tient encore sa cuiller. Nous n'atten-
dons jamais personne ici. Nous ne laisserions pas refroidir
la soupe, même pour la reine ou le lord chancelier.

— En arrivant, miss Craven vous a pris pour sir Thomas,
dit miss Blessington à son voisin, de sa voix la plus douce.

Il regarde alors, à travers l'obstacle qui les sépare et qui

est formé par de grands bégonias dans des vases d'argent,
et il voit un joli visage qui cherche aussi à l'apercevoir par-
dessus et par-dessous le large feuillage de pourpre. Esther n'a
pas un visage de madone. Un artiste n'en ferait ni une sainte
Cécile, ni une sainte Catherine, ni une sainte quelconque.
Sa beauté est ce qu'on appelle la *beauté du diable*. Elle a
une de ces figures vives, agaçantes, animées, aussi prêtes
au rire qu'aux larmes, passant du sérieux à la gaieté pour
la moindre chose; une de ces charmantes figures qui sont
au fond de toutes les folies de ce monde.

— Je n'ai vu que des jambes, dit-elle pour s'excuser; je
ne pouvais savoir si elles étaient jeunes ou vieilles.

Miss Blessington prend l'air choqué, comme si elle trouvait
qu'Esther s'exprime d'une manière un peu libre; car, en
effet, dans cette voie d'épuration où nous sommes de plus en
plus en Angleterre, le mot *jambe* sera désormais effacé; le
mot bras le suivra sans doute, et peut-être aussi le *nez*.
Quoique miss Blessington paraisse choquée, Saint-John se
met à rire. Il est très agréable quand il rit, et tout à l'heure
il l'était beaucoup moins à l'aspect de sa soupe froide.
Quand il est de mauvaise humeur, on pourrait lui trouver
un peu de ressemblance avec son père, ce qui le mettrait en
fureur si on le lui disait. Assurément, il ne peut passer pour
beau. Il n'a rien du nez droit, des joues roses et des cheveux
blonds bouclés du prince charmant. Il n'est pas, non plus,
de la première jeunesse, c'est-à-dire que ce n'est pas un
jeune homme, car il a près de trente-cinq ans. Son visage
est bruni comme s'il avait été exposé, tantôt à un vent glacé,
tantôt à un brûlant soleil. Il n'a pas les mains blanches; en
un mot, il n'est pas ce qu'on appelle un *joli garçon*.

— Qu'est-ce que c'est? s'écrie sir Thomas d'une voix forte;
ses raides cheveux gris dressés sur sa tête et les veines de

son front gonflées, en se retournant vers un malheureux valet
qui a eu la maladresse de laisser tomber trois cuillers hors
du plateau. — Stupide animal! Faites donc attention à ce
que vous faites, ou je vous chasse tous, les uns après les
autres !

Esther reste la bouche ouverte, comme terrifiée et presque
humiliée, mais les autres conservent cette sorte de tranquillité qui vient de leur longue habitude des façons gracieuses
du vieux gentilhomme. Seulement, une expression de mépris et d'indignation passe comme un éclair dans les yeux
de Saint-John.

On ne parle jamais beaucoup à Felton, durant le dîner :
Saint-John, parce qu'il sait trop bien qu'il serait toujours
contredit par son père, n'importe sur quel sujet; lady Gérard parce qu'elle sait qu'il est difficile de faire bien deux
choses à la fois, et que celle qu'elle veut bien faire étant de
bien manger, elle aime mieux renoncer à la conversation:
miss Blessington, parce qu'ayant contribué à l'agrément de
la société par sa froide et sévère beauté, elle croit avoir
assez fait.

Cette société reste donc assez silencieuse. Esther regarde
autour d'elle et examine les tableaux. Il y a deux ou trois
Gérards, en grand costume, par sir Thomas Lawrence; une
grosse femme très colorée, sans aucun costume, par Rubens;
Suzanne et les vieillards; Jupiter et Léda, deux fois grandeur naturelle; une Vénus surprise par des Satyres, un
vrai joyau, et bien d'autres encore, tels qu'il s'en trouve
dans la plupart des salles à manger, chez les gens riches,
sujets fort agréables et fort utiles pour récréer les yeux et
l'esprit de leurs filles pendant les repas. Esther était donc
fort attentive à considérer la figure grasse et pudique de la
Suzanne, quand tout à coup elle est interpellée par le

jeune M. Gérard. Elle tressaille et rougit terriblement, comme un enfant qui serait surpris les doigts dans un pot de confiture. Il a l'air de s'amuser de sa confusion.

— Je pensais, miss Craven, que vous devez avoir de nous une première impression bien agréable. Vous devez trouver que nous sommes une famille polie et bien élevée. J'ai sauté par la fenêtre, au risque de me casser le cou pour vous éviter, et mon père et ma mère se sont mis à table sans vous attendre.

— Si vous aviez sauté un peu plus vite, je ne vous aurais pas aperçu, répond-elle, le rouge de ses joues s'effaçant peu à peu, et sa réponse ne s'adressant qu'à la première partie de son discours.

— Oh! c'est que je ne suis pas si jeune qu'autrefois, fait-il avec un soupir ; mais, à dire vrai, nous avions été travailler à dessécher l'étang et j'étais une telle masse de boue que je n'aurais pas osé affronter votre présence.

— Je vous en offre autant. J'étais noire comme du charbon. N'est-ce pas, miss Blessington?

— On est couvert de poussière en chemin de fer, répond miss Blessington par un lieu commun poli et évasif.

— J'ai eu quelque chose de pire à supporter que de la poussière, reprend Esther en essayant de mieux voir son vis-à-vis à travers les bégonias.

— Un baby, peut-être?

— Le plus terrible des babys. Un baby qui avait la coqueluche...

Ils causaient d'une manière animée, gaie, gazouillant comme des oiseaux, ou comme des enfants qui joueraient en riant dans un jardin, sans se douter que dans un coin il y a un gros vieil ours prêt à s'élancer de son antre pour se jeter sur eux. L'ours de Felton s'élance...

— Que diable! pourquoi laissez-vous la porte ouverte?
Georges! Morris! John! Ici! il y a une porte qui bat du
côté de la cuisine. Ne dites pas non, coquins! Je sais qu'il
y en a une, et que je vous y prenne encore, etc., etc. . .

.   .   .   .

Les oiseaux sont couchés et les limaces commencent leur
promenade sur les allées humides du parc. De temps en
temps, un léger zéphyr vient murmurer quelques mots
aux lauriers luisants, puis se tait. Il y a comme un tapis de
nuages gris et minces étendu sur la voûte bleue du ciel.
Les deux jeunes personnes vont et viennent le long de la
terrasse. Esther a mis sur ses épaules un manteau rouge;
elle ne craint pas le froid et elle avait d'abord refusé de le
prendre, mais elle s'est ravisée en faisant la réflexion que
les fenêtres de la salle à manger s'ouvrent sur cette terrasse
et que le prince des contes de fées peut voir et approuver
la combinaison des yeux noirs et d'un manteau rouge, car
ces princes-là aiment ce qui brille; elle a donc accepté.

J'ai parlé d'Esther comme étant petite et j'ai dit que miss
Blessington était grande; mais, en réalité, elles sont de la
même taille. La seule différence, c'est que l'une est comme
une plante jeune et fine, qui a grandi tellement à la grâce
de Dieu qu'elle n'a pas eu le temps de grossir, tandis que
l'autre a atteint son plein développement, sa riche stature,
comme le bel arbre d'une forêt. Elles ont aussi le même âge,
mais quelques femmes croissent, esprit et corps, plus vite
que d'autres.

Les fenêtres ouvertes de la salle à manger se dessinent
sur le sable en grands carrés d'une clarté jaunâtre. On aperçoit, à l'intérieur, des plats de fruits, des verres à moitié
remplis, des moucherons qui volent autour des globes
de lampe en allant y chercher une terrible mort.

5

Sir Thomas est là, dans son fauteuil de velours rouge,
avec ses jambes blanches étendues; les pantalons de toile
blanche et l'habit bleu à boutons d'or sont, j'ai à peine besoin
de le dire, la toilette de dîner des vieux gentilshommes
campagnards. Il a la tête rejetée en arrière. Saint-John est
là aussi, le coude reposant sur la brillante table de chêne
qui le réfléchit comme un miroir et sa tête sur sa main,
dans une profonde méditation.

— Est-ce que vous vous promenez toujours ici, miss
Blessington? dit Esther un peu ennuyée de la monotonie de
ces allées et venues perpétuelles sur la terrasse dont sa
robe traînante balaie une avalanche de petits cailloux.

— Généralement, répond-elle avec un joli sourire.

Miss Blessington a un joli sourire. Les gens qui la
voient pour la première fois le trouvent *angélique ;* mais elle
n'en a qu'un et c'est toujours le même, à toute heure; le
même pour sir Thomas, pour lady Gérard, pour les domestiques, pour les chiens, pour les visiteurs, pour les vieilles
femmes de l'hospice, pour Saint-John. Rien de personnel.

— Toute seule ?

— Pas habituellement.

Le joli sourire est ébauché avec une banale douceur.

— Hum ! cela veut dire avec Saint-John, pense Esther.
Quel dommage que Bob ne soit pas ici ! se dit-elle. Nous ferions alors une partie carrée et nous pourrions changer de
partenaire de temps en temps. Miss Blessington aurait Bob,
et moi Saint-John !

Au-dessous de la terrasse s'étend une belle pelouse ga-
zonnée, dégagée de parterres et d'arbustes, bien fauchée et
bien roulée, tout à fait unie. Là, de petits cerceaux de
croquet se détachent en blanc dans le crépuscule; les maillets
gisent à terre comme des soldats sur le champ de bataille;

des boules rouges, jaunes et bleues parsèment le gazon
comme de gros fruits tombés.

— C'est là-bas votre jeu de croquet?

— Oui.

— Est-il bien plat?

— Oui. Aimeriez-vous à faire une partie?

— Je l'aimerais mieux que de ne rien faire, répond
vivement Esther.

Elle est de ces jeunes filles pour qui les mots de *repos* et
d'*amusement* ne s'accordent pas ensemble, comme il arrive
plus tard.

On entend sortir de la salle à manger un ronflement
sonore, car sir Thomas s'est endormi. Quelqu'un vient à la
fenêtre, regarde au dehors, met une main sur le rebord et
l'enjambe. Saint-John, apparemment, a de l'aversion pour
le mode ordinaire d'entrer dans une maison et d'en sortir.
Maintenant qu'on peut le voir sans l'obstacle des bégonias,
on s'aperçoit qu'il a des yeux bons et intelligents et un nez
assez long, bruni par le soleil.

— Venez-vous vous joindre à nous, Saint-John ? lui
demande miss Blessington en se baissant pour remettre un
cerceau incliné et lui adressant cette invitation avec un
regard de ses beaux yeux sans expression.

Saint-John hésite, attendant d'être invité aussi par Esther,
mais elle est en train de se balancer les deux pieds sur un
maillet, sans paraître faire attention à lui.

— Je ne veux pas, se dit-elle, qu'on me prenne pour une sotte.

— Est-ce que je joue jamais? répond-il avec impatience
et s'éloignant d'un air fâché.

— Il n'accepte pas votre invitation avec la reconnaissance
qu'elle mérite, ce me semble? dit miss Craven un peu méchamment.

— Il déteste ce jeu-là — répond miss Blessington avec un peu plus d'aigreur qu'elle n'en voudrait montrer — surtout quand on est en nombre impair.

— Oh !

Le jeu commence. Esther a peut-être joué six fois dans sa vie au croquet. Miss Blessington fait le tour des cerceaux a elle seule, tandis que la pauvre Essie lutte vainement et maladroitement.

— Puisque vous le désirez, je ne refuse pas de prendre un maillet, dit Saint-John apparaissant tout à coup, l'air un peu confus d'abdiquer si tôt sa fierté.

— Comment savez-vous que nous le désirons? Nous ne vous l'avons pas dit, réplique Essie, lui lançant de ses yeux à demi fermés un regard riant et malin.

— Puisque, se dit-elle, il est à une autre et que je suis à un autre, je ne vois pas pourquoi nous ne pourrions pas rire un peu ensemble.

— C'est à votre tour, miss Craven, reprend froidement Constance.

— Venez à mon secours, voulez-vous? dit Esther interpellant Gérard avec d'autant plus d'empressement qu'elle pense que miss Blessington en est un peu irritée.

— Vous m'avez dédaigné tout à l'heure, aussi j'ai bien envie de vous laisser périr misérablement, répond-il en la regardant de très près, en raison de l'obscurité.

— Constance, ajoute-t-il, si cela ne vous fait rien, je prendrai une des boules de miss Craven?

— Si vous vous en souvenez, il y a une demi-heure que je vous ai demandé de vous joindre à nous.

— Je fais mes conditions avant de jouer, s'écrie gaiement Esther; c'est que vous ne ferez aucune remarque sur mon jeu, à moins que ce ne soient des compliments.

— Je ne promets rien, répond-il en riant. Si vous jouez mal, je le dirai.

La fortune ne sourit pas aux deux joueurs. En fait de maladresse, Saint-John ne le cède pas à sa jolie partenaire.

— Comment ! vous jouez encore plus mal que moi ! s'écrie-t-elle, ravie de cette découverte.

— Je le sais bien, répond-il avec un peu de mauvaise humeur. J'aurais honte de moi si je jouais bien. C'est le jeu le plus bête, le plus ennuyeux que jamais idiot ait inventé. Ce n'est qu'un jeu de hasard ; regardez plutôt ! désignant avec une sorte de dépit Constance qui, la robe délicatement relevée et un pied gracieusement en équilibre, inflige, à sa balle à lui, avec un implacable sang-froid, un châtiment mérité.

— Voilà pour toi, imbécile, s'écrie Gérard, s'adressant à sa balle et non à miss Blessington et la lançant avec force d'un grand coup de maillet. La balle glisse doucement sur la pelouse et va se loger au sein d'une corbeille d'astères. Le manche et le bout du maillet se détachent par la violence du coup, volent par les airs, et M. Gérard en est réduit à la honte d'en ramasser les *disjecta membra* et d'essayer de les raccommoder.

— Vous devez faire sensation quand vous allez à une partie de croquet, dit Esther en se moquant.

— Pensez-vous si mal de moi que de supposer que j'y joue jamais ? réplique-t-il en se rapprochant d'elle.

— Je vous en prie, soyez à votre jeu, Saint-John ; c'est à votre tour, lui dit Constance d'un ton où l'on sent une certaine irritation contenue. Elle les attend, au bout de la pelouse, dans une majestueuse solitude.

Quelques coups maladroits de l'association Gérard et Craven, quelques coups superbes par miss Blessington et la partie s'avance.

— C'est ridicule de lutter contre une chance aussi mauvaise que la nôtre, Constance, s'écrie Saint-John jetant son instrument avec une colère déraisonnable. C'est toujours de même ! Que ce soit le whist, le billard, n'importe quel jeu, je ne gagne jamais. Croyez-moi, reprend-il en s'adressant à Esther avec vivacité, ne jouez pas, ne vous mettez de rien avec moi, car vous seriez sûre de perdre constamment. Je suis l'être le moins chanceux qu'il y ait au monde.

Puis il sent qu'il perd la tête et s'éloigne furieux.

— Comment ! il est fâché sérieusement? dit Esther ouvrant de grands yeux et le regardant partir d'un air consterné.

— Il a le caractère le plus étrange, dit tranquillement miss Blessington, car il se met surtout en colère contre les personnes qu'il aime le mieux.

— Comme il doit l'aimer, alors ! se dit Esther intérieurement.

IX

En cette matinée d'août, le soleil luit brûlant et vif sur
une misérable croûte qui représente mistress Brandon avec
une robe de satin noir sans taille, comme une chrysalide
prête à sortir de sa coque, appendue dans la salle à manger
de Plas-Berwyn, et il éclaire non moins brillamment l'exquise Monna Lisa de Vinci, un des chefs-d'œuvre de la
collection des Gérard. Le même soleil qui fait ressortir le
sourire de sphinx de Monna Lisa, enveloppe aussi dans
son étreinte la brune et mignonne tête d'Esther, sur laquelle
s'enroule négligemment comme un noir serpent une masse
d'épais cheveux. Elle est là, cette figure svelte et souple, à
demi courbée près de la porte de la salle à manger. La
famille est en prière, ainsi qu'elle s'en assure en appliquant
son oreille à la serrure, d'où elle entend une voix dure et
âgée, faisant un rapide dénombrement d'une quantité de demandes intéressées pour *ses* enfants—il n'en a qu'un et il le
traite mal—pour ses amis, ses ennemis, sa reine, ses évêques,
les nègres ses frères, etc., le tout sans la moindre virgule.

— C'est beau ! on écoute aux portes ! dit Saint-John qui
descend par le grand escalier en knickerbockers et en bas
de coton brun tricotés par sa mère.

— Chut !

Esther pose un doigt sur ses lèvres.

— Ils sont en |prière.

Saint-John écoute aussi et une expression de mépris passe dans son sourire amer.

— Vous ne devez pas vous moquer de votre père, dit-elle à voix basse.

— Je sais que je ne le dois pas.

— Alors pourquoi le faites-vous?

— Parce qu'il en fait autant à mon égard, dès qu'il en a l'occasion...

— Chut ! Ils ont fini.

— ..... et dans tous les siècles des siècles. Amen ! Morris !

— Sir Thomas?

— A quoi diable pensez-vous de frotter les pieds de cette chaise contre le mur pour écorcher la peinture du lambris?

— Que bénis soient ses cheveux blancs et sa voix bienveillante ! dit Saint-John en faisant cette citation avec ironie.

La porte s'ouvre et les serviteurs défilent, tandis que les deux coupables entrent ensemble comme la veille. Lady Gérard ne paraît jamais au déjeuner. Miss Blessington occupe sa place et elle est déjà assise. Ses belles mains arrangent les tasses ; ses cils d'un blond pâle sont abaissés sur ses yeux placides. Elle a sur sa poitrine une grande croix d'or qui suit tous ses mouvements en douces ondulations. C'est Ève au moment où elle reçut sa forme hors de la côte d'Adam; Ève, dans sa blanche carnation teintée du sang le plus riche et le plus pur avant qu'une âme — une âme agitée, inquiète, intangible et incompréhensible — lui ait été donnée. Quand Constance se mariera, son mari devra la considérer comme s'il avait acheté à grand prix la Vénus de

Gibson, cette merveille de la sculpture moderne, et qu'il l'eût mise dans sa galerie, à la place d'honneur.

A Felton, les lettres adressées à chacun sont apportées sur un plateau, et au moment où Esther s'assied, elle s'aperçoit qu'il y en a une pour elle dont l'adresse semble écrite par une main d'écolier. Le rouge lui monte au visage ; elle cache vite cette lettre dans sa poche. A son imagination coupable il semble que tout le monde peut y voir lisiblement écrit : de Bob Brandon, l'amant d'Esther Craven. En jetant un regard timide pour s'assurer si Saint-John s'en est aperçu, elle rencontre son regard fixé sur elle avec une curiosité embarrassante.

— Nous permettons à chacun de lire ses lettres pendant le déjeuner, dit-il avec un sourire aimable. Nous ne sommes pas très formalistes, comme vous avez pu le voir.

— Oh ! merci ! je ne suis pas pressée, répond Esther déconcertée, mais affectant l'indifférence.

Les heures du matin, à Felton, ne sont pas animées. Sir Thomas est occupé à bâtir une nouvelle maison de jardinier et dépense beaucoup de temps à surveiller les maçons, comme un contre-maître égyptien, en leur disant, avec son aimable franchise, qu'il sait leur métier beaucoup mieux qu'eux-mêmes. Saint-John disparaît aussi, et Constance et Esther restent en tête-à-tête. Esther a donc tout le temps de lire la lettre de Bob et de la comprendre, ce qui demande quelque intelligence, car ses pensées étant plus rapides que sa plume, il omet presque tous les mots courts, les prépositions *à, de, pour;* les pronoms *qui, ils, elles;* il y parle beaucoup de sa mère, en s'acquittant de ses commissions ; il y fait beaucoup de questions sur le jeune M. Gérard, avec des recommandations expresses d'y répondre. Toute une page y est consacrée à démontrer qu'on peut vivre dans une grande aisance

5.

avec huit mille francs par an ; enfin il s'y trouve une phrase
ou deux sur sa solitude et son vif désir de revoir sa bien-aimée
Esther, mais peu de choses sur ce chapitre, car il craint de
gâter le plaisir d'Esther en lui parlant de son propre ennui.
Ce n'est pas une lettre éloquente ; on peut même dire qu'elle
est un peu naïve et écrite avec une mauvaise plume, mais
c'est une bonne lettre. Esther le sent ainsi, et elle aurait
voulu qu'elle fût moins bonne.

Bob est un être excellent ; quand elle retournera à Glan-yr-
Afon elle sera heureuse de le revoir, certainement, car
elle l'aime beaucoup ; mais, pour le moment, elle voudrait
bien l'oublier un peu, jouir d'une vraie vacance qu'il semble
troubler assez mal à propos.

— Où est Saint-John, demande milady, qui apparaît à
l'heure du *lunch*, quittant pour la première fois le fauteuil où
elle a fait de si doux sommes. Milady aime Saint-John. Il est
très bon pour elle et il intervient souvent dans les querelles
que lui fait sir Thomas.

— Disparu, — répond miss Blessington de sa voix douce
et traînante. Je crois que c'est miss Craven qui lui fait
peur.

— Je ne l'aurais pas cru si timide, répond Essie, un peu
blessée.

— C'est un caractère singulier, dit Constance, tandis que
ses doigts blancs démêlent les soies de couleurs vives qui lui
servent à broder une calotte de fumeur, — il a la terreur
des étrangers.

— Les plus grands amis ont commencé par être des
étrangers, réplique Esther.

— C'est vrai, mais nous ne pouvons obtenir de lui qu'il
trouve personne à son goût ; n'est-ce pas, ma tante ?...

Mais la tante est déjà rendormie.

— .... A l'exception de deux ou trois blondes. Pour moi, je préfère infiniment les brunes, et vous ?

— *Infiniment*, répond Esther avec emphase.

Ce n'est pas vrai, mais, après tout, qu'est-ce que la vérité en comparaison de la défaite d'un adversaire ?

X

Après le lunch où n'assiste pas Saint-John, sir Thomas, miss Blessington et Esther doivent sortir à cheval. Les habitudes d'équitation de miss Craven se bornent à quelques exploits sur un poney gallois, hérissé et paresseux. Miss Blessington lui a prêté un de ses anciens habits de cheval, beaucoup trop large d'épaules et de taille pour elle, mais un vêtement bien fait s'ajuste toujours à toutes les tailles, et elle ne trouve pas que celui-là lui aille mal ; d'ailleurs, il lui importe peu d'être bien ou mal habillée, car, comme elle est la plus grande poltronne de la terre, le cœur lui manque en apercevant, par la porte entr'ouverte de la cour des écuries, trois chevaux qui lui paraissent d'une grandeur peu ordinaire et fort excités.

— Oh ! sir Thomas, c'est un alezan, n'est-ce pas? On dit que les alezans sont toujours si vifs! Oh ! je vous en prie... j'ai un peu peur... Si cela ne faisait rien, je crois que... je...

— Des bêtises ! répond rudement sir Thomas. Croyez-vous que mes chevaux vont être sellés ou dessellés toutes les demi-heures à cause de vos caprices? Que Dieu vous bénisse, ma chère ! Vous avez l'air comme si on allait vous pendre ! Allons donc ! vous pourriez le mener avec un fil de soie. Ici, Simpson, un peu vite. Mettez miss Craven à cheval.

Après deux essais manqués, — au premier elle saute trop bas, et glisse honteusement à terre, et au second elle se donne un élan qui la fait presque passer de l'autre côté de sa monture, — après avoir donné un coup à la figure de Simpson et fait un trou à son amazone d'emprunt, miss Craven est enfin en selle. Il fait très chaud cet après-midi. On peut dire que c'est milady qui a choisi la bonne part en restant assise sur une chaise de jardin, sous un tulipier, à manger des abricots. Les daims, avec leurs flancs tachetés, leurs têtes ornées de larges bois, errent autour des grands vieux arbres aux troncs rugueux, qui semblent régner dans le parc comme des monarques solitaires, en étendant leurs grands bras entre la terre et le ciel, et hommes et bêtes jouissent délicieusement de leur ombrage. La poussière s'étend comme un lit épais sur la route ; les noisetiers des haies, les ronces avec leurs mûres sauvages, les champs, tout est également recouvert d'une enveloppe gris sale.

— Est-ce qu'il donne des coups de pied ? demande tout bas Esther à miss Blessington à l'insu de sir Thomas. Qu'est-ce que cela signifie, quand ils baissent leurs oreilles ?

— Je crois que vous ne devez pas avoir peur, répond Constance avec un mépris poliment dissimulé. Ce sont seulement les mouches qui la tourmentent.

L'animal qui inspire tant de craintes à Esther est une belle bête, presque pur sang, tout à fait un cheval de dame, assez tranquille ; mais, entre la tranquillité d'une jeune jument nourrie d'avoine et un poney gallois antédiluvien, gonflé d'herbe, il y a une certaine différence. Elle danse un peu de côté, en travers de la route, jouant avec son ombre.

— Oh ! sir Thomas ! — d'une voix lamentable — pour-

quoi ne va-t-elle pas tout droit? Pouquoi marche-t-elle
comme un crabe ?

— Peuh ! dit sir Thomas. C'est seulement pour jouer.

— Si elle me jette par terre, réplique Esther tristement,
je n'appellerai pas cela un jeu.

L'éclat de la route, la poussière, les moucherons obligent
les cavaliers à fermer les yeux à demi, et ce n'est que quand
ils en sont tout près qu'ils s'aperçoivent que l'homme qui
vient à eux sur un gros cob gris, avec son chapeau, son
habit et sa barbe aussi poudrés qu'un meunier, n'est autre
que Saint-John. Il n'a pas l'air charmé de la rencontre.

— J'ai été à Melford, sir Thomas, pour voir ce chien
d'arrêt de Burleigh. Il ne peut pas convenir: il est trop
vieux.

— Vous devriez nous accompagner, Saint-John, dit gracieusement Constance.

— Merci ! il fait beaucoup trop chaud.

— Au revoir, alors ! dit-elle en lui faisant de la tête un
petit salut qui agite les plumes de son grand chapeau et
secoue l'essaim d'environ un millier de mouches qui s'y
promenaient tranquillement.

Esther n'a plus peur. — Une promenade à trois n'a pas
de charmes, lui dit-elle à voix basse et en faisant une petite
moue quand il passe près d'elle.

Attiré par l'aimant qui va quelquefois au delà de son but,
c'est-à-dire par les yeux d'une femme, il tourne aussitôt la
tête de son cob.

— Mais à quatre, c'est différent, dit-il, en amenant son
cheval près de celui d'Esther. Elle est un peu repentante
d'avoir parlé. Une femme qui fait des avances, c'est contre
toute bienséance.

La route est large et, pendant quelque temps, ils marchent

de front comme un char romain, ou plutôt comme un escadron.

— Voilà qui est ennuyeux, se dit Esther. Oh ! si je pouvais laisser tomber mon mouchoir, mon voile ou mes gants ? pourquoi pas ma cravache ?

— Oh! monsieur Gérard, pardon ! j'ai laissé tomber ma cravache.

M. Gérard descend de cheval et la ramasse. Sir Thomas et sa pupille ont marché en avant.

— Quelle bonne idée vous avez eue là, dit Saint-John faisant siffler la jolie cravache avant de la lui rendre.

— Une bonne idée ? Que voulez-vous dire ? demande-t-elle en rougissant.

— Oh ! c'était donc un pur accident ? Je pensais que vous l'aviez fait exprès, et j'étais confondu de votre habileté.

Tout en parlant, il l'observe avec attention.

— Je l'ai fait exprès, reprend-elle en rougissant de plus en plus. Pourquoi m'obliger à dire la vérité malgré moi ?

— Vous ne la dites donc pas toujours ? lui demande-t-il avec quelque inquiétude.

— Est-ce que tout le monde dit la vérité ?

— La plupart des hommes, du moins.

— Je ne suis pas un homme ; la vérité n'est pas mon fort.

— Vous plaisantez, sans doute ?

Et il continue à la regarder d'un air inquiet.

— Rassurez-moi, je vous en prie. Je voudrais être certain que vous ne dites pas plus de faussetés qu'il n'est nécessaire dans le monde.

— Peut-être.

Il ne paraît pas satisfait de cette réponse évasive, mais il n'insiste pas.

— Il est rare, reprend-il, que *mon papa* et moi nous prenions l'air ensemble. Nous trouvons que nous avons assez l'un de l'autre dans notre intérieur.

— C'est votre père, lui remontre Esther un peu sèchement, encore mécontente qu'il l'ait mise dans l'embarras tout à l'heure.

— Je n'ai jamais compris, reprend-il gravement, que ce fût un titre à mes yeux. Au contraire, je tiens que les parents devraient s'excuser auprès de nous, pour nous avoir amenés sans notre permission dans ce monde désagréable.

— *Désagréable!* — s'écrie Esther, les yeux grands ouverts par un étonnement naïf. — Désagréable pour *vous?* Comment, jeune et...

— Beau ? alliez-vous dire ?

— Non, certainement, mais avec autant d'argent que vous en avez pour le rendre agréable.

— D'abord, je n'ai pas tant d'argent que vous croyez; j'en aurai un jour quand je serai trop vieux pour en jouir. Il ira encore plus de trente ans, sans doute, ajoute-t-il avec un geste de la tête adressé peu respectueusement au dos bleu de sir Thomas.

— Ce doit être bien pénible d'attendre un héritage, dit Esther ironiquement.

— Pénible ? dit Saint-John avec énergie, c'est plus ; c'est dégradant. Croyez-moi — et il appuie sur ces mots — il n'y a pas d'êtres en Angleterre plus malheureux que les fils de famille. Nous ne pouvons pas bêcher la terre et nous aurions honte de mendier.

— Je n'en puis juger. Je n'attends pas d'héritage.

— J'aurais été plus heureux, et j'aurais mieux valu, peut-être, si j'avais été un dixième fils, obligé de gagner ma vie comme gratte-papier, fabricant de savons, ou carabin. Je me vois, moi-même, dit-il en riant, pilant dans un mortier chez un pharmacien. Alors, j'aurais eu quelque chance d'être aimé pour moi-même, bien que sentant la pilule et le cataplasme, tandis qu'aujourd'hui, si une personne m'adresse de doux regards et de douces paroles, je sens que c'est pour l'amour de Felton et non pour moi. Je vous dirai qu'une fois, il y a de cela longtemps, je m'étais mis en tête la ridicule idée qu'on devait essayer de faire, en ce monde, le plus de bien possible. Grâce à l'exemple et aux conseils de sir Thomas, j'ai bientôt rejeté toutes ces chimères. Si on me demande, au jugement dernier, ce que j'ai fait de bon, je répondrai que j'ai chassé quelques ours en Norwège, un grand nombre de grèbes et de dindons en Albanie, et pêché des saumons en Connemara ; j'ai été amoureux fou une fois, et dupe bien des fois.

— Vous avez été amoureux jusqu'à la folie ? dit-elle vivement.

— Oh ! cela ne signifie rien. C'est une histoire stupide, pas intéressante, et je n'en suis pas encore au point de radoter en racontant les anecdotes de ma jeunesse. A présent, prenons ce chemin et coupons par le parc. C'est plus frais, et nous pourrons faire un joli temps de galop sous les arbres, sans avaler toute la poussière de sir Thomas et de Constance, comme à présent.

— Mais... mais... est-ce qu'il n'y a pas de *danger*, dit Esther avec hésitation ? Est-ce qu'ils ne mettent pas quelquefois leurs pieds dans des trous de lapins et ne se cassent pas les jambes dans leurs chutes ?

— Très souvent. Je puis même dire *constamment*, répond Saint-John en riant et en ouvrant la grille avec le manche de son fouet.

Le gazon vert, élastique et frais est certainement plus agréable que la route dure et poudreuse, et les chevaux montrent leur satisfaction en faisant de joyeuses courbettes. L'air plus vif rafraîchit le visage des cavaliers, tandis qu'ils filent sous les arbres, courbant souvent la tête pour éviter un rude contact avec les branches les plus basses.

Riant, rougissant, moitié de peur, moitié de plaisir, Essie ne peut s'empêcher de s'écrier :

— C'est délicieux ! je n'ai plus peur du tout ; je me moque des trous de lapins !

Il ne faut pas se vanter trop tôt. A peine ces mots sont-ils sortis de sa bouche que, presque à leurs pieds, du milieu d'une touffe d'énormes fougères où ils se tenaient blottis, une ving-taine de daims se lèvent avec grand bruit et s'enfuient vers la forêt. La jument d'Esther, effrayée de cette apparition soudaine, se rejette violemment sur la gauche et baisse la tête en lançant des coups de pied.

— Prenez garde ! Tenez serré ! Tenez-lui la tête haute ! lui crie Saint-John effrayé.

Un moment après, la jument, la tête en l'air, les narines ouvertes et les brides lâches battant contre ses jambes de devant, passe comme l'éclair. En une seconde, il est des-cendu de cheval et il est près d'une masse inerte sur le ga-zon.

— Je ne suis pas morte, dit Essie en se soulevant avec ef-fort et en souriant à Gérard dont le visage brun est blanc de frayeur. N'ayez pas l'air si effrayé.

— Dieu soit loué ! dit-il en respirant à peine, et avec plus de ferveur que quand il dit ses prières. Quand je vous ai vue là, sans mouvement, j'ai... — il frémit — ... C'est inutile à dire.

— Il faudra m'attacher sur ma selle une autre fois, n'est-ce pas ? dit Essie en portant une main incertaine à sa tête, comme si elle n'était pas très sûre de la retrouver à la même place. — Oh ! monsieur Gérard !... — et la couleur abandonne de nouveau ses joues et ses lèvres — je déteste monter à cheval ! C'est aussi dangereux qu'une bataille.

— Tout à fait, dit-il en riant de bon cœur avec un immense soulagement. Êtes-vous bien sûre de n'être pas blessée ?

— Parfaitement sûre.

Pour le lui prouver, elle fait le [mouvement de se lever, mais aussitôt son visage se contracte avec une expression pénible et elle retombe sur le gazon.

— Je n'en suis pas si sûre maintenant. Je crois que je me suis fait sottement mal à un pied. Il est foulé ou démis.

— Où sentez-vous de la douleur ? Est-ce là ? dit-il en posant légèrement le doigt sur sa cheville fine et ronde.

— Oui, un peu.

— Combien j'en suis peiné, dit-il. — Que puis-je faire pour vous ? Courir au château aussi vite que possible pour vous ramener une voiture ?

— Accompagné d'un médecin, 'd'un notaire et d'un curé ? Non, merci !

— Mais vous ne pouvez pas rester là toute la nuit. Croyez-vous pouvoir revenir à cheval ?

— Sur cette terrible bête ? dit-elle avec effroi.

— Je la mènerai par la bride.

— Eh bien... oui, répond-elle malgré sa répugnance. Puis elle ajoute en reprenant espoir : Elle n'est plus là.

— Il faut que j'aille la chercher. Brute ! elle est maligne comme le diable ! Êtes-vous sûre de pouvoir rester là quelques minutes ?

— Oui, s'il n'y a pas de chevaux dans le voisinage, répond Esther avec un sourire innocent dont il emporte le souvenir à travers les prairies, les fougères, le soleil.

Essie passe plus d'une demi-heure à redresser et à réparer le chapeau bossué de miss Blessington ; plus d'un quart d'heure à arracher les brins d'herbe et de joncs qui se trouvent à portée de sa main destructrice, et durant ce quart d'heure elle ne peut s'empêcher de penser que sir John a une figure agréable, franche, énergique ; qu'il y avait aussi sur ses traits une expression d'angoisse quand ils se sont rencontrés de si près au moment de sa chute maladroite. Après tout, c'est plus élégant d'avoir cinq pieds six pouces que près de six pieds.

A la fin, M. Gérard reparaît, la figure rouge, les cheveux collés aux tempes, et pas de jument :

— Jamais la sotte bête n'a voulu me laisser approcher plus près qu'à cent pas. Elle se défiait, et, à présent, elle va mettre la selle en pièces et ce sera le diable quand il s'agira de la payer.

— Oh ! que je suis donc fâchée de ce qui est arrivé ! dit Esther.

— Et moi aussi, à cause de vous. Vous allez être forcée de monter le cob.

— Est-ce qu'il faudra que je le monte comme vous ? dit-elle en regardant avec inquiétude la selle d'homme.

— Non, c'est inutile, répond-il en riant.

Il va dénouer le cheval de la branche à laquelle il est attaché et qui est toute dépouillée de ses feuilles par le gourmand animal dont la bouche est aussi verte que des pois verts.

— Laissez-moi vous asseoir, voulez-vous ? dit Gérard en se baissant et en regardant jusque dans les yeux grands et doux de sa compagne, sous le chapeau défoncé et de travers.

— Le faut-il ? demande Esther les yeux baissés.

— Oui. Est-ce que cela vous contrarie ?

— N...on.

Il se baisse et la soulève avec précaution. Il n'est ni un Samson, ni un Hercule, et les jeunes filles de dix-huit ans, d'une taille élevée, ne sont pas légères comme une plume, et pourtant il lui semble que la minute pendant laquelle il l'a enlevée de terre pour la placer sur la selle a été plus courte que d'autres minutes. Le sang de Saint-John palpite dans ses veines avec une sensation de plaisir et ses bras gardent encore l'impression de son doux fardeau après l'avoir quitté.

— Il faut que vous vous laissiez soutenir, dit-il en mettant doucement et respectueusement son bras autour de la taille d'Esther.

— Non ! non ! s'écrie-t-elle vivement en se reculant en arrière. C'est inutile ! Je ne tomberai pas !

Elle sent de cette familiarité inévitable comme une sorte d'effroi qui n'est pas inspiré par de l'éloignement pour Saint-John, assurément, ni par un sentiment exagéré de fidélité pour Bob, mais qui vient d'une timidité nouvelle, inconnue, incompréhensible.

— Très bien, répond-il en la laissant à elle-même et prenant bride en main, mais je crains que vous ne vous aperceviez que vous avez tort.

Ils traversent le parc à pas lents et sans parler. Esther s'accroche à la crinière du cheval. Tous les deux pas, elle glisse de quelques pouces et se relève avec peine. Le soleil est brûlant. De temps en temps, lorsque le cob met le pied sur une motte de terre, ou quelque autre inégalité de terrain, sa cheville frappe contre le côté de la selle, et elle se sent prête à s'évanouir de souffrance.

— Monsieur Gérard ! Monsieur Gérard ! je tombe ! s'écrie-t-elle en s'élançant vers lui et s'accrochant à son épaule avec une force et une ténacité dont elle ne se rend pas compte.

Il est généreux; il ne triomphe pas; il ne lui dit pas: « Je le savais bien ; je vous en avais bien avertie. » C'est, au contraire, avec un accent plein de bonté et de sollicitude et un regard encore plus affectueux qu'il lui dit :

— Je crains que vous ne souffriez beaucoup !

Et il la replace sur la selle dans sa position première.

En approchant du château, ils voient sir Thomas et sa pupille qui s'avancent au-devant d'eux dans l'avenue. Miss Blessington est une grande favorite de sir Thomas. Elle est agréable à regarder et parle à peine, et, le plus souvent, par monosyllabes.

— Voilà le moment, dit amèrement Gérard, nous allons passer un mauvais quart d'heure !

Puis, dès qu'ils sont à portée de la voix, il s'écrie :

— Miss Craven a fait une chute, sir Thomas, et elle s'est blessée.

A cette annonce faite d'un ton d'apologie, sir Thomas répond de sa voix rude :

— Elle aura couronné la jument, je parie !

Et, sans s'inquiéter de miss Craven et de sa chute, il continue, rouge de colère :

— Vous aurez fait quelque course folle à travers bois, j'en suis certain. Eh bien, monsieur, qu'avez-vous fait de la bête ? Où l'avez-vous laissée ? Pourquoi revenez-vous sans elle ?

— Que le diable emporte la jument ! répond Saint-John en pâlissant et non moins furieux que son père.

Les accès de colère de Saint-John sont rares, mais redoutables. Sir Thomas même en a peur et se tait un moment. Ensuite, tous deux s'éloignent et continuent à se quereller sur la pelouse. Miss Blessington est restée près d'Esther.

— Vous n'êtes pas très blessée, je l'espère ? lui dit-elle de sa voix mielleuse. Par quel chemin êtes-vous venue et qu'avez-vous fait de votre cheval ?

— Nous sommes revenus par le parc, répond Esther, se retenant de son mieux sur le dos glissant de sa monture ; je suppose que la jument y est encore ; M. Gérard a tenté inutilement de la rattraper.

— Par le parc ! répète miss Blessington avec un léger sourire d'intelligence. Oh ! je comprends : par le plus court. Le pauvre Saint-John a une telle horreur de monter à cheval pour une simple promenade qu'il essaye toujours de raccourcir, autant que possible, sa pénitence.

XI

C'est le 1ᵉʳ septembre, et l'arrêt d'une destruction immé-
diate est prononcé contre certains oiseaux bruns et gras,
mais l'ignorance est un bonheur et les petits oiseaux bruns,
ignorant le sort qui les attend, se promènent au milieu des
champs de navets ou sur les chaumes avec autant de confiance que s'il n'existait pas cette machine infernale que l'on
appelle un fusil. Saint-John et son père ont été chasser
ensemble. Sir Thomas cesse à l'heure du lunch et retourne
surveiller la maison du jardinier et gourmander les maçons.
Esther passe la journée dans sa chambre, sur un canapé, le
pied fortement bandé. Elle y éprouve une vive douleur seulement quand elle essaie de marcher et trouve que c'est très
ennuyeux de se traiter en malade pour un si petit mal,
quand d'ailleurs on est plein de force et de santé; très ennuyeux qu'on vous envoie votre dîner sur un plateau quand
on a si faim qu'on mangerait le double de ce qui vous est
accordé, mais que, par fausse honte, on n'ose pas en demander
davantage. La pauvre miss Craven passe donc une journée
très triste : elle en est réduite à l'employer à écrire à Bob
et encore, quand la lettre est finie, elle n'a rempli que trois
pages. Tout autour d'elle gisent d'autres pages au quart,

à la moitié écrites ou presque entières, toutes frappées du sceau de la condamnation. Gérard est la pierre d'achoppement. Si son nom ne s'y trouve pas du tout, ce ne sera pas naturel, et il revient obstinément toutes les deux lignes. Finalement, voici la forme que présente la lettre d'amour de miss Craven quand elle parvient à Plas-Berwyn :

« Cher Bob, je vous remercie beaucoup de votre lettre.
» Mettez-y des points et des virgules la prochaine fois.
» J'ai fait un voyage désagréable avec une affreuse pous-
» sière et un enfant malade. Cet endroit-ci est fort beau et
» ils sont tous très bons pour moi (hem! le sont-ils *tous?*
» Je n'en sais rien. *Un* peut-être). Hier, je suis sortie à
» cheval avec sir Thomas et sa pupille (c'est vrai, je suis
» sortie avec elle et sir Thomas), et je suis très maladroi-
» tement tombée de cheval, ce que nulle autre n'eût fait à
» ma place; je me suis fait un peu mal au pied, mais cela
» ne vaut pas la peine d'en parler. Miss Blessington, la pu-
» pille, est remarquablement belle, mais elle paraît bien
» plus âgée que moi. Mes amitiés à votre mère; remerciez-
» la pour moi de son souvenir ainsi que vos sœurs. Dites
» à Bessy que ce n'est pas la peine de m'envoyer *La gravité*
» *des petits péchés,* parce que j'aurai plus de temps pour
» lire quand je serai à la maison.

» Votre affectionnée, — E. C.

» P. S. — M. Gérard n'est pas beau du tout. C'est un grand chasseur, il a été dehors toute la journée. »

. . . .

Esther a dîné. Il ne lui reste plus qu'à se coucher. Oh! comme elle s'ennuie!...

On frappe à la porte. Miss Blessington entre en portant

des fleurs : du jasmin, de l'héliotrope ; les parfums les plus doux. Ce bouquet ressemble bien peu à l'énorme bouquet de Bob, fait à si bonne intention, mais si lourd à porter !

— J'espère que vous souffrez moins ? —formule consacrée qui revient avec la même régularité et la même fréquence que les répons du service divin.

— Oh ! oui, merci, répond-elle en bâillant comme si elle n'en pouvait plus, quelles charmantes fleurs !

— C'est Saint-John qui vous les envoie, dit miss Blessington d'un ton sec.

— M. Gérard ? Comme c'est aimable de sa part !

Esther reprend son animation. Elle n'a plus l'air ennuyé.

— Il est bon pour tout le monde, reprend Constance en appuyant sur cette généralité.

— C'est d'autant meilleur à lui qu'il déteste les étrangers, continue Essie avec un éclair de malice dans les yeux.

Constance, un peu décontenancée, se dirige vers la fenêtre.

— Il m'a dit de vous demander si vous aimeriez qu'il vînt vous prendre pour vous porter en bas une heure ou deux, dit-elle d'une voix contrainte, mais je lui ai répondu qu'il vaudrait bien mieux vous laisser ici tranquillement, car je crois que plus vous vous tiendrez en repos, plus tôt votre pied sera guéri.

— Au contraire ! j'aime bien mieux descendre, s'écrie Esther avec une vivacité perverse. Dans votre aimable compagnie, en bas, je penserai beaucoup moins à mon mal que dans ma solitude ici, et, à dire vrai, je songeais à demander à votre femme de chambre de venir causer chiffons avec moi.

Saint-John paraît à la porte de la chambre, hésitant

comme au seuil d'un sanctuaire. D'un coup d'œil il en embrasse tous les détails : les rideaux de perse doublés de
rose, la toilette garnie de mousseline blanche et couverte de
petits objets sans valeur, deux petites pantoufles qui semblent
comme si on venait de les quitter. On dirait Faust entrant
dans la chambre de Marguerite, et Marguerite elle-même
est là, étendue dans une attitude nonchalante, ses deux bras
relevés pour soutenir sa tête, ses jolis coudes, ses épaules
brillant d'une blancheur saine et nacrée à travers la trans-
parence de sa robe bleu-de-ciel. Son visage, qui a les
rondeurs de l'enfance, mais avec la physionomie épanouie
de la femme, s'anime d'un éclat radieux, quand ses yeux
à la fois riants et languissants viennent à rencontrer ceux
de Gérard. Où a-t-elle appris l'art de lancer ces traits di-
rigés contre un cœur ?

— Comme c'est bon à vous ! dit-elle avec conviction en
tendant la main à Gérard, qui reste devant son canapé, de
l'air d'un homme assez las de l'emploi de sa journée.

— J'étais, ajoute-t-elle, en train de calculer combien il
faudrait d'heures encore avant que j'eusse un prétexte
honnête pour me coucher. On est si fatigué de soi tout seul !

— Pas si fatigué, peut-être, que de sa famille, répond Gérard, un peu cyniquement.

— Je n'en sais rien. Je n'ai pas de famille, dit-elle simplement.

— Nous, les Gérard, nous avons une heureuse disposition à nous contrecarrer réciproquement, reprend-il avec
une certaine irritation. Je suis quelquefois porté à croire
que nous sommes la plus insupportable famille que Dieu ait
mise sur la terre.

— Est-ce que miss Craven a changé d'idée, Saint-John ?
demande miss Blessington en se rapprochant de la porte.

Saint-John tressaille :

— Pas que je sache, dit-il.

Il se baisse et la prend dans ses bras avec autant de précaution qu'un objet précieux. Un léger frémissement agite ses membres et la fait trembler de même qu'un souffle de la brise ride la surface d'un lac sans troubler à peine l'azur du ciel et les astres qui se penchent sur son bleu miroir. Il descend ainsi le grand escalier, suivi de Constance, qui veut s'assurer que l'on ne s'y arrêtera pas.

Le salon du matin à Felton, ainsi nommé parce que la famille s'y tient le soir, est très élevé. Il s'y trouve une quantité de petites statues sur leurs piédestaux ou dans des niches. Sir Thomas et milady jouent au trictrac. Milady doit jouer tous les soirs, en pénitence de ses péchés, quatre parties, et cinq quand il gagne, ce qu'elle souhaite pourtant ardemment. Miss Blessington, habillée par Élise en gaze de Chambéry et parée par la nature de sa froide beauté, travaille à une petite table ; derrière elle, sur un support de velours rouge, s'élève une Diane nue avec un sourire chaste et froid et des cheveux ondés.

Esther, du réduit où elle était déposée par Saint-John, rencontre ses yeux fixés sur elle. Les *faits divers* du journal qu'il tenait à la main, mêlés aux réflexions qui se pressent en foule dans son cerveau, y produisent une confusion qu'il s'efforce de dissiper. Jusqu'à présent, Saint-John se croit le droit de juger les femmes par une malheureuse expérience. Il pense que celles qui sont honnêtes sont stupides, et que celles qui sont agréables ne sont pas honnêtes. Esther n'est pas stupide. Donc, que serait-elle ? Ses regards causent à un homme un étrange battement de cœur. Ils lui inspirent un désir avide, insensé, d'en obtenir davantage. Est-ce qu'un mari aimerait que sa femme adressât de tels

regards à son meilleur ami ? Plus un homme a mené une
conduite légère, plus il se montre d'une sévérité scrupuleuse
à l'égard de la réserve exagérée qu'il veut imposer à sa
femme.

— Jouent-ils tous les soirs ?

Cette question qu'Esther adresse à Saint-John arrête le
cours de ses réflexions.

— Tous les soirs, et sir Thomas accuse toujours ma mère
de tricher.

— Et vous, que faites-vous ?

— Je lis, je dors, je joue au bézigue ou au piquet avec
Conny.

— Est-ce qu'elle reste toujours ici ?

— Toujours.

— Vous et elle, vous êtes inséparables, je suppose ?

— Nous vivons ensemble très paisiblement. C'est une
bonne fille. Elle vient rester avec moi des heures entières
dans le fumoir.

— Vous l'aimez beaucoup, je pense ?

— Hum ! fait-il en levant un peu les épaules. J'ai une
tendance, comme le chat, à aimer ceux avec qui je suis toujours, de même que le prisonnier de la Bastille qui avait
fini par tant aimer une araignée.

— Alors pourquoi n'aimez-vous pas sir Thomas ?

— Je l'aime jusqu'à un certain point. S'il tombait dans
un étang, je suppose que je m'y jetterais après lui pour le
repêcher. Je n'en suis pas bien sûr, pourtant.

— Encore une partie, milady, crie sir Thomas de sa voix
tonnante, et exaltée par la victoire. C'est la neuvième que je
gagne ce soir. Vous n'en gagnerez pas une, tant que vous
ferez de pareilles fautes. Je vous l'ai dit cent fois.

La pauvre milady, étranglant un terrible bâillement, re-

6.

commence à ranger les pièces. Elle espérait que sa pénitence était accomplie ce soir, et qu'elle pourrait retrouver
l'*otium cum dignitate* de son fauteuil et de son somme.

Saint-John s'élance vers les joueurs. Il y a peu de chose
qu'il déteste autant que de jouer au trictrac avec son père,
mais il déteste aussi de voir sa mère mal traitée. Si un
homme est affligé de la nécessité d'aimer quelque chose,
soyez certain que c'est sa mère qu'il aimera.

— Je vais faire votre partie, sir Thomas. Ma mère est fatiguée.

— Fatiguée! C'est stupide! Que diable a-t-elle fait pour
être fatiguée? Flâner dans le jardin et éplucher une demi-
douzaine de roses. Ce serait très bon pour elle si elle se fa-
tiguait.

Mais la volonté du jeune homme l'emporte sur celle de son
père.

XII

Une entorse à la cheville est parfois assez longue à guérir ;
celle d'Esther est des plus légères, cependant elle reste
étendue pendant toute une semaine sur une chaise-longue,
près d'une des fenêtres de la bibliothèque. Si miss Blessington eût été la maîtresse de la maison, la chaise-longue
eût été laissée au premier étage, et il n'y eût pas eu d'autres
embarras que les bons offices d'une femme de chambre auprès de la convalescente. Miss Blessington eût sincèrement désiré, dans son affectueuse sollicitude pour le
bien-être d'Esther, qu'elle restât dans l'agréable solitude
de son appartement. La jeune convalescente, étant d'un
caractère très sociable, désire en sortir tout aussi vivement, et le fils de la maison, sans être ni aussi jeune,
ni aussi sociable, désire aussi vivement l'aider à descendre.

— Est-ce que miss Craven est prête ? demande Saint-John
un matin, adressant cette question à miss Blessington, après
leur déjeuner.

— Je l'ignore. Si..., reprend-elle avec une petite toux
factice et le charmant sourire perpétuel, si rien ne s'oppose
au rétablissement de miss Craven...

— Je ne vois pas que cela soit un point douteux, dit-il en prenant son journal.

— Je n'en sais rien.

— Allons, Conny, vous aviez commencé une phrase que vous n'avez pas achevée.

— Si quelque raison, disais-je, ne s'oppose pas au rétablissement de miss Craven, elle se guérira plus vite en restant tranquillement là-haut qu'en étant constamment portée d'un endroit à un autre.

— Je crains bien que vous ne me preniez pour un maladroit qui risque de lui briser les membres.

Miss Blessington rétorque vivement : — Je m'étonne que cette fille vous donne la peine de la porter par toute la maison.

— Elle sait, sans doute, que cette peine est un plaisir.

— La moitié de la journée se passe dans vos bras, par les escaliers et les corridors.

— Quelle peinture horriblement immorale !... Le vice rampant par les corridors de Felton, sous la forme de moi, portant un pauvre enfant boiteux, qui ne peut marcher.

— Cela est peut-être pour vous un plaisir, dit Constance revenant à sa première proposition, mais il ne doit pas en être de même pour elle ; être portée comme un paquet, par quelqu'un qui lui est totalement étranger ! Vous voulez vous montrer *bon enfant,* je n'en doute pas, mais je ne suis pas bien sûre que ce ne soit pas une dangereuse complaisance.

— Qu'appelez-vous une *dangereuse complaisance?*

— Vous avez l'intelligence bien bornée ce matin, Saint-John.

— Je suis toujours ainsi dans la matinée. Il me faut les lumières du soir pour allumer les flambeaux de mon intelligence. Ayez de l'indulgence pour mes faiblesses et éclairez-moi. Je suis tout attention.

— Ce que je dis est parfaitement clair, j'imagine, répond-elle avec cette nuance d'irritation que se permet une personne bien élevée. Si vous aviez laissé cette fille dans son obscurité première, ce serait très bien, mais vous l'en avez tirée, et, quand elle y retombera...

— Littéralement ou métaphoriquement? Sur le plancher, voulez-vous dire, ou hors du soleil de ma faveur?

— Quand vous l'abandonnerez..., reprend-elle, sans s'arrêter à l'interruption.

— Alors quoi? dit-il en quittant son journal et la regardant avec cette expression particulière qui indique le peu de cas que l'on fait de soi-même. Être abandonnée par moi! le beau malheur. Jusqu'à présent, Conny, votre sexe, en ce qui me regarde, a fait plus d'emploi du verbe *abandonner* au mode passif qu'actif.

— Cela ne veut rien dire, reprend-elle d'un air dédaigneux. En résumé, toutes les attentions que vous avez pour elle doivent faire tourner la tête d'une fille qui n'a jamais reçu que les compliments de quelque laboureur gallois, et quand vous la laisserez là...

— Quand *je la laisserai là*, réplique-t-il avec impatience et fatigué de la répétition de la même phrase, elle ne sera pas pire qu'avant ce grand malheur.

Donc, Esther reste étendue toute la journée sur la chaise-longue, jouissant paresseusement de la vue du jardin et de celle de la fontaine où quatre dauphins lancent des jets d'eau éclairés par le soleil d'automne. Elle jette un coup d'œil entre les pages non coupées d'une nouvelle revue et d'un nouveau roman et elle attend impatiemment l'heure qui précède le dîner. C'est à cette heure-là que Saint-John

échange les occupations et les amusements du dehors contre
les jouissances tranquilles du repos à l'intérieur.

Esther, ainsi qu'on l'a vu, n'a parlé dans sa lettre que
très légèrement de son accident à Robert Brandon, craignant
que son inquiétude ne le portât à se jeter dans le train et à
lui donner la joie inattendue de le voir arriver à Felton.
Elle se le représentait vêtu de sa veste de chasse en coutil dont
ses longs bras semblent trop dépasser les manches et avec
ses fameuses bottines fabriquées à Naullan. Figurez-vous
Saint-John présenté à de pareilles bottines ! Cette idée seule
lui donnait le frisson. Saint-John n'est pas un *dandy*, cela
est vrai, mais il est aussi habitué à porter des habits faits
chez Poole qu'à manger avec un couteau et une fourchette
et à coucher dans un lit.

L'après-midi de ce jour où avait eu lieu le dialogue que
nous avons rapporté, Saint-John et son père, convergeant
vers le même point, de diverses parties de l'horizon, entrent
en même temps dans la bibliothèque. Deux colosses en
livrée jaune-serin viennent de déposer sur une petite table
un plateau avec le thé. Saint-John est sans cravate et sans
col, son cou bruni est découvert et il paraît plus à son
avantage dans ce négligé qu'avec la toilette la plus correcte.
Un homme, dans la simplicité de son habillement de tous
les jours, est vraiment un homme.

— Encore ce thé ! s'écrie en entrant, de son ton rude, sir
Thomas. A toute heure de jour, je trouve ici des femmes qui
prennent du thé. Pourquoi, diable, si vous avez soif, ne pas
boire de l'eau, de la bière, au lieu de détruire votre estomac
avec ce liquide ?

A cet aimable discours, la compagnie garde un silence
glacial. En général, sir Thomas apporte avec lui le silence.
Il a le sentiment qu'à son entrée on s'est tu et que les

rires se sont arrêtés, ce qui l'exaspère encore davantage.

— Vous restez toute la journée les genoux dans le feu et dans des chambres sans air, poursuit-il de sa voix de stentor; vous troublez votre digestion avec des tonneaux de thé et vous vous étonnez, après cela, d'avoir des faces bouffies de graisse, au lieu des lis et des roses de vos grand'mères.

— Peut-être, dit Saint-John sèchement, que les dames réclament contre l'injustice de vos conclusions. Elles n'admettent pas l'accusation d'avoir des faces bouffies que vous leur octroyez si galamment.

Tout en parlant, ses yeux se reposent involontairement sur le beau visage d'enfant de la jeune étrangère, brillant de pureté, d'éclat rosé et de bonheur.

— Cela m'est égal que l'on dise de moi *face bouffie*, réplique Esther en riant, puisque c'est juste l'épithète que le père de Juliette adresse à sa fille quand il lui dit : « Hors d'ici, coquine, avec votre face bouffie ! »

— Capulet devrait être un des ancêtres de sir Thomas en ligne masculine directe, n'est-ce pas ? dit gaiement le jeune homme tout bas à Esther.

Leurs chuchotements joyeux et familiers attirent l'attention de Constance qui les regarde avec une surprise mêlée de mécontentement ; ce que voyant, Gérard s'adresse aussitôt à elle :

— Que faites-vous, Conny ?

— Des mitaines.

— Pour moi, sans doute ? Avec votre amabilité ordinaire, vous vous êtes souvenue que mon jour de naissance tombe la semaine prochaine, et vous me préparez une petite surprise. C'est égal, quoique j'en aie fait la découverte, je vous promets d'en être tout aussi surpris le jour où vous me les offrirez.

— Elles ne sont pas pour vous, Saint-John. C'est pour
la vente de charité.

— La vente de charité ! répète-t-il avec un peu d'humeur.
Depuis un mois, toutes vos pensées se rapportent à cette
vente. Vous ne mangez, vous ne dormez, vous n'écoutez,
vous ne respirez que pour la vente.

— Vente de charité ! grogne sir Thomas en se dirigeant
vers la porte ; cela veut dire un tas de femmes qui se réu-
nissent pour vendre des drogues et dire des sottises à qui
mieux mieux.

Il sort en fermant violemment la porte.

— Je ne voudrais pas pour tout au monde lui donner la
satisfaction d'avoir été de son avis tout à l'heure, dit Saint-
John, parlant insensiblement plus haut depuis que l'autocrate, devant qui tout le monde baisse la voix, s'est éloigné ;
mais, pour une fois dans ma vie, je dois confesser que je
suis d'accord avec mon respectable père.

— Personne ne s'amuse d'une vente de charité, mais c'est
un mal nécessaire, dit Constance d'un air résigné.

— Conny ! Conny ! appelle de loin sir Thomas.

Conny se lève, non sans répugnance, pour répondre à cet
appel et les laisse en tête-à-tête.

— Miss Blessington tiendra une boutique, dit Esther
agitée et voulant, par la première phrase venue, rompre un
silence dangereux.

— Oui.

— Et je dois vendre avec elle...

— Oui.

— Mais je vous promets de ne pas vous importuner pour
vous forcer à m'acheter.

— Tant pis, je le regrette.

— Miss Blessington aura encore deux amies pour l'aider.

— Oui.

— En êtes-vous bien aise ?

— *Bien aise* est une expression trop faible pour exprimer mes sentiments. Vous m'en voyez dans le ravissement.

— Elles sont très belles, sans doute ?... très élégantes, très spirituelles, comme je me représente les femmes de votre société ? dit-elle avec une pointe d'ironie.

— Au contraire ; il serait difficile d'imaginer deux spécimens plus fades, plus nuls de ce beau monde. Il n'y a pas un angle dans leur personne.

— Est-ce un éloge ?

— Pas du tout.

— Mais vous paraissiez l'entendre ainsi, par la joie exagérée que vous cause leur visite.

— Je le répète, et si, au lieu de deux, elles étaient cinquante, j'aurais encore plus de joie.

— Pourquoi ? demande-t-elle en se soulevant à demi sur ses coussins et fixant sur lui un regard interrogateur et sérieux.

— Parce que, répond-il en baissant la voix et se rapprochant d'elle un peu, parce que plus il y aura de monde et plus il y aura de chances de tête-à-tête entre personnes qui s'entendent. Comprenez-vous ?

Esther comprend, et, en pensant à Bob Brandon, elle se sent tristement heureuse.

. . . .

Le jour fixé pour la vente, miss Craven est complètement guérie. La veille de cette réjouissance philanthropique elle s'était promenée tard le soir, au clair de lune, dans le jardin, ne boitant plus, mais s'appuyant encore sur le bras de Saint-John. Ce n'était pas nécessaire, mais il l'avait désiré et elle y avait consenti volontiers. Miss Blessington, avec un

7

entiment peu favorable, les guettait de la fenêtre de sa chambre comme d'un poste d'observation. De là, elle pouvait voir Esther plongeant ses petites mains dans l'eau d'opale de la grande feuille de lotus en bronze qui formait la vasque de la fontaine, et Saint-John paraissant tout absorbé dans une causerie innocente, sans ombre de *flirtation*. Après que les dames sont remontées pour se coucher, miss Blessington entre dans la chambre d'Esther, familiarité qui surprend la jeune fille, car c'est la première fois que pareille chose lui arrive.

— Je viens vous féliciter, lui dit Constance hypocritement, de votre guérison étonnante.

— Oui, étonnante.

— Vous pouvez marcher absolument sans aide aujourd'hui ?

— Parfaitement, dit Esther, un peu confuse d'avoir accepté un aide, étant si bien guérie.

— Il paraît, répond Constance avec ironie, qu'on peut s'appuyer sur Saint-John comme sur une canne ?

— Il a pensé que cela me reposerait, répond Esther en rougissant. Il a été si bon !

— Il est toujours bon, dit vivement miss Blessington. C'est sa nature. Les vieilles mendiantes, les chiens, les chats, les enfants malpropres qui se traînent dans le ruisseau, tout lui est égal.

— Vraiment !

— Cette pitié universelle est presque une faiblesse chez lui, quoique ce soit un aimable don. Elle a souvent fait naître certaines espérances que, quant à lui, il n'avait ni la volonté ni le pouvoir de réaliser.

— Comment ? chez les vieilles mendiantes, chez les chiens, chez les chats, les enfants malpropres qui se traînent dans le ruisseau ? dit Esther en souriant gaiement, mais non sans un accent moqueur.

— Si je ne prenais pas intérêt à vous, continue Constance appuyée dans une pose gracieuse et artistique sur le rebord de la cheminée, je ne me donnerais pas la peine de vous en parler ; mais je crois que ce que je peux faire de mieux, c'est de vous avertir de vous tenir en garde contre des attentions auxquelles, sans vanité, vous pourriez attacher quelque importance, tandis que moi qui connais parfaitement Saint-John, je sais qu'elles ne signifient absolument rien, parce qu'il a une sorte de bienveillance générale pour l'humanité tout entière.

— Je vous suis profondément reconnaissante, répond Esther avec une ironie marquée ; mais, dans le monde où je vis, les jeunes personnes n'ont pas l'habitude de nourrir de vagues espérances parce qu'un homme a eu la complaisance de leur offrir son bras quand elles étaient, accidentellement, incapables de marcher seules.

— Bien ; un bon averti en vaut deux, vous savez ? — Puis, souriant avec un petit hochement de tête, elle ajoute : — D'après quelques remarques insignifiantes que Saint-John faisait à propos de vous, l'autre jour, je pensais que je ne remplirais pas un devoir d'amie, si je ne vous prémunissais contre un piège dans lequel j'en ai vu tomber d'autres avant vous, qui, pourtant, étaient moins jeunes et avaient plus d'expérience que vous. Bonsoir !

— Restez ! s'écrie Esther en s'élançant après elle et la saisissant par sa robe de gaze. Ce n'est pas bien de ne dire les choses qu'à moitié. Quelles étaient les remarques insignifiantes que M. Gérard a faites à propos de moi ?

— Je... je... ne m'en souviens pas exactement, reprend Constance, avec une répugnance moitié feinte, moitié réelle.

Je n'y ai pas fait grande attention dans le moment. C'est une parole qui vient de m'échapper sans intention.

— A présent qu'elle vous a échappé, dit l'autre impérieusement, vous voudrez bien me l'expliquer ?

— Eh bien ! réellement... Mais n'ayez donc pas l'air si tragique... Ce doit être de si peu d'importance pour vous, ce qu'il pense ou ce qu'il dit.

— Excessivement peu, mais encore je veux le savoir.

— Eh bien ! — avec un rire un peu embarrassé — il disait seulement, quand je lui reprochais ses manières avec vous, il disait d'un ton dégagé que, quand il cesserait de faire attention à vous, — ne niant pas que cela dût arriver tôt ou tard, — vous n'y penseriez bientôt plus. Je ne me rappelle pas exactement la phrase. Bonsoir !

Mais la belle Esther, crédule, atterrée, la flamme de la colère dans les yeux, oublie de répondre à ce salut amical.

XIII

C'est le jour de la vente pour les pauvres. Les amies privilégiées de Constance, les miss de Grey sont arrivées, ainsi que leur frère, Dick de Grey. Le grand landau qui a fait une si forte impression sur Esther quand elle est arrivée à la station de Brainton, et l'élégant dog-cart, avec son beau cheval noir qu'un tout petit groom à cocarde tient par le nez, attendent à la porte.

— Comment allons-nous nous partager ? dit miss Blessington en apparaissant sur le perron. Combien sommes-nous ? Adeline, Georgina, miss Craven et moi, quatre, et ces deux messieurs, six. Saint-John, voulez-vous mener miss de Grey ?

— J'en serais charmé, répond-il lentement et tardivement, et sans lever la tête, tout en attachant un gardénia à sa boutonnière, mais je crois que je l'ai déjà offert à miss Craven. Vous n'avez jamais été en dog-cart, n'est-ce pas ? dit-il en la regardant avec un regard suppliant afin qu'elle appuie le mensonge qu'il vient de faire pour l'amour d'elle.

— Jamais, répond-elle avec un froid sourire, et maintenant que je vois à quelle hauteur il faudrait grimper et combien on se trouve rapproché des pieds de cet animal, je n'ai pas

envie d'en faire l'expérience. Je vous délie de votre engagement, monsieur Gérard, s'il a jamais existé, et, si on le permet, je préfère le... la... je ne me rappelle jamais le nom des
voitures... le landau, la calèche, comme vous voudrez.

Il reste un moment immobile de surprise, puis, se détournant pour cacher la mortification qui ne se montre que trop
sur son visage, sans un mot ou un murmure, il aide à monter l'aînée, la plus laide et la plus ennuyeuse des deux miss
de Grey, et les voilà partis. Durant une douzaine de milles,
Esther s'efforce de faire bon visage, de paraître satisfaite et
pleine de dignité, contemplant les cheveux poudrés d'or et le
visage irrégulier de miss Georgina de Grey, et se soumettant
sans murmurer à voir sa modeste toilette opprimée par l'a-
bondance et le poids des volants et des dentelles de son vis-
à-vis.

— Puisqu'il compte me laisser là, il vaut mieux le prévenir, — se dit-elle, les yeux fixés pensivement sur les roues
jaunes et noires qui tournent avec vitesse. — En pareil cas,
il faut toujours prendre l'initiative. C'eût été pourtant bien
agréable d'être là-haut, à l'abri de la poussière, mais qu'ai-
je affaire avec tous ces véhicules aristocratiques? Un gig,
une brouette, une charrette, je n'aurai jamais d'autre voiture
dans l'avenir ; pourquoi donc, alors, prendrais-je goût au
luxe qui n'appartient qu'à ces gens riches ?

En même temps, Saint-John se livrait aux réflexions les
plus fâcheuses, tandis qu'un flot de paroles dont il ne saisis-
sait que Nilsson, Roméo et Juliette, Shneider, Holland-
house, matinées, concerts, arrivait à son oreille. — Elle est
honnête, du moins, se disait-il. Si elle ne goûte pas ma société, du moins elle n'affecte pas de la rechercher. Elle m'a
toléré tant que je lui ai été utile pour la monter ou la descendre. Pourquoi donc suis-je si mal vu des femmes ? Est-ce

ce que je fais, ce que je dis, ce que je suis, qui en est cause ? Ai-je à me corriger ou est-ce irrémédiable ?

Deux heures dix-sept minutes sonnaient à l'horloge de l'hôtel de ville de Melford, quand la foule des visiteurs commençait à y affluer. Trois ou quatre barouches, sept ou huit wagonnettes et neuf ou dix américaines trottent dans toutes les directions pour arriver à la grande rue de Melford. Grimper à une muraille serait un jeu d'enfant à côté de la difficulté de faire l'ascension de cette rue perpendiculaire. La maison du docteur, en briques rouges, toute tapissée de plantes à baies rouges, est à votre droite à l'entrée de la ville. Le docteur et la *doctoresse* en sortent. Celle-ci a une belle robe de moire antique grise qu'a payée l'esquinancie de la vieille mistress Evans et des bracelets d'or dus à la maladie de langueur, si fatalement terminée, de M. Atkins.

L'hôtel de ville s'élève dans sa majesté sombre sur la place du marché, tout contre l'auberge de la *Cloche*. Il a une porte cintrée sous laquelle passent sans cesse hommes, femmes, enfants en beaux chapeaux de tulle ou en chapeaux noirs, la bourse bien garnie de menue monnaie et le cœur bien rempli de la plus excellente des vertus, la charité chrétienne. Tous les comptoirs sont rangés autour de la grande salle, et derrière ces comptoirs est rangée aussi une phalange de jeunes personnes prêtes à soutirer l'argent de leurs pères, frères, adorateurs, de tout leur pouvoir. La boutique de miss Blessington touche celle de la pauvre mistress Tomkins, la grosse et tranquille femme du ministre. Mistress Tomkins fonde sa principale espérance sur sa sœur, la jolie miss Smith, éveillée et un peu vulgaire, portant pour ceinture un collier de chien qui dessine la finesse de sa taille et de longues boucles de *suivez-moi, jeune homme,* flottant sur ses rondes épaules. Elle ne fait que baiser des fraises et des boutons de rose qu'elle vend deux francs pièce aux naïfs clercs d'avoués et aux étudiants en médecine de Melford.

De l'autre côté de miss Blessington règnent les miss Denzil. Ce sont les filles d'un baronnet du voisinage à qui, depuis plus de vingt ans, sir Thomas porte une haine féroce parce qu'il l'a battu dans une élection. Belinda Denzil est une jeune personne assez mûre, grande, jaune et imposante. Près d'elle est Priscilla, une vive brune aux yeux noirs, destinée à un brillant avenir au dire de ses admirateurs.

M. Gérard et M. de Grey vont et viennent bras dessus bras dessous, critiquant à la fois les objets en vente et les vendeuses. Ils ne sont pas très grands amis, mais dans cette île déserte de Melford, Saint-John et Dick, les deux seuls personnages considérables, selon eux, parmi une horde de bourgeois, s'unissent dans une pensée de défense mutuelle contre les barbares.

— Vous paraissez faire un bon commerce? dit Saint-John qui, après bien des tours et des détours est venu, à la fin, jeter l'ancre devant la boutique de miss Blessington et adresse cette remarque à Esther, non sans quelque crainte, car, après le refus inexplicable du matin, il n'est pas sûr de la réception qui attend ses politesses. Il s'approche d'elle, cependant, serré de près par trois vieilles dames et un curé.

— Vous aurez peut-être la bonté de m'acheter quelque chose? réplique froidement miss Craven. Permettez-moi de vous recommander cet étui à cigares: il est assez laid; il est très cher, mais on ne regarde pas à cela dans une occasion comme celle-ci.

— C'est vous qui l'avez fait?

— Oui, mais, je vous en prie, ne l'achetez pas pour cette

raison, car vous seriez forcé, dans ce cas, d'acheter un grand nombre des objets d'art que voici.

Puis, aussitôt, elle se tourne vers un autre client, comme bien aise de se débarrasser de lui.

Puis-je vous demander le prix de ceci? dit M. de Grey, s'appuyant avec une familiarité nonchalante sur le comptoir de miss Smith.

Tout le monde peut être familier avec miss Smith; c'est un de ses plus grands charmes; prenant entre le pouce et l'index une magnifique calotte : Trente-huit francs quarante centimes, — répond la jeune personne avec un aimable empressement, toute sémillante, tout excitée par l'honneur que lui fait cet auguste personnage en veston court, que l'on sait être un des hôtes du château de Felton. Mais, mon Dieu! et elle s'agite inutilement, j'en ai une beaucoup plus élégante et je ne puis pas mettre la main dessus. C'est moi qui l'ai faite, si ce peut être une recommandation, ajoute-t-elle avec un petit rire.

— En pouvez-vous douter, réplique-t-il en suçant le bout de sa canne et la regardant avec une impertinence de grand seigneur.

Bientôt la salle se trouve encombrée par une foule au milieu de laquelle les jeunes personnes, émissaires des différents comptoirs, courent çà et là, jouent des coudes et poussent les récalcitrants pour les forcer d'acheter. La philanthropie les a entièrement dépouillées de la réserve qui convient à leur sexe. Leur modestie ordinaire a fait place à une singulière audace.

Sir Thomas Gérard vient d'entrer dans la salle. Ayant été amené à Melford pour des affaires du comté, l'idée lui est venue qu'il serait bien plus à même de se moquer de la vente, ce soir, à dîner, quand il y aurait jeté un coup d'œil.

Un fouet à la main et le plus vif désir d'en faire usage sur les épaules de la compagnie, désir manifesté par son expression de mauvaise humeur, il traversait la foule quand il est rencontré par l'intrépide Priscilla Denzil.

— Oh ! sir Thomas, permettez-moi de vous offrir un billet de loterie pour une chauffeuse magnifique. Des arums blancs sur un fond rouge.

— Une *quoi*, miss Priscilla ?

— Une chauffeuse.

— Peuh ! l'invention la plus stupide ! répond dédaigneusement le baronnet. On aurait fait les chauffeuses pour vous tordre les jambes et vous mettre la tête dans le feu qu'on n'aurait pas mieux réussi.

Pendant une minute, Priscilla reste coite, un peu déconcertée, mais, se remettant, elle retrouve sa vivacité et charge avec sa chauffeuse une vieille demoiselle qui en a déjà une, un petit ministre grisonnant qui n'a pas de maison, etc.

— Je crains bien de l'avoir très mal attaché, dit Esther en remettant un paquet aux mains de M. de Grey. Mes doigts ne peuvent arriver à cette prestesse avec laquelle les commis font un paquet parfaitement régulier avant que vous n'ayez eu le temps d'y regarder.

M. de Grey a dépensé une petite fortune en pelotes, en dessous de lampes, en poupées habillées, en toutes sortes d'articles semblables dont un jeune homme à la mode ne saurait se passer.

— Qu'ai-je fait pour être si négligé ? demande Gérard à Esther avec un regard qui l'implore. — Vais-je être forcé de mettre ces pantoufles à mes pieds, puisque vous ne me donnez pas de papier pour les envelopper ?

— Oh ! je vous demande pardon, je pensais que miss de Grey s'occupait de vous, répond Esther, du ton d'une mar-

chande affairée, sans sourire et sans lever les yeux vers
lui.

— Je croyais que l'on ne rendait jamais de monnaie à
une vente? dit-il en essayant d'attirer son regard, tandis
qu'elle lui change une pièce d'or.

— Je n'approuve pas une telle volerie, répond-elle gravement. L'honnêteté est encore la meilleure politique.

— Ce proverbe a été inventé par quelqu'un qui avait usé
de l'autre procédé.

Esther sourit un peu malgré elle :

— Faites-moi maintenant le plaisir de vous en aller, dit-
elle aux deux jeunes gens. Vous me faites perdre mon temps.
Voyez! voilà trois vieilles demoiselles prêtes à prendre la
place d'assaut, et vous les en empêchez.

Le commerce est très florissant à la boutique de miss Blessington. On regarde comme un hommage fait à la famille
d'y acheter des objets, et les honnêtes bourgeoises de Melford se font un point d'honneur d'enlever de préférence les
buvards et les petites chaussettes de babys offerts par miss
Blessington et les miss de Grey, bien qu'ailleurs ces mêmes
objets soient plus jolis et à meilleur marché. Constance se
jette sur une chaise en affectant une grande fatigue et en
disant d'un ton languissant :

— Si jamais personne a mérité la couronne du martyre,
c'est moi, assurément. Depuis dix minutes j'ai vendu neuf
coussins et dix paires de mitaines.

— Il y a du thé froid et des glaces chaudes à l'autre bout
de la salle, si vous voulez vous restaurer, dit Gérard encore
appuyé sur le comptoir, malgré l'injonction qui lui a été
faite.

La soirée s'avance. Le public a acheté, a tiré la loterie et
est parti en emportant une quantité de paquets mal faits.

Les fermières et jusqu'aux femmes de laboureurs du district
de Melford s'en retournent aussi en conservant dans leur
mémoire afin de les copier pour dimanche prochain, le pa-
tron de la jupe de miss Blessington et la coiffure compliquée
de miss de Grey. La salle se vide et le travail de la journée
touche à sa fin.

— Dites donc, mon cher, demande le jeune de Grey en
tapant légèrement sur l'épaule de Gérard qui, le dos appuyé
à la muraille, semble perdu dans une vague contemplation,
ne croyez-vous pas que nous pourrions aussi leur dire bonsoir ? Je ne sais ce que vous en pensez, mais pour moi, j'en
ai presque assez de cette fête joyeuse.

— Allons ! répond Gérard tiré de sa méditation. J'ai pris
vingt-cinq billets et j'ai gagné une robe de baptême ; ainsi
je pense avoir largement rempli mon devoir.

A la porte règne une certaine confusion. Les voitures montent et descendent la rue. Deux *policemen* y stationnent im-
mobiles. Un rassemblement s'est formé pour voir les toilettes
des dames.

L'équipage de Felton et le dog-cart de M. Gérard attendent au bas de la rue, à quelque distance. Saint-John offre
son bras à Esther, et elle l'accepte, ne trouvant pas un pré-.
texte honnête pour le refuser. Tout en marchant il lui parle
avec une certaine vivacité, presque de la colère. — Si vous
n'avez pas, lui dit-il, une raison particulière de m'en vouloir, et, Dieu sait laquelle ! et si vous ne devez éprouver que
cet ennui auquel la plupart des femmes sont plus ou moins
exposées dans ma société, soyez généreuse et laissez-moi
vous ramener à la maison... Je ne vous parlerai pas et vous
n'aurez besoin de me rien dire si vous le voulez. Il y a des
choses bien plus insociables qu'un silence complet.

— Pourquoi ne préférez-vous pas l'arrangement de ce

matin ? répond-elle en hésitant, car elle est encore émue du
ressentiment de son injure.

Il lève les épaules d'une manière expressive :

— Si vous aviez eu les trois quarts du *Follet* et la moitié
du *Morning Post* insinués dans votre oreille récalcitrante,
vous ne me feriez pas cette question.

— C'est une raison pour en entendre l'autre moitié, dit-
elle sèchement.

Ils ont atteint le dog-cart, le grand cheval noir et le
groom lilliputien.

— Je désire que vous vous fouliez l'autre pied, dit Gérard ayant retrouvé sa bonne humeur. Tant que vous avez
été boiteuse, vous étiez bien plus aimable.

Dix minutes après, ils laissaient derrière eux la rue mon-
tueuse de Melford et le pont du chemin de fer, et ils trot-
taient rapidement entre les haies de noisetiers et d'églantiers.
D'abord le silence promis par Gérard menaçait de se prolonger ; mais enfin, il est rompu par Esther dont la fraîche
brise du soir, l'heureuse tranquillité de la campagne et surtout le voisinage du bien-aimé ont adouci le cœur. — S'il
est vrai, se dit-elle tristement, qu'il ait parlé légèrement de
moi, nous n'aurons plus beaucoup d'occasions de nous promener ensemble. Qu'il me juge bien ou mal, avec estime ou
dédain, je ne veux pas y penser. Je veux être heureuse
tant que cela dure.

— Quelle agréable voiture, dit-elle, pour un petit voyage !

— Par exemple, pour un voyage de noces, répond-il.

Nouveau silence. Cette fois, c'est Gérard qui le rompt en
se tournant brusquement vers sa compagne :

— Vous n'êtes pas ennuyée de ma société, miss Craven ?
A moins que vous ne soyez faite sur un autre moule que
celui du reste de l'humanité, vous devez être ennuyée de

celle des miss de Grey. Pourquoi, dans ce cas avez-vous été
si décidée ce matin en rejetant l'une et en acceptant l'autre ?
Voilà le problème qui me tourmente depuis un quart
d'heure.

Elle baisse la tête comme un enfant que l'on gronde.

— Répondez. Quel était votre motif ?

— C'était, en grande partie, un motif de prudence, répond-elle en prenant courage. Je sais que, dans l'avenir, je
n'aurai que peu d'occasions de jouir des dog-carts et de
tous les avantages de la richesse ; aussi j'ai cru plus sage
de ne pas risquer d'y prendre goût.

— Comment pouvez-vous prévoir l'avenir ?

— On peut conclure du connu à l'inconnu. C'est facile à
deviner.

— Était-ce votre seul motif ?

— Qu'est-ce que cela peut vous faire ?

— Oh ! rien, excepté que pour un esprit philosophique
comme le mien, la femme et ses caprices forment une intéressante étude psychologique.

— Eh bien ! reprend-elle en détournant la tête et en cé-
dant à une impulsion qui enflamme ses joues et altère sa
voix, je ressens une extrême surprise qu'il y ait si peu d'accord entre vos paroles actuelles et celles qui m'ont été rap-
portées.

— Puis-je savoir ce qui vous a été rapporté ? demande-
t-il avec vivacité.

— Une personne... On m'a dit... commence Esther flottant entre différentes formes de langage... On m'a dit... c'est
quelqu'un qui doit le savoir... que vous aviez parlé d'une
manière assez méprisante de... de... quelqu'un.

— Qui vous l'a dit ?

— Il n'est pas nécessaire que vous le sachiez.

— Sans que vous me le disiez, je le sais, dit-il, — et son
visage rougit de colère et d'indignation, mais non de la rougeur d'un coupable. — Que Dieu lui pardonne un si affreux
mensonge !

— Alors, ce n'était pas vrai ? s'écrie-t-elle en levant vers
les siens ses yeux qui brillent de joie.

— Il n'est même pas besoin de réfuter une pareille accusation, répond-il avec dédain. Si c'était un homme qui eût
parlé légèrement de... — Il s'arrête brusquement. — Pas
encore, se dit-il à lui-même. Il est impossible qu'elle puisse
déjà m'aimer. Je ne suis pas un Antinoüs pour être aimé à
première vue; mais patience.

XIV

— Je crains que leurs noms ne vous disent pas grand'-
chose, puisque vous ne connaissez pas notre partie du
monde, mais vous en aurez peut-être rencontré quelques-
uns à Londres; c'est sir Charles et lady Bolton, M. et mistress Trédégar, M., mistress et miss Annesley, les miss Denzil; celles-là, vous les avez vues hier à la vente, et deux ou
trois hommes insignifiants.

Cette nomenclature, qui est faite par miss Blessington à
ses deux amies le lendemain de la vente de charité, est celle
des hôtes que l'on attend ce soir à Felton.

— Ainsi il y aura du monde? dit Esther du fond d'un
coin de la fenêtre où, cachée par le rideau, elle s'oubliait
dans la jouissance, si rare pour elle, de lire un roman français.

Constance tressaille :

— Je ne savais pas que vous étiez là! Oui, nous avons
quelques personnes à dîner.

— Aimez-vous le monde? lui demande miss de Grey,
tournant à demi la tête et un coquet petit bonnet de dentelle dans la direction d'où sort la voix d'Esther.

— Je... je le crois; je n'en sais rien.

— Je suppose que vous venez de quitter votre pension ?

Esther se met à rire :

— Je ne puis dire que je l'aie quittée, car je n'y ai pas été.

— Vous aurez eu une institutrice ? Quelle heureuse personne !

— Jamais.

— Je crois que c'est plus agréable encore d'être en pension.

— Mais je vous répète que je n'y ai pas été.

— Est-ce possible ? Voulez-vous dire que vous n'avez pas fait votre éducation ? reprend miss de Grey en élevant la voix et en ouvrant de grands yeux.

— Ce n'est pas cela que je veux dire, répond Esther, avec quelque regret d'avoir admis un fait qui, évidemment, parle contre elle.

— Comme c'est singulier !

— Qu'est-ce qui est si singulier ? demande son frère qui flâne dans le billard avec Saint-John où, s'ennuyant l'un de l'autre, ils font choquer des billes dans tous les sens.

— Miss Craven nous disait qu'elle n'avait pas fait son éducation, répond cette fois Constance, bien aise d'étaler aux yeux de Gérard les défauts de *sa protégée*. — Je puis assurer, ajoute-t-elle poliment, que nous ne nous en serions pas douté.

La protégée, toute confuse, baisse ses yeux noirs sur le livre, dans lequel elle a déjà trouvé des choses qui l'amusent, des choses qui l'étonnent et des choses qui embarrassent beaucoup son esprit innocent.

—Comme c'était peu nécessaire, pense-t-elle d'avouer ainsi mon manque d'instruction, et quel besoin Constance avait-elle de révéler cette confession avec tant d'empressement ?

— Quelle terrible sensation ce doit être de se trouver si ignorante ! lui dit tout bas Gérard en s'asseyant près d'elle à l'intérieur de la fenêtre profonde. Qu'éprouve-t-on en pareille situation ?

Elle le regarde avec un sourire rassuré.

— Du reste, reprend-il en jetant un coup d'œil au livre qu'elle tient, vous faites de votre mieux pour suppléer à ce qui vous manque. *Mieux vaut tard que jamais.*

Elle rougit, et, involontairement, cache le titre de son livre avec une main.

— Que lisez-vous ? Puis-je voir ?

Elle hésite un moment et recouvre un peu plus le titre avec l'autre main ; mais, tout à coup, changeant d'idée, elle lui montre le livre résolument.

Il regarde ce titre et une expression de mécontentement passe sur ses traits.

Les hommes sont toujours indignés que des femmes se permettent de *lire* des ouvrages qu'ils se permettent d'*écrire*.

— Où l'avez-vous pris ? dit-il vivement.

— J'ai grimpé sur l'échelle de la bibliothèque. On met toujours les livres amusants sur les rayons d'en haut.

— Voulez-vous me faire le plaisir de le remettre où vous l'avez pris ?

— Oui, quand je l'aurai lu.

— *Avant* de l'avoir lu.

— Pourquoi ?

— Pourquoi ? répète-t-il avec cette impatience que montre contre toute opposition le sexe fort. — Pourquoi ? parce que ce n'est pas un livre convenable pour une enfant comme vous.

— Une enfant comme moi ? — elle se redresse en rougissant — savez-vous mon âge ?

— Je n'en ai aucune idée. Quarante ans peut-être ?

Esther ne peut s'empêcher, de rire.

— Savez-vous que toutes les femmes sont des enfants jusqu'à vingt-et-un ans, et vous êtes particulièrement enfant pour votre âge.

— Moi ?

— Enfant ou non, c'est un livre qu'une femme modeste ne doit pas lire.

— Mais que lisent avec plaisir et profit tous les *hommes modestes*, réplique-t-elle avec ironie. Eh bien, quand je l'aurai lu, je serai plus capable de vous dire si je suis ou non de votre avis.

— Est-ce que cela signifie que, après ce que je vous ai dit, vous persistez à vouloir le lire ? lui demande-t-il, sa voix trahissant à la fois autant de surprise que de déplaisir.

— Certainement. — Elle tremble un peu, mais elle parle avec une timide bravade. — Pensez-vous qu'Ève eût voulu goûter la pomme si on la lui avait tout particulièrement recommandée comme une *reinette* délicieuse ? Rendez-le moi, je vous prie.

— Prenez-le ! dit-il en jetant assez impoliment le livre sur ses genoux. Lisez-le, marquez-le, apprenez-le par cœur, méditez-en tous les mots, et, puisque vous avez du goût pour ce genre de littérature, je vous en prêterai encore une douzaine du même genre.

Il se lève brusquement, la quitte et sort presque aussitôt du salon.

Quand il est parti, Esther, s'apercevant que le reste de la compagnie s'est éclipsé dans différentes directions, trouve quelque soulagement en jetant par terre le volume incriminé ; puis elle reste un quart d'heure à le regarder aver hésitation ; enfin, surmontant son orgueil, elle le ramasse, se dirige vers la bibliothèque et, remontant le grand marchepied, elle replace le livre dans l'endroit où elle l'avait pris, entre deux de ses semblables aussi agréablement pernicieux, aussi indélicatement délicats que lui. Une demi-heure plus tard, traversant le vestibule, elle voit entr'ouverte la porte du cabinet de Gérard où quelqu'un marche en long et en large. Pour elle, qui aime la louange, la tentation de se vanter est irrésistible. Elle frappe timidement.

— Entrez !

— Je ne veux pas entrer, répond-elle, restant sur le seuil avec une noble confusion.

— Vous avez quelque chose à me demander ? dit-il en s'avançant vers elle d'un air un peu étonné.

— Non !... rien... je... voulais seulement vous dire que je l'ai remis... à sa place.

En finissant sa phrase, elle relève ses yeux qu'elle tenait baissés avec cette expression innocente et vive d'un enfant qui s'attend à recevoir des compliments de quelque bonne action.

— Vous l'avez remis dans la bibliothèque ? s'écrie-t-il joyeusement en lui prenant les deux mains. Est-ce parce que je vous l'ai demandé ?

— Sans doute, répond-elle involontairement.

— Et vous n'en avez pas lu un mot de plus ?

— Pas un mot.

— Vous n'avez pas même regardé à la fin ?

— Non.

— C'est bien ! vous êtes une bonne enfant.

— *Enfant !* toujours *enfant !* s'écrie-t-elle en fronçant le sourcil. J'ai presque envie d'aller reprendre le volume.

— Non ! Vous êtes une bonne vieille femme, puisque vous

le voulez. Est-ce mieux ? Est-ce plus respectueux ? Ne vous en allez pas, dit-il en voyant qu'elle se dirige vers la porte.

— Il est l'heure de s'habiller.

— Non ! pas avant une demi-heure.

Il la ramène doucement et ferme la porte.

— Voyez ! — dit-elle, un peu embarrassée de ce tête-à-tête qu'elle a elle-même cherché, et lui montrant un bouquet de géraniums rouges qu'elle vient de cueillir dans un des massifs éclatants, — j'ai fait un vol. J'espère que sir Thomas ne me mettra pas en jugement ; mais comme pour moi une robe neuve est un événement qui n'arrive que tous les deux ans, c'est le seul supplément de toilette que je puisse faire pour ce soir.

— *Rouge*, nécessairement, répond-il en souriant. Je ne vous vois jamais sans quelque chose de rouge ou de jaune. Mais pourquoi des géraniums ? Ne savez-vous pas ce qui arrive dès qu'on les touche ?

Et, joignant l'action à la parole, il remue doucement la main qui tient les fleurs.

— Là, voyez-vous ?

Une pluie de petits pétales confirme son assertion. Elle se baisse pour les ramasser.

— Si j'avais un peu de gomme, j'en mettrais une goutte au fond de chaque fleur ; cela tient les pétales, dit-elle. Je l'ai fait souvent, mais je n'en ai pas ici.

Agenouillée à terre sur un genou, elle regarde en parlant ce visage brun et bienveillant, comme si elle réclamait quelque charitable secours.

— Vous n'en avez pas !... j'en ai, ou du moins il y en a dans la maison.

Il tire la sonnette et avance un fauteuil : — Asseyez-vous ;

c'est la place de Constance, et surtout n'ayez pas l'air comme
si vous vous torturiez l'esprit afin de trouver un prétexte
pour sortir de la seule pièce confortable de la maison.

Elle obéit, et ses yeux errent avec curiosité autour d'elle.
Des pipes ; des fouets ; des pistolets de poche ; des portraits
des vainqueurs du Derby ; des photographies de Nilsson
flottant au milieu des roseaux, rôle d'*Ophélie;* de Patti
regardant Mario avec amour, rôle de *Marguerite;* une table
couverte de livres — deux ou trois brochés en papier jaune,
avec un titre français, juste comme celui qu'elle vient de
proscrire si héroïquement.

La gomme arrive. Essie tient les fleurs, tandis qu'avec un
pinceau il insinue délicatement une goutte dans chaque ca-
lice. Leurs têtes se touchent de si près que les mèches de
ses forts cheveux bruns se frottent contre les boucles de ses
cheveux soyeux.

— Doucement ! doucement ! — s'écrie Esther agréablement
excitée par l'idée de faire quelque chose un peu en *dehors de la
règle,* en ayant ce tête-à-tête impromptu avec l'héritier de
cette orgueilleuse maison. — Pas tant ! un soupçon seulement ! Là ! ne dirait-on pas maintenant que c'est une goutte
de rosée durcie ?

— Les gens qui viendront ce soir doivent être très flattés
des préparatifs que vous faites en leur honneur, dit Gérard
avec un peu de jalousie.

— En sont-ils dignes ?

— Vous me le direz demain.

— Qui pensez-vous qui me conduira à table ? lui demande-t-elle confidemment, avec une curiosité enfantine.

— Je n'en ai aucune idée, mais soyez tranquille, ce ne
sera ni sir Thomas, ni moi.

— Je le pense bien, mais je suis fâchée que vous ne sachiez pas qui, car vous m'auriez dit ce dont il faut parler.

— Avez-vous donc un sujet tout préparé comme Belinda Denzil qui le prend dans les journaux du sport ?

— Oh ! non, mais...

— Saint-John ! Saint-John !

C'est la forte voix de sir Thomas qui retentit. Une porte battante retombe derrière lui et il traverse le vestibule d'un pas lourd.

— Voilà sir Thomas ! dit Esther en pâlissant, et si elle avait dit, non sans raison, « voilà le diable », elle n'y aurait pas mis une expression plus épouvantée. Alors, n'en attendant pas davantage, saisissant son bouquet, elle s'élance, comme une flèche, dans le jardin par la fenêtre ouverte.

. . . .

N'est-ce pas lord Chesterfield qui a dit qu'il ne faut être à table ni moins que les Grâces, ni plus que les Muses ? Les hôtes du banquet, à Felton, excèdent de beaucoup le nombre limité par Chesterfield. Ceux qui sont venus de loin ont gémi pendant toute la route de l'ennui d'avoir à quitter leurs jardins et le croquet et de faire trois, quatre, cinq milles, tête et épaules nues, et, certes, l'on peut dire qu'en plein jour une femme en grande toilette est plus décolletée que le soir.

Mais enfin, à ceux qui se plaignaient si fort, la destinée apparaît plus agréable maintenant que le jour trop franc s'est adouci, que les petites bulles du champagne couleur d'ambre pétillent au bord des verres et que les entrées savoureuses font le tour de la table.

Esther a en partage un de ces hommes insignifiants dont miss Blessington a parlé, un de ces hommes qui, lorsqu'on les invite à dîner, le prennent à la lettre et *dînent* en conscience et largement, regardant la dame, leur voisine, comme un simple accessoire, agréable ou non, selon l'occurrence, mais rien de plus qu'un accessoire, — comme les fleurs dans les vases ou les Cupidons d'argent qui supportent les plateaux de fruits. Dans les moments d'intervalle, il n'a pas d'objection à ce qu'on l'amuse, et il ne se refuse pas à prêter une oreille indulgente aux riens de la conversation tant que sa voisine n'empiète pas sur le programme succulent qu'il s'est tracé à lui-même en faisant une étude attentive du *menu*.

Repoussée du côté gauche, Esther se tourne à droite où elle est également mise en déroute. Ce n'est pas que son voisin de droite se livre exclusivement à la gourmandise ; il accorde, au contraire, que les yeux noirs, inconnus et innocents et les côtelettes en tortue ont les mêmes droits à son attention ; mais, au bout d'un quart d'heure, leur conversation cesse faute de s'entendre. Il lui paraissait hors de doute qu'elle eût été à Londres durant la saison, qu'elle eût vu la dernière exposition de tableaux ; qu'elle eût dansé aux bals de lady X ; qu'elle pût juger, après les avoir entendues toutes deux, du mérite respectif de mademoiselle Nilsson et de madame Carvalho dans le rôle de Marguerite. Fatiguée, à la fin, de répondre constamment « Je n'y étais pas, » ou « Je ne l'ai pas vue, » ou « Je ne les ai pas entendues, » Esther garde un silence mortifié en se disant à elle même : « Il faut que j'en aie terriblement imposé à tout le monde pour m'être introduite dans cette belle compagnie dont je ne puis parler la langue pendant seulement cinq minutes. »

Esther ayant échoué dans ces tentatives pour soutenir la conversation, il ne lui reste d'autre ressource que de se taire et d'observer. Enfin, le signal de quitter la table est donné ; les dames se lèvent et disparaissent. Une heure se passe ainsi. Quelques jeunes personnes bâillent derrière leurs

éventails. Les miss de Grey cheminent péniblement à travers
un duo sans qu'aucun jeune homme vienne en tourner les
pages avec maladresse, comme d'ordinaire. La porte s'ouvre
et donne entrée à une tête chauve. Le moins intéressant
vient toujours le premier. Cinq minutes plus tard, il y a
dans le salon autant d'habits de drap que de robes de gaze
et de satin. Les jeunes gens louvoient indécis, ne sachant
pas encore devant quelle belle ils viendront finalement jeter
l'ancre.

L'épicurien, maintenant qu'il n'y a plus rien à manger,
regarde de côté et d'autre pour découvrir la plus jolie
femme et le fauteuil le plus confortable dans le grand salon
doré. Il les trouve en se rapprochant d'Esther. En conséquence, il se dirigeait vers elle, quand son oreille est attirée
par une discussion sur la meilleure manière d'accommoder
les becfigues. Aussitôt les blanches épaules de miss Craven
et ses lèvres vermeilles sortent de sa pensée. Des épaules
blanches et des lèvres roses sont de jolies choses, mais
qu'est-ce à comparer aux becfigues ! Esther pousse un soupir de soulagement. Quelle délivrance ! Une minute après,
son anxiété cesse ; le fauteuil près d'elle est occupé par celui
pour qui, dans sa pensée, il était préparé.

— Eh bien ! comment êtes-vous ? lui dit Gérard en débu-
tant par cette question banale. Saint-John n'a rien d'exalté,
mais on ne peut nier que les plus tendres et les meilleurs des
hommes ne soient, après dîner, encore plus tendres qu'avant.

— Je suis mieux que je n'espérais il y a quelques secondes, quand cet odieux gourmand semblait gouverner par
ici, répond-elle sans prendre la peine de cacher la satisfaction qu'elle éprouve en le voyant.

— Pauvre diable ! Il ne vous a pas donné une haute idée
de lui, à ce que je crois ?

8

— Je puis pardonner à un homme beaucoup de défauts, dit-elle, non sans intention ; mais je ne lui pardonnerai jamais de m'estimer moins que des rougets ou des ortolans.

— Ce sont pourtant d'excellents mets, réplique Gérard, d'abord pour la taquiner un peu, et puis aussi un peu parce qu'il le pense. — Ne prenez pas l'air si indigné, continue-t-il en riant. J'ai bien vu que vous paraissiez distraite et ennuyée pendant le dîner. J'ai essayé de rencontrer vos yeux une ou deux fois, mais vous n'y avez pas fait attention.

— Je ne m'ennuyais pas du tout, répond-elle simplement. Vous savez que, ne connaissant aucune de ces personnes, je m'amusais à les appareiller, et il se trouve que je n'ai jamais rencontré juste.

— Vous voulez dire que vous mettiez ensemble des maris et des femmes, n'est-ce pas ? J'ose croire que quelques-uns auraient approuvé votre arrangement.

— J'ai marié *ce* vieux monsieur avec *cette* vieille dame, dit-elle en indiquant d'un léger mouvement de tête ceux dont elle parle ; ils sont tous deux si rouges, si bouffis et si importants qu'ils semblent avoir passé trente ans de leur vie à se raconter mutuellement leurs galanteries.

— *Quel* vieux monsieur et *quelle* vieille dame ? Ah ! je vois.

— Ils se ressemblent beaucoup, continue-t-elle sérieusement, et vous savez qu'on prétend qu'à moins d'une très grande différence entre deux êtres, ils finissent par se ressembler en vivant ensemble.

— Vraiment ? dit-il. Mais comment vous êtes-vous aperçue de votre erreur ?

— Il vient de lui présenter une tasse avec tant de politesse, que j'ai bien vu qu'il ne pouvait être son mari.

Gérard paraît étonné.

— Vous êtes bien jeune, dit-il, pour vous montrer si sévère pour la sainteté du mariage.

— Suis-je sévère? demande-t-elle naïvement; je ne le croyais pas. Il me semble qu'un homme peut aimer sa femme, peut être bon pour elle, mais que cela ne s'appelle pas de la *politesse*. La politesse suppose l'absence d'intimité.

— Vraiment?

Et il se rapproche d'elle, il se penche vers elle, sous prétexte d'examiner les fleurs qui brillent comme du feu sur sa tête.

— A propos, la gomme a-t-elle réussi? demande-t-il.

Elle oublie de répondre à cette simple question et baisse les yeux avec un mélange de trouble et d'effroi, car ses yeux ne peuvent, sans trahison à l'égard d'un autre, répondre à ces tendres regards; n'est-ce pas dans ses yeux que doit se refléchir l'image, l'image *seule* de Brandon pendant cinquante ans, peut-être?

Il se fait un certain remue-ménage dans la société réunie au salon. Bélinda Denzil se dirige vers le piano; et visse et dévisse le tabouret; elle ôte ses gants; un *chut* poli pour imposer silence n'est pas entendu par un gentilhomme campagnard qui, plus loin, fait à haute voix des questions sur le *guano*, tandis que Bélinda informe son public, dans un doux soprano, qu'*il reviendra, douce espérance !* Elle l'affirme depuis dix ans, mais *il* n'est pas encore revenu, et ses amis commencent à craindre qu'*il* ne revienne jamais.

Durant la romance, Gérard devient rêveur. Quand le chant cesse, sortant de sa distraction, il adresse tout à coup cette question à Esther :

— Comment m'avez-vous dit que se nomme l'endroit que vous habitez ?

— Glan-yr-Afon.

— Que veut dire ce nom?

— Il veut dire *bords de la rivière,* parce qu'il n'est au bord d'aucune rivière.

— Dans quelle partie du monde se trouve-t-il?

— C'est à trois milles de Naullan, puisque vous voulez le savoir.

— Naullan? Naullan? essayant de ressaisir un souvenir qui lui échappe. — Oui; pourquoi donc suis-je allé une fois à Naullan?

— Vous y êtes allé? Quand? dit-elle vivement.

— Il y a deux ans; non, trois ans; je suis allé dans le voisinage, pour pêcher, avec quelques amis... Vous devez les connaître, les Fitz-Maurice?

Esther se trouble un peu.

— J'ai entendu parler d'eux, dit-elle en hésitant.

— Comment? mais ce sont vos voisins.

— Ils demeurent à une certaine distance de nous, je crois.

— Si vous êtes à trois milles de Naullan et eux à quatre, cela ne s'appelle pas une grande distance.

Elle ne répond rien pendant un moment, mais seulement ferme et rouvre son éventail; puis, par une honnête impulsion, elle rougit jusqu'aux yeux et reprend :

— Pourquoi serais-je honteuse d'avouer une chose qui n'a rien de honteux? Ils sont à une très petite distance, cela est vrai, et je les connais un peu, c'est-à-dire que lady Fitz-Maurice daigne me saluer quand elle me reconnaît; mais ce sont de grands seigneurs et nous sommes de petites gens.

Gérard semble un peu contrarié. L'idée que la femme de son choix est, de son propre aveu, d'une classe inférieure à la sienne, révolte son orgueil, à un certain degré.

— Cela ne signifie rien, reprend-il brusquement. Un homme en vaut un autre, et une femme aussi apparemment.

— Saint-John, on a besoin de vous pour faire un rob, dit Constance en se glissant près d'eux. Elle porte une toilette brillante, mais sévère, en satin vert garni de feuillages aquatiques, qui la fait ressembler à une néréide du xix⁵ siècle. Un véritable anachronisme.

— On a besoin de moi ? dit-il d'un air mécontent et sans bouger.

— On est trois, mais sir Charles et mistress Annesley réclament un quatrième.

— Eh bien ! qu'ils fassent un mort, répond-il en restant assis et la regardant avec une expression décidée.

— Saint-John est intraitable, dit Constance en revenant de sa mission infructueuse, et en baissant vers la table sa tête aux tresses dorées entourée avec une grâce naturelle d'une guirlande de plantes marines. Vous êtes forcés de m'accepter à sa place, car il a la bonté de se dévouer à sa petite amie. Avez-vous fait attention à elle, lady Bolton ? Elle est vraiment jolie ce soir. Comme elle ne connaît personne ici, la pauvre enfant, il craignait qu'elle ne se trouvât bien isolée.

XVI

Septembre s'est doucement acheminé vers la mort, comme un juste à qui a été accordé un heureux passage. La plaine a retenti de coups de fusil et bien des perdrix n'ont plus été que des petits paquets de plumes froissées. Bob Brandon gravit avec ardeur les pentes de montagnes couvertes de genêts et les terrains pierreux, à la poursuite des oiseaux effarouchés. Il est dehors tout le jour, mais on ne l'entend plus fredonner ou siffler comme autrefois. Deux semaines, puis une troisième, se sont écoulées, et Esther ne parle pas de revenir; ses lettres deviennent de plus en plus rares, courtes et froides. Depuis la première que l'on sait, il n'y a plus été fait mention de Gérard. Bob n'est pas de nature soupçonneuse, mais il sait que deux et deux font quatre. Il a si souvent fait ce petit calcul depuis dix jours, qu'il en a mal à la tête; mais, tout en se le répétant à lui-même, il ne souffre pas que devant lui d'autres se le permettent.

Un jour, à dîner, Bessy appliquant à Esther ce texte sévère : « *La convoitise de la chair, la convoitise des yeux,* etc. » il l'a interrompue avec une colère qui l'a réduite au silence et, bien qu'ensuite il se soit excusé et lui ait demandé pardon de son emportement, elle a bien senti qu'elle ne devait plus reprendre ce thème. Il s'est promis d'aimer toujours Esther loyalement, et, qu'elle lui soit fidèle ou infidèle, il ne changera rien à sa manière d'aimer.

Jack Craven aussi commence à s'étonner un peu de ne pas voir revenir Esther à la ferme ; il commence à se sentir un peu seul quand il s'assied le soir au bord de la fenêtre, fumant sa pipe que personne ne lui ôte plus de la bouche, et pensant à ce qu'il doit pour la charrue à vapeur qui défriche la colline stérile ; n'ayant personne près de lui pour causer amicalement ou le consoler avec de gentils raisonnements illogiques.

Le chagrin peut monter en croupe derrière l'homme qui chevauche sur la plus belle des montures. Le chagrin suit donc miss Craven, qui ne parvient pas à le secouer. Elle éprouve une sorte de terreur d'avoir si bien réussi ; elle craint que l'admiration, le goût, l'amour, pour lesquels elle a tant soupiré, tant travaillé, pour lesquels ses yeux ont lancé tant de brillants éclairs, ne viennent s'offrir à elle et répandre à ses pieds tous leurs trésors qu'elle n'oserait ramasser. Une partie de la nuit elle se promène, dans son agitation, de la fenêtre à la porte de sa chambre et de la porte à la fenêtre, alors que tout le reste de la maison semble profondément endormi.

— Que ferai-je ? que dois-je faire ? se dit-elle en serrant l'une contre l'autre ses mains brûlantes. Oh ! si j'avais quelqu'un pour me conseiller ! Et pourtant, je n'écouterais personne si l'on me conseillait de renoncer à Saint-John. Renoncer à lui ? Comment renonce-t-on à ce qu'on n'a pas ? O Bob ! si vous saviez comme je vous déteste ! Bien moins cependant que je ne me hais moi-même. Pourquoi n'ai-je pas coupé ma langue avant le jour fatal où je vous ai promis d'essayer de vous aimer ?... Essayer, vraiment !

Comme il est nécessaire d'essayer quand on est certain de
ne pas réussir... Dirai-je tout à Saint-John ? Lui ferai-je une
confession volontaire et franche ? Lui dirai-je que j'appar-
tiens à Robert quand il n'a peut-être aucun dessein de me
prendre pour lui-même ? Et, si je dois le lui dire... O mon
Dieu ! j'aimerais autant mettre ma tète dans la gueule du
lion !... Que pensera-t-il de moi ? Lui, avec ses idées si arrê-
tées sur tout ce qu'une femme doit dire, doit être, doit paraître ?... Si j'écrivais à Bob pour lui demander de rompre ?
Cela ne lui briserait pas le cœur, certainement ; il me l'a dit
un jour. Pauvre Bob ! comme je vous traite mal ! Pauvre
Bob !... Et ses roses jaunes dont Saint-John s'est tant mo-
qué ?... Comme je voudrais que l'idée de vos longues jambes, l'idée de vos petites puritaines de sœurs ne vînt pas
m'obséder et me décourager ! Oh ! que vous seriez bon de
ne plus penser à moi... Que dois-je faire ? Mon Dieu ! que
dois-je faire ?... Attendre, attendre encore, attendre toujours
quelque chose qui ne peut pas arriver, très probablement,
et quand je me serai dégradée moi-même jusqu'à ce qu'il
n'y ait plus d'espérance, je retournerai d'où je suis partie
et je traînerai ma vie à côté de Bob, avec un chapeau à
grande passe, comme celui de sa maman. O Jack ! Jack !
pourquoi t'ai-je quitté ?... Comme je voudrais que tous les
Bobs, tous les Brandons, tous les ennuis fussent au fond de
la mer, et toi et moi roi et reine de quelque île déserte où il
n'y aurait d'autres créatures que des singes et des guenons,
et où il n'y aurait ni loyers, ni ouvriers, ni amants pour
nous tourmenter.

Il faut pourtant, tôt ou tard, se coucher et, pour arriver
à ce résultat, Esther, à bout de réflexions, commence à se
déshabiller. Elle s'aperçoit alors qu'un médaillon contenant
le portrait de Jack et qu'elle porte habituellement, n'est plus

à son cou. Elle l'aura perdu, peut-être, sur l'escalier où le pied lourd de quelque servante peut écraser cette laide et chère image. Il faut qu'elle aille y regarder, bien que l'horloge sonne une heure du matin. Donc, elle prend sa lumière et descend légèrement les marches. Le gaz est éteint. De grandes ombres s'allongent derrière elle et la dépassent; les statues s'éclairent comme des fantômes sur leurs sombres piédestaux. Avec surprise et terreur elle aperçoit une grande clarté qui s'échappe de la porte entr'ouverte du petit salon. Ou ce sont des voleurs, ou ce sont les fleurs qui donnent un bal, comme dans cette fête fantastique des contes d'Andersen. Elle s'en approche tout doucement et y jette un regard furtif. Une lampe brûle encore sur la table et un homme qui se promène en long et en large, comme elle le faisait tout à l'heure, paraît enseveli dans de profondes réflexions. La crainte fait place, chez elle, à une douce confusion :

— J'ai... j'ai perdu mon médaillon, dit-elle en balbutiant.

Il semble s'éveiller en sursaut :

— Vous êtes encore debout? dit-il avec surprise. Votre médaillon? Ah ! le voilà. Je viens de le trouver. Vous saurez que je n'ai pu résister à la tentation de voir ce qu'il contenait. Êtes-vous fâchée contre moi? ajoute-t-il en souriant.

— Très fâchée, répond-elle en baissant les yeux sous son regard; elle pourrait affronter celui de Bob des heures entières; seulement, ce serait peu amusant: c'est bien différent avec Saint-John.

— Ne vous en allez pas; restez un moment et causons. N'est-ce pas agréable de penser que nous sommes les seuls êtres animés dans la maison? Tous les autres dorment

comme des loirs, dit-il en s'avançant vers elle avec un regard animé, que les Anglais au pouls calme, au rare sang-
froid, n'ont que bien rarement.

— Non ! je ne dois pas... je ne veux pas !...

Elle avait ôté les bracelets de ses bras, la rose de ses cheveux et elle apparaissait dans sa beauté fraîche et épanouie,
n'ayant à se montrer qu'à la nuit et à Saint-John.

— Encore cinq minutes, dit-il d'une voix suppliante en
appuyant son dos contre la porte.

— Si vous m'empêchez de sortir, je ne puis lutter contre
vous, répond-elle en essayant de prendre un air de dignité
offensée pour cacher son émotion.

— Ne vous mettez pas en colère, reprend-il en quittant
son poste pour revenir à elle. Savez-vous ce que j'ai fait depuis que je vous ai quittée ?

— Vous aurez bu de l'eau-de-vie et du soda ? je pense,
dit-elle en affectant un peu de mécontentement.

— Cela ne vaudrait pas la peine d'en parler. Non ! je me
suis demandé si, enfin, la chance tournait en ma faveur.
J'ai été diabl..., je veux dire très malheureux toute ma vie ;
je n'ai jamais parié pour un cheval sans que ce fût autant
de perdu ; mais il peut arriver aussi que la chance tourne.
Ne le croyez-vous pas ?

— Comment puis-je vous le dire ?

— Vous ne me demandez pas en quoi j'ai été si malheureux ? Est-ce que vous n'avez nulle curiosité de ce qui me
concerne ?

— Je n'ai jamais aimé à questionner, répond froidement
Esther, espérant qu'il ne s'apercevra pas du tremblement
de ses petites mains posées sur ses genoux.

— Ne vous souvenez-vous pas que je vous ai dit que j'a-
vais été éperdument amoureux ?

— Oui.

— Désirez-vous, ou non, en savoir les circonstances? lui demande-t-il en tordant sa moustache avec un peu de dépit de son indifférence affectée.

— Oui, racontez-moi cela! répond-elle, la curiosité devenant plus forte chez elle que la crainte, la timidité ou le sentiment de l'inconvenance d'une pareille situation. Était-elle belle?

C'est toujours la première question que fait une femme quand il s'agit d'une rivale.

— Assez jolie. Elle avait beaucoup de physionomie et savait faire un grand usage de ses yeux... Comme vous, reprend-il avec une certaine irritation, — et cela m'a souvent agacé, car je ne voudrais pas trouver entre vous et elle la moindre ressemblance.

—Elle vous a dédaigné? dit vivement Esther, trop désireuse de connaître la fin de l'histoire pour relever le reproche qu'il adresse à ses yeux.

— Non, dit-il. Je ne l'aurais pas blâmée si elle l'eût fait. On ne peut disputer des goûts. Elle me jurait un amour éternel; elle me jurait qu'elle irait avec moi jusqu'au fond des enfers, etc., enfin toutes les protestations que l'on fait en pareil cas, j'imagine, ajoute-t-il d'un ton amer.

— Et elle vous a trahi! dit Esther, les lèvres entr'ouvertes et la respiration haletante.

— Oui! Elle n'a jamais eu une autre idée. Je n'étais qu'un pis-aller. Et quel était mon rival? Un grand diable de carabinier. Elle me donna mon congé aussi froidement que... que vous me congédieriez vous-même s'il vous en prenait envie...

— Et qu'avez-vous fait alors? lui dit Essie sans respirer, fixant sur lui ses grands yeux sombres et interrogateurs.

Saint-John sourit en la voyant si animée, mais ce sourire fait place à l'expression de la colère. — Vous croyez peut-être, répondit-il, que j'ai poursuivi le personnage? Que je lui ai craché au visage? Que je lui ai arraché le cœur pour le lui faire manger, à elle, comme fit ce mari de la belle et tragique légende normande? J'aurais fait tout cela avec plaisir si j'en avais eu l'occasion; malgré notre affectation et nos dehors de politesse française, le tigre n'est qu'à moitié mort en nous... Mais je ne l'ai pas fait... J'ai... attendez-vous à quelque chose de très dramatique... J'ai été à la chasse. C'était en hiver, et, comme un malheur ne vient jamais seul, j'ai blessé un des meilleurs chevaux que j'aie jamais montés, et je pense que c'est ce fait qui aura un peu détourné le cours de mes idées.

Il parlait d'un ton railleur, amer, exagérant sa propre folie, ainsi que la plupart des hommes quand ils ont la conscience d'avoir été dupes alors qu'ils voulaient se montrer des êtres supérieurs.

— Et pourtant elle vous avait dit qu'elle vous aimait? s'écrie Essie, levant vers lui son doux visage qui exprime la sympathie et l'indignation.

— Elle me l'avait juré cent fois. Je suppose d'ailleurs qu'il n'est pas plus difficile de mentir cent fois qu'une seule fois... il n'y a que le premier pas qui coûte. Dites-moi, reprend-il avec véhémence et en saisissant sa main comme hors de lui-même, dites-moi... vous êtes femme et vous devez le savoir... Quelle différence y a-t-il entre le mensonge et la vérité? Ne se ressemblent-ils pas? A quoi un homme peut-il les distinguer?

Tous deux parlaient bas, tremblant d'attirer la terrible apparition de sir Thomas en déshabillé. Leurs visages se sont rapprochés. Elle peut voir les lignes profondes que les

intempéries des saisons, la douleur et la colère ont tracées
autour de sa bouche et de ses yeux. Elle peut juger de sa
cruelle angoisse à travers son âme transparente.

— Je... je n'en sais rien, répond-elle d'une voix tremblante et un peu effrayée de l'expression de ses sentiments
passionnés.

— Vous est-il jamais arrivé de mentir? s'écrie-t-il en scru-
tant son visage avec un regard inquiet, pour essayer de
deviner son cœur à travers cette fraîche et belle physionomie. — Ne vous fâchez pas... j'ai quelquefois douté de vous.

— De moi? dit-elle en lui retirant sa main, tandis qu'une
vive rougeur lui monte au front. — Comment osez-vous me
parler ainsi?

Il paraît un peu rassuré.

— Pardonnez-moi, dit-il. C'est une malheureuse expérience qui me rend si soupçonneux. Mais, voyons, ajoute-
t-il avec un faible sourire, — un bon procédé en vaut un
autre. — N'avez-vous rien à me conter, à votre tour, après
tant de secrets que je viens de vous révéler?

Il observait les changements de ce visage, pâlissant et
rougissant tour à tour, avec une sollicitude inquiète qui le
surprenait lui-même. Que pouvait dissimuler cette expression naïve, presque enfantine? Oui! le moment était venu
de parler de Bob... C'était l'instant ou jamais!... Il est une
heure et demie du matin... ils s'aiment, et ils sont seuls!

Sont-ils seuls, en effet, ou est-ce une des statues descendue
de son piédestal, qui est là, à l'entrée de la chambre, une
lumière à la main, belle, froide et sévère?

— Miss Craven! s'exclame Constance — car c'est elle-
même, — s'arrêtant court avec une expression de surprise
et de mécontentement sur ses beaux traits ordinairement si
impassibles.

9

Tous se taisent.

— Il est fâcheux, Saint-John, dit enfin miss Blessington, se décidant à parler et paraissant une personnification de la vertu rigide, agressive et impitoyable, il est fâcheux que miss Craven et vous, vous choisissiez une heure aussi indue pour vos entrevues. Ce ne serait pas d'un bon exemple pour les domestiques s'ils venaient à vous surprendre.

— Les domestiques ont autre chose à faire que de venir écouter aux portes et espionner leurs maîtres, répond Saint-John rouge de colère jusqu'à la racine des cheveux et d'un ton qui éloigne toute idée de conciliation.

— Vous vous trompez si vous croyez que j'aie écouté à la porte, — dit Constance d'un air digne, son visage restant impassible et sérieux au milieu du voile de ses cheveux blonds épars sur ses épaules, — je ne pouvais dormir et je venais chercher un livre. Que je ne trouble pas votre tête-à-tête, ajoute-t-elle dédaigneusement en faisant un pas pour se retirer.

— Pas de folies, Conny! s'écrie vivement Saint-John, saisi de la crainte bien fondée d'avoir compromis Esther en la retenant imprudemment. C'est un pur hasard qui fait que nous sommes ensemble, miss Craven et moi.

— Je n'en doute pas, répond-elle avec un léger sourire de mépris.

— Croyez absolument ce que je vous dis. C'est le hasard seul qui a amené ici miss Craven... Elle avait perdu son médaillon et...

— Et vous l'avez aidée à le chercher. Je vous comprends parfaitement, dit-elle avec le même sourire. J'espère que vous le retrouverez... Bonsoir.

Et elle ferme la porte.

— Que veut-elle dire? Que pense-t-elle? s'écrie Essie tremblante et aussi blanche que sa robe.

— Que nous importe? C'est une sotte! répond Saint-John en colère. Allez dormir et ne pensez plus à elle. Cela ne doit pas nous troubler.

Mais on voit bien qu'il n'est pas aussi indifférent qu'il veut le paraître.

XVII

C'est dimanche, le jour du Seigneur. Esther est allée à l'é-
glise en grand apparat, dans une voiture fermée avec sir
Thomas, milady et miss Blessington. Sir Thomas a déblatéré
tout le long du chemin au sujet d'une brèche, faite par quelques bestiaux, qu'il a aperçue dans une baie; si bien qu'ils arrivent à la porte du temple dans cette disposition calme et sainte
qui est la plus favorable pour recevoir les paroles de vérité.

La tribune des Gérard, dans l'église de Felton, est aussi
vaste qu'une chambre de moyenne grandeur. Elle est garnie de fauteuils et d'une cheminée. En hiver, sir Thomas
passe à peu près la moitié du temps que dure le service à
travailler le feu bruyamment et à éparpiller les cendres. Il
n'y pas de feu, quant à présent, ce qui lui manque. Un
grand rideau rouge ferme en partie ce sanctuaire, que les
regards curieux des femmes et des filles de fermiers cherchent à pénétrer pour tâcher d'apercevoir les marabouts de
milady et le petit chapeau de gaze verte de miss Blessington ainsi que son énorme chignon de cheveux dorés. Généralement, sir John ouvre le rideau qui est de son côté, en
faisant grincer les anneaux de cuivre sur leur tringle, parce
qu'il veut aussi voir la congrégation rassemblée.

La forme et la grandeur de la tribune sont appropriées à la convenance de tous ceux qui l'occupent. Durant les prières, sir Thomas s'y tient debout, de toute sa hauteur, reposant seulement un genou sur sa chaise. Ses cheveux gris hérissés, ses sourcils en buisson et ses terribles lunettes miroitant au milieu du rideau rouge causent un mélange d'admiration et de terreur à toute l'école des petites filles de la charité rangées en face de lui. Constance est à genoux sur un prie-Dieu, avec un grand livre de prières relié en ivoire, à tranche rouge, à croix dorée, dans l'une de ses mains et dans l'autre un flacon double à bouchon or et turquoise et un mouchoir de fine batiste. Elle confesse tout bas à ses gants gris-perle ses péchés d'action et d'omission et incline gracieusement la tête à chaque minute. Milady pourrait confesser qu'elle dort. Saint-John n'affecte pas de s'agenouiller. Il est assis, le coude appuyé sur son genou, la tête sur sa main et a l'air fort mélancolique, comme la plupart des hommes quand ils sont à l'église.

A Felton, nul n'a l'idée de se rendre au service de l'après-midi. Sir Thomas a décidé que chevaux, voitures et domestiques ne devaient pas sortir plus d'une fois par jour, et cette course de deux milles est une corvée insupportable pour lady Gérard aussi bien que pour Constance.

Après le lunch, les trois dames sont assises dans le jardin, n'ayant d'autre intention que de rester ensemble pendant quatre heures consécutives. Des massifs de calcéolaires, de géraniums, de lobélias disséminés autour d'elles éclatent de brillantes couleurs, massifs dans lesquels l'œil perverti de l'horticulture moderne voit l'idéal du beau. Cependant, la nature, quand elle fait des jardins, ne plante pas des ronds, des ovales, des carrés tout d'une seule couleur, rouges, bleus, jaunes, sans y mêler quelques teintes de gris et de vert plus tendres pour les adoucir ou les faire ressortir. A travers la pelouse, Saint-John s'avance lentement. Son costume des dimanches, bien fait, sied à sa taille élancée et nerveuse. Esther déteste lui voir cet habit ; il lui rappelle trop, par le contraste, ce singulier vêtement qui peut passer pour le plus magnifique de la modeste garde-robe de son fiancé.

— Vous ne savez pas ? dit-il ; j'ai quelque envie d'aller ce soir à l'église de Radley. Quelqu'un veut-il venir avec moi ?... Voulez-vous, Conny ? Il se tourne vers miss Blessington avec un sourire, aimable et à dessein de lui faire oublier la nuit précédente.

— Est-ce loin ?. demande-t-elle languissamment, partagée entre l'horreur qu'elle a pour une longue marche et son désir d'empêcher le menaçant tête-à-tête entre Saint-John et Esther.

— Trois ou quatre milles... plutôt quatre.

Elle lève vers lui ses beaux yeux bleus :

— Quatre milles pour aller et quatre milles pour revenir ! Êtes-vous fou, Saint-John ?

— Aurez-vous pitié de moi, alors, miss Craven ? dit-il avec une certaine vivacité.

Elle abaisse le bord de son chapeau sur son petit nez grec, le regarde avec un regard timide, mais ne répond rien d'abord.

— Pour vivre seul, dit-on, il faut être un Dieu ou une brute ; je ne prétends être ni l'un ni l'autre. Je déteste ma propre compagnie. Allons ! décidez-vous à venir, dit-il de sa voix la plus persuasive.

— Ne soyez pas insupportable, Saint-John ! s'écrie avec humeur miss Blessington. Miss Craven ne demande qu'à être laissée en repos.

— Vous le préférez ? dit-il en s'adressant à elle.

— Non... c'est-à-dire... je crois... je crois que j'aimerais à faire cette promenade, si c'était possible... Le puis-je, lady Gérard ? qu'en pensez-vous ?

Et elle se tourne vers son hôtesse, les yeux ardents et les joues colorées.

— Moi, ma chère ? Que voulez-vous que j'en pense ? répond milady en s'étendant et en agitant un grand éventail. Faites comme vous voudrez, pourvu que vous ne me demandiez pas de vous accompagner... Mais, Saint-John, soyez de retour bien exactement à l'heure du dîner, vous me ferez plaisir. Vous savez quel tapage sir Thomas fait toujours le dimanche soir.

— Est-ce que nous ne serons pas en retard pour le service, ayant quatre milles à faire ? demande Esther tout en marchant lestement à côté de son compagnon, tandis que son cœur et sa conscience se livrent un combat intérieur.

— Il n'y a pas quatre milles. Il y en a seulement trois.

— Vous avez dit quatre à miss Blessington ?

— Oui, mais j'ai tiré le quatrième mille du trésor de mon imagination.

— Pourquoi ? demande-t-elle avec un naïf étonnement.

— Connaissez-vous la manière dont les Chinois font leurs invitations ? dit-il en riant et en décapitant une tige de fougère avec son parapluie. Ils les font d'autant plus pressantes qu'ils espèrent être refusés. J'ai fait à Conny une invitation à la chinoise. Je n'étais pas parfaitement certain qu'elle la comprît ainsi, et je craignais tant qu'elle ne cédât à mes importunités, que j'ai renchéri un peu quant à la distance. Comprenez-vous ?

Il avait plu dans la matinee. La brise alors rafraîchie souffle sur les fleurs et sur l'herbe humide et arrive par

légères bouffées aux joues bronzées de Saint-John et aux
joues rosées d'Esther. Le cœur de la jeune fille bondit d'al-
légresse.

— Je l'aurai à moi, à moi seule pendant trois heures, se
dit-elle intérieurement. Il ne parlera à personne qu'à moi ;
il n'entendra pas d'autre voix que la mienne. — Elle oublie
le prêtre et son clerc. — Bob peut bien m'accorder ces trois
heures et même plus, en dehors de cette longue, longue vie
que je vais mener auprès de lui. Trois heures ! Arrive que
pourra... Quand même je deviendrais folle... j'aurai eu mon
jour !

— Laissez-moi porter votre livre de prières...

— Non, merci ; il n'est pas lourd.

Elle le retient en se souvenant de certaine dédicace sur
la première page.

— Je suis comme les chiens de chasse. J'aime à porter
quelque chose.

Et, ce disant, il le lui prend avec une douce violence.

— « *Donné à Esther Craven par Robert Brandon.* »
Qu'est-ce que ce Robert Brandon ? demande-t-il un peu rudement.

Son cœur bondit. Le dira-t-elle maintenant ? à l'heure
même, sans attendre un second mouvement, qui n'est pas
toujours le meilleur ? Se délivrera-t-elle de ce poids d'anxiété, de honte, de remords qui l'oppresse depuis quinze
jours ? Ce sujet délicat s'est présenté de lui-même, tout naturellement. Va-t-elle maintenant détruire courageusement
de ses propres mains tout l'édifice de ses rêves, une belle
maison, de vastes domaines, des voitures, des chevaux, des
roses et des ananas, les douceurs et l'éclat de la vie enfin !
Va-t-elle hardiment, noblement, et pour accomplir un simple devoir, abandonner le prince des contes de fées et re-

tourner laver la vaisselle à la chaumière ? Le fera-t-elle, oui ou non ?

— Qui est Robert Brandon ? redemande Saint-John impérieusement.

— Il sert dans le — corps d'infanterie.

Voilà tout ce qu'elle peut répondre en rougissant d'une telle force que les larmes lui viennent aux yeux. Puis elle détourne la tête, écrasée de honte.

— C'est un de vos parents? dit-il avec vivacité.

— Je le connais depuis ma naissance.

Telle est encore sa réponse évasive.

— Je croyais que ce n'était qu'un enfant, d'après ce spécimen calligraphique, reprend Gérard, examinant d'un air hautain ces caractères indécis et mal formés. Il ferait bien de prendre quelques leçons d'écriture.

Esther est une vraie femme. Elle est à la fois honteuse du griffonnage informe de son fiancé et blessée des moqueries de Gérard.

— C'était vraiment un fait qui méritait d'être enregistré qu'un présent aussi magnifique, dit-il en tenant le pauvre petit volume entre le pouce et l'index d'une main bien gantée et le regardant avec un sourire dédaigneux. Je pense qu'on lui aura rendu la monnaie de cinquante centimes.

— Si vous n'avez rien de mieux à dire que de mépriser ce qui m'appartient, s'écrie impétueusement Esther prête à pleurer et voulant reprendre le livre, rendez-le moi !

— Je vous demande bien pardon, réplique Saint-John gravement. Je n'avais pas l'intention de vous offenser. Je vous donne carte blanche pour vous moquer de mon livre, à moi.

Et il lui présente un joli petit volume relié en cuir de Russie.

9.

— Mais, oserais-je vous demander si ce M. Robert Blandon ou Brandon, je ne sais son nom, est votre parrain ?

— Non ; pourquoi ?

— Parce que je crois que l'on ne donne pas un livre de prières autrement que comme un cadeau de noces, ou bien au baptême, les parrains et marraines. Comme ce n'est pas la première hypothèse, j'en conclus que c'est la dernière.

— Robert n'est pas assez vieux pour être mon parrain, dit Essie en éprouvant beaucoup de peine à prononcer ce nom fatal. Il est jeune, bien plus jeune que vous, ajoute-t-elle avec dépit.

— Ce n'est pas difficile, réplique froidement Saint-John. Jadis, il n'y a pas bien longtemps, partout où j'allais, j'étais toujours le plus jeune ; maintenant, au contraire, je suis, ou *je me sens* du moins le plus vieux de la compagnie.

— Je crois que les vieillards ont encore le meilleur lot, dit Esther ayant repris un peu de calme. Ils ont, certainement, moins de chagrins que les jeunes gens. Sir Thomas, par exemple, me paraît plus heureux que vous.

— Je supposerais, d'après cela, que le bonheur d'un homme est en raison de la simplicité de ses goûts, répond Saint-John avec ironie. Sir Thomas n'a que deux passions dominantes, manger et tourmenter les autres. Il a un bon cuisinier pour satisfaire la première, et, pour la seconde, il a ma mère à ses côtés.

— Nous avons tous notre passion dominante, dit en riant Esther. Seulement, nous ne voulons pas toujours en convenir. La mienne, ce sont les amandes grillées ; et la vôtre ?

— La mienne, c'est d'aller à l'église, répond-il du même ton, ainsi que vous avez pu vous en apercevoir par les efforts que j'ai faits cet après-midi pour y aller.

XVIII

L'église de Radley est placée sur une petite éminence.
Les paroissiens doivent s'élever pour être enterrés, heureux
emblème, il faut l'espérer, de la destination de leurs âmes.
L'église a une jolie petite tour, vieille et basse, et, dans son
clocher un carillon, ce qui passe pour une merveille; un
joyeux carillon, dit-on; mais quant à moi, il me semble
que dans toute la gamme des sons tristes, il n'en est pas de
plus triste, de plus mélancolique que le son des cloches
qui tintent doucement, solennellement à travers l'espace.

Accompagnés de la grave harmonie de leur appel, Saint-
John et Esther pénètrent dans l'église; il n'y a ni bedeau
ni sacristain pour les y introduire, en sorte qu'ils se glissent
dans le premier banc qu'ils trouvent ouvert. Le ministre
est jeune et zélé. Il a habillé quelques « chères petites âmes »
en blancs surplis et il s'efforce de leur enseigner le chant.
Jusqu'à présent ses soins n'ont abouti qu'à leur faire produire des grognements continus, mais c'est un pas de fait
vers la musique d'église.

. . . .

— Est-ce qu'il n'y a pas un autre chemin pour retourner?
demande Essie lorsque, le service terminé, ils sont là, près

l'un de l'autre, dans le cimetière qui domine les sommets des pruniers épars, les filets de fumée grise flottant sous le souffle léger d'une brise du sud et le vert foncé des champs de navets. Je ne puis souffrir de repasser par les mêmes endroits. Cela prouve un manque absolu d'invention.

— Il y en a bien un autre, lui répond Saint-John, mais il est plus long et beaucoup plus boueux que celui par lequel nous sommes venus.

— J'aime la boue, dit gaiement Essie en cueillant sur le tombeau d'un petit enfant une marguerite des prés. C'est mon élément. Chez nous, nous avons de la boue jusqu'aux genoux en hiver et jusqu'aux chevilles en été.

Ils prennent donc ce chemin plus long et plus sale. Je croirais assez qu'ils le prennent parce qu'il est le plus long.

D'abord, la route d'en bas, par le village. Aujourd'hui dimanche, on n'y rencontre pas de lourdes charrettes aux roues grinçantes; on n'y entend pas le bruit du sabot des chevaux, mais quelques villageois et des servantes se dirigent par là vers la primitive chapelle méthodiste wesleyenne, érigée A. D. 1789, qui est placée au pied de la colline dans toute sa laideur dissidente, et sur la porte de laquelle, peinte récemment d'une couleur pain d'épice, figure cette modeste annonce : *C'est ici la porte du ciel.*

— Ce qui me frappe, dit Saint-John, sortant d'une rêverie qui a duré un quart d'heure, ce qui me frappe comme un des rares exemples où notre propre expérience est d'accord avec ce qu'on lit dans les romans, c'est comme il arrive toujours des fâcheux à un moment inopportun.

— A propos de quoi faites-vous ces réflexions?

— A propos de l'arrivée intempestive de Conny la nuit dernière, répond-il vivement. Je parierais qu'elle ne s'est pas levée une seule fois passé minuit depuis des années, et

c'est peut-être aussi l'unique fois qu'elle aurait eu la chance
de nous surprendre en tête-à-tête à deux heures du matin.
Ne pouvait-elle nous laisser en repos ? Nous ne lui volons
pas ses rêves agréables, pourquoi nous voler nos agréables
veilles ?

— Vous croyez donc qu'elle est venue avec intention ?
demande Essie en ouvrant de grands yeux effrayés.

Il lève légèrement les épaules : — On ne peut pas savoir.
Conny n'a guère l'habitude de brûler l'huile de sa lampe à
la poursuite de la science. Je veux bien croire que c'est un
pur hasard qui l'a amenée là si à propos, ou plutôt si *mal à
propos*, à une heure aussi avancée ; mais dites-moi — et il
se rapproche de manière à la regarder bien en face en lui
adressant cette question — je puis me tromper, ce qui m'arrive assez souvent, mais je ne puis m'empêcher de croire
que, juste au moment où cette malencontreuse lumière a
paru à la porte la nuit dernière, vous alliez me dire un secret... un secret qui vous intéresse ? Je suis certain de l'avoir
vu sur votre figure. Je mérite bien moi-même une récom-
pense pour avoir, en votre faveur, remué les cendres de ce
feu auquel je me suis, jadis, brûlé les doigts si maladroitement.

Esther reste silencieuse, mais elle semble très agitée.

— Est-ce que la clarté d'une lampe et l'heure tardive sont
des accompagnements nécessaires, ou ne pouvez-vous m'en
instruire maintenant ? ajoute-t-il avec un regard suppliant.

— Que voulez-vous que je vous dise ? répond-elle. Faut-
il que j'invente des histoires pour vous faire plaisir ?

— Est-il vraiment besoin d'inventer ? dit-il en la regardant avec persistance.

— Que vous raconterai-je ?... — tout à coup un soupçon

lui traverse l'esprit, il aura voulu parler de son fatal engagement ! Elle reprend vivement : — Dois-je vous raconter
que j'habite une vieille ferme avec mon frère Jack et que
nous menons une vie laborieuse ? Cela, vous le savez. Faut-
il vous apprendre qu'en gallois *Sudrydachi* signifie : « Comment vous portez-vous »; et que les asperges ont manqué
cette année ?

— Assurément, je ne vous obligerai pas à me faire une
confidence malgré vous, réplique-t-il assez froidement.

— Pourquoi voulez-vous absolument croire que j'aie une
confidence à vous faire ? Qui peut vous le faire supposer ?
s'écrie-t-elle de plus en plus excitée.

— Rien, que ce que je tiens de vous-même.

— De moi ?

— Oui, de vous ; non de vos paroles, mais, par moments,
de votre expression. Ne me croyez pas impertinent; mais
vous connaissez la malheureuse raison qui me rend soupçonneux. Dites-moi — et tout en parlant il cherche à étudier
ces yeux qui se détournent de lui et ce visage où se peint
un grand trouble, — dites-moi ce qu'il y a entre vous et...
et ce jeune homme qui vous a donné ce livre?

Le cœur d'Esther bondit dans sa poitrine. La fine mousseline de sa robe ne peut en dissimuler les battements rapides.

Le destin nous offre ordinairement deux ou trois chances
de salut avant de nous laisser décider de notre propre sort.
Le choix lui est donné, une fois encore, entre la franchise
et la déloyauté. Il ne s'agit que de répondre simplement à
une simple question : oui ou non, Robert ou Saint-John, —
ou l'homme dont la conversation la fatigue, dont la présence et les regards la laissent plus froide que la neige sur
le sommet des montagnes et avec qui elle a promis de vivre

jusqu'à ce que la mort les sépare, ou l'homme qui n'est ni
meilleur ni plus beau, mais dont la seule approche, avant
même de le voir, la fait tressaillir dans tout son être comme
les cordes d'une harpe vibrent sous les doigts du musicien ;
devant qui elle baisse ses yeux timides et passionnés, et
qu'elle ne reverra, après cette semaine écoulée, que lorsque
la mort les réunira. Elle essaye encore d'éluder la question.

— Qu'est-ce que cela vous fait ? réplique-t-elle brusquement en essayant de plaisanter.

— Rien au monde ! répond-il en rougissant de colère.

Puis ils continuent leur chemin sans se parler.

— Vous êtes fâché ? reprend enfin Esther avec un sourire
à la fois provocant et craintif.

— Moi ? Pas du tout.

— Vous paraissez de très mauvaise humeur et vous n'avez
pas dit un seul mot depuis un quart d'heure, reprend-elle
en le regardant de côté, non sans une certaine crainte qu'il
ne prenne mal cette témérité.

— Quand je ne reçois pas de réponse à une question polie,
je crois plus à propos de me taire.

— On peut n'être pas du même avis quant à la question
polie, réplique Esther en relevant la tête. Si je vous de-
mandais combien de fois vous avez été éconduit, me répon-
driez-vous ?

— Oui, je vous le dirais, répond-il gravement ; mais il
faut répondre aux questions par ordre de priorité. Répondez-moi d'abord et interrogez-moi après. Dites-moi — et
dans son insistance se trahit une assez grande agitation —
dites-moi s'il y a quelque engagement entre vous et ce jeune
homme ?

Elle se tait. *Non* serait un mensonge qui répugne à sa

conscience; *oui* serait l'arrêt fatal qui l'exilerait à jamais dans ce vaste et triste monde, en la séparant de Saint-John.

— Répondez-moi pour l'amour de Dieu ! répète-t-il encore.

En entendant cette voix, émue de crainte et d'impatience, elle se décide à trahir la vérité.

— Il n'y a rien entre nous, dit-elle en pâlissant d'abord, puis rougissant comme une rose vermeille.

— Pourquoi vous détourner si c'est la vérité ? dit-il en doutant encore.

— C'est la vérité, répond-elle indistinctement.

— Pourquoi alors tressaillir et rougir rien qu'en entendant ce nom ? insiste-t-il.

Et son accent prouve qu'il n'est pas convaincu.

— Je ne peux plus supporter un tel interrogatoire ! s'écrie-t-elle avec irritation et s'arrêtant court tandis que de ses yeux sombres et enflammés par la colère s'échappent aussi des larmes de dépit. — Je vous ai répondu à une question que vous n'auriez jamais dû me faire : et, en vérité, il faut que vous soyez bien peu observateur si vous ne vous êtes pas déjà aperçu, depuis trois semaines que je suis ici, que je rougis à propos de rien. Je rougirais tout aussi bien en entendant prononcer le nom de sir Thomas ou...

— Ou le mien ? dit ironiquement Saint-John.

— Ou le vôtre, si vous voulez, répond-elle hardiment; mais devenant pourpre, comme pour confirmer son dire.

La route large cesse un peu plus loin et ne se continue que par un étroit sentier à travers champs. Saint-John franchit une petite barrière et s'arrête de l'autre côté pour aider Esther à la passer.

— Non ! non ! s'écrie-t-elle vivement et en ôtant son pied

du premier barreau. Je ne puis souffrir qu'on m'aide. Allez devant, je vous prie.

Il obéit et marche en avant. La fierté d'Essie s'oppose à ce qu'elle hâte le pas pour le rejoindre, et lui, de son côté, par fierté aussi, il ne l'attend pas.

C'est ainsi qu'ils traversent deux champs, en se suivant à quelques pas.

Un étroit ruisseau arrosant l'herbe fraîche, après bien des détours sur lui-même, s'égare en babillant, comme un ruban d'argent enlacé dans la verte chevelure de la prairie. Il ne ressemble pas à ces ruisseaux tapageurs du pays de Galles qui tourbillonnent et bondissent en cascades et en remous parmi les pierres polies. Il coule doucement de même qu'une vie sans événements suit son cours tranquille vers la vaste mer sans rivage. Durant les temps de sécheresse son courant est lent et son eau limpide, mais, après la pluie récente et abondante, il roule avec plus de rapidité des eaux agitées et bourbeuses. Cependant, quoique grossi, il est encore assez étroit pour que Saint-John le franchisse facilement.

— Vais-je continuer mon chemin ? demande-t-il avec un malicieux sourire à Esther, qui reste à l'autre bord, regardant le ruisseau rapide d'un air assez mélancolique.

— Je suis sûre que vous m'avez amenée ici pour vous moquer de moi, lui répond-elle d'un ton de reproche.

— Non, en vérité, réplique-t-il tranquillement. La dernière fois que j'ai passé ici, il y avait une planche qui servait de pont ; mais, comme vous voyez, le ruisseau aura grossi et il a emporté la planche.

— Comment vais-je faire pour le traverser ? dit-elle d'un accent de détresse.

— Je vous porterai, répond-il en retraversant le ruisseau.

Un peu plus bas, l'eau est moins profonde et je vous enlè-
verai très aisément.

— Non, vous ne le pourriez pas.

— Pourquoi pas? Je vous ai portée assez souvent à Felton pour que vous n'ayez pas peur que je vous laisse tomber.

— Justement. Vous m'avez rendu assez de services pour
que je refuse d'en recevoir davantage, réplique-t-elle d'un
air sérieux qui s'accorde mal avec son expression naturellement gracieuse et enjouée.

— Si vous trouvez un meilleur moyen, dit-il en réprimant
un sourire, je suis tout prêt à vous servir.

— Eh bien, je sauterai !

Et du regard elle mesure la largeur du ruisseau.

— Vous ne le pourrez pas, s'écrie-t-il. Vous prendrez un
bain, je vous l'affirme. Allons, ne soyez pas si enfant.

Le mot *enfant* agit sur Essie comme un coup d'éperon et
la décide à l'instant. Elle recule de quelques pas pour prendre son élan ; mais ni cette précaution, ni le bond prodigieux
qu'elle fait ne l'empêchent de subir le sort que son obstination et sa faiblesse devaient faire prévoir. Elle ne saute
pas assez loin et retombe tout au bord du ruisseau, essayant
vainement de s'y raccrocher, mais dans l'eau jusqu'à mi-
jambes.

Saint-John est près d'elle aussitôt. Il la relève doucement
et la pose sur le gazon, sans craindre pour lui-même le contact de ses vêtements pleins de vase.

— Comme j'ai été sotte ! s'écrie-t-elle avec impatience, dès
qu'elle est assise sur une grosse touffe de grandes bardanes.
Elle est accablée de honte et en colère contre elle-même.

Saint-John, par charité, se tait pour ne pas ajouter à sa
confusion.

— Pourquoi ne riez-vous pas de moi ? Pourquoi ne vous moquez-vous pas ? Pourquoi ne me dites-vous pas que c'est bien fait et que je l'ai mérité, car vous en avez grande envie ? Cela vaudrait mieux que de ne rien dire.

— Il n'importe guère que je parle ou que je me taise, dit-il froidement. L'essentiel est de savoir comment vous regagnerez la maison.

— J'irai comme je suis, répond-elle en se levant brusquement. Ce sera la juste punition de ma sottise, et vous, vous prendrez les devants. Je ne veux pas que vous ayez la honte d'être vu avec moi en l'état où je suis.

— C'est bien probable, n'est-ce pas, que je vais vous abandonner ? dit-il d'un air de bonne humeur. Non ! J'ai une meilleure proposition à vous faire. Je pense justement qu'une de nos anciennes servantes demeure près d'ici. Sa petite maison n'est pas loin et si vous voulez y venir, elle fera sécher vos jupes tout de suite.

Esther, devenue plus docile après sa mésaventure et profondément humiliée, y consent facilement. Sa robe, qui n'est plus empesée, colle à son corps en le dessinant. L'eau en découle à grosses gouttes. Ses jupes mouillées battent ses chevilles à chaque pas.

— Je crois bien, dit-elle, que vous ne vous aviserez plus de me mener à la promenade.

— Je crois, moi, que vous ne vous aviserez plus de sauter de larges ruisseaux, rétorque-t-il simplement, tout en marchant.

Et bientôt ils atteignent un *cottage*, blanchi à la chaux, entouré d'un champ de pommes de terre, égayé par des touffes d'œillets, de soucis et de pieds d'alouettes qui en font comme une sorte d'oasis au milieu de ce désert de pâturages.

Saint-John frappe à la porte entr'ouverte et entre à moitié

— Êtes-vous chez vous, mistress Brown ? Bonjour, lui dit-il de ce ton franc et amical qui fait tant désirer aux tenanciers de Felton que Saint-John y tienne la place de sir Thomas.

— Bonjour, monsieur Saint-John. J'espère que vous êtes en bonne santé, répond la personne à qui il s'adresse et dont le visage rouge et gai contraste avec son bonnet de veuve.

— Oui, oui, merci, interrompt Saint-John coupant court à ses compliments ; vous voyez, mistress Brown, une jeune personne à qui il est arrivé un petit accident. Elle est tombée dans le ruisseau. Voulez-vous lui permettre de se sécher à votre feu ?

— Eh ! bon Dieu ! miss, comme vous voilà dans un bel état ! s'exclame mistress Brown, tournant autour d'Esther et la regardant avec curiosité, tandis que celle-ci presque cachée derrière Gérard, encore ruisselante et claquant des dents, a l'air un peu interdit : — Comment ! vous n'avez pas sur vous un fil de sec ; et que de boue ! Entrez donc, je vous prie.

Mistress Brown et Essie se retirent dans une chambre du fond, afin d'ôter les vêtements mouillés et de les remplacer par des effets de la garde-robe de mistress Brown.

Saint-John, en attendant leur retour, va à la porte et étudie les allées et venues des abeilles en mouvement près de la petite ouverture de leurs ruches. Il contemple ensuite les capucines de velours mordoré qui traînent le long des bordures ou qui grimpent avec leurs feuilles rondes et leurs fleurs sombres le long des rosiers à haute tige. Tandis qu'il est là, flânant et sifflant tout bas, quelqu'un le rejoint sur le seuil de la porte. En se retournant, il voit que c'est Esther toute métamorphosée. A la grande surprise de mistress Brown, elle a refusé l'offre magnanime de sa belle robe de

soie noire. Il n'y aurait rien de coquet ou de pittoresque à
se revêtir d'une robe mal faite qui prétend être à la mode,
et destinée à une femme trois fois plus grosse qu'elle. Elle a
préféré un jupon court en *linsey* foncé et une camisole d'indienne lilas assez flottante pour permettre à sa svelte personne d'y être à l'aise. Son chapeau n'avait pas souffert
comme le reste de son habillement, mais elle l'a ôté pour ne
pas déranger l'harmonie de son costume.

Saint-John l'examine pendant quelque temps. Ses yeux
vont de la camisole au jupon et du jupon à la camisole,
mais il garde un silence discret.

— Trouvez-vous que ce costume m'aille bien? lui dit-elle
à la fin avec une pointe de vanité. Vous ne m'en dites rien.

— J'ai été si maladroit dernièrement avec mes observations, que je suis devenu plus prudent, dit-il en jetant un
regard d'admiration sur les bras ronds et blancs qui sortent
des manches trop courtes.

— Vous ne devez pas craindre de m'offenser en me disant
que ce costume me va mal, réplique-t-elle d'un air sérieux;
bien au contraire. Je trouve, ajoute-t-elle tristement, qu'il
ne me va que *trop bien*, comme étant celui que je dois toujours porter. C'est à miss Blessington qu'un pareil habillement siérait mal.

Saint-John éclate de rire.

— Une déesse en camisole! La Diane d'Éphèse avec un
jupon de linsey! Ce serait par trop drôle!

Esther se détourne d'un air mécontent.

L'opération nécessaire pour laver et sécher les vêtements
de miss Craven est assez longue, et il est tard dans la soirée lorsque Saint-John et sa compagne peuvent se mettre en
route. Les premières étoiles apparaissent déjà, et brillent
sur la voûte du ciel. Ils sont silencieux. C'est le ruisseau

seul qui mêle son murmure au bruit lointain de la rivière.
Essie, marchant près de Saint-John, foule doucement le
gazon sous ses petits pieds ; la brise du soir fait voltiger
contre lui les plis de sa robe ; il a pris sa main dégantée
pour la faire passer par-dessus une barrière, car l'adversité
l'a rendue plus humble et cette fois elle n'a pas refusé son
aide, et, un peu par distraction, il a gardé sa main dans la
sienne. C'est ainsi qu'ils traversent les champs que l'ombre
du soir envahit. Le crépuscule n'est pas encore assez profond pour qu'ils ne puissent voir leurs regards déjà sombres
se refléter mutuellement. Une sensation de plaisir presque
douloureuse pénètre leurs jeunes cœurs. En passant le long
d'un champ bordé d'un talus élevé surmonté encore d'une
haie d'épines, le chemin est devenu si noir que le pied d'Esther se heurte contre une pierre et qu'elle chancelle. Il la
reçoit dans ses bras et couvre son front de baisers.

— Esther, dit-il, voulez-vous être ma femme ?...

Telle est la demande toute simple qu'il lui adresse, sans
phrases, sans explication, telle que les mots se présentent à
lui.

Elle ne peut répondre, sa gorge est serrée par une vive
émotion, mais d'une nature compliquée, car, à ce moment
même, alors que ses souhaits sont accomplis au delà de ses
espérances, alors qu'elle est au comble du bonheur, la pensée de Bob et de sa douleur s'offre instantanément à son
souvenir. L'aiguillon du remords ne lui rappelle que trop
le baiser d'adieu qu'il lui demandait et qu'elle qualifiait de
coutume absurde et sauvage dont elle avait horreur.

— Vous ne le voulez pas ? s'écrie Saint-John, se mépre-
nant sur la cause de son silence, — et dans son accent interrogateur se mêlent la surprise et l'inquiétude.

Pas de réponse encore.

— Si vous m'avez abusé jusqu'à présent, dit-il, vous pourriez au moins me le dire. Le ton dont il lui parle est si froid
et si triste que chez elle la crainte l'emporte sur la timidité.

— Ne me blâmez pas, dit-elle avec un faible sourire, avant
de savoir si je l'ai mérité. Oui !... je le veux !... Sa phrase
s'achève en s'appuyant sur son cœur.

Le bonheur, quand il est parfait, ne dure jamais plus de
deux secondes, et déjà le doute renaît dans l'esprit de Saint-
John. Il éloigne un peu la jeune fille, pour lui laisser plus
de liberté.

— Esther, dit-il en souriant faiblement, je crois que vous
avez dit *oui* par pure frayeur. Vous avez cru que j'allais
vous faire des reproches, et j'ai l'idée qu'il n'est rien que
vous ne fassiez de peur d'être grondée. Vous n'avez pas dit
ce *oui* spontanément ni avec joie. Je sais bien, il est vrai,
que vous ne me connaissez que depuis trois semaines, que
je ne suis pas précisément fait pour plaire aux femmes et
que je ne me montre pas, dans ma famille, à mon avantage.
Tout ce que je vous demande, c'est de me dire franchement
si je vous plais ou si je vous déplais.

— Vous me plaisez.

— *Plaire* est un mot assez large, dit-il avec une légère
contraction de ses sourcils. Il est probable que je vous plais
plus que sir Thomas, que ma mère, que Constance; mais
cette sorte de préférence ne me suffit pas encore. Je dois
être votre première affection ou rien. Suis-je votre première
affection ?

— Non ! répond-elle hardiment.

Sa figure s'assombrit.

— Je ne le suis pas ? répète-t-il d'une voix contrainte.
Quel est le préféré, alors, si j'ose vous le demander ?

— C'est Jack, mon frère, et il le sera toujours.

— Ah ! s'écrie Gérard en riant et avec un grand soupir
de satisfaction. Comme vous m'avez effrayé ! Je crois que
vous l'avez fait exprès, comme vous m'en accusiez à propos
du ruisseau ; mais, après lui, suis-je le premier dans votre
cœur ?

— Oui.

— Avant ce... Comment s'appelle-t-il ?... Ce jeune homme
qui a une si belle écriture ? Avant ce Brandon ?

— Pourquoi me tourmenter à cause de lui ? s'écrie-t-elle.

— Pardonnez-moi, dit-il en passant son bras autour de
la taille d'Essie, qui tremble et cède tout à la fois. Je ne reviendrai plus sur ce sujet. Paix à ses cendres ! Mais, ma
bien-aimée, ajoute-t-il d'une voix émue et passionnée, j'ai
été si peu accoutumé à obtenir ce que je désire, que je puis
à peine croire que c'est moi qui suis bien éveillé. O Esther !
est-ce bien réel ? M'aimez-vous véritablement ? Je ne me
crois aimé de personne, si ce n'est de ma vieille mère. La
femme dont je vous ai parlé, je l'ai tenue dans mes bras ; je
l'ai embrassée comme vous, mais elle me rendait mes caress-
ses et vous ne le faites pas ; mes yeux interrogeaient les
siens qui semblaient répondre à ma tendresse, et tout cela
n'était que mensonge ! Peut-être lui étais-je odieux, et peut-
être me haïssez-vous !

— Vous parlez toujours de cette femme, dit Esther avec
de grands yeux jaloux. Si vous aviez cessé de la regretter,
vous lui auriez pardonné depuis longtemps et vous ne feriez
pas cette comparaison continuelle.

— Je lui ai pleinement pardonné, répond-il généreusement — et, en vérité, il peut bien être généreux puisqu'il
presse contre son cœur une femme aimée — non seulement je
lui ai pardonné, mais j'ai appelé toutes les bénédictions du
ciel sur sa tête et sur celle de son ravisseur. A dire vrai,

reprend-il en riant, je lui ai d'autant mieux pardonné que je l'ai rencontrée l'année dernière à la station de Brainton, énormément engraissée, le nez rouge, et accompagnée d'une bande d'enfants qui, sans l'intervention de la Providence, auraient pu être les miens.

Tout en parlant, il essaye encore d'embrasser Esther ; mais celle-ci, au souvenir de sa propre trahison, se recule involontairement.

— Allons, dit-elle avec un léger frisson, dépêchons-nous de rentrer. Nous serons déjà bien assez coupables autrement. Que dira sir Thomas tout à l'heure ?

— Je puis vous l'apprendre, répond gaiement Saint-John ; il dira avec l'aimable franchise qui le caractérise que, si nous voulons savoir ce qu'il pense, nous sommes bien bêtes d'avoir été courir à une église étrangère pour y voir des chandelles allumées, de petits braillards et toutes sortes de momeries papistes ; que, quant à lui, il tient bon à sa paroisse depuis cinquante ans et tiendra bon jusqu'à la fin, et que, si nous ne voulons pas nous conformer à la règle de sa maison, etc...

— Est-il toujours de même ? demande Esther en souriant.

— Toujours. C'est une étude longue et attachante de son caractère qui me permet de prévoir exactement tout ce qu'il peut dire sur quelque sujet que ce soit, Esther.

— Comment savez-vous que mon nom est Esther ? demande-t-elle naïvement. Vous n'avez jamais entendu personne m'appeler ainsi.

— Avez-vous oublié la dédicace du livre de prières... Dieu me pardonne ! j'allais revenir au sujet défendu.

Il la regarde en souriant, s'attendant à la voir sourire aussi ; mais elle est restée sérieuse.

— Depuis ma jeunesse, reprend-il, je vous connais comme

10

Esther Craven. Avant que vous vinssiez nous faisions
des conjectures sur *Esther Craven ;* ce n'est que depuis
votre arrivée que vous êtes élevée à la dignité de *miss Craven.*

— Je déteste que l'on m'appelle Esther, dit-elle d'une voix
plaintive. Il me semble toujours que l'on est fâché contre
moi, car c'est ainsi que Jack m'appelle quand il me gronde.
Appelez-moi *Essie.*

— Ma *chère Essie,* alors, je vous dois un avertissement,
dit-il en entourant de nouveau de ses bras la taille d'Esther
comme pour en prendre possession avec bien plus de har-
diesse que ne l'eût osé jamais le pauvre Brandon.

D'ailleurs, qui les verrait ce soir dans ces champs solitaires ?

— Ma chère Essie, je crois devoir vous avertir qu'avec le
temps je deviendrai comme sir Thomas. On dit que déjà je
lui ressemble un peu, mais je ne le crois pas ; cependant, si
je viens à lui ressembler, m'aimerez-vous encore ?

— Toujours !

— Je pourrai donc, alors, envoyer les domestiques *à tous
les diables,* gronder toute la soirée pour une sauce mal faite,
exiger que vous jouiez au tric-trac et que vous perdiez ré-
gulièrement ? Cela vous plaira-t-il ?

— Toujours !

Tous les deux se mettent à rire, mais dans le rire d'Esther
il y a un fond d'amertume qu'elle sent bien et dont elle s'é-
tonne qu'il ne s'aperçoive pas lui-même.

En approchant de la maison, ils voient passer un filet de
lumière rouge à travers les volets de la salle à manger.
Esther hâte le pas.

— Pourquoi êtes-vous si pressée ? lui dit-il en donnant à
ce reproche l'accent de la tendresse. Qui sait ? demain, nous
serons peut-être morts ; aujourd'hui, nous sommes comme

des dieux, ayant la connaissance du bien et du mal. Cette promenade n'aura pas été pour vous ce qu'elle a été pour moi, car vous n'auriez pas tant de hâte de la voir finir.

— Non ! elle n'a pas été pour moi comme pour vous, répond-elle avec un soupir et un air absent.

Il avait espéré qu'elle réclamerait et il est trompé dans son attente.

— Comment expliquez-vous cela ? dit-il un peu blessé.

— Si vous saviez... commence à dire Esther prête à faire une confession tardive.

— Si vous devez m'apprendre quelque chose de désagréable, s'écrie-t-il en lui mettant sa main devant la bouche, taisez-vous ! Vous me le direz demain, plus tard, mais pas maintenant. Qu'il y ait un jour dans ma vie auquel je puisse penser sans regrets et dont je puisse dire ce que Dieu dit en voyant le monde qu'il venait de créer : « Et il vit que cela était bon. »

Elle garde le silence.

— Pourtant, peut-être vaut-il mieux que je connaisse la fin de votre phrase ? que je sache... quoi ?... que vous ne m'aimez pas ?

— Vous vous trompez, répond-elle emportée par un élan de passion. Je vous aime autant que je me hais moi-même...

Et sans lui expliquer cette énigme, elle se lève sur la pointe des pieds, effleure volontairement ses lèvres brûlantes et, après cet excès d'audace, couverte de confusion, elle s'arrache des bras où il voulait la retenir, surpris et charmé, et s'enfuit dans la maison comme si elle était atteinte de folie.

XIX

Un beau soleil de septembre brille aujourd'hui sur la robe verte de Constance Blessington lorsqu'elle vient s'asseoir au déjeuner et sur les tresses dorées que la Providence lui a octroyées pour entourer d'une auréole son front sévère. Les yeux d'Esther ont plus d'éclat que jamais ; ses joues sont de la teinte rosée des bords de certaines coquilles marines, mais ce n'est pas le brillant incarnat d'une personne qui vient de s'éveiller. L'ange du sommeil n'a fait que la toucher du bout de son aile. Des pensées plus douces que le miel, des pensées plus amères que le fiel, l'ont tenue éveillée. Avant de se coucher, elle a passé trois heures à écrire des lettres de rupture à Brandon et, finalement, elle y a renoncé.

— Je ne peux pas lui écrire ! se dit-elle en étendant ses bras dans l'obscurité. Tout ce qu'on écrit paraît si blessant, si cruel ! Je le lui dirai moi-même, peu à peu, tout doucement. Je lui dirai combien j'en suis peinée ; je lui demanderai de me pardonner ; peut-être que je me mettrai à genoux... Non... j'aurais l'air si gauche ! Après tout, on ne regrette pas longtemps ce qui n'en vaut pas la peine... Et puis personne n'est moins sensible et n'a moins d'imagination que le pauvre cher Bob...

Enfin, en dépréciant Bob et en réduisant à rien l'amour qu'il lui porte, elle retourne son oreiller et tâche d'y trouver une place plus fraîche pour y reposer sa tête brûlante.

. . . .

Le déjeuner terminé, miss Blessington se met à étudier sérieusement un volume de rébus. Esther, de l'autre côté de la table, une feuille de papier devant elle, un crayon à la main, se prépare à écrire la solution que leurs deux intelligences auront trouvée aux problèmes difficiles.

La porte s'ouvre et Saint-John paraît.

— Il faudrait se procurer une Bible, un dictionnaire et une Encyclopédie avant d'essayer de comprendre ces maudites énigmes, dit Gérard s'asseyant sur le bras du fauteuil de Constance et lisant par-dessus son épaule.

— Je vais chercher une Bible, dit Constance en se levant pour sortir du salon et en circulant avec une grâce majestueuse au milieu des meubles qui encombrent son passage.

— Puisse-t-elle chercher longtemps ! dit Gérard en poussant un soupir de satisfaction et regardant la porte se refermer.

— Je suis bien aise qu'elle soit partie, dit Esther un peu embarrassée, car j'ai quelque chose à vous dire.

— Dites.

— Il faut que je retourne demain à la maison.

— Est-ce que vous commencez déjà à vouloir m'éprouver ? lui demande-t-il d'un air soucieux et en étendant le bras à travers la table qui les sépare.

— Non, mais j'ai reçu ce matin une lettre de Jack que...

— Que vous allez me lire ?

— Oh ! non ! non ! répond-elle vivement, en mettant sa main involontairement sur sa poche. — Cela ne vous intéresserait pas... Je crois que je lui manque beaucoup.

10.

— Croyez-vous, dit Saint-John en lui saisissant la main qui tient le crayon, — croyez-vous lui être aussi nécessaire qu'à moi ?

— Bien davantage, répond-elle en lui souriant. A vous, je ne vous fais pas votre thé, je n'ordonne pas votre dîner, je ne raccommode pas vos bas. Une, deux, trois, quatre semaines, continue-t-elle en comptant sur ses doigts effilés, voilà déjà près d'un mois que je suis ici, et, en quittant la maison, je leur avais dit...

— Comment ? vous *leur* aviez dit ?

Elle rougit beaucoup

— Ai-je dit *leur* ? Je voulais dire *lui*... C'est de Jack que je parlais.

— Est-ce qu'il parle de lui-même au pluriel, comme un roi ou un critique ?

— Je me suis trompée ! s'écrie Esther en lui retirant sa main. Il peut vous arriver aussi, à vous, que votre langue tourne.

— Très souvent. Eh bien, écrivez-*leur* — il appuie avec affectation sur le pronom — qu'*ils* doivent chercher quelqu'un pour raccommoder *leurs* bas, parce que vous avez mieux à faire.

— Je n'ai rien de mieux à faire, dit-elle en rougissant. Si vous connaissiez Jack, vous ne voudriez pas plaisanter.

— Cela ne m'arrive pas souvent. Je n'ai jamais péché par excès de gaieté, répond-il sèchement. Essie, quand vous retournerez chez vous, j'ai l'idée de vous y accompagner... si vous voulez bien m'inviter.

— Oh ! non, vous ne viendrez pas ! s'écrie-t-elle avec un mouvement de vivacité involontaire, en laissant échapper le crayon de ses doigts.

— Je crois que vous avez honte de moi, dit-il, assez mécontent et se dirigeant vers la fenêtre pour cacher la rougeur qui monte à ses joues brunies.

— Dites que j'ai honte de moi-même, réplique-t-elle en se levant pour le suivre.

— Pourquoi ?

— Vous autres, gens riches, vous ne comprenez pas « les simples annales des pauvres gens », lui répond-elle en faisant effort pour sourire. Vous seriez chez nous, probablement, dans la situation du chien de *Mother Hubbard* :

> Quand vous arriverez,
> Rien dans le garde-manger.

— Vous croyez que la gourmandise est héréditaire comme la goutte ? dit Gérard en riant et en la regardant avec un regard très tendre, non de la tendresse d'un adolescent amoureux, mais de cette passion puissante et concentrée d'un homme éprouvé, sans illusion, et, pour ainsi parler, revenu de tout, sauf d'un amour vrai.

— Il y a encore d'autres raisons, dit Essie, baissant les yeux comme toute jeune fille qui se sent pour la première fois sous le regard de feu de son amant.

— Quelles sont ces autres raisons ?

— C'est que je n'ai pas encore parlé de vous à Jack, répond-elle en tournant une modeste bague autour de son doigt. Je ne crois pas qu'il se doute même de votre existence, à moins que depuis mon départ il n'ait acheté un *Manuel héraldique*, et je ne le soupçonne pas de s'être laissé entraîner à une pareille dépense. Il lui paraîtrait donc très singulier de me voir arriver en vous traînant à ma suite.

— Cela, au contraire, s'expliquerait assez facilement, ce me semble, réplique Saint-John avec gravité et se redres-

sant de toute sa hauteur comme pour attester les huit siècles
de sang normand qui coule dans ses fortes veines. Je suppose qu'il est permis à un homme de voyager avec sa fiancée sans qu'on ait l'esprit assez étroit pour y trouver à redire.

— *Votre fiancée!* répète-t-elle avec un vague et triste sourire. Suis-je votre fiancée ? Je ne le crois pas et je ne serai
jamais votre femme !

Tout en parlant, un nuage de mélancolie passe comme
une ombre sur ses traits, sur la blancheur rosée et le doux
incarnat de son aimable et piquant visage, comme ces nuages voyageurs qui traversent et assombrissent le miroir d'un
lac azuré par le ciel de juin.

— Connaissez-vous quelque cause qui pourrait être un
empêchement absolu ? lui dit-il en riant.

— Aucune, répond-elle en tressaillant ainsi qu'il lui arrive
souvent, aucune... si ce n'est...

Et par une impulsion soudaine elle se jette dans ses bras.

— Si ce n'est que cela me rendrait trop heureuse !

Il se fait un silence bien court, durant lequel le plus timide, le plus fugitif des rares visiteurs de ce bas monde, le
bonheur, s'arrête un moment et se pose une minute sur
deux cœurs qui battent et frémissent.

— Il faut que je vous dise, reprend Essie en relevant la
tête et le regardant les yeux humides des larmes qui bai-
gnent ses longs cils comme la rosée sur l'herbe d'automne,
il faut que je vous dise cette phrase qui m'a frappée dans
un livre que je lisais l'autre jour: « Le bonheur sur terre
est un crime puni de mort comme le génie, comme la divinité. » Depuis hier, cette réflexion ne cesse de me hanter.

— Si l'on prend par là, dit-il pensivement, il n'y a rien
dans ce monde qui ne soit puni de mort, sauf la mort elle-
même. Enfin, continue-t-il en caressant amoureusement

ses cheveux parfumés et brillants, enfin, puis-je aller avec
vous comme le chien de Mother Hubbard ?

— Pourquoi voulez-vous venir absolument, *à présent?*

— Parce que je suis un poltron, lui répond-il en riant.
Parce que j'aime la paix et que j'imagine qu'il y aura ici
des orages terribles quand j'annoncerai mon intention de
vous prendre pour ma compagne.

— Ce sera une mésalliance, n'est-ce pas ? dit-elle tristement. Sir Thomas dira des choses terribles ? que dira-t-il?

— Oh ! rien que d'ordinaire, répond Saint-John avec un
haussement d'épaules. Il dira que je suis un imbécile, comme
je l'ai été toute ma vie... que, quant à lui, il s'en lave les
mains... et puis il me menacera de ne pas me donner un sou.

— Et le fera t-il ? demande Essie avec un regard anxieux.

— Pourquoi cette question ? dit brusquement le jeune
homme.

— Parce que je n'ai pas envie d'épouser *un mendiant,* répond-elle par pure plaisanterie, sans se douter du soupçon
qu'elle fait naître.

— Ne craignez rien, réplique-t-il froidement et en cessant
de la serrer tendrement dans ses bras. Il ne le fera pas, par
la raison qu'il n'en a pas le pouvoir.

Le bouton de la porte tourne en grinçant. D'un bond
Esther s'est replacée à la table, devant ses dessins informes.
Saint-John regarde par la fenêtre. Il n'y eut jamais un jeu
de scène mieux exécuté.

XX

— Vous allez nous trouver bien impolis de vous laisser seule la veille de votre départ, dit le lendemain miss Blessington à Esther quand les deux jeunes filles sont ensemble dans la serre, cueillant des brins d'héliotrope et de capillaires sans s'apercevoir que la traîne de leurs robes renverse des douzaines de pots. — C'est un engagement de longue date et nous persuadons si rarement à sir Thomas de nous accompagner au bal, que nous ne pouvions plus réellement nous dégager.

Elle parle avec cette politesse que l'on montre à un hôte avec qui on est d'une amabilité parfaite quand le moment approche où l'on en sera débarrassé.

— Oh! ne faites pas attention à moi, lui dit légèrement Essie, je sais bien m'amuser seule, et d'ailleurs, quand vous partirez, ce sera l'heure d'aller se coucher.

— Elles ont l'intention que je les accompagne, lui avait dit Saint-John dans l'après-midi, et de fait, j'ai aussi l'intention d'y aller ; seulement, un instinct prophétique m'avertit qu'au moment de m'habiller je serai pris d'un violent mal de tête. J'hésitais entre le mal de tête et la rage de dents, mais la rage de dents demande que l'on simule une sorte de

torture et vous attire des offres sans nombre de figues
bouillies, de cataplasmes, de laudanum et Dieu sait quoi !

Gérard avait trouvé sa bien-aimée plus obstinée qu'il ne
s'y était attendu quant à sa résolution de partir. En considérant la rondeur juvénile de son visage, la céleste expression
de ses doux yeux, il avait cru qu'elle serait tout aussi mal-
léable que l'argile sous la main du potier, et il en eût été
ainsi sur beaucoup de sujets. Presque toujours, il paraissait
plus facile à Essie de céder que de résister. Cela donnait
moins de peine et, surtout, c'était plus agréable pour les
autres ; mais lorsqu'il s'agissait de la première passion de sa
vie, de son amour pour son frère, rien n'eût ébranlé sa résolution. Après une demi-heure d'argument, de prières, de
caresses, Saint-John, assez contrarié, était forcé de s'avouer
à lui-même que dans ce jeune cœur si fidèle l'*amour* ne tenait encore que la seconde place. La seule concession qu'il
put obtenir fut celle d'un jour de plus, le jour du bal.

— Nous pourrons croire, lui dit-il, que trente ans se sont
écoulés et que nous sommes maîtres de la maison. Nous y
serons comme à ce moment-là, moins la goutte, les rides et
les lunettes.

.   .   .   .

— A quoi diable pensent les gens ? dit sir Thomas en entrant le soir dans le salon, après dîner, ayant ses cheveux
raides brossés comme une huppe et tirant avec effort de larges gants blancs dont il a déjà réussi à enlever quelques
boutons. — A quoi pensent-ils d'arracher un homme à son
coin du feu pour aller voir cabrioler une foule d'imbéciles
qui mettent leurs talons à la hauteur de la figure des autres ?

D'après cette description, on pourrait croire que le *cancan*
est la danse habituelle des bals que fréquente sir Thomas.

La porte s'ouvre et miss Blessington fait son entrée. Sans paraître s'en soucier, elle a la tranquille assurance que personne ne la surpassera en beauté. C'est un assemblage élégant de tulle, de dentelles et de fleurs, une froide perfection de teint, de traits et de contours.

— Oh ! que vous êtes belle ! s'écrie Essie en battant des mains avec l'admiration sincère d'une jolie femme pour une autre jolie femme. Je sais que ce n'est pas poli de faire des remarques personnelles, mais, n'est-ce pas, lady Gérard, elle est très belle ?

— Elle a une très jolie toilette, répond milady dont tout l'art d'une couturière française n'a pu parvenir à faire qu'un paquet informe, mais je ne trouve pas qu'Élise ait autant de goût que Jane Clarke en avait autrefois.

Constance s'est approchée d'un miroir pour examiner avec inquiétude la morsure qu'un cousin s'est permis d'infliger à son visage, un peu au-dessous de la lèvre inférieure et qui a troublé sa placidité depuis trois heures et demie du soir que l'événement a eu lieu.

— Cela se voit-il beaucoup ? demande-t-elle à Esther avec un regard anxieux.

— Oh ! non, presque pas.

— Je crois que si j'y mettais un petit morceau de taffetas d'Angleterre, cela aurait l'air d'une mouche, reprend-elle gravement, et les mouches sont seyantes.

— Je vais vous en chercher ! s'écrie la complaisante Esther qui sort en courant.

Quand elle revient, sir Thomas disait avec agitation :

— Eh bien, est-ce que ce garçon n'est pas prêt ? Toujours le même ! toujours en retard ! Il n'est jamais exact.

— Il ne viendra pas avec nous, sir Thomas. Il a mal à la tête et va se coucher ; à ce qu'il dit, du moins, répond froidement Constance tout en jetant un regard du côté d'Esther qui est occupée à couper très adroitement, avec des petits ciseaux, un rond de taffetas d'Angleterre.

— Sottise et mensonge ! s'écrie le père de *ce garçon*, avec un redoublement de colère. Milady, vous avez fait de votre fils une poule mouillée. A peine s'il irait à la chasse, de peur de s'enrhumer.

— Est-ce bien la grandeur qu'il faut ? demande Esther timidement, les joues couvertes d'une rougeur coupable et tenant à la pointe des ciseaux le résultat de son travail.

— Que diable ! milady ! relevez donc votre maudite robe ! Elle traîne tant que je ne peux pas m'empêcher de marcher dessus !

Telles sont les aimables paroles de sir Thomas en montant en voiture avec sa femme et sa pupille. Elles sont parties et Essie s'assied seule dans le grand salon vide pour attendre la résurrection de son bien-aimé. Cette impression de demi-frayeur qui la fait toujours un peu trembler à son approche semble la saisir plus vivement que d'habitude. On entend au loin, dans la maison, le bruit éloigné d'une porte qui s'ouvre doucement ; puis, une autre un peu plus près : — Il vient, se dit-elle, et son sang coule rapidement dans ses veines, jusqu'au bout de ses doigts.

La nuit est chaude et les grandes fenêtres ont été laissées ouvertes. Un mélange de timidité et de coquetterie porte la jeune fille à s'enfuir afin que son amant ne puisse voir sur son visage la joie écrite en caractères si évidents. Elle voudrait prolonger de quelques moments encore ce bonheur de l'attente auquel les délices de la réalité sont à peine comparables. De la terrasse, un escalier de quelques marches de pierre descend vers l'étang. En une minute, Essie l'a franchi rapidement et elle s'arrête au bord de l'eau.

11

Les dahlias balancent leurs têtes rondes et endormies et les roses-trémières, semblables à des sentinelles, se tiennent droites et raides avec leurs longs rameaux, comme si elles gouvernaient ce monde de fleurs. Les petites vagues qui rident l'eau lèchent les bords abaissés de l'étang. Du milieu des grands joncs surgissent des familles d'échassiers et de poules d'eau qui sont nées durant les chaudes journées du printemps. Çà et là penchent les feuilles du lis d'eau dont la floraison est passée depuis deux mois. Au-dessus de ces jardins, la lune monte majestueusement, suspendant sa lampe d'argent pour éclairer cette scène délicieuse.

Essie est demeurée dans une sorte d'extase. Il lui semble être dans l'état intermédiaire d'une âme heureuse, délivrée des soucis et des chagrins de ce monde, affranchie du péché, émancipée de la vie et devant goûter cette calme félicité jusqu'à ce dernier jour où, dans une gloire plus éclatante, dans une joie plus parfaite, tout sera absorbé à jamais. Elle va doucement le long de l'étroit sentier, regardant, avec un plaisir enfantin, ses mains éclairées par la clarté de la lune ; elle se baisse et ramasse deux ou trois de ces petits cailloux polis que la douce alchimie de la nuit fait briller d'un éclat factice. En ce moment, elle entend le pas ferme et rapide d'un homme qui descend les marches de l'escalier. Elle se relève pour aller à sa rencontre avec un sourire empreint d'un charme mystérieux.

— Ne sont-ils pas jolis ? lui dit-elle en lui présentant ses brillants cailloux pour les lui faire admirer.

Sans répondre, Gérard prend dans sa main la petite main pleine de cailloux. Il regarde Essie bien en face, et alors, comme s'il cédait à une tentation qu'il condamne, mais à laquelle, voulant en vain résister, il doit finir par succomber, il l'attire fortement sur sa poitrine et l'embrasse en couvrant

de baisers ses yeux, ses lèvres, son cou, avec une sorte de
frénésie dont il semble n'avoir pas conscience.

— Arrêtez, s'écrie-t-elle surprise, choquée et le repoussant
loin d'elle. Que faites-vous ? Vous me faites peur !

Il revient à lui et la laisse libre.

— En effet, dit-il avec une sorte d'ironie amère, vous devez trembler... faute d'habitude !

Elle le regarde avec l'étonnement le plus profond. Serait-
il devenu fou ? Est-ce la clarté de la lune qui lui donne cet
air hagard ?

— Qu'est-il arrivé ? Qu'est-ce ? Expliquez-vous, dit-elle
avec précipitation.

— Oh ! ce n'est rien, rien, répond-il d'un air méprisant.
J'ai appris, seulement, une singulière nouvelle.

— Laquelle ?

— Je sais quelqu'un qui va se marier, et... c'est... c'est vous !

— Est-ce là votre nouvelle ? dit-elle en essayant de sourire. Il me semble, en effet, que je dois me marier et... vous
aussi.

— Je ne croyais pas m'appeler Brandon, répond-il froidement, mais ses yeux irrités semblent vouloir transpercer
son cœur.

Elle détourne la tête en poussant un gémissement.

— C'est donc vrai, alors ? dit-il d'une voix étranglée par
la colère et la douleur ; et, s'emparant rudement et involontairement du bras d'Esther, ses bras y laissent une empreinte
d'un rouge foncé.

— Quoi ? murmure-t-elle bien bas, essayant pour un moment encore de conjurer la destinée, d'écarter de ses faibles
mains l'implacable Némésis.

— Que vous êtes... Mon Dieu ! vais-je étouffer ?... que
vous êtes fiancée à Brandon ?...

— Je l'ai été, répond-elle en tremblant.

— Il y a longtemps ?

— Je l'étais en venant ici.

— Alors, depuis, vous avez écrit pour rompre cet engagement ? reprend-il d'un ton qui dénote une sorte d'espérance.

— Non ! je ne l'ai pas fait, répond-elle si bas qu'on l'entend à peine.

Le visage de Saint-John s'assombrit.

— Ainsi, dit-il d'une voix contrainte, je dois comprendre
que vous étiez encore liée par cet engagement, une certaine
nuit où je vous ai tenue éveillée pour vous raconter une
partie de mon histoire ?

— Oui !

— Et aussi, quand, en réponse à mes interrogations, vous
avez nié que... qu'*il* fût pour vous autre chose qu'une simple connaissance ?

— Oui !

— Et aussi quand, en écartant cet obstacle, vous avez été
assez bonne pour consentir à m'épouser ?

— Oui !

Cet interrogatoire enlève à Gérard le peu d'espoir qui lui
restait. Ils se taisent tous deux, Esther baisse sur sa poitrine
sa tête coupable, puis elle la relève tout à coup en élevant
vers lui ses bras :

— Parlez-moi ! s'écrie-t-elle. Maudissez-moi ! Frappez-
moi ! Donnez-moi les noms les plus affreux, mais parlez-
moi ?

— Je voudrais que vous fussiez un homme ! lui répond-il
d'une voix dure et sourde.

Ses sourcils droits se rapprochent et ses lèvres paraissent
blanches et minces sous sa moustache.

— Afin de pouvoir me tuer ? dit-elle éperdue. Eh bien ! si cette vengeance vous plaît, tuez-moi !

— Pas de grands mots, je vous prie. Vous ignorez, sans doute, que ce n'est pas l'habitude que les gentilshommes tuent les femmes qu'ils ont aimées. C'est bon pour les petites gens.

Il fait un mouvement pour s'éloigner.

— Allez-vous m'abandonner ? s'écrie-t-elle en joignant les mains et ne songeant pas, dans sa grande détresse, s'il y a ou non de la dignité à l'implorer.

— Je n'ai aucun droit sur vous, répond-il froidement.

— Vous êtes injuste ! reprend-elle avec un accent passionné. Il aurait, *lui*, le droit de m'accuser ; mais, *vous*, quelle injure vous ai-je faite ? Vous devriez me remercier d'avoir été fausse et malhonnête pour l'amour de vous.

— Pour l'amour de moi ! répète-t-il avec un sourire sardonique. Je n'ai pas la prétention de le croire.

— Que voulez-vous dire ? Si ce n'est pour l'amour de vous, qu'ai-je fait alors ?

Il reste silencieux.

— Est-ce que... — ses joues deviennent d'une pâleur mortelle — est-ce que vous croyez que je l'ai trahi afin de devenir une grande dame ?... pour posséder toutes vos richesses ?...

Et elle tourne ses regards vers le jardin en fleur, vers l'étang, vers le grand château éclairé par la lune.

Il se tait encore.

— Est-ce là ce que vous pensez ? répète-t-elle avec insistance.

— Je pense... dit-il en lui lançant un regard d'un éclat presque métallique — je pense que vous aurez trouvé qu'un homme riche était un meilleur parti qu'un *mendiant*, et également indifférente pour l'un et pour l'autre, vous aurez préféré choisir le premier.

— Si c'est là votre opinion, réplique-t-elle en se reculant avec indignation, je ne m'étonne plus que vous vouliez vous débarrasser de moi.

Il lui jette un regard et la voit, la tête dans ses mains, tout son jeune corps secoué par les sanglots qui soulèvent ses blanches épaules.

— Vous dites bien en supposant que je veux me séparer de vous, réplique-t-il avec un accent amer, en cherchant à s'aguerrir contre sa propre émotion. Ne doit-on pas rendre grâces au ciel d'avoir connu à temps une femme qui peut tromper un homme avec la froide décision que vous m'avez montrée ?

Elle relève fièrement la tête et le sombre éclat de ses beaux yeux brille à travers ses larmes.

— Écoutez-moi, dit-elle en lui saisissant le bras de sa petite main brûlante, j'ai mal agi, mais je ne suis pas la misérable créature mercenaire et calculatrice que vous croyez. Je vous ai dit franchement, dès mon arrivée — jusque-là, je n'avais jamais été dans une grande maison, — je vous ai dit que je regardais comme très agréable de vivre dans ces beaux appartements, entourée de peintures et de dorures, d'avoir des domestiques, des voitures, des chevaux et de n'être pas obligée d'y regarder à deux fois avant de dépenser quelques sous... je trouvais aussi...

Elle fait cette confession la tête basse, en rougissant.

— Je trouvais aussi qu'il était fâcheux que je fusse déjà liée par un engagement, parce qu'autrement, comme je suis jolie, vous auriez pu prendre du goût pour moi, et...

Elle s'arrête toute confuse.

Quant à lui, il détourne la tête en rougissant vivement et toujours aussi irrité.

— Mais... reprend-elle en retenant difficilement ses larmes, aussitôt que je vous ai vu, presque aussitôt que vous m'avez parlé, toutes ces idées me sont sorties de la tête, et je ne sais pourquoi, ajoute-t-elle naïvement, car vous n'étiez pas particulièrement aimable ou poli. Je ne vous trouvais pas beau et vous me paraissiez avoir un mauvais caractère, mais — elle soupire, — mais... on ne raisonne pas ces sortes de choses... et je n'ai plus pensé qu'à vous seul en oubliant que vous étiez riche !

Il ne fait aucun commentaire sur cette confession.

— Me croyez-vous ? demande-t-elle avec une émotion que l'on sent dans sa voix.

— Pourquoi voulez-vous insister pour vous faire dire des choses désagréables ? dit-il avec un sourire amer. *Je ne vous crois pas !* Je puis croire que vous dites à peu près la vérité, mais que si un autre homme se montrait un peu plus riche que moi et dans une position plus élevée, vous continueriez le même jeu. Les femmes agissent d'après leurs instincts. Celles qui aspirent à monter renversent l'échelle quand elle leur devient inutile. C'est une loi naturelle.

— Vous vous trompez, dit-elle. Je n'aspire pas à monter, et si je suis venue ici avec l'idée puérile et sotte que les riches étaient plus heureux que les pauvres, me voilà bien désabusée. Bob — ce nom trivial sonne étrangement au milieu de cette scène tragique, — Bob est plus heureux que vous, bien qu'il ne soit qu'un simple lieutenant sans fortune.

— Je ne doute pas que *Bob* ne me soit supérieur sous tous les rapports, répond-il en appuyant avec affectation sur ce nom abrégé.

— Oui ! assurément, s'écrie-t-elle exaspérée, — et ses yeux

pourraient se comparer à ces météores éclatants qui traversent le ciel par une nuit d'hiver. — Plût à Dieu que je ne l'eusse jamais quitté !

Une sorte de contraction douloureuse défigure un moment les traits de Gérard. Il serre avec force ses mains l'une contre l'autre comme pour comprimer son âme violente ; puis il reprend, après un moment de silence et d'une voix nette et froide :

— Cela peut se réparer. Vous n'avez qu'à retourner à lui, sans qu'il entende jamais parler de cet incident, de cette *comédie.*

— Vous croyez donc que je serai rejetée comme une balle de l'un à l'autre ? s'écrie-t-elle, la voix et les lèvres tremblantes de colère. Jamais vous ne m'avez aimée !

— Peut-être que non, en effet, dit-il avec effort. Peut-être que j'aimais seulement l'idéal que j'avais cru trouver en vous, et quand je me suis aperçu que je m'étais trompé, l'amour est parti en même temps. Je voudrais qu'il en fût ainsi !

Malgré le calme forcé de sa voix, on y sent une profonde amertume et une involontaire tendresse. En l'écoutant, ses larmes redoublent ; elle étend les bras vers lui :

— Pour moi, dit-elle, ce n'est pas un idéal ou quoi que ce soit que j'aime en vous... C'est vous-même ! vous seul ! Oh ! si je pouvais arracher mon cœur et vous le montrer ! Hélas ! pourquoi ne voulez-vous pas me croire ?

Il la regarde. Il voit ces bras qui l'implorent innocemment ; il voit ce visage inondé de larmes et son expression agitée, douloureuse, et il sent sa résolution fondre comme la cire devant le feu, comme les forces de Samson sur les genoux de Dalila. Alors il se tourne vers le lac argenté et cherche à raffermir son propre cœur.

— Pourquoi ne me croyez-vous pas ? redit-elle du ton le plus doux.

— Parce que je n'ai pas la foi qui remue les montagnes, réplique-t-il sèchement. Parce qu'il faut qu'une chose soit probable, ou au moins possible, pour que j'y croie : parce que je suis incapable de comprendre comment, pour un homme que vous ne trouvez ni beau, ni aimable, ni bien élevé, vous auriez pu, avec un sentiment désintéressé, rejeter celui à qui vous prétendez être sincèrement attachée.

— Cela, je ne l'ai pas prétendu, répond-elle avec fermeté. Si vous ne me croyez pas, demandez-le à lui-même. Je ne me suis engagée à lui que parce qu'il me paraissait malheureux, parce que je n'avais aucune bonne raison pour le refuser, et parce qu'il le désirait beaucoup.

Bien que très irrité, Saint-John ne peut réprimer un sourire.

— Alors, dit-il ironiquement, vous m'avez accepté à mon tour parce que je le désirais aussi ? A ce compte-là, il n'y a pas de raisons pour que le nombre de ceux que vous favorisez ne s'augmente à l'infini..., et si vous prolongiez cette scène jusqu'au bout, comptiez-vous nous épouser tous les deux ? ajoute-t-il d'un ton moqueur.

Nulle femme ne peut souffrir qu'on la raille.

— Croyez-vous bien humain et bien spirituel de vous moquer de moi, s'écrie Essie que ces sarcasmes rendent presque folle, parce que j'ai été assez insensée pour abandonner, à cause de vous, un homme qui vaut mieux que vous ?

Gérard reste immobile, les bras croisés, et un pénible sourire effleure ses lèvres frémissantes :

— Je vous ai déjà dit que j'étais convaincu de sa supériorité, en vous conseillant de retourner à lui.

— Parlez-vous *sérieusement ?* dit-elle.

11.

Et ses grands yeux prennent une sauvage expression de crainte mêlée à de l'incrédulité.

— Oui ! lui répond-il résolument.

— Tout est donc fini pour moi, alors ! murmure-t-elle d'une voix brisée. Ses larmes coulent à travers ses doigts délicats et tombent en grosses gouttes sur le sable à ses pieds. — Oui ! c'est bien fait ! je l'ai mérité.

Une fois encore, enivré de sa beauté, il est tout prêt à pardonner, mais sa volonté obstinée vient encore l'arrêter :

— Si je vous épousais maintenant, dit-il, ma vie entière se passerait à vous soupçonner. Je vous aimerais follement, et je ne croirais pas en vous.

Cette seule parole, « qu'il l'aimerait follement, » suffit pour lui rendre un peu d'espoir.

Elle lui tend timidement la main en signe de réconciliation en lui disant :

— Pourquoi ne pourriez-vous croire en moi ?

— Parce que la confiance, une fois détruite, ne saurait renaître, répond-il tristement. On peut la retrouver en partie, par instants, mais non pour toujours. Une femme qui vous a trompé une fois peut vous tromper encore. Jamais... continue-t-il, — et les paroles se pressent sur ses lèvres et son émotion s'accroît, — jamais je ne pourrais regarder vos doux yeux sans penser que j'y découvre quelque trahison ; jamais je ne pourrais presser votre cœur sur le mien sans penser qu'il bat pour un autre.

Elle retire sa main qu'il a repoussée et se met à pleurer en silence.

— Quelle est la folie qui vous a portée à me dire tant de mensonges ? lui demande-t-il avec une morne sévérité. Vouliez-vous donc mettre entre nous un abîme infranchissable pour toute l'éternité ? Ne saviez-vous pas que c'était la seule faute que je ne pouvais ni oublier ni pardonner?

Elle baisse la tête humblement et soupire :

— Ma seule raison, c'est que j'avais peur de vous. Je sentais que je vous perdrais en vous révélant le secret, comme je vous ai perdu en ne vous le disant pas. Deux ou trois fois, j'ai été sur le point de parler, mais au premier signe de mécontentement le courage me manquait ; je *n'osais* plus.

— Peur de moi! dit-il d'un ton de reproche. C'est une preuve que vous ne m'aimiez pas parfaitement et une preuve de plus qu'il vaut mieux nous séparer pour toujours.

— Vous interprétez si mal mes paroles, que je ne dirai plus rien, reprend Essie désespérée.

Il la regarde, sans avoir fléchi, mais avec une douleur extrême :

— J'aurais presque préféré, dit-il, que Constance m'eût laissé dans mon aveuglement.

— Constance! s'écrie-t-elle vivement. C'est elle qui vous l'a dit?

— Oui, répond-il froidement. Elle a tout appris ce matin et, ennuyée que je n'allasse pas à ce bal, elle a choisi ce mode de vengeance, qui, je l'avoue, est ingénieux et complet.

— Que lui ai-je fait? reprend Essie en joignant ses deux mains et en regardant vers le ciel azuré et profond, tout tapissé de clous d'or. — Que lui ai-je fait, répète-t-elle avec une sorte d'effroi, pour qu'elle me fasse tant de mal?

En la voyant ainsi la résolution de Gérard faiblit un peu : non sa résolution de la quitter, toujours tout aussi ferme, mais son dessein de se séparer d'elle froidement.

— Enfant! lui dit-il presque en gémissant et en mettant ses deux mains sur ses épaules, enfant! pourquoi êtes-vous si jolie? Si c'est votre nature d'être fausse et perfide, pourquoi

n'êtes-vous pas laide ? Votre beauté est la seule chose
qui soit *vraie* en vous, et c'est elle qui m'a fait perdre la
tête.

— Et cependant, dit-elle avec un sourire mélancolique,
vous pouvez me dire de retourner à... lui ! Vous verrez
tranquillement une beauté qui *vous a fait tourner la tête*
appartenir à un autre.

— Vous vous trompez, reprend-il avec emportement, je
ne *le verrai pas !* A partir de ce soir, s'il plaît à Dieu, nous
ne nous reverrons jamais !

En entendant cet arrêt cruel, ses genoux tremblent, ses
yeux s'obscurcissent ; sa voix, son souffle, son cœur, semblent
suspendus. Ni plainte ni prière ne s'échappent de ses lèvres
décolorées.

— Comment pourrais-je vous revoir, continue-t-il, sans
des désirs coupables ! Ai-je le droit d'aller voler sa femme
à un autre homme ?

— Eh bien, maintenant, laissez-moi partir, dit-elle, avec
un profond soupir. Vous savez mieux que moi ce qu'il faut
que je fasse. Adieu !

— Adieu ! répond-il brièvement en détournant la tête.

— Dites que vous me pardonnez avant que je vous quitte,
dit-elle d'une voix si touchante qu'elle eût attendri les
pierres, et en faisant un pas vers lui.

— Comment vous dirais-je ce qui n'est pas? lui répond-
il en se détournant brusquement. Je ne vous pardonne pas
et je ne vous pardonnerai jamais, ni dans ce monde ni
dans l'autre.

— Il le faut ! dit-elle, — et ses paroles arrivent entrecoupées par un déluge de larmes. — Je ne puis partir sans que
vous m'ayez pardonné. Si je m'en allais ainsi, toute ma vie
je me souviendrais de vous tel que vous êtes aujourd'hui,

et *aujourd'hui* effacerait toutes les heures heureuses que nous avons passées ensemble.

Pour toute réponse, il cache sa figure dans ses mains.

— Regardez-moi encore une fois avec bonté, dit-elle en s'efforçant de lui ôter les mains dont il se couvre le visage. Je suis sans doute très coupable; je veux bien le croire, puisque vous le dites; je suis faible, lâche, fausse, mais, pour l'amour de ce qui a été et qui n'est plus, regardez-moi encore avec bonté, et pensez que c'est la dernière fois.

Gérard se tait encore, non par obstination, mais parce qu'il sent qu'il ne pourrait être maître de sa voix, et son orgueil se révolte à l'idée de montrer qu'elle serait tremblante.

— Si j'étais un voleur, un meurtrier, s'écrie-t-elle douloureusement et en laissant retomber ses mains, vous ne me chasseriez pas avec plus de mépris!

— C'est que vous êtes en effet un meurtrier! répond-il en la regardant avec une expression de passion violente et irritée. Oui! vous avez tout tué en moi! Mon avenir, mes espérances, ma croyance dans les femmes, dans la vérité, tout enfin, sauf ce qui tient à l'animal. Vous auriez tué mon corps, que je vous l'aurais pardonné plus facilement. Le temps et la maladie le tueront tôt ou tard: mais maintenant!...

Et il s'arrête court.

— Si je vous ai tué, ne me suis-je pas suicidée aussi? réplique-t-elle avec un sourire plus navrant que les larmes. Saint-John, reprend-elle vivement, vous savez que l'on accorde toujours aux mourants leur dernière requête, quelque déraisonnable qu'elle soit? Ma prière est celle d'un mourant, puisque, après ce soir, je serai morte pour vous. Dites : « Essie, je vous pardonne. »

— Que vous importe? dit-il en mordant sa moustache nerveusement. Que sommes-nous l'un pour l'autre?

— Rien ! répond-elle découragée. Vous n'avez pas besoin de me le rappeler, mais *nous avons été* autrement... Quoi que vous fassiez, il est impossible d'effacer le passé. Au nom de *ce qui a été*, pardonnez-moi.

— Le mensonge ne passe pas par mes lèvres aussi facilemennt que par les vôtres, répond-il avec rudesse. Je pourrais vous dire cent fois que je vous pardonne que cela n'en serait pas plus vrai. Adieu ! dit-il brusquement et d'un geste de la main.

Il sent que l'effort devient trop pénible et qu'il cédera si la situation se prolonge. Essie ne lui répond qu'en se jetant sur sa poitrine.

— Je ne puis pas plus vous dire adieu ! s'écrie-t-elle dans un élan passionné, que vous ne pouvez dire : « Je vous pardonne ! » Saint-John, emmenez-moi... épousez-moi encore ! Je sais que je ne devrais pas parler ainsi, que c'est indigne d'une femme, mais je ne puis voir fuir tout mon bonheur sans essayer de le ressaisir. O mon bien-aimé ! recommençons l'épreuve !

Ses bras s'enlacent autour de son cou brun, comme le liseron s'attache aux buissons dans les mois d'été. Ses yeux où la passion éclate comme elle n'éclate que dans les yeux noirs, enflammée, désespérée, le pénètrent jusqu'au fond du cœur. Emprisonné dans ces liens doux et frêles, il sent son orgueil faiblir et ses forces l'abandonner : « Ne vaudrait-il pas mieux être joué par une telle femme, lui suggère la passion, que de couler des siècles d'une félicité inaltérable avec toute autre que l'on aimerait moins follement ? Est-ce que ces moments d'extase sont achetés trop cher par des années de défiance et de soupçon ? » Mais l'honneur et la

volonté repoussent ces suggestions d'une main puissante :
« Elle vous a trompé une fois, elle vous trompera encore !
elle joue son rôle comme elle le jouera pour un autre homme.
Éloignez-la ! »

N'écoutant plus que cette adjuration et avec un cri
d'angoisse comme s'il arrachait son œil droit, il détache les
bras qui enlaçaient son cou.

— Votre bien-aimé ? dit-il dédaigneusement : vous oubliez
à qui vous parlez !

— J'en conviens, répond la pauvre Essie : j'ai fait une
méprise que l'on ne fait pas deux fois dans sa vie.

— Je l'espère pour vous, réplique-t-il en exagérant sa
propre dureté, afin de se fortifier lui-même contre la tentation
de se jeter à ses pieds et de lui dire : « Essie, reste près de
moi ! Trompe-moi ! trahis-moi ! Fais de moi tout ce que tu
voudras, je ne peux plus m'y opposer ! Je veux être à toi
et que tu sois *mienne*. »

— Je me suis traînée dans la poussière devant vous, reprend Essie en s'efforçant de raffermir sa voix qui tremble.
Ne craignez rien, je ne recommencerai pas, et, cependant,
— ajoute-t-elle, sa douce nature lui rendant plus difficile de
le quitter en colère que de s'abaisser à de nouvelles supplications, — cependant, puisque j'avoue que je suis coupable,
pourquoi refuser de me pardonner ? Comment pourrez-vous
supporter toute votre vie la pensée que vous avez ajouté à
la misère d'une pauvre femme déjà bien malheureuse ? N'a-
vez-vous pas pardonné à l'autre femme qui vous a trompé
parce qu'elle ne vous aimait pas ? Oh ! je vous en supplie,
pardonnez-moi de vous avoir trompé parce que je vous aimais trop !

— Je ne lui ai pardonné, dit-il d'une voix sombre, que
parce que je ne me souciais plus d'elle et parce que le mal

qu'elle pouvait me faire m'était indifférent... Peut-être plus tard en sera-t-il de même à votre égard; mais, quant à présent, j'en suis trop loin !

Elle cesse de l'implorer :

— Ce sera comme vous voudrez ! dit-elle avec un accent déchirant.

Puis, s'emparant de sa main avant qu'il ne puisse l'en empêcher, elle la baise humblement et tendrement, et, sans être rappelée, elle s'éloigne et disparaît.

Gérard, le combat fini, la victoire gagnée, s'assied sur un banc de jardin et pleure comme un enfant qui a perdu son plus beau jouet.

XXI

Tirons le rideau après cet acte dans lequel chaque acteur a rempli son rôle, et relevons-le pour voir l'héroïne du drame couchée tout habillée sur son lit. Esther, étendue sans mouvement, voit, comme en songe, passer toutes ces images du bonheur évanoui. Tous ses rêves se sont envolés ! Ont-ils jamais existé ou n'étaient-ils que ces mirages que l'on voit quelquefois à l'horizon ? Mais de tous ces biens perdus, elle n'en regrette qu'un seul, l'homme qu'elle aimait. Lui aussi, serait-il perdu pour toujours ?

Bien que l'expression de son visage couvert de larmes, soit celle du désespoir le plus profond, l'espérance lui murmure encore tout bas : Tu le reverras demain ; les hommes dans la vie réelle, n'agissent pas comme dans les romans ; ils ne sont pas inflexibles, durs comme l'acier : d'un moment à l'autre, ils changent de sentiment : les serments qu'ils font un jour, le lendemain, ils les rompent. Voilà ce que lui disait l'espérance, si souvent trompeuse, lorsqu'un bruit de roues s'approchant de la porte d'entrée parvient à son oreille. — Est-ce que le bal aurait fini de si bonne heure ? se dit-elle. Reviennent-ils déjà, ou... — elle n'ose pas faire d'autres conjectures : — mais, quittant son lit et s'élançant à la fe-

nêtre, elle tire le rideau, ouvre le volet et regarde au dehors. La porte du vestibule est ouverte, une voiture sta-
tionne devant le perron. La lune et la lumière d'une lampe
suspendue sous le portique répandent également leur clarté
sur un dog-cart, sur son cheval, sur les têtes poudrées de
deux domestiques et sur les porte-manteaux de voyage
qu'ils déposent dans la voiture. Un homme sort de la maison ; il a un chapeau, un pardessus, des gants de peau de
chien. Il dit :

— John, allez chercher mon porte-cigares que j'ai laissé
dans le fumoir.

C'est Gérard, parlant du même son de voix qu'à l'ordinaire.

Il part ! il part ! et il peut encore penser à ses cigares !
Quant à Essie, son cœur s'arrête un moment, puis il bat de
nouveau avec une vitesse de cent vingt pulsations à la minute. Il part sans aucun signe d'adieu ! Elle se penche sur
le rebord de la fenêtre, y appuie ses bras d'une blancheur
de lis sous les rayons de la lune. Il est si près d'elle que si
les domestiques n'étaient pas là elle pourrait l'appeler et
pourtant il ignorera qu'elle l'a vu partir. Une impulsion
subite lui fait remuer la fenêtre, agiter sa robe, tousser légèrement, et, à ce bruit inattendu, John et Thomas lèvent
la tête ; leur maître ne bouge pas. Il a cependant tressailli ;
mais, se remettant aussitôt, il a marché droit à la voiture et
s'y est installé. Elle reconnaît alors qu'il sait qu'elle le voit ;
elle reconnaît qu'il est décidé à s'éloigner d'elle sans lui dire
adieu !

Le cheval est un peu excité : « Doucement ! là, doucement ! » Tels sont les derniers mots qu'Essie peut entendre ;
après quoi, se jetant à moitié hors de la fenêtre, elle essaye
de ressaisir tout ce qu'elle peut apercevoir de cette forme

vague qui finit par disparaître dans le lointain; puis, elle retourne se jeter presque inanimée sur le lit et ensevelit de nouveau sa tête dans l'oreiller; mais cette fois l'espérance ne vient plus murmurer à son oreille d'agréables mensonges. L'espérance s'est enfuie avec Gérard.

La nuit s'avance. Les rêves du matin, ceux que l'on dit véritables, s'emparent de tout ce qui dort. Au bal de lord*** on danse encore avec la fureur produite par le souper arrosé de champagne; mais sir Thomas, milady et miss Blessington sont rentrés se coucher. Pour l'amour de toutes les valses entraînantes que Strauss a jamais composées, Constance ne voudrait pas compromettre la fraîcheur d'une toilette, et encore moins le marbre pur de ses joues contre la rougeur peu seyante de la chaleur ou la laide pâleur de la fatigue.

L'aube commençait à entr'ouvrir doucement les portes de l'orient; Esther venait de s'endormir d'un sommeil agité, son front humide et ses cheveux dénoués reposant sur son bras nu. Un coup brusque frappé à sa porte l'éveille en sursaut, avec une sensation de terreur vague et confuse. Mille impossibilités se pressent dans son cerveau bouleversé. Sans en attendre la permission, la personne qui a frappé entre dans la chambre. Ce n'est ni Saint-John, ni un malfaiteur; c'est seulement une fille de chambre à demi vêtue qui a mis sa robe par-dessus son costume de nuit, et essaye machinalement de ramener sous un bonnet de mousseline posé de travers ses cheveux qui lui tombent dans les yeux.

— Un télégramme pour vous, miss, dit-elle en lui tendant d'une main une enveloppe bleue. De l'autre main, elle tient une longue et lugubre chandelle aussi endormie qu'elle-même.

Une dépêche télégraphique! O détestable télégraphe, la plus cruelle des inventions modernes! O messager de mau-

vaises nouvelles qui, sans vous, viendraient toujours assez
vite !

Esther saisit la dépêche et son cœur se glace soudainement
en lisant, à la clarté faible et vacillante de la chandelle, ces
mots griffonnés par un employé :

Revenez vite ! Jack est très mal.

Il ne faut que peu de traits de plume pour tracer un
arrêt de mort! Au premier moment, Esther reste assise,
sans mouvement, sans respiration, comme un être dont
l'âme aurait quitté le corps depuis une heure, sans même
avoir conscience de ce télégramme serré dans sa main cris-
pée. Tout à coup, le sentiment lui revient avec une douleur
immense et déchirante, et, bientôt aussi, fait place à une
idée fixe et dominante, à un désir sans bornes, le désir de
dévorer le temps et l'espace, d'être auprès de *lui* à l'instant
même, auprès de Jack *mourant*, non pas *mort*.

— Puis-je voir sir Thomas? demande-t-elle avec effort et
d'une voix sourde. J'ai de mauvaises nouvelles de chez moi.
Mon frère est très malade !

— Vraiment, miss! Est-il possible? s'écrie la servante
complètement réveillée par la délicieuse excitation qu'il est
arrivé à quelqu'un un malheur dont elle sait la première
nouvelle.

— *Il faut* que je voie sir Thomas! répète Esther en portant
sa main à son front avec un geste fou et en se levant précipitamment pour courir vers la porte.

— Voir *sir Thomas !* — réplique la femme avec l'expression d'une véritable terreur sur son large visage — le voir
maintenant! mais c'est de la folie, miss! Il nous chasserait
tous, si on le dérangeait avant l'heure ordinaire.

Esther se retourne et croise ses bras sur sa poitrine. Ses
yeux grandement ouverts sont brûlants de désespoir.

— Mon frère *se meurt*, dit-elle d'une voix rauque, il faut que je parte *à l'instant*. Pour l'amour de Dieu! donnez-moi les moyens d'aller à la station.

— Je suis bien fâchée, miss, de vous voir en cet état! bien fâchée! dit la servante émue de compassion à l'aspect de ce charmant visage décomposé par l'inquiétude et la douleur, et qui était si admiré par les gens de la maison, quand à l'église il portait l'empreinte de la douceur et de la piété, — mais, reprend-elle, tous les hommes d'écurie sont couchés, et Simpson aimerait mieux mourir que d'atteler une voiture sans ordres de sir Thomas. Esther gémit et se tord les mains.

— Est-ce que je ne puis avoir aucune sorte de voiture? demande-t-elle avec une cruelle impatience; une charrette, quoi que ce soit? Je donnerais tout ce que je possède pour trouver quelque moyen de partir! Mon Dieu! que de temps perdu!

La servante pose son chandelier sur la table et porte son gros doigt à son front pour tâcher d'en faire sortir une idée :

— Il y a bien, dit-elle enfin, le petit char-à-bancs dans lequel les domestiques vont à l'église; on pourrait peut-être l'avoir si on parvenait à faire lever les grooms.

— Vite! vite! Faites-les lever. Allez-y tout de suite, au nom du ciel! s'écrie Esther avec une ardeur passionnée.

Elle pousse la femme hors de la chambre et la suit. Elles traversent de longs corridors dont l'obscurité est complète, excepté quand on passe devant les hautes fenêtres du côté du levant où déjà l'aube vague et froide jette une lueur blafarde sur les cadres noircis, sur les yeux sans regard et les raides figures des portraits de famille; puis elles passent dans les soubassements où les cheminées des cuisines ouvrent leurs cavités noires et profondes. Elles remontent

ensuite par des escaliers de service, et enfin s'arrêtent dans
un étroit corridor. Esther tremble de tout son corps, d'émotion
et de froid, au moment où sa compagne frappe du doigt à
une porte en appelant Simpson pour l'éveiller. Mais les bons
travailleurs sont aussi de rudes dormeurs, et il se passe du
temps avant que le cocher puisse se décider à sortir de son
bienheureux sommeil. Lorsque enfin il l'a secoué et a ouvert
sa porte avec cette mine maussade et engourdie d'un homme
à demi éveillé, il est longtemps avant de pouvoir admettre la
possibilité de fournir à Esther quelque moyen de transport. Il
éprouve, comme les autres, cette terreur bien fondée que
sir Thomas inspire à tous ses subordonnés.

C'est à l'aide de ce qu'elle a d'argent, à l'exception de ce
qu'il faut pour le voyage, à l'aide de tout ce qu'il reste sur
le billet de cinq livres si péniblement économisé par Jack,
le pauvre garçon ! qu'Esther parvient à vaincre les scrupules
de Simpson pour mettre dehors le petit char-à-bancs des
gens de service. Trois quarts d'heure, au moins, se passent
encore avant qu'un des palefreniers soit debout, habillé,
qu'il ait attelé le plus vieux cheval de l'écurie et qu'il soit
monté lui-même dans la voiture, avec force grognements.
La malheureuse Esther a suivi l'homme et sa lanterne dans
la cour des écuries, avec le vain espoir que sa présence le ferait se hâter. Durant trois quarts d'heure elle a fait les
mêmes tours que lui sur le rude pavé de la cour, ou bien,
se tenant tranquille, elle a surveillé tous ses mouvements
avec un regard ardent, les mains fortement pressées l'une
contre l'autre, comme seraient celles d'une créature morte
de mort violente, et souffrant d'une douleur aussi aiguë que
si un fer rouge lui était entré dans le cœur. Avant même que
le cheval fût complètement attelé, elle a sauté dans la
voiture et y a pris place.

— Votre bagage n'y est pas encore, miss, dit le groom respectueusement.

— Cela ne fait rien! Je n'en ai pas besoin! s'écrie Esther fiévreusement. Je n'ai besoin de rien; je suis prête. Montez, je vous en supplie, et partons vite!

Le jour paraît lentement, froidement, sans couleur. Il n'y a pas eu de gelée durant la nuit; mais, sans que ce fût cette gelée qui glace le tour des bassins ou brûle les dahlias, il a fait ce froid piquant, précurseur de l'hiver qui s'avance. Les arbres et les grandes haies d'épines ont l'air gigantesque, sans forme et deux ou trois fois plus grands qu'en réalité. Les prairies ressemblent à des lacs de brouillard; des nappes de vapeur fument en s'élevant jusqu'à un ciel gris et bas. Esther n'a pas pris de manteau, et la brume humide a bientôt pénétré à travers son fin corsage de percale ses membres grelottants, mais elle ne paraît pas s'en apercevoir. Elle n'aurait pas su dire plus tard si elle avait eu froid ou chaud.

A une barrière payante, un vieux bonhomme arrive en boitant. Presque toujours ce sont des boiteux qui gardent ces portes. Il tient une chandelle que le jour naissant fait paraître plus pâle et plus jaune. Est-ce qu'il n'en finira pas de chercher dans sa poche la monnaie qu'il doit rendre?

— Pourquoi vous arrêter? Ne pourriez-vous aller un peu plus vite? dit Esther dont la voix tremble et les dents claquent de froid et de détresse, tandis que le groom permet à son cheval de ralentir le pas sur une pente peu rapide.

— Sir Thomas donne des ordres sévères pour qu'on ne fatigue pas les chevaux en montant les côtes, répond le cocher, parce que vous voyez, madame, qu'il faut toujours monter d'ici à Brainton.

— Mais c'est une si petite côte, et sir Thomas n'en saura

rien, répond Esther d'un ton suppliant. Je n'ai pas d'argent
sur moi, mais, si vous voulez mener plus vite... bien plus
vite... je vous enverrai cinq shellings... dix shellings... par
la poste, quand je serai à la maison.

— Bien obligé, madame, répond l'homme en touchant son
chapeau et donnant un nouvel exemple du pouvoir de l'argent en fouettant son cheval.

— A quelle heure le train pour Berwyn? crie Esther, presque avant d'atteindre la station, à un porteur qui attend
les voyageurs.

— A sept heures vingt, répond-il brièvement.

— Quelle heure est-il, à présent?

— Six heures quinze.

— Il n'y en a pas avant sept heures vingt?

— Non. Vous arrivez juste cinq minutes en retard sur le
train de six heures dix, qui vient de passer.

Sans se soucier de la présence de tous ces indifférents,
Esther pousse un gémissement en se tordant les mains.

— Trop tard! dit-elle avec un grand soupir. Cinq minutes trop tard! Oh ! c'est bien cruel !

— Avez-vous des bagages, madame? dit le porteur de sa
voix ordinaire.

Cette question banale la rend à elle-même.

— Non, aucun, répond-elle en se dirigeant vers la salle
d'attente où elle s'affaisse dans un grand fauteuil.

A cause de l'heure peu avancée, il ne s'y trouve encore personne; il n'y a pas de feu, le feu donne un peu de courage.
Près de ce foyer vide est un dur canapé de velours d'Utrecht
vert, et autour de la table nue sont rangées des chaises semblables. En face d'Esther sont appendues de grandes feuilles
imprimées de textes sacrés. Ses yeux égarés s'y portent involontairement et s'arrêtent à celle qui, sous le titre mal ap-

proprié d'*Encouragement au repentir*, se trouve placée la
première : « Malheur à moi, parce que j'ai péché ! » Elle tressaille et se dit : — Est-ce un présage ? Et elle se détourne
pour regarder par la fenêtre, mais les stores baissés l'empêchent de voir, ce qui fait que son regard se porte une seconde fois vers cette fatale inscription : « Malheur à moi !... »
en caractères si frappants. Elle ne peut en supporter la vue
plus longtemps, mais se levant précipitamment, elle sort de
la salle et va marcher à grands pas sur la plate-forme.

Durant sa promenade agitée, Esther se trouve tout à coup
face à face avec un jeune homme à cheveux blonds qui, suivi
d'un porteur chargé de son étui à fusil, marche légèrement
les mains dans ses poches, en sifflant d'un air joyeux :
« Rendez-moi mon léger bateau. » C'est la chanson de Jack !
Pourquoi a-t-il choisi cet air ? Tous les jeunes gens blonds
se ressemblent plus ou moins, et cet inconnu lui paraît ressembler au frère bien-aimé. Longtemps après qu'il est passé,
au milieu du bruit de la machine et des cris des porteurs, elle
entend encore résonner à ses oreilles le refrain de la chanson
de Jack ! Brisée par la douleur, elle retombe assise sur un
banc, à côté d'un laboureur irlandais chargé d'un gros paquet, et, sans craindre ce voisinage malpropre, elle s'abandonne au désespoir, en cachant son visage dans ses mains.

Un fait incontestable, que nous reconnaissons et que dé-
mentent nos impressions personnelles, c'est que toutes les
heures sont de la même longueur. Que l'on soit triste ou
joyeux, elles ne sont jamais que de soixante minutes, mais
l'heure que doit passer là Esther est de soixante et quinze
minutes, car le train est en retard d'un quart d'heure.

— Est-ce un express ? demande-t-elle à l'employé barbu
qui vient poliment lui ouvrir la portière.

— Non, miss, lui répond-il avec amabilité. C'est un train

12

lent qui s'arrête à toutes les stations. L'express a passé à six heures dix.

Enfin, on part ! On glisse le long de la plateforme en dépassant employés, trucs, bibliothèques, gens plus ou moins mal vêtus. Le vent souffle à la figure d'Esther et fait voler ses cheveux à la vitesse de cinquante milles à l'heure. Le trajet de Brainton à Berwyn est de trois heures, et presque tout le temps, miss Craven conserve la même immobilité, dévorant, pour ainsi parler, l'espace, voyant fuir successivement les arbres, les maisons, les poteaux, avec le sentiment qu'elle se rapproche d'autant du frère chéri. Elle ne pleure ni ne gémit. Même quand elle eût voulu pleurer, la loi des convenances qui nous fait rire ou pleurer selon la nécessité présente, cette loi sévère la retient, car elle n'est pas seule dans la voiture. Il s'y trouve deux autres voyageurs excessivement gais, qui n'ont nul intérêt à compter les champs qu'ils ont encore devant eux ou ceux qu'ils laissent derrière eux. Ce ne sont pas des gens très distingués. Ils se sont mis, eux, leurs sacs, leurs manteaux, etc., fort à leur aise, et paraissent disposés à être tout à fait plaisants, à *poser*, comme on dit, pour l'agrément de la jeune personne qui est là, si indifférente à leur présence, si malheureuse et si solitaire. Les jeunes gens ont une grande provision des journaux du matin, et peu à peu, le plus âgé et le plus hardi des deux se hasarde à offrir les plus drôles à Esther. Elle le regarde sérieusement pendant une seconde, refuse avec un remerciement les journaux qu'il lui offre, et se retourne vers la portière. Ce seul regard a suffi pour arrêter les plaisanteries du jeune homme, car il lui a fait comprendre qu'il est en face d'une grande douleur.

Encore une heure d'arrêt à Berwyn, une heure avant qu'il n'y ait un train pour Glan-yr-Afon, un train de jonc-

tion pour cette station insignifiante. Cette heure Esther la
passe encore avec une impatience inutile, au milieu d'une
foule qui ignore son chagrin, ou qui, si elle le connaissait,
n'y accorderait aucune attention.

Il est midi et demi quand Esther s'élance hors du wagon,
presque avant de toucher au débarcadère de Glan-yr-Afon.
L'homme qui cumule les fonctions de chef de gare et de
porteur paraît la reconnaître. Celui-là doit savoir si Jack
est mort ou vivant. Éprouvant une invincible répugnance
à apprendre de lui les nouvelles qu'il pourrait lui donner,
elle court à la petite porte de sortie.

— Votre billet, s'il vous plaît, miss! lui crie cet homme
en la suivant.

Elle n'y pensait plus. Il lui faut encore une minute pour
le sortir de son gant; elle croit que cet homme va lui
parler, et, avec une crainte folle de ce qu'il peut lui dire,
elle se précipite au dehors. L'ignorance lui paraît préférable
à la certitude.

XXII

Les montagnes semblent dormir dans une complète immobilité au milieu du jour. Il fait presque toujours beau temps alors que nous sommes le plus malheureux. Quoi qu'en disent les poètes, la nature n'est pas sympathique, mais sa beauté triomphante et durable semble plutôt narguer nos misères.

Au-dessous de la maison, dans la prairie, broute le troupeau, les *cheviots* dont Jack était si fier. Sur la route pierreuse d'en bas, les chevaux de charrette se dirigent d'un pas lourd vers l'abreuvoir qui est au pied de la colline. Esther, la respiration oppressée, les muscles tendus, passe vite devant eux sans oser regarder la figure du charretier. Elle franchit la barrière, longe les étables et enfin arrive en vue de la vieille petite maison au toit bas, aux antiques cheminées. Les pigeons blancs se promènent au bord des corniches, se saluant, roucoulant et faisant l'amour avec une gravité cérémonieuse. Les grappes écarlates du bignonia flottent sur le mur comme de rouges bannières. La porte d'entrée est ouverte ; sur le seuil dort d'un œil le gros chat moucheté ; deux coqs chantent dans la basse-cour à l'envi l'un de l'autre ; tout semble paisible, heureux, *vivant !*

Retrouvant un peu d'espoir à cet aspect, Esther reprend
haleine et court vers la porte. Elle allait l'atteindre quand,
sortant du porche avec précipitation, quelqu'un vient à sa
rencontre. Cet homme, ce n'est pas *lui*. Lui, hélas! il ne
franchira plus ce seuil qu'une seule fois, porté sur de robustes
épaules. Incapable d'articuler un mot, Esther regarde fixement Brandon, car c'est Brandon, et alors lit son arrêt dans
ses yeux : Il est mort! C'est là ce qu'elle y voit distinctement écrit.

— Il est plus heureux que nous! lui dit-il d'une voix
entrecoupée en prenant ses mains dans les siennes.

Elle tombe assise sur le banc du porche. A quoi bon se
hâter maintenant? Elle s'assied, brisée, sur le banc de chêne
sous le porche, dans cette belle matinée d'automne. Elle respire encore, il est vrai; le sang circule encore dans ses
veines; elle parle et elle entend, mais la jeunesse, l'espérance,
le cœur, sont morts d'un seul coup, pour ne plus revivre.
Elle regarde fixement devant elle pendant quelques minutes
et alors demande distinctement, presque d'une voix forte :

— A quelle heure?

— Vers huit heures, lui répond Brandon tristement et
brièvement, détournant la tête pour cacher les larmes de
femme qu'il donne à ce jeune homme qui vient de s'endormir si doucement dans ses bras.

— De quelle maladie? demande la jeune fille, toujours
d'une voix claire et forte.

Bob la regarde avec étonnement. Il s'était attendu à de la
faiblesse, à des attaques de nerfs, à des scènes terribles de
cris et de pleurs; mais ce calme effrayant le confond de
surprise.

— De diphtérie, répond-il tristement, en reprenant sa
main qu'il caresse doucement et inonde de larmes brûlantes.

12.

Elle la lui laisse avec l'impassibilité d'une statue indifférente à tout.

— A-t-il beaucoup souffert ? reprend-elle en l'interrogeant avec un regard plein d'angoisse.

— Pas au dernier moment, répond évasivement Brandon respirant à peine.

Ils restent silencieux. Les coqs continuent à chanter, les pigeons à roucouler, le chat à dormir. La nature est pleine de ces contrastes terribles.

C'est Esther qui rompt le silence :

— Pourquoi ne m'avez-vous pas avertie plus tôt ? murmure-t-elle d'une voix sourde.

— Nous vous avons envoyé un télégramme hier matin, dès que nous avons eu connaissance du danger, réplique-t-il doucement, mais un peu peiné du reproche.

— Je ne l'ai reçu que ce matin ! Si je l'avais eu immédiatement, j'aurais pu *le* revoir encore vivant, dit-elle avec une sorte d'apathie, les yeux tournés vers l'horizon brumeux.

— Il vous a fait ses adieux, — reprend Brandon avec effort et d'une voix brisée. — Pauvre garçon ! Il semblait tout à fait heureux.

— Heureux ! dit-elle avec ce même regard absent. Je vais le voir !

Tout en parlant, elle se lève et va pour entrer.

— Vous feriez mieux de n'y pas aller, dit vivement Brandon en posant sa main sur son bras.

— Pourquoi ? réplique-t-elle en le regardant avec tranquillité. Craignez-vous que je m'évanouisse ou que j'aie une attaque de nerfs ? Non ! vous n'avez rien à craindre. Je ne regrette pas que Jack soit mort et je voudrais mourir aussi.

— Ce n'est pas cela, dit-il, mais... mais .. vous savez,

chère Essie, qu'il y a danger de gagner cette maladie.....

— Vraiment ? répond-elle avec un éclair de joie sur ses
traits bouleversés. Tant mieux ! Dieu me fera peut-être la
grâce de me prendre aussi.

Voyant sa résolution, il renonce à la vaincre. Dans le
petit vestibule obscur le vieux Luath est couché sur le tapis. A la vue d'Esther, il se lève pour aller à sa rencontre
en agitant sa lourde queue et la regardant avec des yeux
affectueux que l'âge a déjà bleuis. Maintenant que sa jeune
maîtresse est de retour, il est sûr que son maître n'est pas
loin ; il l'attend pour faire avec lui le tour de la ferme. Il
l'attend depuis plusieurs jours avec la pensée qu'il est en
voyage, et cela n'est que trop vrai ; mais, ô Luath ! c'est un
voyage que l'homme entreprend sans sa femme, sans ses
enfants, sans son chien, et d'où nul ne revient pour raconter
ses aventures ! Dans le salon, un serin en cage chante à tue-
tête ; on a jeté un châle sur sa cage pour qu'il se taise,
mais un rayon de soleil s'y est insinué et l'oiseau le salue de
sa voix joyeuse.

A la porte de la chambre du mort, Esther et Brandon
s'arrêtent.

— N'entrez pas, je vous prie, dit-elle tout bas, mais d'une
voix ferme. Je désire l'avoir à moi seule.

— Essie, promettez-moi de ne pas l'embrasser ! réplique
Brandon très vivement, également à voix basse. Nous ne
voulons pas vous perdre aussi.

Elle paraît ne pas l'entendre, mais, ouvrant doucement
la porte, elle pénètre dans la chambre où la plus puissante
des souveraines, la Mort, à qui nous devons tous forcément
obéir, tient sa cour plénière. Ce n'est, il est vrai, qu'une
bien modeste chambre, mal meublée, mais qu'importe à la

Mort? Sa majesté est assez grande pour se passer de faste et d'ornement.

La fenêtre est ouverte, mais les rideaux blancs sont baissés. Sur la table sont des fioles de médicaments, armes impuissantes pour combattre la mort, et une Bible ouverte dans laquelle Brandon, la voix brisée, tenant avec tendresse dans sa main la faible main du mourant, a lu ces promesses de la vérité éternelle qui ont adouci la rigueur du passage au jeune voyageur prêt à le franchir, résigné et sans crainte. Le lit est recouvert d'un drap blanc, sous lequel se dessine une vague forme humaine.

Est-ce bien Jack? Est-il possible que ce soit là Jack, se reposant inactif au milieu du jour? Jack, qui ne pouvait souffrir de rester à la maison; toujours debout dès l'aurore, par tous les temps, à qui le vent, soufflant violemment sur les bruyères, semblait son propre souffle? Un sentiment d'incrédulité s'empare encore d'Esther. Elle va vers le lit, découvre le visage, et une sorte de terreur remplace l'incrédulité. Vous mentez, vous qui prétendez que le sommeil et la mort sont frères, qu'il y a une ressemblance entre cette souplesse des membres, ce doux abandon d'un léger sommeil que le moindre bruit, le bourdonnement d'une mouche, un son de voix lointain, fait cesser à l'instant, et cette raideur de marbre d'un repos si profond qu'il ne serait troublé ni par le bruit terrible de milliers de canons, ni par des tremblements de terre formidables, ni par l'éclat du plus bruyant tonnerre.

On a croisé les mains du jeune homme sur cette poitrine qui ne respire plus, comme celle de quelqu'un qui prie, et on y a placé des brins de romarin aux fleurs grises. Esther le regarde fixement avec un étonnement plein d'effroi. Est-ce là celui qui sifflait si gaiement son refrain favori, — dont

le pas joyeux et bruyant retentissait par l'escalier, — qui
s'asseyait, en fumant, à la porte du salon, tandis qu'elle re-
posait tendrement sa tête sur sa jeune épaule? Est-ce bien
lui, qui avait tant de chagrin des mauvaises récoltes et ne
pouvait supporter une terre en friche? Est-ce *lui* dont le rire
était si harmonieux, dont le cœur était si léger, qui aimait
tant à plaisanter? Est-ce bien *lui*, cette statue rigide, belle,
effrayante? Jamais roi revêtu de pourpre et d'hermine n'eut
plus de majesté que celui-là, couché sur son lit étroit dans
cette pauvre petite chambre, avec ce sourire calme et sérieux
qui ne se voit jamais que sur les lèvres des morts et sur leur
physionomie solennelle: sourire qui semble dire : Je suis
arrivé! Je vois! *Je sais!*

L'amour d'Esther pour Jack est aussi grand que peut
l'être l'amour, et cette pâle figure couchée est d'une beauté
céleste, mais peut-elle concilier ces contradictions? Peut-
elle admettre que cette forme ne 'soit pas son frère, et que
pourtant, désormais, elle ne le retrouvera jamais en ce
monde, malgré toutes ses larmes? Pendant un instant, il
semble lui être rendu; l'instant d'après, la lumière se fait
dans son âme, mais une lumière vive et terrible comme
celle de l'éclair fourchu qui brille tout à coup dans une
pièce sombre, illuminant tous les objets d'une clarté infernale. Elle tombe sur ses genoux tremblants devant le lit et
dit, avec la prière ardente et muette des cœurs brisés :

— O mon Dieu! rendez-le moi, ou prenez-moi avec
lui !

Mais le Seigneur qui a dit une fois : « Lazare, lève-toi! »
ne l'a plus répété. Il ne dit plus au mort : « Lève-toi ! »
mais : « Tu resteras là jusqu'à ce que je t'appelle ! » Et nul
n'ose bouger. Puisqu'ils ne peuvent revenir à nous, pourquoi
n'irions-nous pas les rejoindre? La mort n'a pas épuisé

tous ses traits pour abattre cette forme si frêle? Il en reste
assez pour la tuer, elle aussi!

Tout à coup, les paroles suppliantes de Brandon lui reviennent à la mémoire : « Essie, promettez-moi de ne pas
l'embrasser. » Si elle l'embrasse, elle peut gagner son mal!
Aussitôt elle se lève et pose ses lèvres chaudes et tremblantes
sur ses joues rigides. La sensation de ce froid glacial qu'apporte le contact entre le mort et le vivant répand dans
toutes ses veines et par tous ses membres un frisson mortel,
mais sa résolution n'en est pas ébranlée. Elle l'embrasse
l'embrasse encore, toujours avec la même espérance, en lui
disant d'une voix entrecoupée par les sanglots :

-- Mon enfant! mon ami! donne-moi ton mal! Donne-le moi!

Puis l'incrédulité lui revient. Ce n'est pas Jack, non! il
est ailleurs; c'est ailleurs qu'elle doit le chercher! Elle le
retrouvera, elle aura tant à lui dire, alors! Elle retombe
dans une sorte d'apathie; à genoux, ses coudes appuyés sur
la couverture et les yeux fixés sur le jeune homme mort,
elle le contemple, le regarde obstinément. Elle ne sait pas
combien de temps elle restera ainsi ; elle ignore depuis combien de temps elle y est. Quelqu'un entre dans la chambre, lui
pose une main sur l'épaule en lui disant d'une voix grave :

— Venez, ma chère amie!

— Je ne fais aucun mal, répond-elle tristement, sans détourner les yeux.

— Venez, ma bien-aimée! dit-il sans essayer de raisonner
avec elle, mais en lui parlant de ce ton caressant que l'on
emploie pour calmer les caprices d'un enfant malade.

Elle ne répond rien; elle ne résiste ni ne consent; elle
suit Robert qui l'entraîne hors de la chambre, et Jack
reste seul, enveloppé de son linceul funèbre et souriant d'un
doux et triste sourire.

XXIII

Quelques voisins entourent la maison dont tous les stores
sont baissés; on vient demander des nouvelles de miss
Craven. Les domestiques font l'ouvrage les uns des autres,
car il y a un bouleversement général dans la règle de la
maison; un flot de visiteurs remplit la cuisine, bavardant et
pleurant. Brandon est partout. Il s'occupe des lugubres
préparatifs du dernier voyage que Jack va faire vers les
montagnes, et il garde à distance sa mère et ses sœurs qui,
chargées de bibles, d'hymnes et d'ouvrages portant ce titre
consolant : *Réflexions sur la mort*, sont armées en guerre à
la conquête de l'âme d'Esther. Mais Esther est, en quelque
sorte, sans âme comme cette belle figure de marbre qui repose là-haut dans la petite chambre silencieuse. Elle reste
assise dans un fauteuil du salon, les mains posées sur ses
genoux. Toutes les demi-heures les servantes lui apportent
du thé — il semble que le thé soit l'accompagnement obligé
d'un grand chagrin — et elle les prie de le remporter. Elle
se tient donc dans cette complète immobilité, sans pleurer.
Elle a appelé Sarah pour lui demander tous les détails des
derniers moments de son frère, et elle a écouté attentivement la pauvre femme qui, le visage couvert de larmes,
lui a raconté comment M. Brandon était resté tout le temps

avec son jeune maître, et que, s'il eût été son frère, il ne
l'aurait pas mieux soigné; comment il le soulevait dans
ses bras, lui appuyait la tête sur son épaule, car « notre
maître respirait alors plus facilement, ce pauvre cher monsieur! » et lui, *monsieur*, avait dit de si belles choses à la
fin; il avait dit : « Que Dieu vous bénisse tous, mes amis!
J'aurais voulu faire plus pour vous si j'en avais eu les
moyens... » et comment, vers sept heures, il avait demandé
l'heure qu'il était — nous savions tous ce que cela voulait
dire — et puis il était tombé comme endormi dans les bras
de M. Brandon; il avait poussé un soupir, comme cela — et
juste au moment où huit heures sonnaient, il avait un peu
souri, et tout était fini!

Ce récit touchant ne paraît pas toucher Esther. Elle se
lève, va dans le vestibule; elle considère quelque temps
son grand pardessus et son chapeau, baise ses gants qui lui
paraissent avoir gardé quelque chose des chères mains
qu'ils recouvraient. Elle se dit qu'il a été le seul véritable
ami de toute sa vie; elle se rappelle qu'il n'allait jamais à
la ville sans lui en rapporter quelque petit souvenir; elle
pense à ce billet de cinq livres, si péniblement économisé et
si généreusement donné : combien il était pauvre, délicat et
jeune! Mais toutes ces pensées ne lui font aucun bien et il
lui semble seulement qu'elle se raconte à elle-même la touchante histoire de quelqu'un qui lui est étranger. La journée
se passe. Esther devient malade d'inanition, mais refuse
toute nourriture. Si elle est assez dénaturée pour avoir
faim ou soif maintenant que Jack est mort, du moins elle ne
cédera pas à ces mauvais instincts; donc, elle ne mange pas
et son pouls devient de plus en plus faible, et, enfin, elle
succombe et on la porte sur un lit où elle reste dans un état
de demi-sommeil et d'insensibilité.

C'est ainsi que se passent les jours 'qui précèdent les fu-
nérailles de Jack. On avait espéré qu'elle n'en saurait rien,
mais c'est impossible. Ce n'est pas d'un pied rapide et léger
comme autrefois qu'il descendra l'escalier ; on y entendra le bruit de plusieurs pas lourds, le murmure étouffé
de plusieurs voix fortes, et elle les écoute, malgré sa tor-
peur. Elle regarde à travers les persiennes et, tremblant de
tous ses membres, ses tristes yeux rivés vers ce cercueil où
son cher mort est enfermé comme dans une étroite prison,
elle voit ce drap mortuaire, ces porteurs en deuil. Ils sont
peu nombreux, car Jack, plus grand aujourd'hui que les
plus puissants monarques, était pauvre durant sa vie et un
bien petit personnage. La malheureuse Esther, à cet aspect,
éprouve un regret amer, une sorte d'angoisse qu'il n'y ait
pas là plus de gens pour pleurer Jack, et alors, devenant
plus faible, la source de ses larmes s'ouvre enfin et elle
tombe assise en pleurant abondamment.

XXIV

Ainsi la tombe s'est ouverte pour une nouvelle victime, ainsi Jack y est couché, ses fautes légères ensevelies avec lui. Les porteurs sont rentrés chez eux ; le vieux Luath, étendu dans le vestibule, épie toujours le pas de son maître, l'oreille attentive au moindre bruit, et comme l'espoir l'abandonne avec la fin du jour, il commence à hurler lamentablement quand vient le soir.

Et Esther ? « Ne le plaignez pas ! Il est plus heureux maintenant ; il est au ciel ! » Voilà ce qu'on dit à cette pauvre enfant qui pleure. C'est ce qu'on nous dit à tous quand ceux que nous aimons nous ont quittés.

— Nous devons bénir la main qui nous frappe — dit la vieille mistress Brandon inclinant la tête et son vaste chapeau, — c'est toujours le même chapeau, celui avec lequel elle avait fait sa visite de cérémonie. Le soleil d'été l'a un peu roussi ; mais, autrement, il fait toujours le même effet, — nous devons bénir la main qui nous frappe, sachant que c'est celle du meilleur des pères.

— Je le suppose, répond Esther avec indifférence.

Il lui semble, en effet, assez indifférent de savoir de quelle main lui vient la souffrance, cette souffrance qui est sans remède et cette plaie de son cœur que nul baume ne peut adoucir.

— *Vous le supposez !* — s'écrie miss Bessy, son long nez incertain rougissant légèrement, dans son zèle vertueux, du peu de foi d'Esther. Si nous sommes *croyants*, nous ne pouvons dire que c'est *une supposition*.

— Je n'exprimais aucun doute, réplique Esther doucement, mais avec une expression de fatigue.

— *Une supposition* ne nous servira de rien au jour du jugement, continue aigrement miss Bessy. Où irons-nous, si nous ne sommes sûrs d'être élus ?

— Si cela peut vous faire un peu de bien, mon amour, interrompt mistress Brandon en serrant la main d'Esther, vous saurez que nous prions pour vous.

— Oui, nous avons pris jour avec quelques amis, dit Bessy très animée, pour nous mettre en prières pour vous, afin que cette grande épreuve soit l'instrument de votre conversion, afin que vous appreniez à connaître Dieu.

— Merci, répond Esther trop brisée pour ressentir même la honte d'être placée métaphoriquement sur le banc des pécheurs par les charitables amis de miss Bessy.

— Si nous pouvions vous offrir quelque chose de Plas-Berwyn... commence à dire mistress Brandon.

— Quelque bon livre, quelque petit traité... dit Bessy en l'interrompant.

— Quelque plat à votre goût ou autre chose, reprend sa mère. Je suis sûre que vous ne vous serez pas du tout occupée du ménage ces derniers temps, ma pauvre enfant, et même, vous savez, pour peu que vous pensiez être mieux en venant chez nous, vous trouverez toujours des bras ouverts pour vous recevoir, dit en terminant la bonne vieille.

Et, pour preuve, elle enveloppe Esther dans un large embrassement d'alpaca noir.

— Je vous remercie beaucoup, répond la jeune fille avec
reconnaissance, sa triste voix presque étouffée dans les rubans du chapeau de sa future belle-mère où se trouve en-
fouie sa petite tête.

— Nous ne sommes que des citernes brisées, maman, reprend Bessy, assez scandalisée de ce que sa mère ne pense
qu'aux choses matérielles, nous laissons échapper les eaux
salutaires...

La race d'Eliphas de Teman, de Bildad de Shuh et de Zo-
phar de Naamath, ces amis de Job, n'est nullement éteinte,
sinon dans la ligne masculine, du moins dans la ligne fémi-
nine ; elle revit en la personne des nombreuses miss Bessy
Brandon.

Robert a travaillé toute la journée avec l'homme d'affaires
de Jack. A son retour, dans l'après-midi, il trouve Esther
sur le seuil de la fenêtre où Jack et elle s'asseyaient dans les
soirées d'été, regardant les petits nuages pommelés glissant
sur une mer de saphir et les étoiles paraissant l'une après
l'autre et se demandant quels étaient ces mondes inconnus.
Jack, maintenant, est parmi les initiés, mais elle ! elle attend encore !

— Venez faire un tour de promenade, Essie, dit le jeune
homme se baissant vers elle jusqu'à ce que sa barbe blonde
et frisée touche presque sa tête courbée.

— Comme vous voudrez, répond-elle avec indifférence.

Et, se levant lentement, elle va lentement aussi se préparer pour sortir.

— Où irons-nous, lui demande-t-il en s'arrêtant à la porte
de la basse-cour. Voulez-vous venir voir ma mère ?

— Ce serait lui rendre sa visite un peu trop tôt, répond la

jeune fille avec un faible sourire. Il n'y a pas une demi-heure qu'elles m'ont quittée.

— *Elles ?* Mes sœurs sont donc venues aussi ? demande vivement Bob. — Sa confiance dans le tact de ses sœurs, paroles et actions, n'étant pas aussi complète que dans celui de sa maman : — J'espère qu'elles ne vous ont pas beaucoup ennuyée ?

— Rien ne m'ennuie plus, répond-elle avec calme. Je défie quoi que ce soit de m'ennuyer, de me fâcher ou de m'effrayer.

— Je n'ai jamais bien su ce qu'il était à propos de dire, n'est-ce pas ? reprend Brandon, assez embarrassé, la tête basse et frappant les petits cailloux du bout de sa canne ; mais j'avais espéré que ma mère saurait trouver quelques paroles un peu réconfortantes.

— Elle en avait bien l'intention, réplique gravement Esther ; elle a été très bonne, et ses filles aussi, je crois ; seulement les discours de Bessy m'ont rappelé ceux d'Éliphas de Téman : « Considérez, je vous prie, si jamais un innocent a péri ou si ceux qui avaient le cœur droit ont été exterminés ? »

— Plût à Dieu que Bessy fût possédée par un démon muet ! dit le frère de cette jeune personne, outré de colère. Ce n'est pas moi qui prierais pour l'en délivrer !

— Allons du côté de la lande, dit Esther sans l'écouter.

XXV

La lande s'étend, vaste et pierreuse, au sommet de la montagne qui domine Glan-yr-Afon. Pour l'atteindre, Esther et Robert doivent traverser des bois accidentés où les hêtres et les sycomores jonchent déjà les sentiers de leurs feuilles rougies et dorées. De la lande, la vue s'étend au nord sur la vallée, et au sud jusqu'à la mer. Çà et là, des fragments de roches calcaires apparaissent au milieu de l'herbe roussie, les petites tiges noires des fougères sortent des creux plus profonds et, sur les parois rugueuses de la pierre, les lichens gris et jaunes tracent leurs dessins fantastiques. On dirait qu'une race antique de géants dort paisiblement sous ces monuments informes et que la main de la nature y a tracé de belles inscriptions à l'aide des mousses rongées par la pluie. Au printemps, la colline est parée de l'or des genêts épineux, mais, maintenant à peine s'ils portent par-ci, par-là, une misérable fleur. Au fond de la vallée se déroule un brouillard épais d'où sort la pointe du clocher de Naullan qui semble indiquer le chemin du ciel au peuple couché à ses pieds.

Les vents d'automne poussent des gémissements lugubres, comme une sorte de chant funèbre en l'honneur de l'été qui n'est plus ; ils couchent sur leur passage les fougères raidies par la gelée et enveloppent Esther et Robert de leur souffle puissant. Esther frissonne.

— Je crains que vous n'ayez froid, lui dit Brandon avec sollicitude et en penchant la tête de son côté, non pour prendre l'air sentimental, mais à l'effet de retenir son chapeau.

— Oui, répond-elle vivement, et j'en suis bien aise. Je détesterais éprouver rien d'agréable ; je voudrais avoir froid, me sentir faible et souffrante *toujours*. Savez-vous, continue-t-elle avec exaltation en posant sa main sur son bras, hier, j'ai *ri !* Oui ! il m'est arrivé de rire, et il n'y a que quinze jours que... N'était-ce pas horrible à moi ? Oh ! que je voudrais voir les jours et les semaines passer plus vite ! Je voudrais qu'il y eût longtemps que Jack fût mort !

Brandon ne répond rien ; d'abord parce qu'il ne trouve rien à répondre et ensuite parce qu'il lutte toujours pour empêcher son chapeau de s'envoler. Ils arrivent à une carrière abandonnée où les carriers avaient taillé des bancs de pierre pour s'asseoir. Le vent souffle toujours avec la même violence et la même tristesse, mais en cet endroit ils se trouvent à l'abri.

— Esther, dit Bob, qui tout en parlant trace avec un caillou tranchant des lignes sur la surface de la pierre polie, Esther, il semble que je sois destiné à vous dire des choses pénibles, mais j'y suis forcé. Pourrez-vous supporter de quitter Glan--yr-Afon dans trois semaines, environ ?

— *Supporter !* répète-t-elle amèrement, je puis *tout* supporter... Je crois l'avoir déjà bien prouvé. Une personne qui aurait eu un peu plus de sensibilité que moi serait morte de *cela*, mais moi... Moi, je dors et je mange comme à l'ordinaire. Je suis comme ce Juif qui a refusé un verre d'eau au Christ ; je ne peux pas mourir !

— Chut ! lui dit-il avec vivacité. Ne souhaitez pas de mourir avant le temps ; Dieu pourrait vous prendre au mot.

Ils se taisent un moment, puis Brandon reprend :

— Dans trois semaines, alors, vous viendrez chez nous ?

Elle ne répond rien.

Croyant que le vent a pu l'empêcher d'entendre, il renouvelle sa question.

Elle tourne lentement la tête vers lui :

— Est-ce que je ne pourrais pas aller vivre toute seule dans une chaumière ?

Il secoue la tête.

— Impossible ! dit-il. Vous saurez, — et il parle avec quelque difficulté, — vous saurez que ce pauvre cher garçon... avait dépensé beaucoup d'argent pour des perfectionnements appliqués à la culture des terres et qui ne lui avaient encore rien rapporté. Assurément, avec le temps, il y aurait trouvé du profit, se hâte-t-il de dire pour ne pas paraître jeter une ombre de blâme sur son pauvre ami.

— Cela signifie que je n'ai plus rien ! que je ne suis qu'une mendiante ! dit-elle en fixant sur lui un regard clair et ferme, dans lequel on ne pourrait apercevoir aucun trouble de ce qu'elle vient d'entendre.

— Cela signifie, répond-il amicalement, que désormais vous ferez partie de notre famille et que nous en serons très, *très* heureux.

Elle ne dit pas « merci ». Elle n'accepte ni ne refuse, mais seulement regarde au loin les arbres secoués par le vent.

Pour Brandon, cette incertitude est cruelle.

— C'est convenu, n'est-ce pas ? lui dit-il vivement.

Elle ne répond pas encore.

— Pourquoi ne me répondez-vous pas, Essie ? reprend-il

avec un léger mouvement d'impatience, très naturel d'ailleurs.

Elle tourne alors vers lui son aimable visage, pâli par la souffrance et amaigri par le défaut de nourriture et les larmes qu'elle a versées.

— Je ne vous répondais pas, dit-elle, parce que je n'avais plus qu'un ami au monde, et qu'en vous répondant je le perds.

— Que voulez-vous dire ?

— Si j'allais chez vous, ne serait-ce pas comme votre fiancée ? Eh bien ! ce serait mentir.

Le coup que reçoit Robert répand sur son visage bruni une pâleur extrême, mais il se contient et réplique avec une tranquillité apparente :

— Croyez-vous que je prétende vous mettre *le marché à la main ?* Croyez-vous que je voudrais profiter de votre triste situation ? Qu'ai-je fait pour vous donner de moi une si pauvre opinion ? lui demande-t-il d'un accent de tendre reproche.

Elle pousse un profond soupir.

— A quoi bon tarder ? dit-elle en se condamnant elle-même Ne faut-il pas tout avouer, tôt ou tard ? Oh ! Bob ! Bob ! s'il m'était encore possible d'avoir du chagrin, ce serait pour cela !

— Pour *cela ?* demande-t-il fortement excité. Répondez, Esther, est-ce ?.. est-ce ce que je craignais ?

Elle baisse la tête sur sa poitrine :

— Oui ! dit-elle, d'une voix faible.

Une tempête se prépare pour la nuit. Les goëlands, en volant en cercle, s'appellent et se répondent les uns aux autres, jusqu'à l'intérieur des terres.

— Qui est-ce ? dit Robert d'une voix étouffée, après un moment de silence.

13.

Elle soupire de nouveau :

— Vous souvenez-vous quand je devais aller chez les Gérard... O mon Dieu ! qu'il y a longtemps de cela !... Quand vous me disiez un jour que vous voudriez qu'ils n'eussent pas un fils, vous souvenez-vous que je me suis mise à rire ? Eh bien, vous aviez raison... C'est lui !

Brandon détourne la tête, ne parle pas, ne fait aucun mouvement. C'est en silence que l'homme véritablement brave reçoit le coup de la mort.

— Je crois qu'il n'aurait pas fait grande attention à moi, si je ne l'avais pas recherché, dit Esther prenant une sorte d'âpre plaisir à se représenter aussi coupable que possible.

Suit encore un silence douloureux. Brandon se tait, car en son âme se livre un de ces combats que tout homme a soutenus au moins une fois en sa vie. Enfin il reprend :

— C'est sans doute auprès de lui que vous vous rendrez au lieu de venir chez nous ?

Elle se met à rire d'un rire amer.

— Auprès de lui ! En vérité je pourrais m'attendre à un accueil bien froid si je l'essayais. Sachez que je ne lui ai jamais parlé de vous... C'était honnête, n'est-ce pas ? c'était une belle conduite ?... Mais quelqu'un lui a rendu ce bon office, et maintenant il me verrait tomber du haut de cette falaise, qu'il ne lèverait pas un doigt pour me secourir. Voilà ce qu'est son amour !... et — ajoute-t-elle amèrement, — je crois qu'il a raison.

Il se fait entre eux un long silence. Brandon combat corps à corps contre les violents mouvements de son âme : la colère, la douleur, cette jalousie féroce qui lui donnerait un immense désir d'étrangler de ses propres mains le riche qui a dérobé la brebis du pauvre. L'intensité de cette lutte intérieure fait monter à son front une sueur froide ; mais enfin, il est vainqueur, et il parvient, avec effort, à maîtriser sa voix pour lui parler aussi doucement que l'on parle à un enfant malade :

— Esther, dit-il, l'aimiez-vous beaucoup ?

— Je le crois, répond-elle avec une sorte d'impassibilité, en regardant droit devant elle. Si je ne l'avais pas aimé, je n'aurais pas fait ou dit tant de misérables folies ; je ne me serais pas abaissée jusqu'à implorer son pardon, alors que je pouvais tout aussi bien demander à ce roc de produire des fleurs et de l'herbe. Il m'a juré qu'il ne me pardonnerait jamais, ni dans ce monde, ni dans l'autre ! A ce moment, j'ai pensé que c'était un malheur affreux ; mais, à présent, il ne m'importe guère qu'il me pardonne ou non.

— Est-ce que vous l'avez déjà si complètement oublié ? demande Brandon, trop surpris pour penser à son propre chagrin.

— L'oublier ! Lui ? repète-t-elle pensivement. — Non ! non !... Je m'oublierais plutôt moi-même. Je me rappelle chacun de ses traits, sa voix, ses manières, ses paroles, mais je le verrais là, près de nous, que je n'aurais pas la moindre envie d'aller à lui ou de l'appeler à moi. Je sens comme si tout était mort !

Ils restent encore quelques minutes sans parler et sans faire un mouvement. Puis Esther reprend avec une sorte d'impatience :

— Eh bien, j'attends !... j'attends que vous me traitiez de meurtrière, de femme sans foi, que vous me donniez tous les noms que me donnait Saint-John avec bien moins de raison... Dépêchez-vous ! dit-elle avec un rire nerveux et forcé, j'ai hâte d'entendre que j'ai réussi à perdre mon dernier ami... Vite ! vite ! dites-moi que vous me haïssez et que tout est fini entre nous.

— Vous *haïr !* répète-t-il tendrement...

Malgré lui sa voix tremble un peu, mais une héroïque douceur ennoblit son visage.

— Vous haïr, pauvre chère ! Pourquoi vous haïrais-je, vous, parce qu'un autre homme est meilleur et plus aimable que moi et que vous avez des yeux pour vous en apercevoir ?

Ces yeux se tournent vers lui, grands ouverts et fixes, avec un mélange d'étonnement et d'incrédulité d'une si grande générosité.

— Vous ne comprenez pas, dit-elle brusquement. Vous n'avez pas saisi. J'ai été *sa fiancée ;* je devais l'épouser, et, pas une fois, de mon propre mouvement, je ne lui ai parlé de vous, et quand il m'a interrogée, je lui ai dit que vous n'étiez qu'une simple connaissance. Vous devez me haïr, s'écrie-t-elle avec véhémence, vous le devez, et ne dites pas le contraire.

— Taisez-vous ! lui dit-il tristement, mais très doucement, cela n'a pas de sens. Lui-même, je ne le hais pas, — il s'arrête un moment pour repousser un violent transport de jalousie qui le dévore. — Du moins, je m'efforce de ne pas le haïr... Je conviens que la faute en est à moi, que je devais savoir que, pauvre, gauche, sans esprit, je ne pouvais vous offrir uniquement que mon amour et j'espérais seulement, contre toute espérance, parvenir, à la fin, à vous toucher. Je suppose que nous avons tous un objet que nous désirons ardemment, ajoute-t-il avec un sourire touchant et résigné et que, peut-être, il vaut mieux pour nous qu'il nous échappe finalement ; mais, ô mon amie ! ma chère amie ! vous auriez dû me le dire d'abord...

Alors sa fermeté l'abandonne un peu et, couvrant son visage de ses mains, il ne peut s'empêcher de gémir doulou-

reusement sans pleurer. Ce chagrin poignant est bien plus
cruel à voir que les larmes d'une femme, larmes qui coulent indifféremment pour la mort d'un chien favori ou pour
celle d'un mari ! Esther reste à le regarder pendant quelques minutes, pétrifiée, comme un enfant qui fait pleurer
une grande personne. Alors poussée tout à coup par un de
ces mouvements impétueux qui n'appartiennent qu'aux
femmes :

— Bob ! dit-elle en se rapprochant tout près de lui, et
d'une voix douce et tremblante qui le fait tressaillir jusqu'au
fond de son cœur brisé, — Bob ! j'ai bien mal agi avec vous,
mais je veux le réparer.

— Vous le voulez ? dit-il avec un sourire triste et incré-
dule ; comment ?

— Je veux vous épouser, si vous voulez de moi, et je serai
une femme dévouée, répond-elle simplement.

Son ton est calme, ses paupières ne sont pas baissées, sa
voix n'est pas tremblante.

— Chère enfant ! s'écrie-t-il, vous êtes bien généreuse,
mais croyez-vous que je ne puisse être aussi généreux que
vous ?

— Ce n'est pas de la générosité, dit-elle vivement, *je désire* vous épouser.

Il secoue tristement la tête :

— Vous ne savez ce que vous dites, lui répond-il en prenant sa petite main dans les siennes et la retenant d'une
façon presque paternelle ; vous ne savez pas ce qu'est le mariage. Vous ne comprenez pas qu'une union si intime avec
quelqu'un que vous n'aimez pas, c'est pire que si vous
étiez attachée à un cadavre, et c'est pour la vie.

Elle le regarde silencieusement, avec un regard sérieux,
cherchant à approfondir le secret de son propre cœur, es-

sayant de démêler s'il lui reste encore quelque sentiment
sous cette complète indifférence à toutes choses :

— Si je ne vous aime pas, dit-elle, je n'aime personne;
je vous aime mieux que qui que ce soit au monde! Jack
n'est-il pas mort dans vos bras? ajoute-t-elle en fondant en
larmes tout à coup. N'est-ce pas sur votre épaule que re-
posait sa tête à son dernier moment? O chère, chère épaule,
s'écrie-t-elle en la baisant avec passion. Comment ne vous
aimerais-je pas à cause de cela?

Au contact de ces douces lèvres qui, malgré leurs préten-
dues fiançailles, n'avaient jamais touché les siennes, son
cœur magnanime se sent ébranlé; il semblerait que des tor-
rents de flamme coulent dans ses veines au lieu de sang; une
sorte d'ivresse lui monte au cerveau; il chancelle sous l'étreinte
d'une passion d'autant plus violente que jamais son cœur
ne s'est donné à droite et à gauche, dans d'éphémères
amours, mais il s'est conservé entier et pur. Oh! que ne
peut-il la prendre au mot! A cette pensée il éprouve une
sensation de bonheur telle qu'il peut se croire égal aux
dieux.

Mais cette extase est de courte durée. Avant même que
celle qui l'a causée ait pu la soupçonner, il est redevenu
maître de lui.

— Vous vous trompez vous-même, lui dit-il, parlant
presque froidement. Vous croyez m'aimer, parce que je suis
le dernier qui soit resté avec le pauvre garçon qui n'est
plus; parce que vous avez été témoin de mon chagrin; mais
rappelez-vous ce que vous pensiez de moi quand vous étiez
chez les Gérard, et vous comprendrez alors si vous m'aimez
pour moi-même.

— Aimer! répète-t-elle avec un regard absent.— Aimer!
aimer d'amour! et elle redit plusieurs fois ce mot si simple,

si connu, jusqu'à ce que par l'effet de cette répétition fréquente il lui paraisse étrange, inconnu, vide de sens : — Oui, dit-elle, j'ai épuisé tout ce que j'en pouvais ressentir. Peut-être n'étais-je pas capable d'aimer beaucoup... mais je crois que vous êtes l'homme le meilleur qui ait jamais existé... N'est-ce pas assez pour notre union?

Il secoue la tête avec un faible sourire.

— C'est encore pire! Cela ne suffit pas; non! dit-il avec la noble expression de l'abnégation la plus complète empreinte dans son mélancolique regard, non, Essie, je ne vous épouserai *jamais !* Jamais, je le jure ! Vous viendriez m'en prier à genoux, que je vous refuserais; je mériterais que Dieu me punît si je me montrais capable d'un tel égoïsme.

— Vous refusez? dit-elle avec un soupir qui n'est pas sans une nuance de satisfaction. Vous refusez, et je ne puis même pas vous en vouloir !

— Oui, je refuse, répond-il avec fermeté et en reprenant ses mains; mais, regardez-moi, mon amie, et croyez-moi. Ce que je vous ai dit déjà, je vous le dis encore. Je vous aime aujourd'hui et je vous aimerai toujours!

Les deux jeunes gens demeurent en silence, perdus dans leurs réflexions intérieures, commme s'ils contemplaient le naufrage de leur propre destinée, destinée brisée en effet, bien que leurs vaisseaux aient à peine quitté le port. Les brouillards du soir enroulent les flancs sombres des collines et les nuages s'abaissent comme pour se confondre dans ces vapeurs de la terre. Les arbres, en soupirant et en frémissant, secouent la pluie de leurs feuilles. La terre semble dépouiller les vêtements de son beau corps pour aller se livrer au sommeil de l'hiver. Alors Brandon reprend :

— Essie, promettez-moi une chose.

— Je promets tout!

— Promettez-moi que cette... cette.... conversation que
nous venons d'avoir ne changera rien à votre établissement
chez nous.

— Quoi! s'écrie-t-elle en se levant brusquement, — et des
larmes de remords et de honte s'échappent de ses yeux, —
quoi! après vous avoir fait la pire injure que puisse faire
une femme, j'irais vous devoir le logement, la nourriture,
le vêtement? Comment voulez-vous que je m'abaisse à ce degré? N'avez-vous pas pitié de moi?

— Vous changez la situation, dit-il en regardant droit devant lui. Vous ne me devez rien, à moi; je ne serai même
pas là; je serai parti pour retourner aux Bermudes.

— Parti! répète-t-elle en pâlissant. Vous partez aussi?
Tout le monde m'abandonne donc? Croyez-vous qu'il me
sera plus aisé d'avoir une telle obligation à votre mère et à
vos sœurs qu'à vous?... J'aimerais mille fois mieux aller
vendre des allumettes ou des pommes cuites au coin des rues
que d'y consentir.

Il sourit avec un peu de tristesse :

— Ma bien-aimée, dit-il en considérant attentivement cette
noble tête et ces traits finement aristocratiques, vous êtes infiniment trop jolie pour vendre des pommes cuites ou des
allumettes. Il ne faut pas pour gagner sa vie avoir une telle
figure.

— C'est un faux raisonnement, répond-elle en s'efforçant
de rire; si je suis jolie, les gens achèteront plus volontiers
ma marchandise. O mon Dieu! s'écrie-t-elle en regardant
au ciel, pourquoi met-on des enfants au monde pour mourir de faim ou pour être à charge aux autres? Pourquoi ne
peut-on savoir ce qu'est la vie avant d'y être lancée? Mais il
est vrai que si on le savait, personne ne voudrait venir en
ce monde.

— Moi, je le voudrais, répond avec fermeté Brandon. Je ne trouve pas que ce monde soit si mauvais, quoiqu'il soit de mode aujourd'hui de s'en plaindre; mais, après tout, bon ou mauvais, personne ne se plaint d'y rester trop longtemps et il y en a un meilleur après lui.

— Ou un pire, dit tristement Esther. Qui sait?...

Brandon, pour détourner la conversation, lui donne un tour plus pratique :

— Avez-vous de plus anciens amis que nous, Essie?

— Aucun.

— Personne à qui vous préfériez avoir obligation, comme vous dites?

— Personne.

— Enfin, personne que vous aimiez mieux que nous?

— Personne, vous dis-je, répète-t-elle avec un peu d'impatience, et, en quelque sorte, un peu humiliée de se trouver elle-même si dénuée de toute protection. Vous savez bien que je n'ai personne !

Il la regarde avec étonnement et pitié.

— Grand Dieu ! que deviendrez-vous, alors? dit-il brusquement.

— Je ne sais pas.

— De quoi vivrez-vous?

— Je ne sais pas.

— Y avez-vous jamais pensé ?

— Jamais! Je pensais... — Ses lèvres frémissent et son cœur revient à ce sujet dont il n'est jamais loin, à ce froid tombeau qui renferme une moitié de *nous*. — Je pensais que nous pourrions vieillir ensemble. Tant de gens vieillissent sans s'être jamais quittés !

Ému d'une sympathie profonde, le plus noble et le plus pur de tous les sentiments qui peuvent exister entre un

homme et une femme, celui qui tient le moins du satyre et
le plus du dieu, Brandon regarde cette pauvre créature si
abandonnée, qui, de sa petite main amaigrie, couvre ses
yeux dont les paupières rougies et gonflées témoignent des
larmes qu'elle a versées pour *son cher garçon*.

— Pauvre chère amie! dit-il avec compassion, en prenant
avec la familiarité d'un frère l'autre main posée sur ses genoux et la pressant contre ses lèvres.

Quand on est au moment de pleurer, une parole dure suffit
pour arrêter l'explosion, mais une parole affectueuse l'amène
infailliblement. Souvent encore, on se sent une injuste colère
contre la personne mal avisée qui a provoqué cette faiblesse;
mais Esther au contraire s'y laisse aller, et la tête appuyée
sur l'épaule de Robert, elle éclate en sanglots. Son chapeau
est tombé et le vent soulève une longue boucle de ses cheveux parfumés jusque sur le visage de son amant, mais
son amant, il ne l'est plus; elle oublie même que c'est un
homme, elle voit en lui seulement un ami, le seul être qui
s'intéresse à elle; *le seul*, dans ce monde si vaste, si agité,
si peuplé et si désert! Malgré l'abandon de son attitude,
malgré le danger de cette situation qui livre entre ses bras
cette forme souple et charmante, Robert n'éprouve aucun
de ces transports qui l'avaient possédé auparavant; ils sont
dominés par une émotion plus noble; Esther peut reposer
en toute sécurité sur son cœur. Il passe sur sa tête pour lis-
ser ses cheveux sa large main, ainsi que le faisait Jack dans
les heureux jours qui ne sont plus.

— Venez chez nous, Essie, lui dit-il avec la tendresse la
plus persuasive; nous serons bons pour vous; nous ne vous
tourmenterons pas; vous y seriez venue comme ma femme,
pourquoi n'y viendriez-vous pas comme ma sœur?

— Parce que j'aime mieux acheter les choses que de les

recevoir, dit-elle en phrases entrecoupées par les larmes. Si
j'étais venue comme votre femme, je vous aurais donné
quelque chose en échange, je me serais donnée corps et âme,
je vous aurais donné ma vie entière; il est vrai que c'est
bien peu, mais vous l'estimiez davantage; comme votre
sœur, je ne vous rends rien, absolument rien!

— Enfant! chère enfant, pourquoi êtes-vous si fière? lui
dit-il d'un ton de reproche affectueux. Pourquoi tenez-vous
tant à rester seule? Qui voudrait être seul au monde? Nous
avons tous, plus ou moins, besoin de nous appuyer les uns
sur les autres et les plus forts parmi nous s'appuient sur
Dieu!

— Oui, je le sais! je le sais bien, mais j'aimerais mieux
mendier et devoir mon pain à un étranger, que je n'aurais
jamais vu et que je ne reverrais jamais, qu'à vous. Avec les
étrangers je marcherais la tête levée, sans leur devoir de
vieilles dettes; mais vous, à qui déjà je dois tant, je me demande comment je pourrais jamais m'acquitter sans faire
de nouvelle dettes!

— Vous n'en feriez pas de nouvelles, Essie, bien au contraire. Vous venez de me dire que vous voudriez me dédom-
mager du chagrin que vous m'avez fait. Eh bien! en voilà
l'occasion. Vous en avez le pouvoir maintenant.

— Comment? dit-elle d'une voix plaintive et en soulevant
sa tête. Comment? vous allez être à l'autre bout du monde,
à mille lieues de nous! Que puis-je faire pour vous?

— Oui, répond-il avec fermeté, je serai loin et cela vaudra mieux; mais pensez-vous que l'éloignement adoucira
pour moi l'idée que l'être que j'aime le plus au monde meurt
de faim, ou quelque chose de pire?

— Qu'y a-t-il de pire que de mourir de faim? dit-elle
avec étonnement en ouvrant de grands yeux. Oh! je vois ce

que vous voulez dire — une vive rougeur s'étend sur ses
joues, — vous croyez que je pourrais... me conduire mal,
si je n'avais personne pour veiller sur moi. Je suis fâchée
que vous ayez de moi une si mauvaise opinion, mais je ne
m'en étonne pas, ajoute-t-elle d'un air abattu et résigné.

— Je n'ai pas mauvaise opinion de vous, répond-il vivement, mais je sais combien de femmes pures et honnêtes
d'abord, ont été entraînées au mal; je sais comme il est
difficile à une fille belle et pauvre de vivre honnêtement.

— Eh bien ! dit-elle, qu'importe? Je n'ai personne qui
rougirait de moi.

Brandon semble indigné.

— Chut ! dit-il en mettant sa main devant sa bouche, vous
ne savez ce que vous dites ! Pour l'amour de Dieu, ne répétez cela à personne; ceux qui vous connaissent moins que
moi pourraient s'y tromper.

Elle semble un peu interdite :

— On dit quelquefois des choses terribles sans en avoir
l'intention, réplique-t-elle en manière d'excuse. Mais je
voulais seulement exprimer que tout ce qui me touche a bien
peu d'importance.

— Au nom du ciel ! ne pensez pas et ne parlez pas ainsi,
dit Brandon, presque sévèrement. C'est mal et ce n'est pas
vrai. S'il vous importe peu, à vous, à moi il m'importe
beaucoup, immensément. Combien de fois faudra-t-il que je
vous le répète pour que vous le croyiez !

— A vous? aux Bermudes? dit-elle avec un faible
soupir.

— *Oui, à moi; aux Bermudes*, répond-il nettement. Ce
n'est plus à titre de *fiancé* que je vous porte tant d'intérêt;
c'est pour vous, vous seule, qui ne m'appartiendrez jamais !

Essie! On dit que les femmes sont plus que les hommes capables de sacrifice. Prouvez-le moi maintenant; sacrifiez votre orgueil. Consentez à la seule chose qui me permettra de quitter l'Angleterre avec un cœur moins triste.

Pendant deux ou trois minutes, elle balance, elle hésite, elle est partagée entre deux sentiments : enfin elle parle vite, mais non sans effort.

— Je ne le peux pas, Bob!... Je ne le peux pas! Demandez-moi toute autre chose! pas celle-là! Songez-y donc! je suis bien jeune, je viens d'avoir dix-sept ans: je puis vivre encore quarante ou cinquante ans, faudrait-il donc pendant encore un *demi-siècle* que je restasse à la charge de votre mère?

Il garde le silence.

— Ne soyez pas fâché contre moi de ce qu'il me reste un peu de fierté, s'écrie-t-elle en saisissant sa main. J'irai et je resterai dans votre famille, si elle y consent, jusqu'à ce que j'aie trouvé quelque occupation. Je prierai votre mère de m'aider dans cette recherche; je prendrai son avis pour tout: je ferai tout ce qu'elle me dira; je ferai tout... tout au monde pour vous satisfaire, excepté...

— Excepté l'unique chose que je désire, réplique-t-il tristement et froidement.

— Si vous me parlez ainsi, je vous promettrai même cela, dit-elle avec désespoir, mais ce sera un parjure, car je manquerai tôt ou tard à ma promesse. Pourquoi ne travaillerais-je pas? continue-t-elle, un peu fâchée de son silence. — Suis-je infirme ou idiote?

— Comme vous voudrez, répond-il profondément peiné. Si vous regardez comme une offense d'être accueillie par vos plus anciens amis, alors je n'ai plus rien à dire; mais, ô mon enfant! vous avez tort... vous avez grand tort!

XXVI

Nous sommes au dimanche soir. Miss Craven s'est rendue
à l'église pour la première fois depuis *son malheur*, comme
on dit. Elle a offert aux yeux de la congrégation de Plas-
Berwyn son deuil de crêpe dans tout son neuf; elle a aussi
servi de sujet de conversation, avant le repas de midi, à
l'imbécile recteur et à sa femme au visage pincé orné d'un
tour frisé. Cette dernière fait la remarque que le noir ne
sied pas à miss Craven; qu'on ne saurait dire où finit son
chapeau et où commencent ses cheveux, et qu'il est fort
heureux pour elle que la durée des deuils soit moins longue
qu'autrefois, trois mois étant aujourd'hui *très suffisants* pour
un deuil de frère. Esther est dans son banc seule pour la
première fois; elle regarde d'un œil sec le livre de messe de
Jack, sa place vide dans ce coin sous la fenêtre tendue de
toile d'araignées; après le service, elle suit d'un pas ferme
le sentier qui traverse le cimetière, et passe à côté de ce
monticule dépouillé sous lequel gît celui qui était son
frère.

Le soir est venu et Esther est assise dans le fauteuil rouge,
près du feu du salon, toujours *seule!* Le vent frappe à
chaque minute contre les fenêtres closes, comme s'il voulait

entrer ; les branches du lierre semblent aussi demander
qu'on leur ouvre. De temps en temps, la jeune fille tourne
la tête timidement, avec un léger frisson, s'attendant presque
à l'apparition d'un pâle fantôme dans quelque coin de la
chambre ; de temps en temps, elle tressaille nerveusement
lorsqu'un charbon tombe de la grille du foyer, ou lorsque le
petit pas d'une vive souris trotte derrière le lambris. Dès
qu'elle peut trouver un prétexte, elle tire la sonnette afin de
voir le visage, d'entendre la voix d'une servante ou d'un être
vivant quelconque.

Autour de la maison de Plas-Berwyn le vent souffle également, les feuilles de lierre frappent également contre la
fenêtre, mais là s'arrête la similitude. La forte clarté de la
lampe domine celle du feu. A Plas-Berwyn on ne peut s'attendre que les fantômes viennent hanter les hôtes de cette
chambre bien habitée, qui sont tous assis en rond autour de
la table, sur des chaises à dossiers droits. Le jour du sabbat
on ne se permet ni le fauteuil, ni la douce jouissance d'un
petit somme, mais on se tient bien raide, à la manière puritaine, pour lire de bons livres. Ces sortes de livres métho-
distes ne sont pas trop du goût de Robert et lui paraissent
comme aux jeunes gens, en général, de difficile digestion,
mais il se soumet pour faire plaisir à sa mère. Si le dimanche
revenait deux fois la semaine, je crois pourtant qu'il se ré-
volterait. De la cuisine, les voix des domestiques chantant
des psaumes arrivent mêlées aux sifflements du vent. La
famille s'est partagé la prose et la poésie. Miss Brandon lit un
sermon, sa sœur une hymne.

— Ma mère ! dit Bob brusquement, abandonnant un charmant petit livre intitulé : « *O insensé !* » qu'il lisait attentivement — car c'est chose convenue que le dimanche soir, à
Plas-Berwyn, on ne se permet pas de causer — ma mère !

Après tout, j'ai bien envie de ne pas demander une prolongation de congé?

Les lunettes d'or tombent tout à coup du nez long et mince de mistress Brandon.

— Cher Bob! Pourquoi pas?

— Parce que je n'en vois pas la raison, répond-il franchement; je me porte très bien; pourquoi donc irais-je perdre mon temps et faire autrement que les autres camarades? Je puis dire que je préfère un climat tempéré à un bain de vapeur, le vent en Angleterre à un calme plat, mais c'est tout.

— Mon cher enfant, dit la vieille femme toute tremblante et lui tendant sa main sèche à travers la table, pourquoi avez-vous choisi ce terrible métier? Pourquoi pas l'Église, comme votre père? ce que j'avais tant désiré !

— Je suis très satisfait de mon choix, répond-il brièvement; j'aurais été dans l'Église comme le poisson hors de l'eau, et, j'espère, d'ailleurs, que le Ciel ne sera pas tellement rempli d'uniformes noirs qu'il n'y reste un peu de place pour ceux d'une autre couleur.

— L'as-tu dit à Essie? demande la sœur aînée, se mêlant à la conversation.

— Oui, elle le sait.

— Est-elle prête à te suivre bientôt?

— Non.

— Tu la laisseras ici, alors?

— Oui.

— Je pensais que tu avais horreur d'un engagement qui durait trop longtemps?

— Oui, mais...

Sa voix faiblit et il lève un peu son livre mystique pour en cacher son visage.

— Mais... il n'y a pas d'engagement entre nous.

Six yeux étonnés se tournent vers lui et trois aigres voix féminines s'écrient simultanément :

— Pas d'engagement ! Elle t'a refusé ?

— Non.

— Alors, c'est *toi* qui as rompu avec *elle*, lui dit-on en appuyant sur les pronoms avec emphase.

— Non !

— Vous vous êtes querellés, alors ?

— Non, répond-il en tressaillant. Pauvre chère enfant ! Comment irait-on choisir un moment comme celui-ci pour lui faire une querelle ? Ne pouvez-vous comprendre que deux personnes puissent décider qu'il vaut mieux qu'elles gardent leur liberté ? Qu'il vaut mieux rester seulement... amis ?

Ses trois interlocutrices se regardent l'une l'autre avec étonnement ; puis sa mère prend la parole en hochant la tête, d'un ton d'oracle :

— Je le vois avec peine, Bob ; tu auras découvert que cette pauvre fille était, sur quelque point, indigne de toi et tu es trop généreux pour l'avouer, même à nous.

Bob jette avec fureur le précieux volume sur le plancher et une flamme subite éclate dans ses yeux bleus.

— Ma mère, appelez-vous cela « la charité qui ne pense pas de mal » ? Je vous le répète, Essie consent à m'épouser demain, si je le veux, mais moi...

— Toi, tu ne le veux pas ! interrompt d'une seule voix toute la famille.

— Dis-nous quelque chose d'un peu plus probable, Bob, et nous essaierons d'y croire, ajoute Bessy avec un sourire dédaigneux.

— Il m'est parfaitement indifférent que vous le croyiez ou

14

non, réplique rudement le jeune homme, se retenant avec
peine pour ne pas donner un soufflet à Bessy; mais j'affirme,
sur l'honneur, qu'Essie consent à m'épouser et que c'est
moi qui n'y consens pas, uniquement pour l'amour d'elle,
uniquement parce qu'il est impossible qu'un être inférieur
fasse le bonheur d'un être qui lui est supérieur.

— C'est fort heureux, alors, s'écrie méchamment Bessy;
j'avais toujours pensé que vous étiez mal assortis et je l'ai
toujours dit à maman et à Jane. N'est-il pas vrai, maman?
N'est-il pas vrai, Jane?

— Mesdemoiselles, dit le pauvre Bob, exaspéré et s'adressant à ses sœurs sous cette forme convenable et sèche qui
appartient à toutes les jeunes vierges depuis six ans jusqu'à
cent ans, — mesdemoiselles, voulez-vous me faire le plaisir
de passer dans la salle à manger pendant quelques minutes? Je désire causer avec ma mère seule.

Ces *demoiselles* sont un peu récalcitrantes, mais elles
n'osent se révolter ouvertement. Elles se lèvent pour lui
obéir.

— Pourtant, dit Bessy, ce qui touche de *si près* notre
frère est bien fait pour nous *intéresser* aussi !

Et après avoir lancé ce trait de Parthe, elle ferme la
porte avec autant de fracas que le lui permet sa conscience.

Dès qu'elles sont hors de la chambre, Bob vient s'asseoir
aux pieds de sa mère et pose sa tête sur ses genoux, ainsi
qu'il le faisait quand il était un tout petit garçon. Elle passe
amicalement ses doigts dans les boucles de sa chevelure.

— C'est une pénible épreuve, mon cher enfant, dit-elle
comme pour le consoler par une phrase banale; mais, crois-
en l'expérience d'une vieille femme; cherche plus haut du
secours et tu en trouveras; tu en trouveras sûrement.

— Je n'ai pas besoin de secours, répond Bob très nette-

ment, — il n'a pas éloigné ses sœurs pour geindre et gémir
sur ses propres douleurs, — je me suffis bien à moi-même.

— Je pensais que tu venais auprès de ta vieille mère chercher quelque consolation, reprend-elle un peu peinée de
n'être pas appelée au rôle de consolatrice si généralement
recherché par les femmes. Si ce n'est pas pour cela, ajoute-
t-elle, pourquoi as-tu désiré me parler en particulier, sans
que tes sœurs nous entendent?

— Je voulais vous parler d'elle, reprend-il avec chaleur
et en la regardant bien en face ; je ne voulais pas qu'elle
fût l'objet des sarcasmes de Bessy.

— Est-ce d'Esther Craven que tu veux me parler ? demande mistress Brandon d'un ton assez froid.

— Ma mère, elle n'a plus rien au monde ! Que va-t-elle
devenir ?

— Toute personne à qui mon cher fils s'intéresse sera
bienvenue sous mon toit, aussi longtemps qu'il lui plaira
d'y rester, dit la vieille dame, non sans un peu d'affectation.

Il secoue la tête.

— Elle ne voudra pas y venir, reprend-il avec abattement.
Elle est trop fière ; elle ne veut être à la charge de personne.
Elle désire travailler pour vivre.

— Et elle a parfaitement raison, réplique sa mère, sèchement. Au fond du cœur, elle est sévère pour Esther, par
l'idée bien arrêtée que la belle jeune fille a été fausse et
s'est cruellement jouée de son fils. — Aide-toi, le ciel t'ai-
dera.

— Comment peut-elle *s'aider* ? s'écrie avec indignation le
défenseur d'Esther. Quel est le travail que peuvent entre-
prendre ces faibles mains, ce caractère sans expérience ?

— Je suppose qu'avant elle il y a eu des faibles mains et
des caractères sans expérience qui ont gagné leur pain quo-

tidien? reprend mistress Brandon avec une dureté étrangère
à sa nature, mais qui naît de cet esprit de contradiction
auquel nons nous sentons tous portés quand nous voyons
quelqu'un donner trop d'importance à n'importe quel sujet.

Bob se remet sur ses pieds vivement irrité et il parle
bas et vite :

— Ma mère, dit-il, je suis fâché d'avoir entamé ce sujet
avec vous! Il faut longtemps, je le vois, pour connaître le
caractère de ses plus proches parents. Si vous pouvez voir
l'enfant de vos plus anciens amis s'écorcher ses pauvres
petits doigts en travaillant pour gagner son pain, sans
venir à son aide, moi, j'avoue que je ne le puis pas !

Et après ces paroles trop vives, il se dirige vers la porte.

La vieille femme se soulève à moitié en lui tendant la
main et lui dit :

— Reviens, mon cher ami, et parlons raisonnablement. Ne te
fâche pas contre ta vieille mère à propos d'une personne qui
ne t'aimera jamais autant qu'elle!

Il hésite un moment; l'indignation colore encore son visage.

— Puis-je te dire, Bob, pourquoi je ne me sens pas une
compassion bien naturelle pour cette... jeune personne?

— Pourquoi?

— Parce que, dit la vieille dame avec une émotion qui
fait sur son ample poitrine palpiter l'image de feu M. Brandon, — parce qu'un instinct secret m'avertit qu'elle n'a pas
eu pitié de toi.

— Alors, « œil pour œil et dent pour dent », répond Bob
d'un ton sarcastique qui ne lui est pas habituel. Pourquoi
aurait-elle eu pitié de moi? En ai-je besoin? Je ne suis pas
une femme, Dieu merci !

Elle le regarde avec une attention qui le déconcerte :

— Bob, peux-tu me regarder en face et m'affirmer que depuis que tu connais Esther Craven tu n'es pas beaucoup plus malheureux qu'auparavant?

— Beaucoup plus, dit-il franchement, et beaucoup plus heureux aussi; c'est une compensation.

Repoussée de ce côté, elle cherche un autre point d'attaque :

— Peux-tu me regarder en face et m'affirmer que depuis votre engagement elle s'est conduite avec toi comme une honnête femme doit se conduire avec l'homme qu'elle a promis d'épouser?

— Elle est prête à remplir sa promesse, répond-il d'une manière évasive; elle consent a m'épouser quand je le voudrai, ainsi que je vous l'ai déjà dit; demain, ce soir, à l'instant si je le désire.

— S'il y a entre vous un si parfait accord de sentiments, pourquoi rompre votre engagement? réponds-moi.

Il ne répond que par un sourcil légèrement froncé et une respiration oppressée.

— Était-ce...? Oh! mon cher ami, si cela était ainsi, personne mieux que moi ne respecterait un tel scrupule... Était-ce parce que tu n'es pas bien sûr qu'elle fasse partie du troupeau des fidèles?

— Oh! certainement non, répond vivement le jeune homme avec une impatience mal contenue. Dieu me préserve de manquer de charité à ce point. Puis-je savoir qui en fait ou n'en fait pas partie?

— Une autorité supérieure à la mienne nous appelle « le petit troupeau, » répond sentencieusement la vieille dame, mais loin de moi de prétendre juger la question. Quoi qu'il en soit, j'attends encore pour connaître le motif qui vous a fait rompre votre engagement.

14.

Il regarde à terre en mordant ses lèvres, puis tout à coup s'écrie :

— Et pourquoi vous le dirais-je, ma mère? A vous, ou à personne? Chacun peut avoir ses raisons particulières d'agir sans être forcé d'en rendre compte. Si les miennes me paraissent suffisantes, cela ne regarde que moi.

— Oh! assurément, répond la mère, assez blessée de ce qu'elle prend pour un manque de confiance; mais à moins que je ne sache parfaitement ce dont il s'agit il m'est impossible de donner aucun conseil...

— Ce ne sont pas des conseils que je demande, interrompt le jeune homme, mais mieux que cela, un peu d'aide.

— De l'aide? En quoi?

— En empêchant cette pauvre fille d'être jetée sur le pavé sans argent, sans protection, sans amis, comme elle le sera après la vente de Glan-yr-Afon.

— Si, reprend la vieille dame d'un ton un peu raide et en se redressant, elle est, comme tu dis, *trop fière* pour profiter de l'asile que je lui offre par *considération pour toi*, elle sera *trop fière* aussi pour recevoir toute autre assistance.

Malgré son respect filial, Brandon la regarde un moment avec surprise et colère; mais bientôt il s'en repent, et se jetant à genoux près d'elle en entourant de ses bras son cou ridé, il lui dit d'un accent suppliant :

— Ma mère, pourquoi vous montrez-vous si dure pour elle? Que vous a-t-elle fait? Qu'auriez-vous éprouvé si Jane et Bessy, à son âge, eussent été jetées dans le monde sans ressources et sans un ami pour leur tendre la main? Il est vrai, continue-t-il en y réfléchissant, qu'elles n'auraient pas été exposées aux mêmes tentations... Elles n'étaient pas belles comme Esther.

Il n'a jamais rien dit de plus vrai, mais toute vérité n'est pas bonne à dire.

— Du moins, dit la vieille dame en rougissant et se dégageant de ses bras, du moins, Bob, quoi que tu en puisses dire, elles ont toujours été et elles sont des jeunes filles bonnes, modestes, pieuses, qui ne se joueraient pas de l'affection d'un honnête homme, ainsi que d'autres plus belles le font sans scrupule.

— Je n'ai pas connaissance qu'elles en aient eu l'occasion, réplique Bob ironiquement, quittant son attitude caressante avec un sentiment de répulsion aussi prompt que complet.

— Les domestiques sont assemblés, dit en entr'ouvrant la porte et y montrant son chétif visage la plus jeune, la plus modeste et la plus pieuse des miss Brandon. Dois-je leur dire de retourner à la cuisine un quart d'heure, ou Bob a-t-il fini son *entretien particulier?*

— J'ai fini, dit Bob sèchement.

Il est debout, appuyé contre la cheminée, assez rouge et portant sur son visage franc et ouvert l'expression du mécontentement le plus vif.

— Vous n'avez pas besoin de m'attendre, ma mère, dit-il en répondant à son regard interrogateur quand elle se dirige vers la porte avec la lenteur et la dignité de son âge. — Je n'assisterai pas, ce soir, à la prière. Quand on prie, on doit se sentir de la charité pour son prochain et je ne m'en sens pas.

XXVII

L'adjudication de Glan-Yr-Afon a eu lieu et ce n'est plus
qu'un de ces événements, grands et petits, qui prennent
place parmi les faits accomplis et oubliés. Le nouveau te-
nancier, un vulgaire fermier gallois, accompagné d'une
horde de gallois mâles et femelles, est entré en possession.

Bob, accompagné des bénédictions, des prières, des la-
mentations, des vœux pour son heureux retour, est parti,
embarqué sur le vaisseau qui doit traverser les mers. Esther
a versé pour lui bien des larmes, non des larmes d'amour,
mais elle a pleuré ouvertement, devant sa mère et ses sœurs,
et avec un chagrin aussi sincère que leur chagrin. Elle n'a-
vait pas moins pleuré lors de la mort du vieux Luath,
quand le pauvre chien, qui, depuis qu'il n'a plus son maître,
a toujours langui en gémissant, la veille de la vente
rampa jusqu'aux pieds de sa jeune maîtresse et, la regardant pour la dernière fois avec des yeux tendres et éteints,
mourut en léchant sa douce main.

Le jour qui a précédé son départ, Bob est venu faire ses
adieux à Essie.

— Je n'ai *rien dit* à ma mère, rien, Esther, sinon que
j'étais certain de ne pouvoir vous rendre heureuse, lui dit-il

d'un air un peu embarrassé. Comme je n'ai pas voulu lui
en donner les raisons, ne le faites pas davantage... Elle
n'abordera pas ce sujet directement et il est toujours facile
d'éluder des questions indirectes. Il y a des choses dont il
vaut mieux ne pas faire la confidence.

— Je vois, répond-elle avec un faible sourire, je comprends, bien que vous preniez la peine de dorer la pilule,
que vous craignez qu'elle ne me renvoie si elle découvre
combien j'ai été fausse et cruelle à votre égard.

Appelant sur sa tête toutes les bénédictions du ciel, il
presse tendrement sa main, et c'est ainsi qu'il la quitte, pour
ne jamais plus revoir cet aimable visage et ses yeux de
gazelle, si grands et si doux.

Il est parti ! parti avec un sourire forcé sur les lèvres et
très peu d'argent dans sa poche. Il n'en a jamais eu beaucoup, mais il en a moins encore, ayant dépensé ce qui
lui restait pour ériger une simple croix blanche sur la
tombe de Jack, afin qu'on puisse encore, quand cette génération sera passée, distinguer le lieu où il sommeille de
celui où se trouve la poussière de ses voisins. Bob est
parti, frustré, déçu dans le plus ardent désir de son cœur,
déçu dans ses plus chères espérances, mais non découragé,
ne maudissant pas l'existence, n'accusant pas le ciel d'injustice. Il ne part pas le cœur plein de vengeance, gros de
haine contre la femme qui l'a abandonné ou contre l'homme
qu'elle lui a préféré. A son sens, la vie est encore sérieusement intéressante et bien remplie et, par conséquent, bien
qu'il soit pauvre et qu'il ait le cœur brisé, Brandon ne se
dit pas malheureux. Il a été grandement outragé et il a
généreusement pardonné.

Dès lors, Esther vient occuper sa place vide dans ce triste
Plas-Berwyn. En dépit de ses résolutions, en dépit de ses

hautaines paroles qu'elle ne veut pas du pain de mistress
Brandon, qu'elle aimerait mieux mourir de faim que d'avoir
de telles obligations à la famille de l'homme qu'elle a trahi,
elle mange ce pain qu'elle refusait, elle se soumet aux hu-
miliations obligatoires qu'elle avait repoussées.

C'est que la nécessité nous fait faire abandon de notre dignité, et il faut *vivre !* Elle s'assied donc trois fois par jour
à la table de mistress Brandon, comme un hôte de mauvaise
volonté et mange le pain de la charité, le rôti de mouton et
la tarte aux pommes de la charité, lorsque la fin des grâces
dites si longuement par cette société puritaine permet de
commencer le repas.

Elles sont assez bonnes pour elle, ces femmes à l'esprit
étroit, tout en ne l'aimant pas beaucoup, tout en l'accusant,
sans le savoir positivement, d'avoir trompé leur frère, mais
avec cette dévotion, faussement comprise, elles regardent
sa société non seulement comme peu utile, mais même
comme dangereuse ; pour elles, la pauvre Esther compte
presque parmi les réprouvés, en dehors de leur étroite secte
d'élus, les seuls qui seront sauvés ; néanmoins elles sont
prêtes à lui donner la nourriture et un toit pour l'abriter,
à l'associer enfin pour un nombre d'années indéfini à leur
existence insipide.

Quant à elle, elle n'y saurait consentir. Qu'on ne s'y trompe
pas, cependant ; ce n'est pas à cause de la tristesse de cette
manière de vivre monotone, car, désormais, partout la vie
sera également triste pour elle, et, plus elle sera triste, moins
elle contrastera avec ses propres pensées ; alors pourquoi
ne pas accepter les conditions de l'existence de Plas-Berwyn ?
Pourquoi, même quand elle aurait la possibilité de payer
ses tasses de thé et ses tranches de mouton, son lit bassiné
et ses grandes cuvettes, pourquoi s'y refuserait-elle ? C'est

qu'il est dur de vivre avec des gens dont toutes les idées
vont à l'encontre des vôtres; dont l'esprit et la conversation
sont diamétralement opposés aux habitudes de toute votre
vie, et de ne pouvoir discuter avec eux ou les contredire
parce qu'on mange leur pain ou qu'on boit dans leur coupe.

Il n'y a que les natures très basses ou très élevées qui
acceptent les bienfaits sans en être froissées. Esther n'appartient ni à l'une ni à l'autre de ces catégories. Elle ne sup-
porte cet état de dépendance qu'en se disant qu'il est tem-
poraire. Sans perdre de temps, elle s'est adressée à mistress
Brandon pour lui procurer du travail, — du *travail*, ce
mot si vague qui ne représente aucune idée distincte; —
mais cette démarche lui est inspirée par la pensée de ne
devoir à personne sa subsistance et de n'être pas obligée
de dire « merci » à qui la lui fournit.

Dans l'après-midi du jour où Bob les a quittés, Esther est
assise depuis plus d'une heure, s'abandonnant à sa tristesse,
sur un petit tabouret près du feu; ses yeux errent distraitement sur les astères flétries et sur les chrysanthèmes décolorées de l'étroit petit jardin au-devant de la maison. Les
aiguilles d'acier de mistress Brandon font entendre leur léger claquement, tandis qu'elle tricote en tournant, tournant
toujours pour avancer le travail monotone d'un éternel bas
à côtes, destiné à des knickerbockers. Le foyer jette des
teintes rougeâtres sur le sombre papier à larges rayures qui
rend la chambre encore plus petite et plus triste qu'elle ne
le serait autrement. Esther est tirée de sa rêverie par la
servante qui entre pour apporter la lampe modérateur.

— Mistress Brandon! dit-elle à son hôtesse.

— Eh bien, ma chère?

Le *ma chère* est une concession faite au souvenir de Bob.

— Bob m'a assuré, dit la jeune fille avec un peu de peine,

que vous seriez assez bonne pour m'aider à trouver quelque... quelque chose à faire.

La vieille dame la regarde par-dessus ses lunettes avec
une attention sévère :

— Mon cher fils a exprimé une inquiétude pour votre
avenir, si grande, si *surprenante* quand on considère que
vos liens sont rompus maintenant, que je lui en ai fait la
promesse.

— Et vous le voulez bien ? dit timidement la jeune fille.

— Je tiens toujours ma parole, moi, Esther, en appuyant
un peu sur le *je* et sur le *moi*.

— Quand pourrez-vous commencer ? Tout de suite ? bientôt ? dit vivement Esther.

Mistress Brandon hésite un peu :

— Je dois savoir d'abord quelle sorte d'emploi vous désirez, et à quoi vous êtes propre.

— Je ne suis propre à rien, répond-elle avec décourage-
ment, mais cela ne doit pas m'arrêter. Si chacun ne faisait
en ce monde que ce à quoi il est propre, les trois quarts
des gens ne feraient rien.

— Seriez-vous disposée à vous placer comme institutrice,
si on vous trouvait une situation dans une famille respectable et pieuse ?

Elle secoue la tête :

— Je ne suis pas assez instruite et je n'ai pas de talents.
Je puis lire quelques pages de *Racine* ou de *Télémaque*
sans recourir trop souvent au dictionnaire ; mais le français
moderne, celui de la conversation, mêlé d'argot, me déroute
souvent. Je puis jouer quelques études et quelques morceaux
brillants, comme on les joue en pension, mais tout cela ne
suffit pas.

Mistress Brandon réfléchit un moment :

— Il y a, dit-elle, si peu de carrières pour les dames *comme il faut* ; la plupart nous sont interdites par notre sexe, et tout ce qui est *métier* par notre naissance ou notre éducation.

— Quand on est pauvre, on doit oublier qu'on est *une dame*, répond Esther un peu brusquement. Ce n'est pas ma noblesse qui m'empêcherait de cirer les souliers, si les femmes pouvaient faire ce métier et s'il était bien payé.

— Aimeriez-vous à être *couturière* ? demande mistress Brandon avec incrédulité.

Esther ne peut s'empêcher de tressaillir. Ce n'est jamais un agréable moment que celui où l'on vous apprend brusquement que vous devez perdre la position dans laquelle vous êtes né et vous avez été élevé. Esther se rappelle avec la rapidité de l'éclair que miss Blessington disait de deux jeunes personnes de la classe moyenne qui étaient venues un jour faire une visite à Felton, qu'elles avaient l'air de petites *modistes*. Elle aussi, serait-elle une petite *modiste* ?

— Je crains de ne pas coudre assez bien, reprend-elle avec douceur, s'étonnant elle-même d'être frappée pour la première fois de son incapacité singulière. Je ne sais pas non plus bien tailler. Je saurais arranger un chapeau et raccommoder des bas assez bien pour un amateur, mais voilà tout ce que je sais faire.

En se rappelant quels étaient les bas qu'elle raccommodait en amateur, il lui semble qu'un couteau traverse son pauvre cœur.

— Je pense que la même objection s'applique à ce que vous preniez une place de femme de chambre ?

— Oui, certainement, répond-elle en baissant la tête, mais — et elle essaie de reprendre courage... mais cette objection ne s'applique pas à d'autres branches du service ; je pour-

15

rais être une simple domestique, par exemple ; il ne faut
pas beaucoup de talent, ni un très long apprentissage pour
savoir monter de l'eau, faire les lits ou nettoyer les foyers.
Je serais capable de l'apprendre, je crois, en une semaine.

Involontairement les yeux de mistress Brandon se portent
sur les mains petites, délicates, blanches, qui reposent sur
les genoux d'Esther, ces mains patriciennes, veinées de
bleu, qui seraient employées à balayer ou à frotter des plan-
chers.

— Ma chère enfant, dit-elle avec une certaine compassion,
vous en parlez trop légèrement ; vous ne pouvez vous imaginer, sans en avoir fait l'expérience, la peine que vous
auriez à vous accoutumer à vivre avec une classe de gens
qui vous sont si inférieurs en rang et en éducation. Il n'est
pas chrétien, je le sais, de mépriser les gens communs ou
malpropres, et Dieu m'en préserve ! Mais imaginez une demoiselle comme vous exposée aux grossières plaisanteries
d'un valet de pied ou à l'intimité d'une cuisinière !

Le visage d'Esther semble emprunter quelque chose de la
vive flamme du foyer et sa poitrine palpite d'indignation :
— Mistress Brandon, commence-t-elle à dire fièrement,
croyez-vous qu'ils seraient assez *impertinents* pour ?...—Puis
elle s'arrête toute confuse. — C'est vrai ; je n'y pensais pas :
il n'y aurait pas d'impertinence de leur part ! Je suis faite
à tout ! J'ai supporté des choses plus cruelles, et après tout,
c'est peu de chose et je puis le supporter encore !

— Impossible ! répond mistress Brandon avec bon sens,
c'est ridicule ; c'est puéril. Non, Esther, nous devons chercher quelque chose de plus sortable si vous êtes décidée à
refuser à tort l'hospitalité d'une maison heureuse, respectable, et, j'ose le dire, *pieuse*, que je suis toute disposée, que
nouss ommes toutes disposées à vous offrir.

— Oui! oui! oui! s'écrie la pauvre enfant avec vivacité; j'y suis bien *décidée!* Il est moins dégradant de s'exposer aux plaisanteries du valet de pied ou à l'amitié de la cuisinière que de vivre aux dépens de personnes sur lesquelles vous n'avez d'autres droits que de leur avoir déjà montré de l'ingratitude; est-ce une raison pour s'imposer à leur générosité?

— Comme vous voudrez, Esther, répond mistress Brandon, l'aimant trop peu et respectant trop sa liberté pour discuter avec elle plus longtemps.

Après quelques instants de silence, Esther reprend, non sans effort :

— Mistress Brandon, si vous pensez que je puisse entrer dans un de ces grands magasins de Londres ou de quelque autre ville, il me sera facile d'essayer des manteaux et de mesurer des rubans, sans avoir besoin ni de connaissances, ni d'apprentissage?

Mistress Brandon répond d'un air de doute :

— Il n'est pas si facile que vous le croyez, ma chère, d'obtenir une place dans un de ces magasins; une de mes amies a fait les plus grands efforts pour faire entrer une de ses protégées chez Marshall et Snelgrove, et, après longtemps, a été obligée d'y renoncer.

— Peut-être qu'elle n'était pas grande? demande timidement Esther.

— Je n'en sais rien.

— On les aime *grandes*, dit la jeune fille en redressant involontairement sa taille élancée, — et moi je le suis.

— Je doute que cette seule qualité puisse suffire, réplique sèchement la vieille dame, et, quand elle le pourrait, ajoute-t-elle en faisant une espèce de moue, je ne crois pas qu'une place dans un magasin ou telle autre situation aussi en vue, soit à désirer pour une personne aussi jeune et aussi... aussi *remarquable* que vous l'êtes.

— *Remarquable!* répète Esther en levant vers elle ses grands yeux où se montre un mécontentement visible, — suis-je donc si *étrange*, mistress Brandon? Je ne croyais pas l'être, et c'est la première fois que je l'entends dire.

— Je n'ai pas dit *étrange*, ma chère; ne me prêtez pas autre chose que ce que je dis, reprend sèchement mistress Brandon.

— Les personnes qui viendraient acheter des manteaux s'occuperaient assurément plus d'elles que de moi, dit Esther qui n'est pas encore revenue de sa surprise; ainsi ma personne, pourvu qu'elle soit grande, ne peut pas être en question.

Mistress Brandon retire et pose près d'elle ses lunettes, ce qui indique qu'elle va faire une sérieuse allocution :

— Esther, dit-elle sévèrement, puisque vous insistez pour que je m'explique plus clairement, je vous dirai que je crois qu'une jeune femme doit être plus réservée dans sa conduite et plus imbue de principes religieux que vous ne l'êtes avant de s'exposer aux tentations qu'une jeune et belle personne doit rencontrer infailliblement dans des sentines d'iniquités telles que nos grandes villes.

Esther relève la tête avec un geste d'impatience :

— Je ne vois pas, dit-elle d'un ton méprisant, à quelles tentations une femme aussi peu réservée et aussi irréligieuse que je le suis peut être exposée dans un magasin de mercerie. Le mot *tentation*, dans la bouche d'une femme, signifie toujours une histoire dans laquelle un homme joue un certain rôle, et, dans une boutique exclusivement destinée à la toilette des dames, il y a moins qu'ailleurs des occasions de rencontrer des hommes.

— Si vous en savez plus sur ce sujet qu'une personne qui
a trois fois votre âge et votre expérience, répond mistress
Brandon en remettant ses lunettes et en tricotant plus vite
que jamais, je n'ai plus rien à dire.

Une verte réplique était prête à passer par les lèvres fraîches d'Esther, mais elle s'arrête à temps. Elle se contente d'appuyer son coude sur ses genoux et de lever, d'un air d'hésitation, ses beaux sourcils bruns.

— Toute la question est là, dit-elle gravement : pouvez-
vous m'indiquer quelque chose de mieux ? Quand on n'a ni
argent, ni aucun de ces talents qui peuvent en faire gagner,
on doit prendre ce qui se présente et être satisfait.

Mais mistress Brandon se tait, comptant ses mailles et profondément enfoncée dans un calcul pour savoir si la jambe
de son bas a atteint la longueur et la largeur répondant aux
dimensions de la forte jambe de son fils.

Le vent agite les volets avec persistance. Le gros vieux chat
gris est assis sur le large tabouret à côté d'Esther, bâillant
prodigieusement à chaque minute ; il a glissé sous elle ses
pattes de devant croisées, et la bénignité de sa mine endormie fait un vrai contraste avec sa moustache farouche et la
courbe féline de sa lèvre.

— Ce que l'on fait avec trop de hâte est toujours mal fait,
ma chère ! reprend mistress Brandon, qui, après avoir, à sa
satisfaction, calculé qu'il lui fallait encore tricoter cinq tours
pour arriver au puissant talon de Bob, émet avec complaisance cet axiome trivial, car si les remarques originales se
présentent toujours avec une certaine timidité, les platitu-
des vont droit leur chemin, comme si elles comptaient infailliblement sur une bonne réception : — Nous réfléchirons à
ce sujet sérieusement et en invoquant le Très-Haut pour
qu'il nous prenne avec lui sur son trône de grâce. Nous

ferons, à cet effet, une prière toute spéciale ce soir.

— Oh! non, non! je vous en prie! je vous en prie, ne faites pas cela! s'écrie Esther dont les joues pâles se colorent vivement. Cela me contrarierait beaucoup! Je n'assisterai pas à la prière si vous le faites. Pourquoi n'en pas parler tout de suite? Il n'est rien de tel que le moment présent.

— Je ne vois pas que cela presse, Esther, répond froidement mistress Brandon.

— Cela *presse* beaucoup au contraire, reprend-elle avec un accent passionné et en se jetant à genoux près de mistress Brandon, car elle est trop excitée pour s'apercevoir de la froideur de ses manières. Toute son âme éclate dans ses beaux grands yeux :

— Oui! jusqu'à présent je ne savais pas la valeur réelle des mots! Jamais de ma vie je n'avais été dans une nécessité si pressante! Mettez-vous à ma place, mistress Brandon, continue-t-elle avec la même chaleur en appuyant sa petite main sur un genou recouvert d'une rude étoffe noire rougie. Mettez-vous à ma place pour comprendre si vous aimeriez à être entièrement dépendante, je ne dis pas pour le superflu, on peut s'en passer, mais seulement pour le pain et l'eau, et dépendante de personnes qui ne vous sont rien, ni parents, ni amis, et qui vous reçoivent par pure charité chrétienne, parce que c'est bien, et non parce qu'elles vous aiment?

— Si j'étais exposée à une telle épreuve, Esther, réplique mistress Brandon en essuyant délicatement ses lunettes avec son mouchoir, j'espère que je saurais la supporter patiemment, que je pourrais baiser la main qui châtie, sachant qu'elle est *toute sagesse* et qu'elle ne me châtie que pour abaisser l'orgueil de mon cœur charnel.

— Que Dieu me préserve de cet abaissement de mon cœur

charnel! s'écrie la jeune fille, se relevant et redressant sa tête avec fierté. Pourquoi, continue-t-elle en marchant par la petite chambre avec agitation et les doigts convulsivement croisés, pourquoi Dieu a-t-il mis en nous le sentiment de notre dignité, si une basse soumission à tout ce qui détruit notre dignité est le chemin pour gagner le ciel?

Mistress Brandon dépose son tricot sur la table, descend lentement du tabouret sur lequel ses pieds étaient posés, se dirige vers la porte, et là, secouant ses boucles grises, s'adresse à Esther d'une voix sévère et tremblante :

— Esther, jusqu'à ce que nous puissions discuter ce sujet sans y mettre cette violence irrespectueuse, je refuse de le traiter avec vous.

XXVIII

« Une jeune personne de dix-sept ans demande à se placer
comme dame de compagnie auprès d'une dame âgée ou malade. Elle tiendrait moins aux appointements qu'à une situation honorable dans une famille pieuse. — Adresser aux
initiales A. B., poste restante, Naullan. »

Telle est la formule modeste sous laquelle miss Craven ex-
pose qu'elle désire un emploi. Elle a supplié que l'on sup-
primât le « *une famille pieuse* » :

— Ce n'est pas vrai, mistress Brandon, dit-elle avec des
larmes qui lui montent aux yeux. Je ne tiens pas à ce qu'ils
soient pieux ou non ; je tiens plus aux appointements.

— Cela doit rester ainsi, ma chère ; réplique mistress
Brandon, qui, ayant payé pour l'insertion de l'avertissement,
pense qu'elle a le droit de le rédiger comme il lui plaît.

Et maintenant cet avertissement parcourt en long et en
large le monde civilisé, pénètre dans les cafés, dans les
hôtels, dans les maisons particulières, confondu avec ces
paragraphes nombreux comme les sables de la mer qui
couvrent les feuilles du *Times*. Les millions de lecteurs qui
parcourent ces feuilles ne s'intéressent pas plus à cette
annonce qu'à toutes celles qui paraissent sous cette forme :

« On demande une bonne cuisinière. »

« On demande une cuisinière bourgeoise. »

« On demande un valet de chambre, etc. »

C'est donc comme dame de compagnie qu'il a été décidé qu'Esther pouvait se placer ; cette position n'exige ni français, ni allemand, ni astronomie, ni étude du globe terrestre. Elle demande seulement plus de patience que Job, plus d'humilité que Moïse, la faculté d'avaler de la bone qui est accordée à tout parvenu introduit dans la bonne compagnie ; de la santé et de l'entrain plus qu'il n'en faut à un écolier, et plus de flexibilité que l'osier. Ces qualités passant pour être plus aisées à acquérir que le dessin, la musique et les langues, Esther a décidé qu'elle prendrait l'emploi où il est nécessaire de les exercer toutes à la fois.

Outre l'avertissement imprimé, mistress Brandon a encore répandu cet avis dans un nombre infini de lettres de longue haleine ; elle s'est informée partout auprès de ses connaissances s'il se trouverait quelque vieille fille, femme ou veuve dont Esther pût soigner la maussade vieillesse en lui dévouant sa brillante jeunesse dans une respectable misère et à l'abri des tentatives des libertins.

Et maintenant, Esther attend. Elle attend durant les longues et brumeuses journées, durant les éternelles et sombres nuits de novembre, — elle attend en errant solitairement dans les sentiers creux des bois voisins couverts d'une couche épaisse de fleurs et de feuilles mortes.

Un matin, en se joignant à la famille Brandon avant la prière, Esther trouve mistress Brandon lisant une lettre à haute voix, mais, à l'entrée d'Esther, elle se tait. La jeune fille, qui s'en aperçoit, s'approche d'elle vivement :

— Est-ce de moi qu'il s'agit ? demande-t-elle, respirant à peine et oubliant de leur dire bonjour.

15.

— Oui, Esther, répond laconiquement mistress **Brandon**. Puis elle continue sa lecture, mais tout bas.

Esther va à la fenêtre ; tape sur la vitre humide de pluie, retourne à la table ; prend un couteau et détache quelques petites croûtes du morceau de pain ; s'assied, puis se lève, et enfin, incapable de se contenir plus longtemps, elle s'écrie avec agitation : — Eh bien ! est-ce possible ? Est-ce arrangé ?

— Si vous voulez me laisser le temps de finir cette lettre tranquillement, répond sèchement la vieille dame, je serai plus capable de vous le dire.

Esther se rassied, assez contrariée. La porte s'ouvre et les trois servantes d'un âge mûr entrent discrètement, leurs bibles et leurs livres d'hymnes sous le bras, et le long commentaire, les versets de l'hymne, les prières interminables ont leur cours. A l'oreille d'Esther, tout ce qui se dit et se chante semble répéter :

« Est-ce possible ? Est-ce arrangé ? »

— J'ai reçu une lettre, — commence à dire lentement mistress Brandon, en s'adressant à Esther après que toute la *cérémonie* est finie, — et cette lettre est d'une de mes pieuses amies qui s'est rencontrée dernièrement avec un monsieur et une dame excessivement vieux, qui cherchent...

— Une dame de compagnie ? interrompt Esther tout émue.

— Une jeune personne de bonnes manières pouvant suppléer à leur vue affaiblie en leur faisant la lecture, en écrivant leurs lettres, en préparant les ouvrages de la vieille dame, en se rendant généralement utile et agréable.

— Mais tout cela n'a pas l'air bien difficile ? dit Esther, — et son visage brille d'une joie qu'elle ne connaissait plus depuis la mort de son frère. — Lire, écrire, se comporter en femme bien élevée, ce ne sont pas des conditions bien dures, n'est-ce pas? Oh ! mistress Brandon, j'espère qu'ils voudront bien de moi ! Comment s'appellent-ils?

— Blessington !

— Blessington ! répète Esther avec une ombre de désappointement. Je voudrais savoir si... s'ils sont parents de miss Blessington, la pupille de sir Thomas Gérard?

— Je ne puis vraiment vous le dire, ma chère. Vous avez donné si peu de détails sur votre visite chez les Gérard, que j'ignorais que la pupille de sir Thomas s'appelât Blessington.

Esther laisse passer ce petit reproche en silence.

— Peut-être sont-ils son père et sa mère? insinue Bessy.

— Elle n'a ni père ni mère.

— Son grand-père et sa grand'mère ?

— Elle n'a ni grand-père ni grand'mère.

— Son grand-oncle et sa grand'tante ?

— C'est possible.

— Très probablement que c'est la même famille, remarque mistress Brandon, voulant dire quelque chose d'assez agréable. Le nom de Blessington n'est pas commun.

— Je me souviens maintenant, reprend Esther en faisant effort pour se rappeler ce qu'elle a pu entendre sur ce sujet à une époque où il l'intéressait trop peu pour lui avoir laissé une forte impression, — je me souviens qu'un jour elle a parlé de vieux parents qui habitaient le comté de ···, en disant que c'était pour elle une grande corvée que d'aller les voir.

— Ces personnes habitent en effet le comté de ···.

— Alors, c'est bien eux, s'écrie Esther, — et une expression de chagrin s'étend sur ses traits. — Oh ! mistress Brandon, quel désappointement ! Je crains de ne pouvoir accepter ! Cela ne me paraît pas possible.

— Et pourquoi pas, je vous prie? demande celle-ci,

montrant autant de surprise que de mécontentement en regardant sa jeune protégée.

Elle ne répond pas.

— Auriez-vous eu une querelle ou quelque désagrément avec les Gérard, pendant votre séjour, qui vous ferait craindre de rencontrer des personnes de leur famille?

— Oh! non! non!... certainement non! s'écrie Esther avec animation et les joues rouges comme un coquelicot.

Le regard perçant de la vieille dame semble vouloir sonder jusqu'au fond de l'âme de la jeune fille. Elle l'observe avec l'impitoyable persistance de quelqu'un qui a passé l'âge de rougir, et qui, par conséquent, n'a aucune compassion de cette infirmité, la rougeur perfide qui couvre ses belles joues.

— En êtes-vous parfaitement sûre, Esther?

— Parfaitement, répond-elle avec lenteur et fermeté. Je n'aime pas cette famille; je les hais tous, mais je n'ai eu de querelle avec aucun d'eux.

— Je m'étonne que vous ayez pu passer un mois et plus avec des gens que vous haïssiez, dit miss Bessy en souriant malicieusement.

— Oui, je l'ai fait, Bessy, répond amèrement Esther en détournant la tête; mais il n'est pas question de cela.

— Dois-je comprendre alors, dit mistress Brandon en élevant son nez et ses lunettes de la manière qui exprime l'interrogation, qu'un simple sentiment de déplaisance vous empêche d'accepter une situation si avantageuse?

— Quand on a vu de meilleurs jours, répond la pauvre fille un peu fière, on désire s'éloigner autant que possible de ceux qui vous ont connus autrefois.

— Ta, ta, ta, répond mistress Brandon d'un ton grondeur, il importe fort peu à des personnes dans la position des Gérard de savoir si vous possédez quelques écus de plus ou de moins. Ils n'en seront pas moins bons pour vous.

— Je ne leur demande pas d'être *bons* pour moi, s'écrie la jeune fille en colère, et même rien ne me serait plus odieux ! Tout ce que je désire, en ce qui concerne cette famille, c'est de n'en jamais entendre parler.

— Esther, reprend mistress Brandon, s'il suffit d'une si pauvre raison pour vous empêcher de profiter d'une occasion, humainement parlant, si favorable, — et j'ose dire que c'est une porte qui s'est ouverte d'une manière toute *spéciale* en réponse à nos prières, — si vous refusez, vous ne pouvez pas vous attendre à ce qu'une autre fois je m'emploie en votre faveur.

Esther baisse la tête en silence.

— Esther est plus difficile à contenter que nous ne pensions, n'est-ce pas, maman, dit Bessy en souriant légèrement, si nous nous en rapportons à ce qu'elle nous disait hier, qu'elle enviait le charbonnier parce qu'il gagnait sa vie ?

— C'est bien ce que je pense, répond-elle tristement.

— Je crains, Esther, dit mistress Brandon en secouant la tête d'une manière prophétique, que vous n'ayez à passer par le feu qui purifie avant que l'orgueil indomptable d'un cœur qui n'a pas été régénéré soit enfin dompté.

— C'est possible, répond la jeune fille avec calme.

Mais, au fond du cœur, elle se dit qu'elle ne passera jamais par une fournaise plus ardente que celle qu'elle a déjà traversée.

XXIX

La semaine suivante, des lettres ont été échangées, des renseignements ont été demandés et donnés. L'honorabilité d'Esther est dûment reconnue, les appointements acceptés, le jour de son voyage pour le comté de *** fixé et les préliminaires réglés en ce qui concerne la situation pleine d'indépendance et de charme de dame de compagnie chez John Blessington, âgé de quatre-vingt-neuf ans et Harriett Blessington, son épouse, âgée de quatre-vingts ans.

Il reste à Esther Craven à dire adieu à celui qui repose dans le cimetière. Elle s'y rend à la fin de la soirée qui précède son départ. Les grands caps, les sombres promontoires de couleur plombée d'un nuage immense tristement chargé de neige, s'élèvent et s'empilent derrière la haute colline. Il a neigé la nuit dernière, mais la neige est presque entièrement fondue et il n'en reste que ce qu'il faut pour faire paraître la sale vieille tour de l'église d'une teinte plus sale encore à côté des plaques de neige. Sur quelques tombes brisées, la mousse s'étale comme en témoignage de leur vétusté ou de leur abandon. Des orties mouillées et des chiendents desséchés recouvrent de froids monticules. Personne ne songe à cultiver le champ des morts. Chaque tombe est le dernier chapitre d'une histoire oubliée.

La soirée s'avance. L'air est froid et humide. Personne ne songerait à sortir de sa maison et Esther ne craint pas que l'on vienne la troubler auprès de son frère. Qui s'inquiète qu'elle ait froid ou qui voudrait lui disputer les six pieds de terre fangeuse sur laquelle elle tombe à genoux ? Elle pose ses lèvres sur le sol détrempé et murmure en gémissant :

— Adieu, Jack ! adieu ! Hélas ! pourquoi ne peux-tu me répondre ?

Comme elle lève ses yeux baignés de larmes, ils s'arrêtent sur l'inscription que porte la croix placée à la tête du tombeau. Au-dessous des noms du frère bien-aimé, est gravée cette inscription solennelle :

SEIGNEUR, AYEZ PITIÉ DE MOI QUI SUIS UN PÉCHEUR !

Esther enveloppe de ses bras le saint emblème ; elle presse sa poitrine palpitante contre la pierre :

— O Seigneur, ayez pitié de moi, parce que j'ai péché ! s'écrie-t-elle.

N'est-ce pas en effet, plus aux vivants qu'aux morts que doit s'appliquer la miséricorde divine ? Un souffle de vent glacé traverse les fortes orties et les herbes desséchées et pénètre aussi à travers les vêtements de deuil d'Esther jusqu'à sa poitrine frissonnante. La nuit tombe si vite, qu'à peine si elle peut distinguer encore les lettres noires nouvellement gravées sur la croix. Les lumières apparaissent déjà dans les cabarets ; la forge brille comme un joyau éclatant au milieu des ombres du soir ; on entend les rires bruyants de gens que l'on ne voit pas résonner parmi les tombes. Effrayée de ce bruit, Esther se lève précipitamment, puis,

s'agenouillant encore une fois, elle baise la terre qui recouvre les restes de son pauvre frère et lui dit en sanglotant:

— Adieu, mon chéri, adieu ! Que Dieu te bénisse, mon
Jack !

Elle enveloppe plus étroitement son corps tremblant dans
son manteau noir, et s'échappe au milieu de la nuit sombre

XXX

Il a neigé toute la journée. Un immense voile blanc couvre la campagne. Les nuages qui s'étaient amassés la veille d'une façon si menaçante derrière les montagnes galloises, et bien d'autres nuages encore, ont aujourd'hui accompli leur tâche et déversé leurs larges flocons, pendant de longues heures consécutives sur la terre patiente. La pluie semble toujours tomber en hâte, mais la neige tombe tranquillement et comme en se jouant. Le train rapide qui emporte Esther vers une nouvelle existence est saupoudré comme certains gâteaux. Une même couche blanche couvre les bâtiments des stations et les maisons des villes enfumées : les hommes qui parcourent la campagne, les chauffeurs de la machine, tout ce que l'on rencontre porte le même uniforme, comme un blanc troupeau.

Miss Craven a été enfermée toute la journée dans l'étroit compartiment d'un wagon, les glaces fermées, ayant en face d'elle un galant militaire qui, voyageant avec tout 'attirail que son sexe regarde comme indispensable, a été assez magnanime pour partager avec elle son manteau fourré et sa chancelière. Ensuite Esther a traversé Londres dans son misérable véhicule : elle a eu la plus terrible

frayeur en croyant que le cocher de fiacre, avec la scéléra-
tesse qu'on leur attribue, la conduisait intentionnellement
hors du bon chemin, dans des endroits isolés, afin de la voler et de l'assassiner. Elle s'est demandé, avec un frisson de
terreur, ce qu'elle pourrait faire en pareil cas. Pendant
qu'elle y réfléchit encore, le fiacre s'arrête après ses innombrables détours par des rues étroites et de sombres ruelles,
et il la dépose, ainsi que sa malle, son sac et son parapluie,
auprès de la gare de Shoreditch et au milieu des porteurs
qui prennent les bagages. Puis, elle remonte dans un autre
train, d'où elle sort pour reprendre une voiture de la station
dans laquelle il lui faut faire encore trois milles, montant et
descendant des côtes à travers un pays tout blanc de neige.

Elle est enfin au terme de son voyage. La voiture s'est
arrêtée à la porte d'une masse énorme, indistincte et couverte de neige qu'elle suppose être le château de Blessington. Le cocher, après avoir sonné, secoue ses bras en frappant ses épaules afin de rétablir la circulation. Les domestiques sont trop confortables — le maître d'hôtel devant
son vin chaud dans la chambre de la femme de charge et
les valets de pied à l'office devant leur bière chaude — pour
avoir envie de se déranger. A la fin, après cinq minutes
d'attente, un son de verrous qu'on tire et de clef qu'on tourne
dans la serrure se fait entendre, la lourde porte s'ouvre et
un domestique apparaît en clignant des yeux avec une grimace, parce que la neige l'aveugle. Esther descend de voiture aussitôt et entre avec la précipitation qui indique une
grande excitation nerveuse.

— Voulez-vous payer le cocher, je vous prie, dit-elle au
domestique, en paraissant fort troublée. Je... je ne sais pas
ce que je dois.

Tandis que le domestique fait le compte du cocher, elle

attend debout, toute tremblante de froid et d'émotion, dans
le grand vestibule pavé de marbre, éclairé seulement par la
lueur du feu. Elle lève les yeux vers le plafond et, à propre-
ment parler, il n'y en a pas, car la pièce tient toute la hauteur de la maison ; elle examine les murailles que des figures académiques, de grandeur naturelle, semblent rendre
plus froides encore. Son esprit est assailli de mille pensées
perplexes sur la conduite que doit tenir une dame de compagnie. Elle ne se souvient pas d'avoir jamais rencontré un
animal de cette espèce dans toute sa vie. Faut-il faire une
révérence en entrant dans la chambre ? doit-on dire *monsieur*
ou *madame* à la troisième personne ? doit-on rire des plaisanteries ? peut-on s'asseoir avant d'en avoir reçu la permission et parler avant qu'on ne vous adresse la parole ?
Tout en faisant ces réflexions, elle suit tout émue le domestique qui l'introduit dans une pièce adjacente, annonce
à haute voix « miss Craven », et retourne avec empressement retrouver sa bière et ses camarades.

La pièce où vient d'entrer Esther est de la grandeur du
vestibule et lui semble d'une étendue immense quand il faut
la traverser pour arriver dans sa partie habitée. Un grand
feu brûle dans le foyer, et juste en face, dans son rayonne-
ment, est assis un vieillard très âgé, à peu près courbé en
deux dans son fauteuil. Il paraît endormi, la tête presque
sur la poitrine. Une vieille dame enveloppée d'un grand
châle et les yeux à demi fermés occupe l'autre fauteuil. Une
lampe avec un abat-jour vert au centre d'une table jette une
faible clarté, et près de cette même table est assise une troisième personne, dissimulée derrière l'abat-jour.

— Sont-ils tous endormis, se dit la pauvre fille, en s'a-
vançant d'un pas léger et incertain. On le dirait. Dois-je les
éveiller ou serait-ce leur manquer de respect ?

Pendant qu'elle hésite, la troisième personne se lève et va
au-devant d'elle :

— Comment vous portez-vous, miss Craven? Vous avez
eu bien froid pour voyager, je crains? dit une voix douce
et bien connue.

C'est miss Blessington. En un instant Esther semble avoir
reculé de quelques mois en arrière et se retrouver au moment
de son arrivée à Felton. C'est la même voix qui l'accueille,
le même accent de politesse cérémonieuse ; ce sont les mêmes paroles, sauf cette variante :

— Vous devez avoir eu bien *chaud* pour voyager ?

C'est encore la même manière de marcher, le même effet
de nuage lilas. Esther tourne involontairement la tête vers
la fenêtre, espérant presque y voir disparaître les jambes
de Saint-John. Au lieu de cela, c'est la voix chevrotante
d'une vieille femme disant :

— Est-ce vous, miss Craven, ma chère? Approchez !

Esther ne l'a pas entendue.

— Il faisait assez froid, répond-elle à Constance, au milieu d'une sorte d'étourdissement que lui produisent la confusion entre le passé et le présent et la lumière après l'obscurité.

— Mistress Blessington vous parle, lui dit Constance.

Esther se retourne vivement :

— Oh ! je vous demande pardon..., je n'avais pas entendu... J'espère que je n'ai pas été impolie ?

Elle oublie le *Madame* qu'elle comptait dire.

— Qui est là ? qui est-ce qui parle ? demande le vieillard
en levant la tête et d'une voix qui, bien que tremblante,
conserve encore quelque chose de cette puissance et de ce
feu dont, passé la jeunesse, il ne reste guère que des
cendres.

Personne ne répond.

— Qui est là, mistress Blessington ? répète-t-il d'un ton d'impatience.

— Miss Craven, mon oncle, la jeune personne que nous attendions aujourd'hui... Vous savez ? répond enfin Constance en se penchant gracieusement vers le vieillard et mettant sa bouche aussi près que possible de l'oreille paralysée.

— Hum ! Dites-lui de venir me parler ; je veux voir comment elle est, reprend-il, comme si elle n'avait pas été dans la chambre.

— Allez, ma chère, dit la vieille dame.

— Parlez-lui aussi fort que vous le pourrez ; il est complètement sourd, ajoute Constance sans baisser la voix pour lui donner cet avis, comme preuve de son assertion.

Esther s'avance en tremblant et pose sa petite main froide dans la forte main osseuse, pleine de veines et de muscles qui lui est tendue.

Il la regarde avec l'attention obstinée des vues affaiblies.

— Comment vous appelez-vous ? lui dit-il brusquement.

— Esther, répond-elle intimidée.

— Je n'entends pas un mot de ce que vous dites, vous marmottez je ne sais quoi, dit-il d'un ton bourru.

— Passez de l'autre côté, l'autre oreille est meilleure, dit Constance tranquillement.

Esther obéit.

— *Esther !* répète-t-elle en élevant la voix cette fois plus qu'il n'est nécessaire, par l'effet d'une sorte de surexcitation.

— Vous n'avez pas besoin de crier, ma chère, comme si j'étais sourd comme les pierres. Est-ce *Esther*, ou *Hesther* avec un *H* ?

— Esther.

— Et qui vous a donné ce nom, je vous prie ?

— Mon père et ma mère, je pense.

— Hum ! Eh bien ! vous leur direz, en leur faisant mes compliments, ajoute-t-il avec un rire sénile, qu'ils auraient pu choisir un plus joli nom pour leur fille, et que c'est le *vieux squire* qui l'a dit. Dites-le leur de la part du *vieux squire*, répète-t-il encore, charmé de sa plaisanterie.

— Je ne peux pas le leur dire, réplique Esther ayant envie de pleurer ; ils sont morts tous les deux.

— Oh ! vraiment ?

Ici, son intérêt pour la nouvelle venue étant épuisé, sa tête blanchie retombe sur sa poitrine et il reprend son somme.

Esther n'a eu ni lunch, ni diner, ni thé, un fait dont personne ne songe à s'enquérir. *Un* seul petit gâteau a été sa nourriture de toute cette longue et cruelle journée, *un seul*, parce qu'il était acheté avec l'argent de mistress Brandon.

— Je pense que vous aimerez à aller vous reposer, ma chère ; vous avez l'air fatiguée, lui dit mistress Blessington en examinant avec assez de curiosité le joli visage d'Esther, si tiré et si triste. Les voyages aujourd'hui, quoi qu'on en dise, sont beaucoup plus fatigants qu'autrefois, quand on voyageait dans sa propre voiture.

— Je suis *un peu* fatiguée ; — répond la jeune fille avec un pâle sourire, et elle aurait pu ajouter ; « et terriblement affamée » ; mais elle n'ose pas.

— Sonnez pour que James allume les bougeoirs.

A demi morte d'inanition et courbatue d'être restée tout le jour dans la même position, Esther, suivant miss Blessington par de petits escaliers de pierre sans tapis, par de longs corridors avec de nombreux détours, arrive à une galerie large et nue et enfin dans une chambre immense, triste, sentant le moisi et froide malgré le bon feu qui brûle dans une antique cheminée. Cette pièce renferme un vaste lit à co-

lonnes avec des rideaux de damas de laine couleur cannelle,
assez grand pour servir de lit de justice et un vieux paravent
sur lequel sont collées des caricatures de Fox, de Burke, du
Régent, de la reine Caroline; les murs en sont tendus
d'une curieuse et précieuse tapisserie qui se soulève agréablement quand il entre une bouffée de vent par les vieilles
portes mal jointes, ce qui donne un air de vie, comme une
secousse galvanique aux vilains cupidons verdis par l'âge
jouant à cache-cache parmi des vases, des colonnes brisées et
des arbres bleus rongés des vers.

— Vous aurez assez de place, j'espère, lui dit miss Blessington avec un suave sourire, en allumant les bougies de sa
toilette, toilette qui, au lieu d'être, comme d'ordinaire, re-
couverte d'une mousseline à transparent rose, est un meuble
de chêne tout simplement, renfermant une multitude de petits tiroirs et de casiers inutiles.

— Oui, j'ai beaucoup de place, répond Esther un peu effrayée en considérant sa nouvelle installation.

— N'ayez pas peur si vous entendez des bruits étranges;
ce ne sont que des rats, reprend sa compagne en mettant sur
le garde-feu son petit pied élégamment chaussé.

— Je voudrais bien que cette... cette tenture... ne fût pas
constamment agitée, dit la jeune fille, tremblante et nerveuse, en montrant du doigt la tapisserie. Est-ce que quelqu'un ne pourrait pas se cacher derrière, puisqu'elle est si
peu assujettie?

— Ce serait possible, répond miss Blessington avec indifférence, mais je n'ai pas entendu dire que ce fût jamais
arrivé.

— Suis-je près de quelqu'un? pas trop loin, du moins?
demande Esther à qui le cœur manque.

— Non, pas très près.

— Mais, m'entendrait-on si je criais pour appeler quelqu'un? demande-t-elle en posant involontairement la main sur le bras modelé et ferme comme un beau marbre de sa compagne et en interrogeant de ses yeux inquiets son visage impassible.

— Nous espérons que vous n'en aurez pas l'occasion, répond celle-ci avec un froid sourire et en quittant la chambre.

XXXI

Le proverbe dit qu'au royaume des aveugles les borgnes sont rois ; on peut dire également qu'au milieu d'une foule d'étrangers une simple connaissance passe pour un ami.

Dans son grand isolement, Esther se sent presque disposée à regarder ainsi miss Blessington. Le seul fait d'avoir mangé, bu et dormi pendant un certain temps sous le même toit, le seul fait d'avoir vécu près d'elle, même en ne l'aimant pas, durant un mois et plus, devient un titre aux yeux d'Esther dans une maison où elle ne connaît personne. Elle accueille Constance presque comme une amie le lendemain matin ; elle regarde avec une sincère admiration, mais non sans un peu de regret en lui comparant sa beauté flétrie, cette belle personne, ce superbe animal blanc et brillant comme la vache sacrée des Égyptiens. L'éclat de ses beaux cheveux d'un blond clair, le poli magnifique de son cou satiné sont rehaussés par la sobre richesse de sa robe collante de velours noir. Mais les passions que pourrait provoquer cette splendide créature sont aussitôt glacées par la froideur de son âme incapable elle-même de passion.

Les avances faites par Esther sont repoussées. Elle pourrait aussi bien s'attendre à ce que la *Vénus de Médicis* ré-

16

pondit avec ses doigts de marbre à l'amicale pression de sa main.

— J'ai été bien charmée de vous retrouver ici hier au soir ; c'était si agréable de voir un visage connu ! dit miss Craven avec l'impétueuse crédulité de la jeunesse qui ignore le dédain.

Miss Blessington montre quelque surprise :

— Merci... c'est vraiment bien... aimable à vous, répond-elle en traînant sa phrase et avec un froid sourire qui serait capable de réprimer des démonstrations encore plus vives que celles d'Esther.

On oublie trop facilement que l'on est seulement une *dame de compagnie*.

La salle à manger des Blessington est, comme les appartements de réception, très vaste et dans de très nobles proportions. L'ameublement en est d'une noble vétusté comme les maîtres de la maison qui n'en sont plus réduits qu'aux simples conditions de l'existence. Trois grandes fenêtres s'ouvrent sur une grande pelouse plate au milieu de laquelle, et juste en face d'Esther quand elle est assise à la table du déjeuner, s'élève un chaste groupe représentant l'*Enlèvement des Sabines*.

— Est-ce que M. et mistress Blessington ne viennent pas déjeuner ? demande Esther au moment où elles se mettent toutes les deux à table.

— Non ! Ils déjeunent dans leur chambre.

— Je suppose, dit Esther avec un peu d'embarras, qu'ils me feront appeler s'ils ont besoin de moi ? Peut-être, ajoute-t-elle timidement, peut-être que vous auriez la bonté de me dire ce que je dois faire pour eux ?

— Mon oncle va descendre et il vous demandera de lui faire la lecture jusqu'à l'heure du lunch.

— Lire quoi ? la Bible ? demande Esther, qui a une idée
vague que la Bible est la seule forme littéraire à l'usage des
personnes âgées.

— La Bible ? Oh ! Seigneur ! non ! — avec un petit rire —
les journaux ; le *Times*, le *Saturday*, le *Juge de paix*, sont
ses favoris ; il prend grand intérêt à la politique, un intérêt
très remarquable à son âge.

— J'aime à lire haut, dit Esther, résolue à voir les choses
du beau côté.

— C'est très fatigant de lire haut à mon oncle, reprend
gaiement Constance ; il faut élever la voix et la soutenir à
un diapason plus haut que la voix naturelle. J'ai essayé de
lui lire une ou deux fois, mais j'en ai eu trop mal à la gorge
pour recommencer, dit-elle avec une petite toux affectée.

Elles se taisent un moment.

— Je crois que je n'aurai pas mal à la gorge, moi, réplique
Esther assez sèchement.

— J'espère, reprend enfin Esther se confiant dans le peu
de perspicacité de sa compagne pour ne pas deviner l'hypocrisie de la question, — j'espère que sir Thomas était tout
à fait bien quand vous avez quitté Felton ?

— Tout à fait bien, merci.

— Et lady Gérard?

— Oui, merci.

— Et... et... M. Gérard ? dit-elle en baissant la tête dans
le vain espoir de cacher la rougeur de son visage sur lequel
le soleil frappe en plein, car elle est en face de la fenêtre.

— Il est *très* bien, merci ! répond miss Blessington avec
ce sourire particulier qui a déjà exaspéré Esther et en
mettant à ce mot un accent qui ne lui est pas ordinaire.

Généralement miss Blessington n'accentue rien.

Une demi-heure plus tard, Esther est assise à côté du *vieux squire*, aussi près que possible de sa meilleure oreille et brandissant les immenses feuilles du *Times* dans ses mains encore inhabiles. Le vieux squire est une ruine superbe. Le temps a épargné cette grande vieille tête inclinée et n'a en rien détruit les lignes bien dessinées de ce nez aristocratique.

— Que lirai-je d'abord? demande la jeune fille timidement, mais en prononçant chaque syllabe d'une façon distincte.

— Lisez le cours de la Bourse, lui répond le vieillard en plaçant sa main sur sa poitrine et fermant les yeux dans son attitude favorite.

Esther n'a pas la moindre idée de l'endroit où se trouve le cours des fonds publics ; elle tourne dans tous les sens ces grandes pages, en dedans, en dehors, dans cette recherche désespérée, et en faisant nécessairement un froissement de papier que, selon son idée, il ne doit pas entendre.

— Ne faites donc pas ce bruit infernal, ma chère, lui dit-il avec une certaine impatience.

— Je pensais que vous ne l'entendiez pas, répond-elle maladroitement.

— Dieu vous bénisse, mon enfant! Vous faites un bruit à réveiller un mort, reprend-il de mauvaise humeur.

Ayant enfin reconnu que le *Bulletin des fonds publics* se trouve sous la rubrique de *Cours de la Bourse et nouvelles commerciales*, Esther donne les indications désirées; puis elle passe à un article politique :

— « Les affaires d'Amérique sont en ce moment dans une confusion tout anormale et inquiétante ; si inquiétante que même les hommes d'État, en Angleterre, qui ont apporté le plus d'attention à suivre les mouvements de la politique du Nouveau-Monde depuis l'origine de la sécession, ne peuvent se vanter de comprendre clairement... »

— De comprendre clairement, *quoi?* Pour l'amour de Dieu! ne courez donc pas la poste ainsi!

— « Ne — peuvent — se — vanter — de — comprendre — clairement — une — situation — aussi — compliquée — et — doivent — sentir — qu'il faut...... »

— Puis-je vous demander s'il n'y a pas de milieu entre aller trop vite ou trop lentement?

— « Et doivent sentir qu'il faut une extrême circonspection pour se prononcer sur une question aussi sérieuse. »

Esther peut continuer assez longtemps sans être interrompue, reprenant involontairement ce débit au galop si cher à la jeunesse quand le sujet ne l'intéresse pas. Soudainement un bruit régulier et sonore, tout près d'elle, lui apprend que son auditeur s'est endormi.

— J'ai lu jusqu'à l'endormir, se dit-elle avec une sorte de triomphe de ce beau succès et en jetant un regard furtif sur ce profil ridé dont les traits détendus accusent la morne imbécillité du sommeil.

N'éprouvant pas un intérêt particulier pour les effets de la sécession sur la politique américaine, elle s'arrête et regarde vaguement au dehors l'*Enlèvement des Sabines*. Mais l'interruption de la douce monotonie qui le berçait agréablement réveille le vieillard.

— Allez donc! allez donc! dit-il impérieusement en relevant la tête et ouvrant ses yeux éteints. Pourquoi vous arrêter? Lisez le paragraphe tout entier! Vous lisez si vite que je puis à peine vous suivre.

Elle obéit, et ainsi, avec des intervalles de veille et de

16.

sommeil, de lecture d'un côté et de repos de l'autre, la
séance se prolonge jusqu'à l'heure du déjeuner.

— Nous allons en voiture à Shelford cet après-midi ;
avez-vous envie de venir avec nous, Constance, ma chère ?
demande la vieille dame en quittant la table, tandis qu'Esther, à l'arrière-garde, s'acquitte de son devoir en portant
le coussin à air, l'oreiller et la couverture.

— Pas aujourd'hui, je crois, ma tante ; je vous remercie,
répond Constance avec la plus exquise douceur. Le *pas aujourd'hui* semble impliquer que, un *demain* quelconque,
elle sera trop heureuse de répondre à l'invitation de ses
respectables parents et les accompagnera dans leur ennuyeuse
promenade ; mais miss Blessington est d'une génération assez
avisée pour que ce *demain* n'arrive jamais.

La vieille berline de famille roule sur la terre gelée jusqu'au perron, tirée par deux chevaux énormes et paresseux,
grâce à l'abondance d'avoine et au peu de travail.

— Donnez-moi votre bras, miss Craven ; on risque de tomber par ce temps de gelée, dit la vieille dame, apparaissant à
la porte, transformée par des châles et les manteaux sans
nombre et un chapeau de velours qui date de l'an 40 en un
paquet informe.

Soutenue d'un côté sur le bras délicat d'Esther et de l'autre
par le maître d'hôtel gras et bien portant, elle est hissée sur
les trois degrés du marchepied qui l'introduit à l'intérieur
de l'antique machine peinte en vert foncé et haut perchée.
Le même procédé a lieu à l'égard du vieux gentleman, qui
la suit bien emmitouflé jusqu'à son vénérable nez de toute
sorte d'écharpes et de fourrures. Enfin, le jeune *bâton de
vieillesse* entre à son tour dans la voiture et s'assied humblement le dos aux chevaux, ce qui lui donne ordinairement mal au cœur. Les glaces des portières sont herméti-

quement closes ; une grande couverture fourrée, étendue
chaudement sur leurs genoux, exhale dans cette atmosphère
une odeur de peau de bête plus forte qu'agréable qui, par
moments, est moins puissante et par moments se sent davantage que celle du drap moisi dont l'intérieur de la voiture
est tapissé. Le vieux couple ne semble pas s'en apercevoir.
Les vieilles gens ont l'odorat moins fin que les jeunes et leurs
poumons exigent moins qu'eux d'air respirable.

L'antique véhicule trotte tranquillement sur la neige fou-
lée de la grande route. Comme il vient à descendre un peu
plus vite qu'à l'ordinaire une très petite côte, le vieux monsieur s'écrie d'une voix encore forte, quoique cassée, domi-
nant le roulement de la voiture, ce roulement continu qui,
joint au manque d'air, ajoute au malaise d'Esther prête à
s'évanouir :

— A quoi diable pense Ruggles en allant si vite sur cette
descente ? A-t-il envie de casser les jambes de mes chevaux
pour son plaisir ?

— Je n'y comprends rien, monsieur Blessington, répond
la vieille dame, s'accrochant nerveusement au fond de la
voiture ; c'est très dangereux sur ce terrain glissant. J'espère
que les chevaux sont ferrés à glace.

— Miss Craven, dites-lui d'y faire attention ; d'aller plus
lentement, *beaucoup plus lentement*, ajoute le vieillard en
colère.

Miss Craven, ayant réussi avec assez de peine à baisser la
glace de devant, sort la tête, retrouve avec joie le bonheur
d'aspirer à pleins poumons autant d'air que possible, et crie :

— Ruggles ! Ruggles ! allez plus lentement ! *beaucoup
plus lentement*.

Ruggles murmure, mais obéit et reprend un pas solennel
jusqu'à Shelford. Là on s'arrête devant une boutique de la-

quelle d'élégants commis, nu-tête, le nez violet, les doigts écarlates, se précipitent dans la rue à la portière de la voiture et mettent un vif empressement à faire les commissions importantes d'un demi-mètre d'élastique pour miss Blessington, de trois onces de laine rouge pour le tricot de mistress Blessington et d'une demi-douzaine d'enveloppes bleues pour M. Blessington.

Cela fait, on reprend du même train le chemin qui ramène à la maison.

Le dîner est à six heures. Le vieux gentleman croit qu'une heure plus tardive serait fatale à sa digestion ; puis s'ensuit une agréable longue soirée. Il n'y a qu'une seule petite lampe pour éclairer cette immense pièce, en raison de la vue fatiguée du vieillard, et elle est couverte d'un si grand abat-jour vert qu'il est impossible d'y voir pour faire quoi que ce soit. Esther en est donc réduite à bâiller, de sept à dix, en regardant les tableaux de bataille appendus aux murs. A dix heures on sonne pour que John allume les bougeoirs. Alors, mistress Blessington, avec son coussin à air, son panier à ouvrage et son châle de Shetland, est escortée à sa chambre ; Esther doit lui lire deux longs chapitres de la Bible et plusieurs psaumes ; puis elle s'enfuit, un peu effrayée par les longs corridors noirs, les galeries pleines de courants d'air, jusqu'à cette grande chambre isolée où les rats prennent leurs ébats, où le vent siffle de singulières mélodies en secouant les fenêtres et où elle retrouve ce lit couleur cannelle et ce paravent aux feuilles multiples. Là, elle va chercher un sommeil *possible* et des terreurs *certaines*, de ces terreurs qui sont d'autant plus effrayantes qu'elles sont déraisonnables.

XXXII

Cette première journée ressemble à toutes celles qui vont suivre ; toutes auront la même uniformité : ni mieux, ni pire. Jamais on ne dérange l'ordre établi. Dans la vie qui est faite à Esther, il n'y a rien de trop pénible à supporter ; il n'y a pas de ces souffrances auxquelles on ne peut opposer qu'une patience héroïque. Il ne s'y trouve aucun élément tragique ; ni douleur ni joie. Cette vie est essentiellement négative, plate, stérile. Pour elle, il lui semble n'avoir vécu que les dix-sept années qui forment son passé, et qui ne lui laissent plus rien à attendre des cinquante ou soixante années qui doivent former son avenir. Elle n'a en perspective que d'immenses cycles de lecture de journaux, de tabourets à porter, de commissions à faire ; elle usera les organes si essentiels de la vue, de l'ouïe, du toucher, au service d'autrui, et il ne lui sera laissé pour elle qu'un cœur douloureux et vide d'affection.

La neige tient longtemps, plus longtemps qu'il n'est ordinaire à cette époque de l'année.

Sur le beau parc, avec ses montagnes et ses vallées en miniature, Dieu a jeté un vaste manteau blanc, d'une blancheur immaculée et fatigante. Esther y fait de longues pro-

menades quand commence le crépuscule, au retour de celles
qu'elle a faites, quotidiennement, en voiture. Elle y gâte ses
bottines, déteint ses jupons et crispe son crêpe mouillé de
neige fondue. Elle erre, distraite et solitaire, sous les vieux
arbres dépouillés de leur feuillage alors qu'il leur serait le
plus nécessaire ; elle suit à la trace les empreintes légères
des petites pattes d'oiseaux affamés, ces empreintes délicates
qui vont et viennent en se croisant. Et là, elle agite en son
esprit cette pensée que d'autres soins ne chassent que momentanément et qui revient toujours, toujours : « Où est
Jack ? où est mon meilleur ami, maintenant ? »

Plus Esther revient fatiguée de ces courses errantes, plus
elle est satisfaite, car elle espère que cette fatigue lui procu-
rera le sommeil. Naturellement timide, l'esprit et le corps
brisés, elle est devenue singulièrement nerveuse. Elle souffre les tourments des damnés dans sa grande vieille chambre avec cet immense lit, hantée par les rats et les fantômes.
Elle en arrive à craindre de s'endormir, de peur de voir en
s'éveillant la flamme du foyer faisant grimacer d'une manière
grotesque les figures du paravent, Burke avec son long nez
et ses lunettes ; Pitt s'allongeant comme une grande perche ;
les Cupidons malins et bouffis agitant leurs ailes sur la tapisserie. Il lui semble, quand elle ouvrira les yeux, qu'elle
verra Jack, entr'ouvrant ses rideaux, non pour lui sourire,
ainsi qu'il le faisait autrefois, — alors elle n'en serait pas
effrayée — mais triste, rigide, solennel, ainsi qu'elle l'a vu
pour la dernière fois. Souvent elle s'assied brusquement dans
son lit ; une sueur froide inonde son front à l'ouïe de quelque bruit étrange, qu'elle croit entendre dans la chambre,
comme de quelque chose qui tomberait, ou bien un frôle-
ment dans le corridor, ou bien un léger craquement dans la
serrure ; elle se met sur son séant pour mieux écouter, en

e disant : « Ce ne peuvent être les rats! » Elle s'attend
même à voir quelque malfaiteur, un masque de crêpe sur
le visage, entrer par la porte ou par la fenêtre et, si ce malfaiteur entre, il sera inutile qu'elle crie au secours, car elle
est trop loin de tout le monde pour qu'on l'entende; il sera
inutile de sonner, parce que sa sonnette répond en bas,
bien loin, et que tous les gens dorment à l'étage supérieur.
Elle reste donc immobile et terrifiée, et croyant sentir qu'elle
pourrait en devenir folle si cet état se prolongeait; elle
écoute avec impatience la voix du *coucou* de l'horloge de
bois, car elle aspire à lui entendre répéter son chant quatre
fois, puisque, à quatre heures du matin, elle sera un peu
rassurée. Quatre heures est le moment où les coqs chantent,
où les laitières se lèvent, où les morts retournent au tombeau, où l'inexprimable horreur de la nuit se dissipe.
Comment s'étonner si, après des veilles si pénibles, des terreurs sans cause et déraisonnables, mais qui n'en sont pas
moins cruelles, elle descend le matin pâle, énervée, les joues
tirées et de grandes teintes noires étendues sous ses beaux
yeux sans sommeil ?

Noël approche. La neige a fondu après avoir légué à miss
Craven un très gros rhume, produit par l'humidité de ses
souliers et du bas de ses jupons. Déjà ce rhume dure depuis
une quinzaine de jours, et il ne semble pas que son pauvre
corps affaibli soit en état de combattre le malaise qui le mine.
Depuis une semaine, elle a presque perdu la voix, bien
qu'elle ait avalé une quantité de sirops et de pastilles pecto-
rales afin de retrouver le diapason élevé que demande
l'inévitable lecture quotidienne du journal.

C'est l'après-midi; une pluie abondante qui a suivi le
dégel a empêché l'invariable promenade en voiture. Mistress
Blessington et les deux jeunes personnes se tiennent dans le

grand salon où sont les tableaux de batailles. Heureusement la pièce est vaste, autrement le feu dont le brasier
s'élève jusqu'à la moitié de la cheminée et les fenêtres her-
métiquement closes la rendraient inhabitable, et même, telle
qu'elle est, son atmosphère, quoique moins étouffante que
celle de la voiture, sent encore le renfermé.

— Ma chère, dit mistress Blessington en frissonnant, rele-
vez-moi mon châle. Il faut absolument que je fasse mettre
des sacs de sable à ces fenêtres ; il en vient un vent à vous
jeter à la renverse.

Esther obéit et vient reprendre l'écheveau de laine qu'elle
tenait, pendant que miss Blessington le dévidait. Aussi souvent qu'elle peut le faire sans impolitesse, elle considère
l'immuable visage de sa compagne, pur comme celui d'un
ange monumental ; elle se plaît à le regarder longtemps,
d'abord en raison de l'attrait que certaines natures très délicates éprouvent pour la beauté sous toutes ses formes, mais
surtout parce que chaque trait de son froid et beau visage,
chaque bijou de sa parure est lié indissolublement dans son
esprit avec un mot ou un regard de Saint-John. On dit que
les odeurs font naître certaines associations d'idées plus encore que les sons ou les objets et c'est pourquoi le léger
parfum qui s'exhale des cheveux de Constance rappelle à
la triste jeune *dame de compagnie*, comme une douleur aiguë, le jour unique de ses fiançailles ; ce jour *unique* dont
le souvenir est pourtant assez doux pour qu'elle ne regrette
pas d'avoir à supporter le fardeau de l'existence. Chose
étrange, mais assez fréquente, quand on pense secrètement
à un nom quelconque, les personnes avec qui l'on se trouve
le prononcent alors qu'il n'y avait été fait aucune allusion
auparavant.

— Ma chère Constance, dit mistress Blessington, ses pro-

·pres réflexions s'étant à la fin détournées des courants d'air
et des sacs de sable, croyez-vous que Saint-John ait quelques
habitudes particulières à l'égard de sa chambre ? Les jeunes
gens sont parfois *maniaques*. Je compte sur vous pour me
le dire, et je donnerai à Franklin des ordres en conséquence.

La chambre de Saint-John ! Il va donc venir ! Esther
laisse retomber l'écheveau de laine et sur son visage s'étend
ce carmin délicat et charmant qui la faisait jadis ressembler
à une églantine fraîchement épanouie. Nul serpent n'est plus
difficile à tuer qu'un profond amour !

— Si vous ne tenez pas mieux cet écheveau, miss Craven,
je ne pourrai jamais le dévider, dit Constance avec une
nuance de dédain et de mécontentement.

Esther est rappelée à la réalité et s'aperçoit que les yeux
pénétrants et glacés de miss Blessington sont fixés sur elle.
Elle ne peut ni détourner la tête ni se dissimuler derrière la
table sous prétexte de chercher son mouchoir ; elle ne peut
se cacher la figure avec la main, ses deux mains étant employées à tenir l'écheveau. Elle doit rester immobile, en rougissant davantage, en butte à ce regard soupçonneux.

— Je vous remercie beaucoup, ma tante, dit Constance de
sa voix douce et distinguée, en continuant à tourner le pelo-
ton de laine rouge, mais je ne crois pas qu'il ait aucune ma-
nie. Je ne voudrais pas être cause que vous le gâtiez trop
en supposant qu'il en a ; il se trouvera toujours heureux où
il vous plaira de le mettre.

— La chambre bleue, dans la galerie de l'est, est une des
plus chaudes, reprend la vieille dame en s'entortillant dans
ses châles. Elle est à deux pas de celle de miss Craven et c'est
la même exposition ; la vôtre est chaude, n'est-ce pas, ma
chère ? De plus, il y a un cabinet de toilette dans l'autre.

17

— Est-ce que M. Gérard va venir ? demande Esther en tremblant, mais résolue à montrer à miss Blessington qu'elle peut prononcer son nom.

— Oui, ma chère, demain. Le connaissez-vous ? Oh ! non, ce n'est pas possible, réplique la vieille dame, examinant avec quelque curiosité la jolie figure rosée de la jeune fille.

— Miss Craven l'a vu à Felton l'automne dernier, répond pour elle Constance, sans qu'une ombre d'émotion vienne troubler le calme de sa voix ; il a été très bon pour elle ; il l'a promenée à cheval et à pied avec un grand dévouement. Saint-John est très hospitalier ; il *flirte* avec toutes les jeunes personnes qui viennent au château. Il est on ne peut plus complaisant.

Esther baisse la tête, choquée au dernier point :

— Je ne pouvais peut-être pas compter parmi ces jeunes personnes, murmure-t-elle ; mais assurément il n'a pas *flirté* avec moi.

— Vraiment ? dit Constance avec insouciance. Oh ! si je m'en souviens bien, il s'est un peu amusé avec vous, comme il le fait toujours. Je l'ai souvent averti de renoncer à ces manières-là qui peuvent donner lieu à des méprises fâcheuses. Les personnes qui ne le connaissent pas peuvent bien s'y tromper.

Esther se mord les lèvres, mais elle a le bon sens de laisser passer sans y répondre cette dernière observation.

— Ses chevaux sont déjà arrivés, reprend Constance tranquillement. Il a été assez indiscret pour en envoyer quatre. Il a évidemment l'intention d'abuser de votre bonté, à vous et à mon oncle, en prolongeant sa visite.

— Felton est un si bon pays de chasse que je m'étonne que M. Gérard le quitte en ce moment, remarque Esther presque froidement. Une vague et délicieuse espérance naît

en son cœur ; peut-être a-t-il appris qu'elle était à Blessington et vient-il pour implorer son pardon, ou, mieux encore,
pour lui accorder le sien, lui demander de s'embrasser et de
redevenir amis.

Le dénouement des histoires d'enfant : « Ils vécurent heureux », lui vient à l'esprit, mais son rêve est dissipé, doucement et très positivement, comme la plupart des rêves, par
une simple phrase de miss Blessington, prononcée avec un
léger sourire :

— Il est évident que miss Craven ne sait rien de la nouvelle, n'est-ce pas, ma tante?

— Quelle nouvelle ? demande Esther avec vivacité.

— Rien qui puisse avoir grand intérêt pour d'autres que
nous, je suppose. C'est seulement — parlant avec lenteur,
avec l'accent du triomphe et en épiant l'effet de ses paroles
— c'est seulement que notre mariage est décidé.

Le poignard pénètre aussi acéré et aussi profond qu'elle
peut le désirer. L'exquis incarnat du mélancolique visage
qui est devant elle s'efface complètement. Une teinte grise le
remplace ; Esther avait cru que toutes les peines et les plaisirs de ce monde étaient enterrés avec Jack dans ce pauvre
tombeau sur la colline de Glan-yr-Afon, mais elle est détrompée par la sensation d'une horrible souffrance. Pendant un
moment, la table et les chaises semblent tournoyer autour
d'elle ; un bourdonnement aigu lui remplit les oreilles ; mais
cette faiblesse est passagère ; la table et les chaises se remet-
tent en place ; le bourdonnement cesse et elle se retrouve
assise sur sa vieille chaise dorée, ses bras se mouvant mé-
caniquement avec l'écheveau de laine, tandis que Constance
dévide toujours et que cette pelote qui grossit semble s'être
teinte de tout le sang qui s'est retiré du cœur d'Esther.

— Nos amis ont été vraiment bien désagréables pour nous,

dit miss Blessington avec un rire forcé; ils disent que notre mariage est la chose la moins romanesque du monde, car ils l'avaient prédit de toute éternité.

— Il est bien rare, dit mistress Blessington en hochant la tête, qu'un jeune homme se montre assez sage pour déférer aux vœux de ses parents, ainsi que l'a fait Saint-John. Aujourd'hui, ils sont beaucoup plus récalcitrants et décidés à choisir pour eux-mêmes, ce qui aboutit généralement à choisir quelque fille totalement indigne d'eux par le rang et la fortune.

— Depuis combien de temps êtes-vous fiancés? demande Esther avec autant de peine à articuler ces mots que s'ils étaient d'une langue étrangère et difficile.

— Combien de temps? Je l'ai presque oublié, répond Constance avec une insouciance affectée. Oh! non! je m'en souviens à présent. C'est presque immédiatement après votre départ de Felton. Je croirais presque — et elle sourit — que vous l'aviez prévu. Ce sont les indifférents qui jugent le mieux des choses.

— Non! pas du tout! s'écrie la jeune fille poussée à bout, sa douleur rendue plus intense par l'humiliation. Jamais rien ne m'avait paru plus improbable!

— Vraiment? Et pourquoi, je vous prie?

L'écheveau est fini; Esther peut enfin mettre la main devant son visage; ce qui est pour elle un léger soulagement.

— Pourquoi? je vous le redemande, répète Constance d'un ton plus aigre.

— Parce que... répond-elle en hésitant, parce que vous avez été élevés ensemble, et que les manières de M. Gérard me paraissent plutôt celles d'un frère que celles d'un... d'un homme très épris.

Le mot lui semble dur à prononcer.

— Nous détestons l'un et l'autre de montrer nos sentiments, réplique Constance d'un air de froid dédain, nous laissons cela aux servantes et *aux sauvages*.

Un domestique entre en apportant le thé dans des tasses sans anses, précieuses par leur ancienneté, leur fragilité et leur laideur.

Esther s'étend dans son fauteuil en regardant, sans les voir, les vitres inondées de grosses gouttes de pluie.

Après un moment de silence, Constance qui boit délicatement son thé, ayant dans son sourire de madone une douceur faite pour adoucir les lignes pures et sévères de sa beauté grecque, reprend ainsi :

— Vous ne m'avez pas félicitée, miss Craven.

Esther se relève en tressaillant.

— Moi ? Oh ! je vous demande bien pardon ! Je... j'oubliais... je... vous fais bien mon compliment !

— J'allais justement vous écrire pour vous donner cette nouvelle, dit gracieusement Constance, parce que je pensais qu'elle pouvait vous intéresser, lorsque nous avons appris la mort soudaine de votre frère.

Esther se lève brusquement et va à la fenêtre, saisie de ce mouvement de haine que nous éprouvons contre ceux qui parlent légèrement de nos chers morts.

— Était-ce votre seul frère, ma chère ? lui demande mistress Blessington avec un intérêt médiocre.

— Oui.

— Oh ! vraiment ? C'est bien triste ! et de quoi est-il mort ? de la poitrine ?

— Non. De diphtérie.

— Ah ! c'est une maladie souvent mortelle, surtout parmi les enfants, ma chère. Dans ma jeunesse, on l'appelait le plus souvent le *croup*, mais je suppose qu'elle tuait tout autant

de monde alors que maintenant qu'elle porte un nom latin.
Je pense que votre pauvre frère aura beaucoup souffert,
n'est-il pas vrai, ma chère amie ?

Nulle réponse, sauf un sanglot étouffé et la fuite d'Esther
dont on entend les pas rapides sur le marbre du vestibule.

Il y a des choses qui dépassent les forces humaines, et
d'entendre parler indifféremment, par une vieille femme ba-
varde, des derniers moments de Jack — de cette agonie
qu'elle ose à peine se représenter dans le secret de son cœur
— c'est une douleur qu'elle n'a pas le courage de supporter.

XXXIII

— Donnez-moi, je vous prie, de nouvelles bougies. Des longues, plus longues que celles-ci, dit Esther ce même soir, à la femme qui est venue arranger son feu pour la nuit.

— Je crois, miss, que celles-ci vous dureront bien toute la soirée, répond la fille de chambre en regardant les bougies sur l'antique table de toilette.

— Non! non... répond-elle avec agitation. J'aime mieux être sûre.

— Préférez-vous une veilleuse, miss?

— Oh! non, non! s'écrie-t-elle en frissonnant, cela rend les coins de la chambre encore plus sombres et vous fait voir des ombres très singulières, et j'ai si peur la nuit!

— Je crains que vous ne dormiez pas trop bien, miss.

— Non, pas très bien...

Une idée soudaine lui vient :

— Auriez-vous, par hasard, quelque chose à me donner pour me faire dormir?

— J'ai un peu de laudanum, miss, que mistress Franklin m'a donné la semaine dernière, quand j'avais une fluxion.

— Je vous en prie, allez me le chercher, si vous n'en avez

pas besoin pour vous. C'est bien bête de ma part, mais la peur m'empêche de dormir.

La servante sort et revient en apportant une petite fiole de verre bleu, qu'elle lui remet avec toutes sortes de recommandations de prudence. Esther la congédie en la remerciant d'un aimable sourire et, après son départ, ferme la porte au verrou ; c'est une faible précaution bien inutile contre de redoutables ennemis, qu'on ne peut ni saisir, ni vaincre, les *fantômes* effrayants, ceux qui parcourent le corridor et ceux qui agitent la serrure. Alors elle s'assied devant la table de toilette, étend ses bras croisés sur les peignes et les brosses, y appuie sa tête, tout proche des bougies allumées dont un léger souffle de vent agite la flamme et la pousse contre ses cheveux abondants. Elle reste longtemps dans cette attitude, oubliant même de regarder sous le lit, à côté de la cheminée, derrière le paravent, dans la grande armoire de laque où se détache, sur fond noir, un paysage baroque, semé de pagodes, de coqs et de jonques en vieil or terni.

L'esprit le plus ferme ne saurait contenir simultanément deux pensées dominantes, eussent-elles même quelque analogie. Pour la première fois depuis sa mort, la pensée de Jack ne prédomine pas dans l'esprit d'Esther. Pauvres morts ! On oublie bien les vivants quand ils ne se rappellent pas à vous :

> Quand sous la froide terre
> Mon cœur brisé pour toujours dormira.

. . . .

> Écoute dans la nuit •
> Une voix qui gémit.
> Rappelle-toi !

A ces vers touchants et tendres l'oubli ne répond que trop souvent.

Miss Craven sort de sa rêverie pour marcher avec agitation de long en large sur le plancher qui craque, et pour parler tout haut, entendue seulement des rats nombreux et joyeux, grattant, courant, rongeant derrière les lambris et dans les armoires. — « De toutes manières, se dit-elle, et une sorte de joie sauvage remplit son cœur, je serai vengée, car il sera malheureux ! Il maudira le jour où il s'est enchaîné à cette masse inerte ! » Mais ce faible rayon de joie dans sa nuit est de courte durée. Bientôt, trop tôt, elle se dit que les hommes ne considèrent pas les femmes avec les mêmes yeux que les femmes entre elles. La beauté, même dépourvue de charmes, n'a-t-elle pas toujours le pouvoir de leur plaire? En épousant Constance, Saint-John n'éprouvera nul désappointement, n'aura nulle découverte à faire. Il l'a toujours connue. Il a vu la transformation d'une enfant belle et stupide en une jeune fille plus belle et plus stupide encore, et finalement en la plus belle et la plus stupide des femmes.

Constance n'a pas d'antécédents, pas d'histoire, et cela est à son avantage. Tout homme aime à écrire sur une page blanche où il n'y a rien eu d'écrit par un autre homme. Parfaitement vertueuse, parfaitement bien portante, parfaitement belle, jeune, riche, ayant un assez bon caractère, pas mauvaise langue, elle possède, assurément, toutes les qualités qu'un homme peut souhaiter. Sans doute, Saint-John n'aura pas, au début, les vives ardeurs d'un jeune fiancé ; il devra, plus d'une fois, bâiller durant sa lune de miel, mais sa femme pourra lui donner, selon la coutume anglaise, un grand nombre d'enfants, ce qui l'attachera à elle. Chaque année, il est probable qu'ils feront une visite à Blessington. Chaque année elle, Esther, verra s'épanouir l'expression du bonheur sur son large front, la placidité d'un repos parfait dans son regard jadis soucieux ; et elle sera là encore, car elle ne peut renon-

17.

cer à son pain quotidien ; et il la retrouvera chaque **année**
plus maigre, ayant perdu ses beaux cheveux et les joues
plus creuses et il se dira en la regardant avec une complète
indifférence : « Elle n'est plus jolie et elle ne valait rien ; j'ai
bien fait de m'en débarrasser. » Plutôt que d'être ainsi par-
donnée, ne valait-il pas mieux cent fois mourir de sa main,
victime de sa juste vengeance, cette nuit de septembre où
ils se sont quittés là bas, près de l'étang bordé de joncs, si
brillant au clair de lune?

Il lui prend un accès de colère contre elle-même quand
elle pense qu'elle a pu croire un moment qu'il venait à
Blessington pour lui pardonner et la ramener avec lui. Les
hommes pardonnent-ils jamais ces sortes d'offenses?

Elle est assise devant le miroir, considérant à la fois la
tristesse de sa vie détruite et les ravages que le chagrin a
produits sur son pauvre visage. — C'était ma seule beauté
qui me faisait aimer de lui et de tout le monde, se dit-elle
encore à haute voix, et pas autre chose. Je n'étais pas instruite ; je ne disais rien de spirituel ; je ne chantais ni ne
jouais du piano ; je n'étais que jolie ; maintenant que je ne
le suis plus, il ne me reste rien !

Le naufragé flottant sur une planche au milieu de la
vaste mer cherche à l'horizon s'il peut apercevoir quelque
voile lointaine, l'ombre d'une île à travers la brume ; pour
Esther, elle cherche aussi à quel espoir elle peut se rattacher, mais vainement. Rien ne lui apparaît ! Elle se lève et
se rapproche du feu ; ses yeux se portent d'abord sur le
foyer recouvert d'anciennes briques de couleur, sur la pla-
que du fond, sur les chenets bizarres, et, finalement, vers
la petite fiole bleue de laudanum posée sur le rebord de
cette cheminée. Prompte comme l'éclair, sa pensée entrevoit
une réponse à toutes ses angoisses ; il y a une voie ouverte,

un passage pour sortir de ce lieu de misères. Elle se rappelle les recommandations de la servante : « N'en prenez pas une trop forte dose, miss, vous pourriez bien ne plus vous éveiller. » Ce n'était qu'un avertissement... Ce pourrait être une promesse !

Ne plus s'éveiller ! Cette mort qui viendrait pendant le sommeil ne serait pas plus cruelle que ne l'est pour le petit enfant qui ne s'en aperçoit pas le moment où sa mère vient doucement le retirer de son berceau pendant un sommeil paisible... Une sorte d'idée vague que le suicide est défendu par la loi de Dieu se présente pourtant à l'esprit d'Esther. Elle s'assied à sa table, ouvre une Bible et la feuillette longtemps pour y chercher la loi prohibitive. Soit qu'elle cherche mal, soit que, selon son idée, la défense ne s'y trouve pas, toujours est-il qu'elle n'y découvre pas le passage qui pourrait l'éclairer, et, pâle, épuisée, elle appuie sa joue sur ses mains jointes. Son cerveau est calme au point que, dans la nuit profonde qui se fait dans son âme, elle oublie la profondeur de la nuit qui s'avance toujours plus sombre.

Esther, toujours rêvant, prend la fiole, la débouche et la porte à ses lèvres. C'est une odeur répugnante et qui rappelle la maladie. Elle la regarde quelque temps, à demi effrayée, à demi attirée; son cœur bat rapidement.

— Voici, se dit-elle, le mot de l'énigme : je saurai tout en avalant quelques gouttes de ce petit flacon : je n'aurai plus peur de rien; je saurai où est Jack !... J'irai le retrouver !... Mais, qui me l'assure ? Même en ce monde des vivants, ceux qui s'aiment le plus peuvent être séparés par des mers et des montagnes; dans le royaume des morts, si vaste et si peuplé, ne peut-il pas y avoir des continents bien plus étendus, des montagnes plus hautes, des mers plus grandes qui nous séparent de nos bien-aimés? Est-ce avec cette incertitude qu'il faut s'exposer à braver la mort et la corruption?

Elle change de position, remet la fiole sur la table et baisse encore son jeune visage sur ses bras croisés. Elle s'abîme encore plus profondément dans ses pensées : « Comme c'est triste, pourtant, de mourir toute seule ! » se dit-elle en sentant la vie circuler dans tous ses membres — et moi qui déteste tant l'obscurité !... Et puis on dira que j'ai été bien lâche, mais... que m'importe?... Où serai-je demain, à cette heure-ci?

« Vous serez à Blessington, et bien honteuse de cet accès de lâche désespoir, » lui répond le bon sens par la voix d'une multitude de rats qui, rongeant et trottant, exercent des centaines de petites dents et des centaines de petites pattes derrière le lambris. Les rats grattent; les poutres craquent; un bruit inexpliqué se fait entendre dans la salle à manger au-dessous de la chambre.

Comme la marée monte sur le sable du rivage, les frayeurs passées d'Esther lui reviennent avec assez de force pour détourner ses folles pensées de suicide. Les frôlements de vêtements semblent recommencer dans la galerie, ainsi que le craquement de la serrure. Jetant la bouteille de laudanum sur la table, Esther se relève brusquement et commence, de ses doigts tremblants, à se déshabiller avec une hâte nerveuse. A la tête du lit, elle entend un bruit bien singulier ! Dans le lointain, une porte retentit ! Il n'y a pas de vent; qui donc a pu la fermer? Le feu qui semblait s'être éteint jette une clarté soudaine en pétillant. D'un saut, miss Craven est dans son lit et met ses couvertures par-dessus sa tête.

S'il est possible de se représenter la mort comme une délivrance de tous les maux de ce misérable monde, il y a, dans un autre sens, peu de charme à la contempler sous certains aspects. Bonsoir, pauvre enfant; ce sont les rats qui vous auront punie de vos coupables pensées.

XXXIV

Saint-John est arrivé : il est descendu de la voiture qui l'amène de la station, bien enveloppé dans un grand pardessus doublé de loutre, le nez un peu rougi par le vent d'est et les paupières assez enflammées par le manque de sommeil, car, bien que rien ne le pressât, il a voyagé nuit et jour à cause des occasions de bateaux et de chemins de fer, pour revenir d'Irlande. Il vient d'y passer dix jours à chasser le coq de bruyères, et autant de nuits dans l'agréable société de quelques charmants célibataires comme lui, qui n'ont pas encore l'ange du foyer pour leur faire un paradis de leur intérieur et changer leurs habitudes, éteindre leurs cigares et diminuer le nombre de leurs grogs. A son arrivée, il n'a guère bonne mine et il semble en méchante humeur. Sa mauvaise humeur naît en partie d'un violent mal de tête et en partie de ce qu'il vient d'être averti par le maître d'hôtel que « la famille dîne très exactement à six heures, même quand il y a du monde, à cause de la santé du squire ».

Si Saint-John avait su qu'une femme guettait son arrivée, il aurait peut-être fait prendre à ses traits une expression plus aimable. S'il avait su que cette femme était Esther Craven, cet air ennuyé eût été peut-être remplacé par une expression plus accentuée, de plaisir ou de peine. Agenouillée, dans le coin d'une des fenêtres de la galerie, sur une vieille banquette, elle épie son arrivée comme elle avait épié son départ, avec cette différence qu'elle ne cherche plus à attirer son attention. Elle se blottit dans l'ombre, tandis que tout en murmurant et sans se douter de sa présence, il reste là, fortement éclairé par la lueur rougeâtre qui sort de la porte ouverte du vestibule.

Depuis une demi-heure environ, Saint-John est installé dans le grand salon chaud et étouffé, où l'ardent foyer produit une odeur de laine roussie, miss Blessington, dans sa robe d'hiver, s'étant mise tout contre le feu. Comme cette habitude est proscrite par l'autocrate de Felton, ses sujets s'en dédommagent amplement dès qu'ils sont hors de sa domination. Le vieux squire a appelé Saint-John à ses côtés, l'a fait asseoir près de son fauteuil, lui a enjoint de parler plus distinctement. La vieille dame lui a expliqué comme quoi l'air qui venait par la fenêtre du milieu lui entre dans le cou tellement qu'en s'éveillant le matin elle peut à peine tourner la tête, tant son cou est raide. Miss Blessington a exprimé à Saint-John la crainte qu'il n'ait eu un voyage bien froid et aussi qu'il n'ait eu quelque peine à se procurer une boule d'eau chaude à Shoreditch.

Comme l'horloge sonne cinq heures et demie, miss Blessington se lève et quitte le salon d'un pas léger afin d'aller s'habiller. Pour un empire elle ne retrancherait pas une minute de cette demi-heure sacrée, déjà trop courte, quand bien même elle ne fait sa toilette qu'en l'honneur de ces deux vieillards à moitié aveugles, ou d'un jeune homme qui ne sait pas distinguer la percale de la gaze de Chambéry, qui l'a vue en robe courte et en pantalons, en robe longue et en chignon, en robe de cour, en robe de bal, en robe de promenade, en habit de cheval, en robe de tous les jours, des milliers de fois depuis dix-sept ans.

Bientôt l'atmosphère étouffante augmente la migraine de Gérard ; bientôt l'idée de dîner à six heures lui devient insupportable : cependant il continue héroïquement la conversation avec sa future grand'tante.

— Ainsi, j'apprends que vous faites l'essai d'une dame de compagnie ? lui dit-il en grattant successivement l'oreille, la tête, le cou du chat, très heureux de cette caresse. — Êtes-vous contents d'elle ?

— Demandez au grand-papa, répond la vieille dame en regardant son mari, qui, la tête sur la poitrine, la lèvre avancée et les yeux clos, ne semble pas très disposé en ce moment à répondre à des questions.

— C'est lui qui pourra vous le dire mieux que moi. Vous voyez que c'était au-dessus des forces de notre chère Constance, de lui faire tous les jours la lecture, et il déteste que Gurney lui lise. Alors, nous avons pensé qu'il valait mieux avoir une personne bien élevée, qui serait toujours là, et.....

— Et, dit Saint-John un peu ironiquement, *garantie* capable de lire sans se fatiguer, non pas comme Constance.

— Exactement, répond naïvement la vieille dame.

— Et je suppose que le fardeau n'est pas *au-dessus de ses forces*, qu'elle le porte légèrement ? reprend Gérard en bâillant jusqu'à ce que ses yeux se remplissent de larmes.

— C'est une personne tranquille, assez distinguée et agréable, réplique mistress Blessington en s'étendant au fond de son fauteuil et posant sur ses genoux ses mains gantées de noir, mais malheureusement trop sensible. Ces sortes de personnes le sont toujours ; pas plus tard qu'hier, elle est sortie de la chambre avec une telle violence qu'elle nous a presque renversées de nos chaises, Constance et moi, parce

que j'avais fait quelques légères observations à propos d'un
frère qu'elle a perdu dernièrement et à qui, à ce qu'il paraît,
elle était très attachée. Je n'avais pourtant pas l'intention
de froisser ses sentiments, pauvre fille !

— Pauvre fille ? répète Saint-John en riant, cela veut dire,
apparemment, une jeune fille sensible de cinquante ans ?

— Elle serait plus près de quinze ans. A propos, elle parlait de vous l'autre jour comme si elle vous connaissait.

— Comme si elle me connaissait ! s'écrie le jeune homme
en ouvrant de grands yeux ; je n'ai jamais connu chez personne de *dame de compagnie*, comme celle-là, je veux dire.
Quel est donc le nom de mon amie inconnue ?

Mais à ce moment, avant que le nom de son amie inconnue
lui soit révélé, le vieux squire, qui vient de s'éveiller, demande qu'on lui dise de quoi il est question, et il faut difficilement le lui crier dans sa bonne oreille, mot à mot; Saint-
John profite de cette diversion pour quitter la chambre et,
grimpant vite l'escalier, il va frapper à la porte de Constance :

— Constance !

— Qui est là ? demande une voix étouffée comme sous
une avalanche de cheveux.

— Moi. Pouvez-vous venir me parler, si vous n'êtes pas
trop déshabillée ?

— Certainement.

Miss Blessington est généralement fort prude, mais
l'idée d'apparaître devant son fiancé en robe de cachemire
bleu-de-ciel garnie de satin pareil et ses cheveux d'or sur
les épaules, lui semble fort admissible. Viendrait-il lui faire
quelque tendresse ? lui donner quelque marque d'affection
plus vive que ce serrement de main indifférent de l'arrivée ?
Ou bien — et cette pensée est beaucoup plus agréable encore — lui rapporte-t-il d'Irlande quelque présent ? Des vi-

sions de popeline, de dentelle d'Irlande, de bijoux noirs et or
artistement façonnés en bracelet ou en collier, flottent devant ses yeux. Bientôt avec une timidité feinte, elle se présente à lui, mais... il ne semble même pas la voir ! Il vient
d'ouvrir une des fenêtres rouillées du corridor et s'y penche
pour rafraîchir son front brûlant à l'air extérieur. Il n'a,
évidemment, aucun présent à la main et il ne semble pas
concevoir la moindre velléité de l'embrasser, quelque merveille de bleu, de blanc et d'or qu'elle puisse apparaître. Il
se retourne en l'entendant et il a l'air passablement grognon.

— Dites-moi, est-ce que c'est ainsi tous les jours ?

— De quoi voulez-vous parler ? demande-t-elle assez pi-
quée d'avoir pour si peu de chose abandonné tous ses cos-
métiques.

— Ce repas... je ne peux pas même nommer cela un *dîner*, au milieu du jour, comme des sauvages ?

— C'est une idée de mon oncle, répond Constance la main
encore sur le bouton de la porte ; il croit qu'en dînant plus
tard il n'aurait pas le temps de faire sa digestion avant de
se coucher.

Saint-John fait un geste d'impatience.

— Au nom du ciel ! alors, qu'il aille digérer dans son lit,
ou qu'il dîne tout seul ; je suis sûr que personne ne se plain-
drait de cet arrangement.

— Je suppose, dit froidement Constance, qu'il est bien le
maître de faire chez lui comme il lui plait.

— Certainement, il peut bien retourner aux mœurs des
anciens Bretons, réplique Gérard toujours agacé ; il peut se
lever avant le jour et se peindre le visage en bleu et en blanc
au lieu de porter un habit, si cela lui fait plaisir ; mais il ne
doit pas demander à des êtres civilisés d'en faire autant.

— Je crois qu'il est bien, en principe, de se conformer aux

fantaisies des gens âgés, répond Constance en prenant le ton doctoral qu'elle a adopté, surtout depuis leur engagement réciproque, chaque fois qu'elle discute avec son fiancé.

— C'est un excellent sentiment, ma chère, dit Gérard d'un air un peu moqueur, et tout à fait digne de ce qu'on enseigne aux enfants à l'école ; mais, pour ce soir, je prierai les gens âgés de se conformer à ma fantaisie, et ma fantaisie est de me dispenser de ce *banquet*. J'ai un mal de tête fou et je suis horriblement fatigué : je ne peux plus mettre un pied devant l'autre. Si vous ne vous en formalisez pas trop, j'ai envie d'aller me coucher ; je ne me suis pas mis au lit, pour ainsi dire, une fois depuis dix jours.

— Vraiment ! reprend Constance d'un ton glacial : — les plus grandes tortures ne lui arracheraient pas la moindre remarque sur ce qu'a pu faire son fiancé pour se priver si longtemps des douceurs du sommeil. — Faites comme il vous plaira.

— Si chacun faisait ce qui lui plaît et non ce qui plaît aux autres, ce monde pourrait être assez tolérable, réplique Saint-John, mais la dernière partie de cette sentence n'est pas entendue par la déesse qui s'est déjà retirée dans son sanctuaire.

En même temps, pour la première fois depuis la mort de son frère, la dame de compagnie, — cette personne tranquille, assez distinguée et agréable, dont le seul défaut est d'être trop sensible, — se prépare aussi à faire une toilette. Depuis la mort de Jack, chaque jour elle a mis sur elle ses vêtements, ne pouvant faire autrement, mais comme une obligation sans charmes. Ce soir, elle fait une véritable toilette, et, de même que Constance, c'est en l'honneur du jeune homme qui ne sait pas distinguer la percale de la gaze de Chambéry. Cependant, ce n'est pas avec l'espérance que sa robe des dimanches aura le pouvoir de le ramener à elle mieux que sa robe de tous les jours qu'elle choisit cette robe plus habillée. La confiance qu'elle a dans l'honneur de Gérard lui ôterait jusqu'à la pensée qu'il pourrait se dégager de la promesse faite à la femme qu'il doit épouser. Seulement, voyant aussi clairement que s'il s'agissait d'une autre les tristes vestiges de sa beauté passée dans le vieux miroir terni, elle désire qu'il ne s'aperçoive que peu à peu, et non au premier aspect, du changement de celle qu'il trouvait si belle autrefois. Pour ce soir seulement, elle voudrait ressembler à ce qu'elle a été ; elle voudrait être encore la jolie Esther Craven dont le charmant visage attirait l'attention des hommes qui se retournaient pour le revoir encore, au lieu de paraître sous la forme de cette *dame de compagnie* maigre et passée, qui n'inspirerait plus que des regards de pitié pour ses joues creuses et pâles et ses vêtements de deuil.

Sa robe des dimanches est une combinaison lugubre de crêpe et de taffetas bon marché, contre laquelle son instinct d'artiste se révolte depuis que Saint-John doit venir. Une petite chemisette blanche n'insultera pas à la mémoire de Jack, aussi a-t-elle employé le peu qu'il reste de jour, l'après-midi, à arranger cette chemisette dans un corsage carré. La robe est prête et mise ; elle serait du velours ou du satin le plus magnifique, au lieu de taffetas à trois francs le mètre, que le noir n'en siérait pas mieux à sa peau blanche, à son col de cygne et à son buste bien modelé ! L'éclat de son teint a disparu, mais la tête, souvent inclinée comme celle de Clytie, a gardé toute sa grâce et ses beaux cheveux noirs et abondants. Elles les a simplement tordus, ainsi que les aimait tant autrefois le fiancé de miss Blessington ; souvent miss Blessington se coiffe de la même manière, mais ces belles torsades lui sont fournies par M. Isidore, et à grands frais, car on trouve difficilement cette belle nuance et il faut la payer fort cher.

Il est six heures moins cinq minutes. La toilette est faite et Esther se regarde dans la glace, mais sans éprouver cette satisfaction que ressent une belle personne certaine de la victoire que lui assurent l'art et la nature combinés. Sa fraîcheur était incomparable et elle l'a perdue totalement, de même qu'une violette envoyée dans une lettre ou une rose séchée dans une chanson d'amour. Elle voudrait bien avoir un peu de rouge, un peu de carmin, quoi que ce soit, pour simuler cet incarnat qui montait naguère si facilement à ses joues; mais où en trouver? Ses yeux se portent involontairement sur une fleur de géranium rouge qu'elle a cueillie le matin dans la serre et qu'elle a gardée tout le jour à son corsage. Elle se souvient qu'étant enfant, elle avait, en jouant, écrasé une de ces fleurs sur la figure d'un autre enfant, qui en avait gardé une teinte écarlate. Elle en arrache aussitôt quelques pétales et en frotte ses joues. La couleur est un peu trop vive pour être bien naturelle, mais cependant cet éclat l'embellit et ranime toute sa physionomie sur laquelle reparaît quelque chose de sa grâce enfantine. Cela fait, elle descend vite, sans prendre même le temps de réfléchir aux artifices *coupables* dont elle a usé pour s'embellir. Avant d'entrer, elle s'arrête un instant pour écouter à la porte du salon. Il n'en sort pas d'autre son que le bruit de la forte respiration du vieux squire. Un domestique traverse le vestibule. La *dame de compagnie* ne veut pas qu'on la surprenne écoutant, et elle ouvre la porte assez vivement.

La vieux squire, ayant relevé les pans de son habit, est debout sur ses vieilles jambes, le dos au feu; la vieille dame, ayant mis son bonnet du soir, est au fond de son fauteuil, très enveloppée de châles de Shettland; miss Blessington,

coiffée de rubans bleus enserrant ses cheveux d'or et la physionomie moins placide que d'ordinaire, est assise sur une
causeuse. Il n'y a pas d'autres personnes.

— Comme vous êtes belle, ma chère ! dit la vieille dame
en regardant le corsage carré et les cheveux en torsades
d'Esther. Est-ce en l'honneur de M. Gérard ?

— Ce serait du bien perdu, dit la future moitié de M. Gérard d'un ton assez aigre. Saint-John se dit souffrant ce soir
et il est allé se coucher.

Il n'était pas nécessaire d'avoir recours au géranium ; une
ardente rougeur éclate à travers la rougeur factice et envahit le cou, le visage, la poitrine d'Esther. C'est inutilement qu'elle a voulu redevenir *elle-même*.

— Il est allé se coucher ! répète mistress Blessington en se
soulevant à demi sur ses coussins; à six heures ! Vraiment,
mon amour ? J'espère qu'il n'est pas malade ? Je trouvais
qu'il avait l'air un peu distrait quand nous causions avant
que je n'allasse m'habiller, et il a quitté le salon si brusquement ! Êtes-vous bien sûre, Constance, qu'il n'a besoin
de rien ?

— Il est parfaitement capable de prendre soin de lui-même,
je vous assure ; merci, ma tante, réplique Constance, non
sans que sa voix si flûtée ne trahisse un secret dépit — si
nous voulons lui être agréable, la seule chose à faire est de
le traiter en malade, puisqu'il croit l'être et de ne lui envoyer
que de la tisane.

— C'est si peu naturel pour un jeune homme d'aller se
coucher avant dîner ! J'espère bien que ce n'est pas très sérieux? s'écrie la vieille dame.

— Ce n'est pas autre chose que le résultat de l'hospitalité irlandaise pendant dix jours, répond Constance avec un
rire qui n'a rien de gai.

— Il jouit de son reste, ma chère amie, dit la vieille dame en souriant avec un hochement de tête qui accentue la plaisanterie.

— Il a raison, il a parfaitement raison ! Le brave garçon sait que cela va finir... J'ai fait de même à son âge... Eh ! mistress Blessington ! dit le vieux squire qui, chose étonnante, a repris le dé de la conversation au souvenir parfaitement présent de ses joyeuses fredaines d'il y a un demi-siècle, tandis que les choses d'hier il les a complètement oubliées.

— Le dîner est servi ! annonce le maître d'hôtel en s'approchant de son maître pour le lui crier de toutes ses forces.

— N'est-ce pas, Constance, dit le vieillard en lui tendant le bras, que le vieux squire a encore du bon ? Ce sont les vieux qui valent le mieux, après tout.

— Je suis tout à fait de votre avis, mon oncle, répond Constance gravement ; puis le vieillard appuyé sur le bras d'une des jeunes filles et la vieille dame sur le bras de l'autre, ils se dirigent avec une lenteur solennelle vers la salle à manger convenablement chauffée et peu éclairée.

— Vous avez, ce soir, des couleurs bien brillantes, miss Craven, dit Constance en s'efforçant, mais sans beaucoup de succès, de diriger la lumière de la petite lampe à abat-jour, sur le visage d'Esther.

— J'ai été au vent, qui m'a brûlé la figure, répond-elle avec précipitation en portant la main à son visage et la retirant bien vite de peur que ses doigts ne se trouvent teints en rouge.

— Comment ! Il n'a pas fait de vent aujourd'hui et je croyais que vous n'étiez pas sortie ?

— Oui, j'ai couru dans le parc un moment avant le dîner.

— Il devait faire tout à fait obscur.

— Pas tout à fait au dehors. L'obscurité complète n'existe pas, dit-on. Il y a le jour des oiseaux de nuit.

— Chacun son goût, dit Constance en levant les épaules; je préfère laisser la nuit aux hiboux.

— Cela m'énerve de rester enfermée toute la journée. Je n'y ai pas été accoutumée.

Miss Blessington daigne ouvrir ses beaux yeux en disant:

— Vraiment?

— Oui, vraiment.

— Mais, du moins, il ne faisait pas de vent? reprend Constance.

— Pas un souffle, répond étourdiment Esther, oubliant sa première explication. Il n'y a guère de vent dans ces vallées; le vent reste sur les hauteurs.

— Mais vous disiez que c'était le vent qui vous avait rougi les joues? réplique Constance en se redressant avec plus d'animation que de coutume.

Esther tressaille: — Oh! oui... je l'ai dit... je voulais dire que c'était le grand air.

Constance lui jette un regard de doute, mais elle est trop bien élevée pour pousser plus loin l'enquête et elle ajoute nonchalamment en arrangeant les coussins derrière ses belles épaules: — La glycérine est la meilleure chose à employer quand la peau est rougie.

— Vraiment? répond Essie, sachant bien, au fond, que l'eau fraîche suffirait pour la dérougir.

— Avez-vous vu Saint-John depuis son arrivée? demande Constance un peu plus tard. Il est évident qu'il y a un lien entre ce nom et le rouge artificiel des joues d'Esther.

— Non... Oui... entrevu seulement.

— Vous étiez dehors, je pense à ce moment-là?

— Non, j'étais en haut.

— Je ne lui ai pas dit que vous étiez ici ; ce sera une surprise pour lui de retrouver une ancienne connaissance.

Esther semble un peu mécontente :

— Pourquoi ne le lui avoir pas dit ? demande-t-elle vivement.

— Pourquoi ? Oh ! je n'en sais rien ; j'ai la plus mauvaise mémoire du monde. Je voulais le lui dire en lui écrivant et je l'ai toujours oublié !

— Va-t-il rester longtemps ici ? reprend en baissant la tête la rivale infortunée de miss Blessington.

— Je n'en sais rien ; il a toujours tant d'invitations, que je ne voudrais pas qu'il les refusât à cause de moi.

— Votre mariage aura-t-il lieu bientôt, miss Blessington ?

Elle a le courage de parler d'une voix calme et ferme.

— Je ne m'en suis pas inquiétée, répond-elle d'un air languissant, comme si le sujet était plus ennuyeux qu'agréable pour elle — je ne crois pas obtenir encore plus de deux ou trois mois de répit ; ce sera probablement pour le printemps, le meilleur moment pour aller à Paris. J'ai décidé que j'irais voir courir le grand prix. Malheureusement Saint-John déteste Paris... A propos, quelqu'un m'a dit cet été que vous alliez vous marier. Était-ce vrai ? J'espère que vous ne trouvez pas ma question indiscrète ?

— Pas le moins du monde, répond Esther ; mais ce n'est pas vrai.

— Ah ! comme on dit de singulières choses !

— Très singulières ; les gens sont toujours pressés de marier leurs voisins, mais ils tombent rarement juste.

— C'est l'ordinaire, reprend Constance en fermant ses yeux d'un air ennuyé, ce qui fait qu'Esther ne dit plus mot.

18

XXXV

Le lendemain matin Saint-John s'éveille, guéri de sa mauvaise humeur, de son mal de tête et remis de ses saturnales irlandaises. Peut-être que s'il avait su qui dormait non loin de lui dans le grand lit couleur cannelle, son sommeil, à lui, en eût été quelque peu troublé. Le rendez-vous de chasse est à douze milles de distance et il est en selle dès neuf heures, longeant les prairies basses et humides; un vent tiède du midi lui souffle doucement au visage et l'herbe, un peu gelée, craque sous le sabot de son cheval.

Il a eu la chance d'arriver pour une des premières chasses à courre de la saison, et il a la satisfaction de voir bien des gens jetés dans des fossés ou restant accrochés dans des haies d'épines, tandis qu'à travers tous les obstacles son cheval gris, une nouvelle acquisition dont lui et son groom n'avaient pas trop bonne opinion, le porte avec la légèreté d'un oiseau. Il s'inquiète peu de ce que sa bien-aimée a pu penser de sa préférence pour l'exercice de ce matin ou de son mal de tête d'hier au soir. Il n'a pas l'intention d'être un mari attentif; il l'en a avertie d'avance. Vers cinq heures, le voilà de retour à Blessington, couvert de boue des pieds à la tête. Tout en sifflant, il remontait vite l'escalier, et juste comme il atteignait le premier palier, il entend un claquement de petits talons sur les marches d'en haut. C'est Esther qui descend lentement, en regardant une grande fresque couvrant le mur et représentant Pyrame et Thisbé.

Saint-John lève les yeux pour savoir à qui appartiennent ces petits talons, et au premier aperçu il se demande : « Quelle est cette jolie fille? »... Mais aussitôt une pensée le frappe, prompte comme l'éclair; il pâlit et semble prêt à tomber à la renverse; c'est une pensée où se confondent la surprise, la colère, la joie et la douleur, une pensée qui lui fait dire tout haut et involontairement : « Esther ! »

Elle venait aussi de l'apercevoir; chez elle, ce n'est pas la surprise qui domine, mais une douleur intense, et c'est à peine si elle peut dire d'une voix indistincte : « Oui, c'est moi ! »

Le premier mouvement de Saint-John c'est de fuir; le second, c'est de se rapprocher d'elle.

— Au nom du ciel! qui vous amène ici? demande-t-il d'une voix comprimée par l'émotion.

Elle ne peut répondre, car, au delà de ces abîmes qui se sont creusés pour elle, la mort de Jack, la servitude actuelle et le déclin de ses forces, le seul son de cette voix l'a transportée à cette nuit étoilée où, dans les champs de Felton, elle pouvait s'appuyer sur lui comme sa femme bien-aimée. Elle reste maintenant silencieuse, luttant contre la tentation coupable et presque irrésistible de reposer encore sa tête sur l'épaule du fiancé de miss Blessington, et de pleurer librement.

— Êtes-vous en visite ici? lui demande-t-il sèchement.

— Oui ! répond-elle avec amertume, fortifiée par ce ton peu bienveillant et où elle sent une sorte de colère; oui, ma visite est payée douze cents francs par an.

— Que voulez-vous dire ?

— Je suis la *dame de compagnie* de M. et de mistress Blessington.

— Grand Dieu ! vous êtes donc *toujours* ici?

— Toujours !

Ils se taisent un moment. Malgré lui, il fixe sur elle un regard ardent et irrité, surpris du changement survenu chez celle qu'il trouvait naguère la plus belle des femmes. Bien que détruite, pâlie, abattue, elle lui paraît encore aussi belle.

— Est-ce que cet esclavage doit durer toujours? lui demande-t-il plus doucement, après quelques secondes de silence.

— Jusqu'à ce qu'ils meurent ou que je n'aie plus de voix.

— Grand Dieu ! et pourquoi?

— Ne faut-il pas vivre?

— J'avais cru, dit-il avec un gémissement sourd, que le monde était assez grand pour que chacun de nous pût vivre à part; j'ai demandé à Dieu de ne jamais vous revoir, et voilà comme je suis exaucé.

Un nouveau silence. On n'entend que le tic-tac de l'horloge placée dans la galerie supérieure.

— Vous avez l'air malade.

— Vraiment?

— Vous êtes terriblement changée.

— Oui; je le sais.

— D'où souffrez-vous?

— Je ne souffre pas.

— Que veut dire ceci? ajoute-t-il en touchant sa robe noire avec une sorte d'angoisse, car c'est encore un sentiment jaloux qui lui fait craindre que ces joues creusées, cet air abattu, cette robe couverte de crêpe ne lui annoncent la mort de son innocent rival, « ce paysan qui donnait des livres de dix sous ornés d'une dédicace si mal écrite ».

Esther se détourne et s'appuie sur la rampe de l'escalier pour lui cacher les larmes qui montent à ses yeux.

Saint-John est frappé d'un trait de lumière, il se rappelle qu'elle avait un frère, et que bien souvent il s'est impatienté quand elle le lui vantait trop.

— Je comprends, dit-il d'un ton plus doux. Pardonnez-moi ma question.

Encouragée par sa voix, elle le regarde en souriant à travers ses larmes.

— Vous devez être satisfait, je crois, lui dit-elle simplement; vous êtes vengé. J'ai été bien punie.

On prétend que la vengeance est douce, mais elle ne paraît pas telle à Saint-John.

— Vous ne saviez pas que j'étais ici? lui demande-t-elle après un moment de silence.

— Moi? s'écrie-t-il avec véhémence, mais, si je l'avais su, je me serais enfui à cent lieues.

— J'essayerai de ne pas vous rencontrer, dit-elle avec douceur.

— Je vous en prie, pour l'amour de Dieu ! C'est ce que vous pouvez faire de mieux pour vous et pour moi.

— Je m'en irais aujourd'hui même, si je le pouvais, réplique-t-elle en levant vers lui un regard suppliant, mais c'est impossible. Je gagne ici mon pain quotidien. Il n'en est pas de même pour vous; ne pourriez-vous vous en aller?

Il hésite un moment.

— Je le devrais, dit-il enfin. Je le ferai si vous l'exigez.

— C'est comme il vous plaira, répond-elle.

Les gens passent et repassent dans le vestibule pour les apprêts du dîner. A chaque instant, l'ange bleu et blanc de

18.

M. Gérard peut descendre l'escalier et les surprendre ensemble.

— Je ne vous ai pas encore fait mon compliment, monsieur Gérard, dit Esther timidement.

— Votre compliment? A propos de quoi? demande-t-il avec distraction, sans cesser de la regarder.

— Sur votre prochain mariage avec miss Blessington.

Un nuage passe sur son front.

— Ah ! oui, je l'avais oublié. Merci ! Vous êtes bien bonne.

— Je vous souhaite du bonheur... beaucoup de bonheur.

— Merci ! Souhaitez-moi aussi bien d'être premier ministre ou général en chef ou n'importe quoi d'aussi probable, pendant que vous y êtes, lui répond-il d'un ton sardonique.

— Je souhaite que vous soyez heureux, et je n'y vois rien d'improbable.

— C'est comme si un boucher mettait un couteau sur la gorge d'un agneau tout en lui souhaitant une longue vie.

Elle reste muette; son souhait lui semble de l'hypocrisie quand elle se souvient tout à coup que quarante-huit heures auparavant elle avait fait des vœux tout contraires.

— Pourquoi, lui dit-il avec un accent de colère, ne m'avez-vous pas fait savoir que vous étiez ici? Je ne serais pas venu.

— J'ai prié miss Blessington de vous le dire, mais elle l'a oublié.

Il murmure entre ses dents une sorte d'imprécation contre sa fiancée.

— Je ferai en sorte de vous gêner le moins possible, dit la pauvre enfant avec une secrète amertume. Vous serez dehors à la chasse toute la journée, et moi, excepté quand je suis utile à M. ou à mistress Blessington, je ne suis pas souvent au salon.

Il semble ne pas entendre ce discours si humble, mais reste immobile, les yeux fixés sur la froide pierre de l'escalier.

— Croyez-le, continue-t-elle d'une voix très émue, je voudrais bien ne pas être sur votre chemin ; mais je n'ai pas où aller.

Une ombre de pitié adoucit son front sévère.

— Sont-ils bons pour vous? demande-t-il brusquement.

— Oui... oh ! oui ! très bons.

— Mais, au nom de Dieu ! reprend-il avec effort, comme si cette question lui était arrachée malgré lui par l'aspect de ce visage pâli, de cette frêle et délicate apparence ; dites-moi, au nom de Dieu, ce qui peut avoir induit vos amis à vous permettre d'accepter une semblable situation, pour laquelle vous êtes aussi bien faite que moi pour être archevêque?

— Je n'ai pas beaucoup d'amis et je n'ai pas demandé leur avis.

— Ils auraient dû vous le donner sans le leur demander, dit-il rudement.

— Ils l'ont fait, mais je ne les ai pas écoutés.

— Après tout, ce n'est pas mon affaire, reprend-il brusquement, aussi honteux que mécontent de s'être laissé aller à un mouvement de sympathie.—Dieu sait si j'ai eu de bonnes raisons pour vous haïr, pour vous souhaiter tout le mal possible ! Aussi vous ai-je détestée, ajoute-t-il avec emportement, depuis plus de trois mois.... Je veux vous *haïr* toujours !

En se rappelant combien elle a plus cruellement offensé *l'autre*, et avec quelle divine indulgence il lui a pardonné, son cœur se révolte enfin.

Saint-John continue en mettant dans ses paroles une violence fébrile.

— Oui ! plus je vous verrai malheureuse, plus je devrais

me réjouir... Hier, je m'en serais réjoui... et, cependant...
cependant...

Il passe sa main sur son front et écarte ses cheveux ; le
combat qui se livre en lui-même donne à ses traits une expression presque tragique.

— Et cependant ?... Qu'alliez-vous dire ? lui demande-t-elle
en tremblant et en se rapprochant de lui.

— Et cependant, sur ma vie, tant que je vous vois, je ne
puis vous haïr ! Dès que je suis loin de vous, je puis me souvenir de ce que *vous êtes ;* mais, près de vous, je vous vois
seulement telle que vous me *paraissez être.* Esther ! Esther !
Au nom de Dieu ! Pourquoi de telles contradictions ?

— Quelles que soient ces contradictions, monsieur Gérard,
il vous importe peu maintenant, répond-elle avec une certaine irritation.

Ses joues brunes se colorent du rouge de la colère en
écoutant Esther.

— Vous avez raison, lui dit-il amèrement. Ce n'est pas
mon affaire. Je regrette que vous soyez obligée de m'en
faire apercevoir.

— Pourquoi, dit-elle d'un ton doux et persuasif, en posant
légèrement la main sur la manche de son habit rouge, non
sans une sorte de crainte d'être repoussée, pourquoi ne lais-
serions-nous pas dans l'oubli tout ce passé... hélas!... si complètement du *passé* ? Je vous ai fait une offense, mais qui
n'était pas irréparable, vous le savez bien, puisqu'elle est
déjà réparée ;— et ici elle sourit d'un sourire mêlé de mépris
et de tristesse — ma vie entière en est le châtiment... O mon
Dieu !... le châtiment le plus cruel !...

Elle ne peut continuer, porte encore sa main à ses yeux,
puis reprend :

— A la fin, je suis lasse de souffrir ! Voyons-nous, dorénavant, aussi peu que possible, mais ne pourrions-nous nous rencontrer, du moins, avec les apparences de la politesse et de la bienséance ?

— De la politesse ? reprend-il rudement ; de la politesse entre vous et moi ! Et comment cela finirait-il ? Non ! non ! ne nous payons pas d'absurdes sophismes. Que Dieu me préserve de retomber dans la tentation ! Nous nous dirons *bonjour* et *bonsoir*, pour ne pas attirer l'attention des autres, mais, quant au reste, taisons-nous, tenons-nous à part, et aussitôt que ce sera possible sans qu'on s'en étonne, je m'en irai ; alors, tout sera fini entre nous, pour notre avantage réciproque.

Elle baisse la tête avec soumission :

— Vous avez raison, dit-elle.

On entend de nouveau un bruit de petits talons sur les marches de l'escalier et le *frou-frou* d'une longue robe de soie. C'est l'ange bleu et blanc qui descend de ses hauteurs célestes. Sans un mot de plus, ils se séparent brusquement, l'une s'enfuit vers le salon, l'autre remonte à sa chambre.

— Bonjour, Conny, quoiqu'il soit un peu tard pour dire *bonjour*.

Telle est la première banalité qui lui vient à l'esprit en approchant de sa future moitié.

— Je vois que vous avez renoué connaissance sur le palier avec miss Craven, réplique sa divinité en esquissant un sourire assez interrogateur. Je vous observais du haut de la galerie. Vous faisiez un tableau des plus pittoresques.

— Si d'être couvert de boue de la tête aux pieds est pittoresque, je ne manque pas de l'être, répond-il en regardant à ses bottes pour cacher son trouble ; mais adieu maintenant bien vite, car il faut sans doute que j'aille me parer pour ce repas divin.

XXXVI

Si les dîners en famille à Felton n'ont rien de bien animé, Gérard peut se convaincre ce soir que ceux de Blessington sont encore plus dépourvus de gaieté. Il est vrai que l'œil du maître n'y relève pas la moindre maladresse de ses gens avec la brutalité particulière à sir Thomas, et que, grâce à ce qu'ils ne sont pas entendus, les domestiques s'y livrent en toute liberté à des conversations à haute voix ; mais les convives, en revanche, ont peu de conversation. Saint-John est convenu avec miss Craven qu'ils n'échangeraient pas une parole. M. Blessington ne dit rien de plus que ce qui se rapporte au plat que lui offre le maître d'hôtel, plat dont celui-ci lui crie le nom en estropiant les noms français ; quant à mistress Blessington, Saint-John a déjà entendu tout ce qui pouvait être dit au sujet des courants d'air et des sacs de sable et la conversation générale ne fait plus que se traîner lourdement.

La soirée n'est qu'une longue prolongation du dîner, moins l'intérêt que l'on peut trouver à faire un bon repas. Comme il est reconnu que « l'Angleterre attend de tous ses enfants qu'ils fassent leur devoir » elle attend nécessairement de tout homme qui a le malheur d'être *fiancé* qu'il reste assidûment auprès de sa *future*, durant de longues heures, quelque désireux qu'il puisse être de lire le *Times* ou de fumer un latakié. Donc, comme à la rentrée de ces messieurs, Constance semble s'attendre à cette assiduité et que Gérard a une idée vague que c'est une des nécessités de la situation, il va s'asseoir à côté d'elle sur un canapé où elle se tient parfaitement droite, et lui dans une attitude penchée, un bras sur le dossier du canapé, non autour de la taille de la bien-aimée, ainsi qu'on pourrait le supposer à distance. Le vieux gentilhomme, singulièrement éveillé par l'événement peu ordinaire de l'admission d'un étranger dans leur cercle intime, insiste pour que sa petite *esclave blanche* lui relise un piquant article sur Gladstone et l'église d'Irlande, durant lequel il s'est endormi le matin.

— Je crains, monsieur Blessington, de ne pas y voir assez bien pour lire ce soir, réplique-t-elle doucement ; il y a si peu de lumière !

— De lumière ? Peuh ! répète gaiement le vieux squire ; qu'est-ce que vos jeunes yeux ont tant besoin de lumière ? Vous devriez y voir la nuit comme les chats. Bientôt vous emprunterez les lunettes de mistress Blessington. Hé ! mistress Blessington ?

— Mistress Blessington dort, monsieur Blessington.

— Oh ! Eh bien, allez, ma chère, commencez donc ! Écoutons ce qu'ils ont à dire sur ces coureurs de places qui essayent de reculer les limites de la constitution pour y trouver des emplois.

Depuis quelque temps ses sorties du soir à l'humidité, sorties qu'une mère prudente eût défendues, ont augmenté le rhume de miss Craven. Elle a été enrouée toute la matinée et l'on sait que l'enrouement augmente vers le soir. Une petite toux persistante l'interrompt à chaque instant dans sa lecture, à quoi s'ajoute une distraction involontaire, car elle ne peut s'empêcher de faire de vains efforts pour saisir ce que se disent Saint-John et l'objet aimé. Ce qu'elle eût entendu n'en valait pas la peine.

— Vous avez eu une belle chasse, aujourd'hui ?

— Oui, assez rapide.

— Quel cheval montiez-vous ?

— Une jument grise... vous ne la connaissez pas. Je l'ai achetée en Irlande.

— Vous convient-elle ?

— Beaucoup ; elle a de bonnes jambes, saute supérieurement et elle est assez douce.

— Avez-vous chassé loin ?

— Assez.

— Y avait-il des gens de connaissance ?

— Quelques-uns.

Il bâille en dedans.

— Vous irez encore demain ? demande-t-elle avec une moue dont il ne s'aperçoit pas.

— Non, je ne crois pas. C'est à vingt-cinq milles d'ici, et les trains ne concordent pas. On devient paresseux en vieillissant.

— Réellement ? répond avec surprise Constance qui prend toujours les choses au sérieux.

— Non pas *réellement*, mais *très certainement*, répond-il avec un rire ennuyé.

Vous voyez que c'était bien inutile de perdre deux fois la place où l'on doit lire et de se faire réprimander par le vieux monsieur, pour tâcher d'entendre de telles demandes et de telles réponses. Quoique le regard d'Esther soit fixé sur les colonnes du *Saturday*, elle voit bien plus distinctement encore ces deux figures penchées l'une vers l'autre sur le canapé. Une fois même, Saint-John s'est levé, et s'inclinant vers Constance, il lui a parlé avec une vivacité inaccoutumée, tellement qu'en prêtant une oreille jalouse dans le cruel espoir de recueillir quelque tendre rien, elle est parvenue à attraper ce lambeau de phrase.

— A propos, Conny, comment allait cette grosseur à la jambe de votre poney, quand vous avez quitté la maison?

D'article en article, la toux d'Esther devient très gênante; son mal de gorge augmente et, à chaque paragraphe, elle sent sa voix devenir plus rauque. Depuis quelques minutes, les réponses de Gérard aux questions de miss Blessington deviennent plus incohérentes. Tout à coup, il quitte le canapé et se rapproche du fauteuil de M. Blessington.

— Laissez-moi vous lire un peu, lui demande-t-il.

— Eh! que dit-il! demande le vieux monsieur en levant la tête et dirigeant son regard éteint du côté d'où vient la voix.

— Je demande si vous voulez me permettre de vous lire, pour changer, à la place de miss Craven.

— Non... merci, non; répond le vieillard assez simplement. Je vous suis obligé, mais je n'entends pas un mot de ce que vous dites. Vous bredouillez.

— Moi? Ce doit être vrai, réplique Gérard en riant, mais vous ne m'avez pas entendu lire, je crois?

— Je vous demande pardon; je vous ai entendu lire une prière le dimanche soir.

— Je promets de lire très lentement et de compter quatre à chaque point.

— Non! non! s'écrie obstinément le vieillard. Laissez-nous tranquilles, mon cher ami; vous nous interrompez; ne vous en fâchez pas, mais nous pouvons bien nous passer de vous, n'est-ce pas, miss Esther?... Faites vos affaires de votre côté... Nous ne nous en mêlerons pas... Hé! hé! hé!

Repoussé et contrarié, Saint-John se tait; et comme il reste là devant eux, la jeune fille lève vers lui ses grands yeux tristes avec une humble expression de reconnaissance. Il lui a défendu de lui parler, mais il ne peut empêcher ces messagers muets de lui exprimer sa pensée; leurs yeux se rencontrent, il tressaille et s'éloigne lentement.

— Cette fille a une mauvaise toux, dit miss Blessington en s'éventant doucement, quand il vient se rasseoir près d'elle. C'est vraiment impatientant. Je ne sais si vous êtes comme moi, mais je ne peux pas supporter une personne qui tousse, tousse, à toutes les minutes.

— Je déteste encore plus les personnes qui en sont la cause, répond Gérard très irrité. C'est positivement de la barbarie. Vous voyez comme j'ai réussi en offrant de la remplacer! Si vous vouliez essayer? Vous, il vous entend bien.

— J'en serais charmée, répond Constance; mais malheusement ce temps humide me fait mal à la gorge, — et elle appuie deux doigts effilés sur son beau cou ferme et rond. — Je crois que je ne le pourrais pas.

— Essayez, voyons, soyez bonne enfant, reprend-il d'un ton insinuant. Vous pourrez vous arrêter dès que vous vous apercevrez que cela vous fait mal.

— Je suis fâchée de ne pouvoir vous obliger; mais, comme nous dînons dehors jeudi, et que l'on me demande toujours de chanter, il faut que je ménage ma voix.

XXXVII

Avec le mois de janvier reviennent les fortes gelées.
Les renards ont un moment de répit, bien court, mais durant lequel ils peuvent encore dévorer quelques poules ou
quelques oies grasses, avant ces mauvais jours où leurs
ennemis à quatre pattes auront écharpé leurs pauvres petits
corps rouges. La chasse est suspendue et les chasseurs retournent momentanément à Londres. Les centaines de clubs
de Saint-James street se remplissent de nouveau. A Blessington, tout le monde pirouette sur la glace. Saint-John, amateur passionné des exercices du corps, passe la journée sur
l'étang glacé. Par un bel après-midi, on a vu arriver toute
la société du château de lord Linley, dans le voisinage, qui,
ne trouvant pas chez lui un aussi bel espace que la surface
plane des étangs de Blessington pour patiner, vient s'y livrer aux plus brillantes prouesses.

Esther s'est tenue à l'écart, mais, de son poste d'observation,
la fenêtre profonde de la galerie, elle a guetté l'arrivée de
ces voisins, a entendu leurs voix joyeuses dans le vestibule,
et alors, sans être aperçue, elle est sortie en hâte pour aller
errer dans le parc, bien loin, au hasard, et dans le froid
piquant. A la fin de sa course solitaire, elle se trouve en

vue de l'étang et, poussée par la curiosité, se confiant en son insignifiance pour échapper à l'attention, elle s'assied sur une pente qui descend doucement vers l'étang et s'amuse à regarder la scène pleine d'animation qui est sous ses yeux. Des jeunes filles en costumes courts de velours, portant des jupons éclatants, des fourrures, de petits chapeaux ornés d'oiseaux brillants, de magnifiques chignons colorés par un joyeux soleil d'hiver, forment un spectacle à la fois extravagant et pittoresque.

C'est comme si une foule de bergères en porcelaine de Saxe étaient descendues des étagères pour voler, les pieds chaussées de patins, sur la surface gelée. Esther examine toutes ces bergères avec une vive curiosité; rarement dans son existence rustique a-t-elle eu l'occasion de rencontrer ces brillantes déesses de la mode. Les hommes l'intéressent moins; elle n'eût jamais aspiré à leur ressembler; mais, plus heureuse, elle aurait pu se mêler à ces papillons qui voltigent, et le cœur lui dit qu'elle eût été le plus joli de ces papillons. « Pourquoi , se dit-elle, pourquoi suis-je ici, perchée toute seule sur cette pierre, entourée de joncs gelés et n'ayant pour compagnie que ces troupes d'oies sauvages qui voltigent au-dessus de ma tête allongeant le cou et poussant de grands cris? »

Pendant ce temps, miss Craven, sans le savoir, était l'objet de nombreuses questions.

— Dites donc, Gérard, demandait l'héritier de lord Linley — jeune fils de famille, laid et bon enfant, qui est un des plus brillants ornements de la maison militaire de la reine — dites donc, Gérard , vous devez connaître les beautés d'alentour ; qui est donc cette personne en deuil lugubre là-bas?

Saint-John regarde dans la direction indiquée par son

ami, et une ombre de mécontentement s'étend sur ses traits :

— Son nom est miss Craven, je crois, répond-il brièvement.

— Elle est remarquablement jolie! s'écrie un autre homme
qui s'est rapproché pour rattacher ses patins; je viens, au
péril de ma vie, de traverser ces damnés roseaux pour la
mieux voir.

— Elle a de bien jolies jambes ! s'écrie un troisième, en
ôtant sa pipe de sa bouche pour faire cette remarque laconique et malséante.

— Elle ressemble à une femme que j'ai connue au Cap,
dit un *blasé* qui n'a jamais pu prononcer la lettre *R ;* nous
l'appelions la *Mouche,* car, quand elle s'accuochait une fois
à quelqu'un, impossible de la *uen*voyer.

Saint-John, qui a entendu avec dégoût et une colère concentrée toutes ces remarques incongrues, plutôt applicables
à un cheval, faites sur la femme pour qui il aimait à se
persuader qu'il avait une aversion bien fondée, fait mine
de s'en aller ; mais Linley le rappelle :

— Hé! Gérard ! Gérard !

— Quoi?

— La connaissez-vous?

— Très peu.

— Présentez-moi donc! Vous seriez bien aimable !

— Et moi aussi !

— Et moi aussi !

— Je ne connais pas assez particulièrement miss Craven
pour me permettre de lui présenter personne, répond sèchement Gérard en s'éloignant.

— Voyez-vous le rusé coquin, qui veut la garder pour lui,
s'écrie Linley en riant: il ne veut pas que nous chassions
sur ses terres !

— Il court deux lièvres à la fois ! dit le jeune homme laconique.

— Vous savez le proverbe, dit le gommeux sentencieusement. A courir deux lièvres...

Mais M. Linley, plus excité qu'il ne l'est d'ordinaire, ne se décourage pas. Après d'inutiles tentatives auprès de plusieurs personnes, il a recours enfin à miss Blessington.

— Dites-moi, miss Blessington, s'adressant à cette belle personne plus grande que lui, et levant vers elle sa vive petite figure de chien terrier, — je viens de faire la même question à vingt personnes qui n'ont pas su me répondre et vous êtes ma dernière espérance : dites-moi quelle est cette dame en deuil ?

— Cette dame en deuil ? répond gracieusement Constance avec un petit rire un peu moqueur, ce n'est que miss Craven, la dame de compagnie de ma tante.

— Pauvre fille ! dit-il, les yeux toujours attachés sur ce pensif et doux visage, et n'ayant nullement reçu l'impression défavorable que Constance eût voulu lui donner en lui apprenant la condition sociale d'Esther. Il n'a pas le dessein de l'épouser, et, par conséquent, à ses yeux, une jolie femme est toujours une jolie femme, qu'elle soit paysanne ou duchesse. Il ajoute donc : — Oh ! comme elle doit s'ennuyer ! Ce serait une vraie charité que d'aller causer avec elle, seulement je crains qu'elle ne me trouve impertinent si je vais lui parler sans lui avoir été présenté.

— Je vous assure qu'elle s'amuse suffisamment à nous regarder, réplique doucement Constance qui n'a pas envie qu'une autre belle personne vienne partager avec elle les hommages des hommes qui l'entourent.

Mais il y met de la persévérance.

— Ne croyez-vous pas qu'elle s'amuserait encore davan-

tage si j'allais faire un petit bout de conversation avec elle,
demande-t-il d'un ton railleur et toujours aussi animé. J'ai
essayé de me faire présenter par Gérard, mais je n'ai pas
pu deviner ce qu'il y avait là-dessous, car il a paru le
prendre presque pour une insulte personnelle. Je suis sûr
que vous serez plus aimable.

— Je le ferai volontiers, du moins, répond-elle, cachant
son déplaisir sous ce sourire calme dont elle voile toutes
ses émotions ou ce qui en approche.

Et, avec un empressement simulé, elle se dirige vers l'endroit où, assise sur un lit de roseaux desséchés, l'objet de
cette conversation est absorbé dans la contemplation de ce
brillant spectacle.

— Miss Craven, M. Linley désire vous être présenté.

— *A moi?* dit-elle en se redressant avec surprise, rougissant et ouvrant de grands yeux.

Ils se saluent mutuellement et la chose est faite. Esther
n'est plus dans une complète solitude, et elle a mieux à
faire qu'à écouter les cris des oies sauvages; elle aussi,
comme les brillants papillons là-bas, elle remorque un élégant patricien en costume court et serré.

— Linley a réussi, voyez-vous, dit le jeune homme qui
avait loué la beauté de la *jambe* d'Esther. C'est bien joué.

— Oh ! il n'a pas encore fait beaucoup de chemin.

— Qui est-elle ?

— Une *dame de compagnie* du vieux Blessington, je crois.

— Voyez le vieux coquin qui prétend n'y pas voir clair !
Il s'y connaît joliment.

— *Sa dame de compagnie?* Je voudrais qu'elle fût la
mienne.

— C'est une sorte de Sunamite.

Ce n'est là qu'une partie des commentaires que suggère

la beauté inconnue. Cinq minutes plus tard, les scrupules
de miss Craven : « elle ne savait pas patiner ; elle n'avait
pas de patins, etc., » étant dissipés par son nouvel ami, elle
est assise sur le bord de l'étang, et lui, à genoux devant elle,
attache à ses petits pieds des patins dont on ne s'est pas
servi. Elle a senti, tout à coup, un immense besoin de
plaisir, un désir ardent de mettre un peu de soleil et de joie
dans sa sombre existence, plus sombre encore quand elle
la compare à l'éclat et à la gaieté de ces existences avec lesquelles elle s'est soudainement trouvée en contact. Elle se sent
comme enivrée par cet hiver animé, par ces vives couleurs,
par ces rires joyeux ; elle veut rire aussi ; l'esprit de la jeunesse
se révolte tout à coup contre la tyrannie du chagrin.

— Tenez bien ce traîneau ; poussez-le devant vous et
essayez de vous balancer du mieux que vous pourrez, dit
Linley, donnant une leçon sérieuse à son élève.

— Comment se balancer sur ces machines qui sont comme
une lame de rasoir ? demande-t-elle en s'accrochant avec un
effort désespéré au dos du traîneau.

— Rome n'a pas été bâtie en un jour, répond-il avec un
rire joyeux. Essayez !

Elle obéit, avance un pas et s'arrête.

— Je sens comme si j'avais une 'attraction violente pour
me mesurer avec cette glace.

— Cela n'est pas nécessaire du tout, reprend le jeune
homme d'un ton encourageant. Regardez cette demoiselle
à la plume rouge ; elle est aussi à son aise que dans son
fauteuil... Mais non ! par ma foi ! s'écrie-t-il, car au même
moment, paff ! la demoiselle à la plume rouge se trouvait
assise involontairement sur la glace. Des gentlemen accou-
raient, demandant si elle ne s'était pas blessée, la relevaient,
et la voilà de nouveau lancée !

— J'espère que, la première fois, vous choisirez mieux vos exemples, dit Esther avec malice; celui-là n'était pas encourageant.

Naturellement timide, elle hésite, moitié par crainte, moitié par honte et surtout par la peur d'être ridicule; riant et rougissant sous ce gai soleil, elle est le plus charmant objet qui se soit jamais offert aux yeux d'un jeune officier de la reine.

— Ce serait peut-être plus aisé pour vous d'être soutenue par deux personnes que de pousser un traîneau. C'est comme cela que ma sœur a commencé... Holà! Gérard, rendez-vous utile; venez offrir votre bras à miss Craven.

Gérard regarde de leur côté — c'est-à-dire qu'il n'a cessé de les regarder — et il voit ce visage, si pâle et si triste lors de leur rencontre trois heures auparavant, transformé par l'air vif et l'excitation du moment et plus séduisant qu'il ne l'a jamais vu; il retrouve le doux éclat de ces yeux de gazelle, ce sourire innocent comme celui d'un petit enfant; il ne se rend pas compte que c'est un instant de bonheur fugitif qui a produit ce changement, et, dans son injuste colère, il l'attribue à un désir insatiable d'être courtisée.

— Elle sera coquette jusqu'à la mort, se dit-il amèrement, et il répond avec froideur : — Je ne peux pas... j'ai ôté mes patins!

— C'est bien! dit en riant Linley, et il murmure à l'oreille d'Esther : C'est qu'il est *de service*, apparemment!

— Probablement, répond-elle avec un faible sourire mais une peine profonde : « Il n'aurait pas dû, pense-t-elle, m'exposer si ouvertement à une telle humiliation. » Puis elle reprend tout haut et naïvement, en s'adressant à Linley :

— Donnez-moi la main; je crois que je saurai me tenir.

19.

M. Linley est loin de s'y refuser, bien que la main de
cette jolie personne ne serre la sienne convulsivement que
pour se maintenir en équilibre, et c'est ainsi qu'elle avance,
amusée, flattée, effrayée, et bien plus absorbée par l'idée
de ne pas tomber que de savoir l'impression qu'elle produit
sur le sexe fort, lequel eût été bien étonné d'apprendre à
quel point elle y est indifférente.

En même temps, miss Blessington, un peu essoufflée à la
suite de cet exercice, s'est assise pour se reposer, paraissant,
dans son beau costume de velours bleu, la bergère de porcelaine la plus blanche et la plus rose de toutes. Gérard s'appuie sur le dos de sa chaise, l'air sombre et triste, et le cœur
blessé. Il s'est efforcé de s'intéresser à d'autres groupes,
mais, en dépit de ses efforts, ses regards se portent toujours
involontairement vers cette svelte figure aux vêtements
noirs, qui vacille sur la glace. Une fois, il la voit prête à
tomber et retenue adroitement dans les bras de son compagnon. Il respire à peine, impatiemment, et trouve bien in-
solent à cet homme d'oser toucher cette belle personne seulement du bout du doigt. Un sentiment naturel, plus puissant
que tous les freins que notre civilisation lui impose, l'instinct de la jalousie, la plus féroce des passions, s'est complètement emparé de lui.

— *Je la déteste!* se dit-il avec rage. C'est une pure coquette! Dieu merci, j'en ai fait à temps la découverte! Dieu
merci! je n'ai plus rien à démêler avec elle. Mais... j'ai
envie de chercher querelle à cet homme!

De quel droit prétend-il s'opposer à ce qu'un autre reçoive dans ses bras celle qu'il a repoussée? Il n'a plus rien
à démêler qu'avec cette froide statue en bleu, qui accorde le
même sourire placide à lui, à son caniche, à tout l'univers —
sa Constance, que personne ne lui dispute — sa propriété,

— ô pensée consolante! pour la vie, — dans la mort et dans l'éternité!

On entend sonner quatre heures et Esther s'arrête comme Cendrillon au coup de minuit.

— Il faut que je m'en aille, dit-elle, vivement: on peut avoir besoin de moi.

— Besoin de vous? répète-t-il; mais ici on a besoin de vous aussi et vous ne pouvez être en deux endroits à la fois.

— C'est mistress Blessington qui peut avoir besoin de moi; je suis sa *dame de compagnie*, continue-t-elle en rougissant légèrement. Je pense que vous ne le saviez pas?

Et mentalement elle se dit : — S'il l'avait su, il n'aurait peut-être pas été si poli.

— Miss Blessington me l'a dit, et, pour la première fois de ma vie, j'ai désiré être une vieille dame, répond-il d'un air tendre.

Elle rit, un peu embarrassée; les compliments même dont on sait la fausseté ne laissent pas que de vous faire plaisir.

— Si la gelée persiste, dit insidieusement le jeune homme en prenant la petite main qu'elle lui tendait timidement ne sachant pas trop si c'était l'usage pour une dame de compagnie à l'égard du fils aîné d'un lord; si le froid continue, voulez-vous bien prendre encore une ou deux leçons? Dites-moi *à demain*.

Sa figure rayonne; il est si doux de causer gaiement, d'être admirée, appréciée, de pouvoir se dire qu'il existe autre chose que la mort, la pauvreté et la servitude! Mais bientôt son expression change.

— *Aujourd'hui* a été très agréable, dit-elle naïvement, mais je ne puis répondre de *demain*...

— Êtes-vous si capricieuse, lui demande-t-il en essayant

vainement de donner à sa ronde petite face de chien une
expression de tendre reproche, que vous ne sachiez pas
aujourd'hui ce qu'il vous plaira de faire demain?

— Je sais bien ce qui me plairait, répond-elle avec douceur, mais j'ignore si cela plairait à d'autres. Ne vous pa-
raîtrait-il pas étrange qu'un de vos serviteurs prît un engagement sans savoir s'il vous convient? Eh bien, je suis la
servante de mistress Blessington.

Elle croit apparemment que l'explication suffit, qu'il faut
bien qu'il abandonne la main qu'il tenait et elle s'échappe
en retraversant les roseaux desséchés du bord de l'étang.

XXXVIII

La gelée a cessé, mais Saint-John n'est pas parti. Il continue à chasser tout le long du jour et à passer ses soirées auprès de Constance, essayant de son mieux de lui faire la cour, essayant de l'animer un peu et il pense avec terreur qu'il en a pour soixante ans à voir toujours devant lui cette statue aussi froide que les saints de pierre de l'église de Felton. Le joug qu'il s'est imposé à lui-même commence déjà à peser sur ses épaules. Ce n'était pas par dépit qu'il s'était engagé à miss Blessington, mais bien par cette sorte de fatigue qui suit une grande épreuve et il avait cédé aux importunités de son père. Il était le dernier rejeton d'une antique famille, descendue en droite ligne de quelque brigand normand. S'il mourait sans héritier, ses magnifiques domaines allaient à des cousins éloignés. Depuis l'enfance, on ne cessait de lui représenter cette lourde responsabilité et il avait beau paraître en faire peu de cas, son orgueil de race était au moins aussi grand que celui de son père.

— C'est votre maudit égoïsme qui vous arrête, lui disait celui-ci, tout gonflé du courroux qu'il exhalait en arpentant les rosaces rouges et grises du tapis de la bibliothèque. Vous préférez votre vie oisive au club, votre cuisinier fran-

çais et vos infernales habitudes de sybarite à quoi que ce
soit au monde. Vous ne réfléchissez pas que quand un
homme a reçu des avantages tels que les vôtres, il se doit à
son pays, à ses concitoyens et... et... *à son père*, dit en terminant sir Thomas, faute d'une autre péroraison.

Saint-John fronce légèrement les sourcils à ce dernier
trait :

— Si vous voulez me chercher une femme, répond-il en
s'étendant avec indolence dans un fauteuil et d'un ton demi-
sérieux, demi-moqueur, et si vous voulez vous engager à
remplir pour moi toutes les formalités nécessaires, à lui
faire la cour, à l'accompagner au bal, etc., je n'ai pas d'objection au mariage, puisque le devoir de continuer cette
illustre race m'est malheureusement dévolu à moi qui, Dieu
sait ! ne tiens pas à avoir d'autres moi-même.

— Faire la cour !... Peuh ! répète sir Thomas avec mépris ; est-ce que c'est nécessaire ? On n'a besoin que de respect et d'estime l'un pour l'autre. C'est ainsi que nous avons
commencé avec votre mère, et...

— Et la suite a répondu au commencement, réplique
ironiquement Saint-John... Eh bien, continue-t-il en bâillant, si vous pouvez trouver, parmi vos nombreuses connaissances, quelque jeune dame qui veuille m'accorder son
respect et son estime — ce qui n'est pas probable — ou accorder estime et respect au domaine de Felton, ce qui est plus
sûr, et ce qui revient au même, après tout, — elle aura le
bonheur de devenir votre belle-fille. Je ne m'y oppose pas.

Sir Thomas tourne ses petits yeux féroces vers son héritier, en se sentant tout prêt à se livrer à un de ces accès de
fureur, à un de ces emportements terribles auxquels il s'a-
bandonne si fréquemment, pour peu qu'il eût aperçu chez
lui la moindre velléité de plaisanter. Mais le jeune homme

n'y semble nullement disposé et ses yeux baissés sont négligemment fixés sur ses fortes jambes recouvertes de bas
rayés rouge et noir. Le feu qui brillait dans le regard du
père s'éteint devant cette apparente indifférence.

— Si vous êtes sérieux, lui dit-il, je vous répondrai que
nous n'avons pas besoin de chercher bien loin ce que nous
avons sous la main.

— Où donc? demande Saint-John ne comprenant pas ce
que veut dire son père.

— Où? répète sir Thomas, assez irrité de l'esprit obtus de
son fils ; où? dans la maison, donc !

Alors, s'apercevant qu'il a l'air surpris :

— Dieu me pardonne, mon cher, où avez-vous l'esprit
aujourd'hui? Où trouveriez-vous mieux que Conny? Son
petit bien est contigu aux Quatre-Chênes et arrondirait notre
terre ; cela semble arrangé par la Providence, dit-il pieu-
sement en terminant.

Saint-John fait entendre un petit sifflement entre ses
dents :

— Conny ! s'écrie-t-il avec surprise ; j'aurais tout aussi
bien songé à épouser ma mère ! Mais nous sommes comme
frère et sœur depuis notre naissance !

— Des sottises, répond rudement sir Thomas. Elle n'est
pas plus votre sœur que moi.

— Conny ! répète encore Saint-John avec l'air de réfléchir.

L'idée lui semble certainement nouvelle, mais n'a rien
qui lui déplaise.

— Eh bien? dit sir Thomas avec impatience, se prome-
nant par la chambre, les mains sous les pans de son habit
vert.

— Si elle n'y a pas d'objection, je n'en ai pas de mon côté.

« Une femme est aussi bonne qu'une autre, sinon meilleure, » comme dit cet Irlandais. Eh bien ! sir Thomas, dit-
il en se levant l'air ennuyé et fatigué, je crois que c'est fini
et que je peux m'en aller ? j'ai promis à Bellew d'aller
visiter aujourd'hui le chenil avec lui, et comme il est deux
heures passées, je crains que ce ne soit partie manquée.

Il veut un héritier ; elle veut des diamants ; tout est donc
pour le mieux.

— Au fait, se dit-il, après une entrevue décisive avec sa
fiancée, elle est belle et parfaitement indifférente, deux qualités dont je rends grâces au ciel : à quoi il ajoute cette citation sceptique : « Il y a juste deux ans que je me suis
marié ; le Seigneur châtie ceux qu'il aime. » Cette réflexion
de Byron, à propos de son bonheur conjugal, me conviendra
à moi-même, probablement.

. . . .

Le jour de plaisir que s'est accordé Esther n'a pas eu de
lendemain. Il a été comme une fraîche oasis au milieu de
son désert. M. Linley est venu faire une visite au château et
en a été récompensé par un tête-à-tête de trois quarts d'heure
avec mistress Blessington. Esther, qui le savait là, avait le
coupable désir de descendre pour une bonne causerie avec
le jeune homme ; elle se sentait une folle envie de presser
une main amie, de rencontrer un regard bienveillant, d'entendre des paroles aimables ; mais, comprenant bien que le
peu de rapports qu'elle a eus avec lui a déjà donné à Gérard
une opinion d'elle plus mauvaise que jamais, elle s'en abs-
tient afin de lui prouver qu'elle n'est pas l'insatiable coquette qu'il juge avec tant de sévérité. Elle reste donc en haut,
dans sa froide solitude, pelotonnée sur la banquette ver-
moulue de la fenêtre et lisant *Paméla*, le roman le plus nouveau qu'elle ait trouvé dans la bibliothèque de Blessington.

Saint-John, qui a appris la visite de Linley et qui ne sait rien du généreux sacrifice d'Esther, trop fier pour questionner personne, se représente les doux regards, les sourires, les serrements de mains échangés en présence de la vieille dame qui n'y voit goutte, et, tout en y pensant, se sent dévoré par une sombre jalousie.

Un soir, dans une de ses promenades solitaires, car jamais miss Blessington ne l'accompagne, Esther a franchi la clôture du parc pour aller sur la route, attirée par la splendeur d'un grand houx couvert de graines rouges qui brillent comme du feu au milieu du vert foncé de ses feuilles luisantes. Elle a convoité ces graines avec la passion des enfants ou des sauvages pour les couleurs éclatantes, et elle est parvenue à les cueillir, non sans s'être fort égratigné les mains. Ce vol fait à l'avare hiver doit embellir et égayer la triste chambre hantée par les rats. Comme elle retournait à la maison, toute fière de son trésor, elle entend derrière elle le pas d'un cheval qui trotte sur le chemin, et, à travers la brume, elle aperçoit un reflet écarlate. Est-ce Saint-John, revenant de la chasse ? Ce n'est pas lui, car il n'a pas la taille et la tournure d'un jockey, ni une moustache rousse, ni une petite figure interrogative avec un nez retroussé.

— Bonsoir, miss Craven ! dit Linley se jetant à bas de son cheval et s'approchant d'elle en lui tendant la main avec empressement. Pourquoi n'êtes-vous pas descendue l'autre jour quand je suis allé vous voir ? reprend-il en marchant près d'elle. Je crois bien que vous étiez à la maison.

— Oui, j'y étais.

— Et vous saviez que j'étais là ?

— Oui.

— La victime de mistress Blessington ?

— Oui.

— Et vous n'êtes pas venue à mon secours ?

— Vous attendez-vous à ce que le maître d'hôtel et la femme de charge viennent causer avec vous ? demande-t-elle un peu amèrement. Avez-vous oublié que je vous ai dit l'autre jour que je n'étais que la *servante* de mistress Blessington, ayant aussi peu affaire avec les visiteurs que la fille de cuisine elle-même ?

— Mais ce n'est pas *elle* que je venais voir, dit le jeune homme avec assurance ; du moins je ne la cherchais pas ; mais j'y ai été pris, et, finalement, j'ai reçu de précieux renseignements gratis sur un sujet auquel, je le confesse, je n'avais pas réfléchi assez sérieusement jusqu'alors..

— Les courants d'air et les bourrelets de sable, allez-vous dire ? interrompt Esther avec un éclat de rire argentin comme celui d'un enfant.

Linley se met à rire aussi ; il est toujours charmé d'en trouver l'occasion. La vie pour lui a été toute riante ou au moins souriante.

— Réellement je m'étais flatté que ma conversation lui avait paru si agréable qu'elle m'inviterait à revenir et elle n'en a rien fait.

— On n'invite jamais personne à Blessington, dit Esther dont la langue est maintenant déliée. — Ils ne recherchent pas la société. Ils ont le chapelain et sa femme à dîner le jour de Noël, et en voilà pour toute l'année.

— Et ce sont là vos seuls plaisirs ?

— Absolument ; mais je n'ai pas besoin de gaieté, répond-elle gravement en jetant un regard involontaire sur sa toilette de crêpe, qui est devenue rousse et a les apparences d'une misère respectable.

— Ce doit être un sort terrible que d'être enfermé entre ces deux momies, dit Linley avec compassion, sa pitié pour miss Craven étant augmentée du souvenir de sa dernière conversation avec mistress Blessington. J'aimerais mieux vivre au haut d'un phare, ou balayer les rues !

— Moi aussi, répond-elle sèchement, si on voulait bien faire une souscription pour m'acheter un balai.

— Du reste, dit-il, désireux de trouver quelque chose d'agréable dans la triste vie de sa nouvelle connaissance, du reste, vous avez maintenant la société de miss Blessington.

— Oui, elle est très bonne à voir.

— Mais sa conversation?

.— Elle ne cause pas.

— Et Gérard ? il n'est pas très bon à voir, mais...

— Non, pas trop, répond-elle.

Et elle se sent rougir comme pour une attaque personnelle.

— Mais quand il n'est pas dans son accès d'humeur comme l'autre jour, vous en souvenez-vous? c'est un assez bon gârçon.

— Vraiment?

Il la regarde avec surprise :

— Comment, habitant la même maison, ne le connaissez-vous pas aussi bien que moi?

— Nous ne nous parlons jamais, répond-elle brièvement.

— Est-ce que personne ne cause à Blessington? demande-t-il, tout surpris des révélations de sa compagne.

— M. Blessington crie à mistress Blessington, et réciproquement, et moi je crie à tous les deux.

— Et l'autre paire? que font-ils?

— Aucun de nous n'aime à parler, mais quand cela nous arrive, nous parlons très fort.

— Cela doit vous fatiguer.

— Beaucoup; dernièrement je n'avais plus de voix quand

venait le soir. Je ne veux pas dire que je sois fatiguée pour
quelques mots par-ci par-là, mais de lire, aussi haut que
je peux, tous les jours, six colonnes du *Times*, j'avoue que
c'est un peu fatigant.

— C'est très dur de leur part, s'écrie-t-il avec indignation
en regardant cette personne délicate et ce visage d'enfant
qui est devenu si pâle après le premier moment d'animation.

— Pas du tout, répond-elle. Je suis payée pour cela. — On
me donne douze cents francs par an, répond-elle avec franchise. Trouvez-vous que ce soit beaucoup ?

— Douze cents francs ! C'est une misère ! s'écrie-t-il.

— Vous trouvez ? répond-elle avec surprise ; je crois au
contraire que c'est beaucoup.

Son compagnon diffère entièrement d'opinion à ce sujet,
mais il n'insiste pas et continue à l'interroger.

— Alors, vous n'avez de distractions d'aucune sorte ?

— Oh ! oui ! Nous allons tous les jours à Shelford en voiture fermée avec les glaces levées.

— C'est terrible ! et que faites-vous quand vous êtes là ?

— Nous en revenons.

— Et vous ne recevez aucune visite ?

— Oui, vous êtes venu l'autre jour.

— Suis-je l'unique visiteur qui se soit présenté chez vous ?

— Pas tout à fait. De temps en temps, M. Blessington
prend peur et se croit arrivé à son dernier moment ; alors
il nous assemble et nous fait ses adieux. Il pleure et nous
pleurons tous, et alors vient le docteur, M. Brand, qui nous
rassure.

Jamais conversation ne fut plus innocente, mais les in-
terlocuteurs ont ralenti le pas comme des gens qui, trouvant
réciproquement la conversation agréable, n'ont pas hâte de

la terminer. On peut donc se représenter le petit chasseur
en habit écarlate couvert de boue, devisant amicalement
avec cette jeune fille qui n'y cherche pas d'autre agrément
que de pouvoir parler librement et d'être écoutée avec bienveillance. Mais ils s'offrent ainsi, avec cette ombre de mys-
tère qu'ajoute le crépuscule, aux yeux d'un autre chasseur
de plus haute taille, vêtu aussi d'écarlate, regagnant le logis
à travers les flaques d'eau de la route. En passant prèsd'eux,
Gérard, car c'est lui, met son cheval au pas ; il ne voudrait
pas éclabousser une femme, même quand il ne voit en elle
que la plus insigne coquette dont la vanité effrénée se repaît
de tous les hommages. Alors, levant froidement son chapeau,
il les dépasse sans leur parler ; mais mille pensées l'agitent
durant le trajet jusqu'au château. « C'était un rendez-vous,
se dit-il, un rendez-vous convenu avec elle, le jour où il
est venu ! Abominable coquette ! Il ne lui suffit pas d'avoir
fait deux malheureux ! Croit-elle que Linley voudra bien
l'épouser ? Une jolie heure pour aller se promener avec un
homme qu'elle n'a vu que deux fois dans sa vie ! Ne lui
ai-je pas entendu dire l'autre jour à mistress Blessington
qu'elle ne sortait jamais de l'enceinte du parc ? Mensonge !
Jamais un homme ne sera assez fort pour lutter contre les
artifices d'une femme. Elle se perdra, rien de plus sûr, si
elle est abandonnée à elle-même... mais... elle est si jeune !
Dois-je l'en avertir ? Non. Ce n'est pas mon affaire.

— Voilà Gérard, dit Linley en le regardant s'éloigner au
trot. Il a l'air d'aller à l'enterrement. Certainement, il ne
gagne pas à être amoureux ; il était bien autrement gai
l'année dernière.

Mais Esther l'entend à peine ; elle a saisi d'un rapide coup
d'œil, au moment où il a passé près d'eux, l'expression
irritée de son visage et elle est toute tremblante en se rap-

pelant ce qu'il y avait d'indignation et de colère dans son
regard :

— Je crains, dit-elle, que M. Gérard ne trouve étrange
que je sois dehors si tard.

— Et quand cela serait? réplique Linley avec impatience.

— Il doit être très tard, en effet, si j'en juge par l'obscurité, dit Esther en regardant autour d'elle. Je n'avais pas
remarqué qu'il fait presque nuit.

— Il ne fait pas beaucoup plus noir que quand Gérard a
passé, remarque Linley d'un ton un peu piqué.

— Non, mais...

— Comme vous avez l'air troublée ! On dirait que vous
avez peur de lui? A votre place, je n'aurais aucun égard à
l'opinion de quelqu'un qui, comme vous le dites, n'a pas
même la politesse de vous parler.

Esther, se calmant un peu, reprend avec dignité :

— L'opinion de M. Gérard n'a aucune influence sur mes
actions, mais la surprise qu'il a paru montrer en me voyant
là m'a fait souvenir que je devrais être rentrée depuis
une heure.

— On a besoin de vous, je suppose? dit le jeune homme
d'un air peiné. Je voudrais bien que vous ne fussiez pas si
nécessaire; on a toujours besoin de vous.

— Il y a par ici une petite porte, dit-elle en montrant une
certaine impatience de s'en aller; en sautant par-dessus et en
prenant une allée de traverse dans le parc, je rentrerai vingt
minutes plus tôt qu'en suivant la route. Adieu.

— Adieu, répond-il à contre-cœur. Je ne suis pas altéré
de sang généralement, mais je voudrais que Gérard se fût
cassé le cou en tombant de cheval ce matin avant d'être
venu mettre le nez dans nos affaires, et si j'en juge par

votre visage, vous n'en seriez pas fâchée non plus. Eh bien, quand nous reverrons-nous ?

— Jamais... un jour ou l'autre... Bientôt !... répond Esther en hâte et ne sachant ce qu'elle répond, mais voulant lui échapper le plus tôt possible.

Puis elle s'élance par-dessus la petite barrière et disparaît dans le brouillard.

Saint-John, rentré au château et ayant laissé son cheval à un groom, ne peut supporter d'être enfermé entre quatre murs ; aussi prend-il le parti de ressortir et de marcher le long de l'avenue jusqu'à ce qu'il arrive à la grille d'entrée. Là il s'arrête, appuie ses bras sur une porte basse et reste immobile en regardant au loin la route par laquelle doit rentrer Esther en compagnie de Linley.

— Ils ne se quitteront probablement qu'au dernier moment, se dit-il durant cette attente solitaire.

Tirant sa montre, il calcule le temps comme s'il voulait boire, jusqu'à la lie, la coupe amère de la jalousie.

— Il y a un mille et demi à compter de l'endroit où je les ai rencontrés ; voyons le temps qu'ils mettront à le parcourir.

Il n'a pas longtemps à attendre. Avant cinq minutes, on entend le galop d'un cheval, et Gérard, saisi d'une sorte de honte d'être surpris par Linley comme s'il était aux aguets, se cache derrière un gros arbre.

Linley est *seul*. Son visage est tourné du côté de la maison dont les hautes fenêtres éclairées forment de grands carrés lumineux sur la sombre façade. Il cherche du regard celle d'Esther, et, dans son ignorance, il contemple avec amour la chambre où mistress Blessington, aidée de ses femmes, élabore péniblement tous les apprêts de sa toilette du soir.

— Elle aura traversé le parc, pense Gérard avec un sentiment involontaire de soulagement; elle craint, apparemment, que je ne parle de son escapade.

Il redescend l'avenue et, prenant un sentier qui tourne autour du potager, il gagne une porte du parc, et, là, s'arrête pour attendre Esther.

Le chemin qu'elle avait pris, le croyant le plus court, se trouve être le plus long. Des portions du parc ont été environnées de barrières afin de séparer les daims du troupeau d'Écosse. Une grille restant habituellement ouverte est fermée avec un cadenas et il faut qu'elle cherche une autre entrée.

Tandis qu'elle foule de ses pieds fatigués l'herbe humide, Gérard se sent assailli de mille craintes vagues. Que lui serait-il arrivé pendant cette obscurité? Mais cette partie du parc est bien close. A mesure que le temps s'avance, ses inquiétudes augmentent; mais enfin il entend quelqu'un courir avec une respiration haletante; Esther, qui ne court plus si bien que du temps de Glan-yr-Afon, a été prise de frayeur en se croyant poursuivie par des taureaux écossais ou des esprits des ténèbres. Sa peur augmente lorsque Gérard, qu'elle ne voyait pas, ouvre pour elle cette porte, et elle s'arrête brusquement; mais, en s'apercevant que la porte s'ouvre par une action toute naturelle, elle ralentit seulement le pas.

— Il est un peu tard, je le crains, monsieur Gérard, dit-elle avec une certaine hésitation à enfreindre le silence qu'elle avait promis mais supposant qu'il n'était pas venu là pour se taire.

Il regarde à sa montre:

— Six heures moins dix minutes, répond-il avec une froide politesse.

— Vraiment? Je ne croyais pas qu'il fût si tard jusqu'à ce que votre air de... de... surprise me l'ait rappelé.

Malheureusement son excuse est des plus mal choisies.

— En vérité ! dit-il, d'un ton glacé.

— Je ne m'étais pas aperçue que la nuit venait si vite, continue-t-elle innocemment sans penser qu'elle aggrave ses torts à chaque mot.

— Je n'en doute pas, réplique-t-il toujours aussi froidement.

Elle s'était adressée à lui d'un air humble et contrit, espérant l'adoucir par cette soumission apparente et être simplement grondée, mais la sécheresse de ses réponses finit par la blesser.

— Quand on est en agréable compagnie, reprend-elle avec un rire nerveux, on oublie la fuite du temps.

— Assurément, répond Gérard s'efforçant de dissimuler une colère croissante, mais incapable de dire plus qu'un mot à la fois.

— Quand on n'a pas fait un vœu de silence perpétuel, c'est un soulagement de pouvoir un peu causer avec quelqu'un qui n'est ni *sourd*, ni *muet*, dit-elle enhardie par l'impatience.

— C'est un grand plaisir, en effet, réplique-t-il profondément irrité ; et pourtant, si vous voulez bien me le permettre, ajoute-t-il, ne pouvant résister à la tentation de lui donner un avis, si vous voulez bien en croire quelqu'un beaucoup plus âgé que vous et qui n'a d'autre intérêt que le vôtre, en cette circonstance, j'oserai vous avertir de choisir une heure plus convenable pour vos entretiens, quel que soit le charme que vous trouviez dans la société du sympathique M. Linley.

— Les pauvres n'ont pas le droit d'être difficiles, répond-

20

elle d'un air un peu boudeur ; vous paraissez oublier que
j'ai bien peu de moments libres dans la journée.

Il se redresse de toute sa hauteur et ses lèvres qui s'amin-
cissent lui donnent une expression des plus sévères.

— J'avais raison, se dit-il à lui-même ? ils ne s'étaient pas
rencontrés par hasard.

Puis il reprend tout haut :

— Je vous fais mes excuses, miss Craven, de m'être mêlé
de vos affaires, qui ne me concernent en aucune façon. Je
croyais seulement, comme vous êtes très jeune, que vous
pouviez ignorer que des promenades *nocturnes* avec un
homme du caractère de Linley pourraient faire tort à la
réputation d'une femme.

— Je ne sais rien de son caractère, réplique-t-elle avec
un accent de défi. Tout ce que je sais, c'est qu'il est bon et
poli à mon égard, ce que je ne rencontre pas ailleurs.

Alors pour éviter la honte de chercher à provoquer sa
pitié en lui montrant ses larmes, elle le quitte brusquement
et rentre dans son port de refuge, sa grande chambre nue
et sombre.

XXXIX

Le temps se passe et Gérard est encore à Blessington. Il y est resté, malgré le dîner à six heures, malgré l'ennui de ce repas prolongé par ces vieilles gens, malgré ses efforts inutiles pour tirer de sa fiancée d'autres idées que celles qu'elle puise dans le *Follet* ou le *Journal des demoiselles*. Il a fini par y renoncer et passe maintenant la soirée à lire le *Times*, le *Field* et même, en désespoir de cause, il a parcouru deux chapitres et demi du volume de *Paméla* qu'Esther avait laissé par mégarde sur la table du salon. Quelquefois, en dépit de lui-même, il se prend à désirer que son mariage soit un fait accompli. — Quand nous serons mariés, pense-t-il, il ne sera plus nécessaire de nous parler. Dieu merci ! nous n'en serons pas réduits à vivre en compagnie l'un de l'autre, par économie, et elle pourra aller de son côté, moi du mien. J'achèterai une cargaison de miroirs, de verroteries et de calicot et j'irai faire un voyage d'exploration dans l'Afrique centrale ; j'apprendrai la langue harmonieuse des indigènes et je m'abstiendrai de travailler à les convaincre de l'immortalité de l'âme par des arguments persuasifs.

De temps en temps la voix de sa conscience lui crie :

Éloigne-toi ! Fuis ! Mais lui, fort de son innocence, lui répond : Je n'ai nulle tentation à craindre ; je la vois rarement, je ne lui parle jamais et je la regarde le moins possible.

Mais cette femme souffre et dépérit chaque jour ; un feu inconnu brûle ses veines ; elle vit dans un état d'agitation dévorante. Bien qu'ils ne se rencontrent que rarement et ne se parlent pas, ils sont sous le même toit. De son observatoire dans la galerie, elle le voit partir le matin et rentrer le soir. A déjeuner et à dîner, ils sont assis en face l'un de l'autre. Elle peut étudier son visage à la dérobée, sans qu'on la voie, pendant qu'il entretient péniblement celle qui doit occuper pour toute la vie la place qu'Esther a tenue pendant un seul jour, pendant ces vingt-quatre heures d'un rêve doré. Parfois, ils se rencontrent sur l'escalier et sa robe noire l'effleure quand ils passent en silence à côté l'un de l'autre. La nuit, elle reste éveillée, écoutant pour entendre son pas dans le corridor quand il se rend à sa chambre, et elle attend ainsi de longues heures, parce que, sans se douter que quelqu'un veille en même temps que lui, il est là dans le fumoir prolongeant indéfiniment sa rêverie au milieu des nuages de fumée dont il s'enveloppe.

Depuis quelque temps, M. Blessington est beaucoup plus valide et il insiste afin qu'on lui lise depuis le moment du thé jusqu'à celui où il se couche, c'est-à-dire une grande heure. Quelque fatiguée et enrouée que soit la jeune lectrice, Gérard ne vient plus à son secours ; il n'offre plus de la remplacer, quoique la toux si fréquente de celle qu'il regarde comme une coquette maudite lui perce le cœur. Avec les alternatives continuelles de gelée et de dégel, de pluie et de soleil des hivers anglais, la santé de la jeune fille a décliné rapidement. Le fait n'est que trop évident, sauf pour elle-même qui, n'étant pas accoutumée à voir les progrès d'une maladie chez elle ou chez les autres, croit qu'elle n'éprouve qu'un peu de faiblesse ou de fatigue, qui passeront avec le retour du printemps.

Un dimanche, en particulier, Esther s'est levée plus faible et plus nerveuse que de coutume; il lui faudrait rester à la maison et s'étendre sur un lit, mais cela ne se peut pas. Les devoirs les plus impérieux sont encore ceux du dimanche. Si le temps est favorable, M. Blessington ne manque pas le service divin; il se transporte, appuyé sur le bras d'un domestique, dans son vieil habit noir boutonné jusqu'à son menton branlant, et, arrivé à son banc, il est déposé dans un coin d'où il peut voir sans être vu. Il y a, dans ce coin, place pour lui et pour la personne qui le dirige dans ses dévotions, ce qui est loin d'être une sinécure. Tantôt il faut le presser, tantôt le ralentir pour les réponses qu'il prétend faire selon le rituel; presque entièrement sourd et aveugle, il veut, cependant, montrer son zèle religieux, à la grande fatigue de son guide spirituel, qui y perd ses soins et sa peine. Aussi Esther pousse-t-elle un soupir de soulagement quand elle arrive à la fin de cette tâche au-dessus de ses forces. Et ce même dimanche, pour une cause ou une autre, les divagations du pauvre vieux n'ont, de mémoire d'homme, jamais été plus étonnantes, au grand amusement de la congrégation, mais au grand désespoir de sa famille. Ce jour-là, donc, Esther ne commence à respirer que lorsque le sermon commence et que le vieux squire s'installe commodément pour dormir.

La chaire est occupée par un prédicateur irlandais, vigoureux, ardent, peu instruit, qui a entrepris de conduire au ciel ses auditeurs à l'aide de toutes les flammes de l'enfer; c'est un de ces ministres maladroits qui ne reculent devant aucune navrante description pour nous convaincre que

nous sommes mortels, et que le tombeau nous attend. Il
force l'attention, et, en même temps produit la terreur. Esther écoute en tremblant, tandis qu'il décrit avec de minu-
tieux détails « le ver qui ne meurt pas ». Cette peinture est
assez terrible par elle-même, sans avoir besoin de commentaires; mais, ayant l'imagination exaltée et la raison affaiblie
par son état de maladie, la malheureuse fille se représente
son pauvre frère dévoré par ce ver qui ne meurt pas : c'est
trop horrible! elle se cache le visage de ses mains, et s'affaisse
en chancelant, saisie d'une sorte de vertige. Si elle pouvait
sortir, prendre l'air un instant! Alors elle se lève d'un pas
mal assuré, ouvre le banc et traverse l'église au milieu des
fidèles étonnés. Au moment où elle est près de la porte, elle
sent qu'elle va s'évanouir et s'appuie contre la muraille. Gérard, qui l'avait observée avec inquiétude, s'aperçoit que
sa démarche est chancelante et qu'elle cherche un point
d'appui. Aussitôt, sans se rendre compte de l'effet que son
action pourra produire sur sa bien-aimée, il se lève et suit la
jeune fille. Elle était parvenue à gagner une tombe, sur
laquelle elle s'était assise, tournant avidement son visage
vers l'est d'où souffle un vent frais qui la ranime un peu.

— Vous êtes souffrante, lui dit-il en se penchant vers elle
avec sollicitude et oubliant en ce moment de se montrer
froid et inflexible.

Elle ne répond pas pendant un instant; puis, respirant
longuement et essayant de sourire :

— L'église était si étouffée, dit-elle en soupirant, et avait
une si forte odeur de gaz qui me fait toujours mal ! et puis...

Elle frémit.

— Oui !... cet homme effrayant, vous parlant de la pour-
riture du tombeau...

— Je voudrais de tout mon cœur qu'il y fût lui-même,

dit Gérard. Il pourrait s'y livrer à ses métaphores favo-
rites.

— Et c'est si terrible de penser que tout cela est *vrai*, —
dit-elle en fixant sur les siens de grands yeux effrayés,
comme pour y chercher quelque raison de se rassurer, — si
terrible de penser que même la réalité dépasse toutes ces
peintures révoltantes ; que nous tous, nous deviendrons un
objet d'horreur, *tous*, vous et moi, jeunes et vieux, les plus
beaux et les plus laids !

— Ma pauvre enfant, ne vous laissez pas aller à ces
pensées malsaines ; elles vous rendent malade .

— Suis-je malade, croyez-vous, réellement ? dit-elle en se
levant avec une grande vivacité ; ai-je l'air malade ?

Les ravages produits sur son visage et sur toute sa personne par les chagrins de ces derniers mois sont trop évidents pour qu'il lui réponde autre chose que la vérité :

— Oui, vous êtes malade.

— Vous croyez que je vais mourir ? dit-elle d'une voix
faible.en posant sa main sur son bras, tandis que ses grands
yeux fiévreux semblent pénétrer jusqu'au fond de son âme.
Les gens sont-ils destinés à mourir dès qu'ils sont faibles et
maigres commme je le suis ?

— Mourir ! Dieu nous en préserve, répond-il en essayant
de parler légèrement. Ne parlons pas de mort ; je crois que
c'est cette vue des tombeaux qui aura inspiré ce malheureux
prédicateur. Allons, vous n'êtes pas assez bien pour retourner à l'église, et moi je n'ai nulle envie d'entendre la fin de
son discours funèbre. Rentrons à la maison.

Ils y retournent donc ensemble, et là, il ne semble pas
encore disposé à la quitter. Il la fait asseoir près d'une
fenêtre ouverte et reste debout près d'elle la main appuyée
sur le dossier de sa chaise. Ils semblent se retrouver comme

ils étaient autrefois, et le souvenir de ce passé adoucit le son de sa voix, qu'il n'a pas naturellement douce :

— Vous n'êtes pas faite pour ce genre de vie, lui dit-il en se baissant presque jusqu'à son jeune visage dévasté; il y faut une femme d'une bonne santé, d'un âge moyen. Pourquoi avoir entrepris cette tâche? Pourquoi n'êtes-vous pas... pas mariée ?

Elle se tourne vers lui en rougissant et avec un regard douloureux :

— Parce que, dit-elle en essayant de plaisanter, personne ne m'a demandée, je pense.

— Mais vous étiez fiancée lorsque... lorsque nous nous sommes quittés.

— Oui.

— Et vous ne l'êtes plus?

Avec quelle impatience il attend cette brève réponse qu'elle articule lentement :

— Non.

— A-t-il donc... hem !... *découvert* quelque chose? reprend Gérard, ayant peine à trouver une formule convenable.

Elle s'anime tout à coup :

— *Découvert* quelque chose? s'écrie-t-elle indignée. Croyez-vous donc impossible que je puisse être honnête une seule fois dans ma vie? je lui ai tout dit moi-même.

— C'est vous qui avez rompu alors?

— Non...

— C'est donc lui?

— Oui.

— Pauvre garçon ! il avait de bonnes raisons pour vous en vouloir ! dit Saint-John.

Tout ce qu'il a souffert lui-même lui revient à la mémoire

quand il pense à la trahison qui a fait le malheur de deux existences.

— Mais il ne m'en a pas voulu, s'écrie-t-elle vivement; il n'était que peiné... Oh ! si peiné ! Je ne puis me pardonner quand je pense à son chagrin au moment où je lui ai tout révélé !

Ses yeux errent avec distraction du côté de l'*Enlèvement des Sabines*, tandis que sa pensée se reporte vers ce bout de rocher où, un triste jour d'automne, elle a brisé le cœur d'un honnête homme.

— Non, reprend-elle, il n'avait nulle colère. Il n'a jamais pensé à lui-même ! Il n'a jamais pensé qu'à moi ! Oh ! c'était bien là de l'amour.

— Et pourtant il n'a pas voulu vous épouser? dit Saint-John, exaspéré par ces éloges qui lui semblent la critique de sa propre conduite.

— Non, reprend-elle tranquillement, vous avez raison. Il n'a pas voulu m'épouser, quoique je le lui aie demandé; mais c'était par intérêt pour moi; il ne pensait pas à lui-même. Il m'a dit qu'il ne pourrait jamais me rendre heureuse, puisque je ne l'aimais pas. Il avait tort, je l'aimais et je l'aime encore beaucoup. Si je n'aimais pas le seul ami qui me reste au monde, que deviendrais-je? dit-elle en terminant, les yeux remplis de larmes.

— Vous avez une grande puissance d'aimer, réplique Saint-John qui, bien qu'il ne manque pas de générosité, est exaspéré par ces expressions de tendresse, ces larmes et ces regrets accordés à son rival. — Je vous envie, mais je désespère de vous égaler jamais.

— Les hommes ne comprennent l'amour que sous une seule forme, dit-elle avec douceur; les femmes ont plusieurs manières d'aimer. Je l'aime, lui, parce qu'il est le seul être

complètement désintéressé que j'aie jamais rencontré; mais
je suis de votre avis que, ce que l'on appelle réellement de
l'*amour*, on ne l'éprouve qu'une seule fois dans la vie.

A ces paroles, à cette assurance de fidélité qu'elles ren-
ferment si innocemment, une joie immense remplit son
cœur; c'est une joie prête à déborder, prête à s'abandonner
à tous les transports de la passion la plus violente; mais
l'honneur, cet inflexible geôlier qui retient sous sa puissance
nos sentiments les plus vifs, l'honneur commande, et il
l'écoute.

Il lui tend seulement la main en lui disant :

— Esther, soyons amis. Je suis fatigué de ce silence et de
cet éloignement. Vivons en paix.

— Je l'ai toujours désiré, répond-elle avec la même douceur en laissant sa petite main dans la sienne. Vous le savez
bien ! Mais vivons en paix *à part, non ensemble*. Cela sera
mieux. Combien de temps, reprend-elle tout à coup, la voix
tremblante et les yeux humides, combien de temps... comptez-vous rester... encore.

— Pourquoi le demander? répond-il tandis que l'orgueil
et la passion se livrent en lui un grand combat. Pourquoi
voulez-vous le savoir? Dans cette grande maison, il y a bien
place pour nous deux. Je ne vous y gêne pas, apparemment?

— Oui, dit-elle avec agitation, oui, vous me gênez. Vous
me gêneriez dans une maison plus grande encore. J'aspire
à m'éloigner de vous tous les jours davantage. Je crois que
je respirerais plus facilement si je pouvais m'enfuir.

Il se tait, toujours penché vers elle, en proie à une émotion invincible, mais que les liens qui l'enchaînent lui dé-
fendent d'exprimer.

— Oui, continue-t-elle, vous me l'avez promis le jour où
nous nous sommes rencontrés sur l'escalier; vous m'avez

promis de partir au premier moment, et voilà plus d'un mois,
et vous êtes encore ici ! Assurément, ajoute-t-elle les joues
enflammées et les yeux brillant du feu intérieur qui la
dévore ; assurément, la maîtresse la plus exigeante vous
laisserait bien quelque liberté. Pourquoi avez-vous manqué
à votre parole ? pourquoi êtes-vous resté ?

Pendant quelques instants, il garde le silence ; il interroge
sa conscience à laquelle il n'a que trop résisté ; puis, la
rougeur au front, il répond enfin :

— C'est parce que je vous ai trompée et me suis trompé
moi-même. Ce lieu me retenait par une attraction qui n'é-
tait pas celle de sa présence, *à elle*. J'y reste attaché comme
un homme s'attache au tombeau où gît sa dernière espérance.

— Oh ! n'y restez pas plus longtemps, s'écrie-t-elle avec
un accent passionné et en prenant sa main entre les siennes.
Ne *vous* trompez plus vous-même. Comprenez la vérité et
partez avant qu'il ne soit trop tard. Si vous ne partez pas,
il faudra que ce soit *moi !*

Comme elle pleure en lui parlant, ses larmes brûlantes
inondent la main qu'elle retient. Il se met à genoux près
d'elle. Son empire sur lui-même a disparu devant la passion
si longtemps comprimée.

— Vous m'ordonnez de partir, lui dit-il d'une voix brisée par l'émotion, et, en me l'ordonnant, vous pleurez ! Que
dois-je croire ? Vos paroles ou vos larmes ?

— Mes paroles, répond-elle en s'efforçant d'être calme
afin de le calmer. Une fois, vous le savez, j'ai agi avec fausseté ; laissez-moi réparer ma faute en engageant un honnête homme à résister à la tentation, à ne pas manquer,
à cause de moi, à tous ses devoirs... *Jurez-moi* que vous
partirez... Je sais que vous ne manquerez pas à votre serment.

Il garde le silence. Il hésite à prononcer cette sentence de bannissement ; il ne peut se séparer irrévocablement de la femme qu'il a une fois éloignée de lui avec une juste colère et dont la frêle vie semble être aujourd'hui liée à la sienne.

— Jurez-le! lui répète-t-elle avec fermeté ; sinon je pars ce soir, en perdant mon unique gagne-pain.

Son insistance le rappelle à lui-même.

— Vous ne serez pas exposée à cette extrémité, dit-il froidement. Laissez-moi seulement jusqu'à demain matin, et je vous jure de vous obéir.

— C'est bien, répond-elle en essayant de sourire à travers ses larmes. Quelque jour vous me remercierez et vous direz : « Cette fille était mauvaise, mais elle m'a donné un bon conseil. »

. . . .

Les habitants du château reviennent de l'église ; le squire est dans une voiture basse, conduite par un groom aussi vieux que lui et traînée par un poney également hors d'âge.

— Il faut que je remonte, dit Esther se levant en hâte. Mistress Blessington déteste autant les yeux rouges qu'elle déteste les robes noires, et par la même raison.

XL

L'après-midi du dimanche, le vieux couple s'endort, chacun de son côté, devant le feu du grand salon ; mais depuis
l'arrivée de Saint-John, le petit salon à côté a été dévolu à
lui et à sa fiancée, pour de tendres tête-à-tête et ils peuvent se livrer en liberté à leurs témoignages d'affection,
ainsi que des fiancés sont censés devoir le faire. A dire vrai,
je doute fort que, dans cet après-midi, ces témoignages
aient été bien vifs de part et d'autre. Constance est étendue
nonchalamment dans un fauteuil. Elle aime l'*ouvrage*, et le
dimanche on ne peut pas travailler. Ses pieds reposent sur
un tabouret, et ce sont eux qu'elle contemple, absorbée
dans de profondes réflexions au sujet des boucles d'acier de
ses souliers, en se demandant s'il ne serait pas mieux de les
avoir plus petites pour faire paraître les pieds plus petits. Saint-
John est assis près d'une table, la tête appuyée sur sa main,
et dessinant des chevaux qui sautent des barrières impossibles, des porcs primés, des danseuses de féeries, des bons-
hommes qui se boxent. Lui aussi est absorbé, mais non au
sujet des boucles de souliers. Il a quelque chose à dire à
miss Blessington, quelque chose de peu agréable, et il ne
sait par où commencer. Le hasard le favorise. Miss Bles-

21

sington, en levant les yeux, surprend ceux de son amant fixés avec une expression qu'elle ne lui connaissait pas, non vers elle-même, comme elle pouvait s'y attendre, mais vers un objet au dehors. Elle regarde dans la même direction, et découvre que c'est bien peu de chose ; c'est seulement « la pauvre miss Craven » qui attire son attention, tandis qu'elle traverse le jardin lentement et la tête inclinée.

— Comme cette fille a l'air malade ! dit-elle d'un ton de dépit. Je crois vraiment que les personnes de cette classe ont plaisir à paraître dans un état pitoyable, afin de vous impatienter.

C'est pour lui le moment de parler :

— Constance ? dit-il sans lever la tête et à demi-voix, quel motif avez-vous eu pour ne pas m'écrire que cette jeune personne était ici, quand vous l'avez su ?

— Vous m'aviez défendu de prononcer son nom, répond-elle froidement, et, à vrai dire, je n'étais pas fâchée que vous la vissiez en cet état. Si vous ne vous étiez pas rencontrés, vous auriez gardé d'elle un tendre souvenir toute votre vie, ce qui ne peut plus être maintenant que, par vos yeux, vous avez vu qu'elle a perdu toute sa beauté.

— Perdu sa beauté ? répète-t-il avec un profond étonnement.

— Eh bien ? reprend-elle languissamment, pourquoi répétez-vous mes paroles ? Vous savez que je ne l'ai jamais beaucoup admirée. Je ne puis admirer les brunes ; mais, c'est affaire de goût ; ce qui n'est pas affaire de goût, mais un fait, c'est que toute la beauté qu'elle pouvait avoir a complètement disparu.

Gérard sourit dédaigneusement :

— Je la trouve telle qu'elle a toujours paru à mes yeux, réplique-t-il, c'est-à-dire la plus jolie femme que j'aie jamais vue. Un peu de pâleur ou de maigreur ne la change pas beaucoup. Mais, comme vous dites, les goûts diffèrent. Moi, *j'aime les brunes.*

— C'est bien poli de me le dire! s'écrie-t-elle en rougissant.

Attaquer sa figure ou ses toilettes, c'est la plus grande blessure qu'elle puisse recevoir à travers son armure éprouvée.

Saint-John sourit encore :

— En nous engageant l'un à l'autre, dit-il, n'était-ce pas convenir que nous nous trouvions les êtres les plus beaux de la création?

— Ce n'est pas l'usage qu'un homme exprime une préférence pour une autre femme devant celle à qui il est fiancé.

— Il n'est pas question de préférence, répond-il tranquillement. Je ne prétends pas faire de comparaison entre vous et miss Craven en ce moment, car je ne pensais pas à vous. Contentez-vous de me paraître la plus belle *après elle.*

Elle détourne la tête, trop indignée pour lui répondre.

— Constance, reprend-il en changeant de ton, quand je vous ai demandée en mariage, ne vous ai-je pas déclaré honnêtement ce que je pouvais et ce que je ne pouvais pas vous donner, et ce dernier point, c'est l'admiration sans réserve qui accompagne généralement l'amour. N'est-il pas vrai?

— Parfaitement, répond-elle avec irritation, et comme je ne suis pas une de ces femmes pour qui tous ces *feux,* toutes ces *ardeurs,* tous ces *transports* de la passion paraissent nécessaires pour le bonheur du ménage, je ne les regrette nullement. J'ai toujours pensé, continue-t-elle avec une affectation de haute moralité, que le respect et l'estime suffisent, et je le pense encore.

— Mais pouvons-nous avoir l'un pour l'autre ce respect
et cette estime ? réplique-t-il d'un ton demi-moqueur et
demi-triste, lorsque, de votre côté, vous ne vous souciez de
moi, personnellement, à aucun degré, puisque vous saviez
très bien, au moment où je vous ai demandée, que j'étais
amoureux fou d'une autre personne et que vous ne m'avez
accepté que comme un *bon parti* ? Quant à moi, je n'ai
rien fait, j'en conviens, dans toute mon inutile vie, pour
m'attirer l'estime ou le respect.

— Est-ce que cela vous frappe pour la première fois ?
dit-elle sèchement. Je ne vois pas qu'il y ait eu le moindre
changement dans notre situation depuis que notre mariage
est décidé. Nos sentiments réciproques sont exactement ce
qu'ils étaient avant que vous n'eussiez de pareils scrupules.

— Et quels étaient ces sentiments ? réplique-t-il amèrement. Rien ne nous rapprochait, sinon, ainsi que le dit sir
Thomas, que nos propriétés se touchent, qu'il faut bien se
marier, que nos âges se conviennent et que nous n'avons
pas d'aversion l'un pour l'autre.

— C'est bien cela, répond-elle avec humeur.

— Et cependant, continue-t-il sévèrement, bien que
j'eusse mis à nu mon cœur devant vous en vous dévoilant
tous ses tristes secrets, bien que vous eussiez la conviction
que je n'étais pas garanti par mon amour pour vous, vous
m'exposez à la tentation... la plus cruelle des tentations,
sans m'en avertir. Était-ce bien ? était-ce loyal ?

— Puisque vous m'obligez à me défendre, répond-elle
avec colère, je dois vous répéter, comme je vous l'ai déjà
dit, que le meilleur moyen, selon moi, de vous guérir de
votre caprice pour Esther Craven, caprice qu'elle a, du reste,
récompensé par la plus noire perfidie, c'était de vous la
montrer telle qu'elle est aujourd'hui.

— C'est ce que vous avez pensé, reprend-il avec une sourde imprécation. Mais c'était une terrible méprise, une erreur qui ne peut amener pour tous qu'un mal irréparable.

— Je ne suis pas du tout convaincue que cela amène un mal quelconque pour ce qui me concerne, répond-elle froidement et sans comprendre sa pensée.

— Je ne parlais pas de vous, dit-il d'un ton sec.

Elle ne réplique rien. Il se lève et fait quelques tours dans la chambre en se disant qu'en effet, s'il veut qu'elle le comprenne, il doit s'expliquer plus clairement. Comme elle continue à garder le silence, il s'arrête devant elle et parle vivement, mais non sans quelque embarras, comme quelqu'un qui a conscience de dire des choses peu agréables à entendre.

— Constance, je dois vous dire la vérité, une vérité qui n'est pas aussi flatteuse que les discours que l'on vous adresse ordinairement ; mais, du moins, il vaut mieux que vous l'entendiez dès à présent, que d'attendre plus tard pour nous faire mutuellement des reproches. Nous ne pouvons nous dissimuler que, vous et moi, nous n'avons pas l'un pour l'autre les sentiments que doivent avoir un mari et une femme.

— Peuh ! fait-elle dédaigneusement et en détournant la tête, nous sommes comme tant d'autres. Il est trop tard pour faire toutes ces réflexions. Vous auriez pu songer à ces objections il y a deux mois, avant de me demander, et non aujourd'hui que notre mariage est résolu, à la connaissance de tout le monde.

— Vous avez raison, reprend-il tranquillement. J'aurais dû y penser plus tôt, mais j'avoue que je n'y avais pas réfléchi et que je serais resté dans cet état de suprême indifférence à tout, si je n'étais pas venu ici, et si vous n'aviez pas jeté Esther Craven sur mon chemin.

Elle se lève toute droite, une colère sourde rend son beau visage plus pâle et son expression plus dure que de coutume.

— L'intention de cette longue tirade, dit-elle, signifie, en bon anglais, que vous voulez épouser Esther Craven, au lieu de moi.

Il reste silencieux.

— Est-ce bien cela ? répète-t-elle d'une voix plus aiguë que sa voix douce et factice.

— Du moment, dit-il avec effort, mais cependant avec fermeté, que j'ai pris cet engagement, vous devez croire assez en mon honneur pour ne pas me soupçonner de vouloir le rompre de mon plein gré.

Les diamants de famille apparaissent à Constance dans tout leur éclat et leur nombre, — collier, aigrette, broches. L'idée de les voir briller dans les beaux cheveux d'Esther, sur son cou charmant, lui est insupportable ; non, elle ne le dégagera pas de sa parole ; elle tiendra serrée cette chaîne que son honneur l'empêche de rompre.

— Je suis bien aise, reprend-elle froidement, de l'assurance que vous me donnez. Par considération pour moi, vous ne pouviez, en effet, concevoir une telle idée. C'est, pour une jeune personne, tout ce qu'il y a de plus fâcheux que son prochain mariage ait été annoncé partout et soit rompu brusquement.

Il va vers la fenêtre pour cacher son amer désappointement.

— Très bien, dit-il avec calme. Les choses resteront comme elles sont, sans doute. J'ai cru de mon devoir de vous avertir qu'il y a peu de chances de bonheur dans un mariage aussi dépourvu d'affection que le nôtre. Vous n'aurez à blâmer que vous-même de ce qui s'ensuivra.

XLI

Le voile de la nuit s'est étendu sur notre hémisphère. Esther s'est endormie le sourire sur les lèvres : il lui a pardonné ! Il ne la hait plus ! Ce n'était pas la haine qui brillait dans ses yeux profonds, tandis qu'il se penchait vers elle dans ce cimetière où elle s'était réfugiée, presque défaillante et lorsqu'il s'agenouillait à ses côtés avec une si vive émotion. Et maintenant, une joie mélancolique remplit tout son être. Il lui a rendu intact le souvenir du passé, de ce doux et court passé de Felton ; personne ne peut plus le lui ravir, pas même miss Blessington à qui appartiennent le présent et l'avenir. Elle rêve de lui, elle rêve qu'elle est dans la bibliothèque à Felton, dans le demi-jour des stores baissés, des sombres rayons de vieux chêne, embaumé du parfum des fleurs, et, là, elle entend dans le corridor son pas rapide, il est à sa porte ; il va l'ouvrir ; mais quoi ? cette porte ne s'ouvre pas. Il la pousse doucement ; un peu plus fort... elle ne s'ouvre pas davantage. Pourquoi tant de précautions, comme s'il craignait d'être entendu ?... Elle s'éveille en sursaut, complètement, et s'aperçoit que ce n'est pas un rêve ! Il y a quelqu'un qui cherche en effet à ouvrir une porte en la poussant avec le moins de bruit possible, et, dans le premier moment d'effroi, elle s'imagine que c'est celle de sa chambre ! Pourtant, en écoutant mieux, elle est détrompée. Le bruit apparemment vient d'en bas, sous ses fenêtres. Tout à coup elle se souvient qu'il y a une porte donnant dans le jardin placée au-dessous de sa fenêtre, mais de manière à pouvoir la voir de chez elle, et par laquelle tout l'été se fait le service de la maison, mais qui, pendant l'hiver, est presque toujours fermée. Elle se met sur son séant, et reste sans bouger au milieu de l'obscurité la plus profonde.

Le bruit se répète, comme si quelqu'un tâchait, des pieds et des mains, de forcer cette porte. Quand on est sans lumière, on perçoit les sons les plus faibles. Esther saute de son lit et court, pieds nus sur le froid plancher, vers la fenêtre. Ouvrant un peu le volet et tremblant de tout son corps, elle regarde au dehors. Il n'y a pas de lune, mais l'armée des étoiles jette assez de clarté pour pouvoir distinguer la figure d'un homme essayant d'ouvrir la porte en question. Enfin elle voit donc de ses propres yeux ce brigand que son imagination lui a si souvent représenté ! Que faire ? Il est probable qu'elle est la seule personne éveillée dans cette vaste maison. Pendant quelques instants, elle reste incertaine, tandis que ses dents claquent de froid et que des bourdonnements terribles remplissent ses oreilles. Ira-t-elle appeler les domestiques ? Mais où les trouver ? Elle ne sait pas où ils couchent. Ils sont logés à des lieues de chez elle, dans une autre aile du château. Appellera-t-elle miss Blessington ? Elle connaît bien le chemin de sa chambre, au-dessous de la sienne ; mais que pourraient faire deux femmes contre les attaques de voleurs bien déterminés ? Osera-t-elle recourir à Saint-John, qui loge à quelques pas ? Dès que cette idée lui vient à l'esprit, elle la met à exécu-

tion. Allumant une bougie et s'enveloppant à la hâte d'une
robe de chambre, elle ouvre sa porte et court par la galerie
frapper à celle de Gérard. Mais Gérard dort profondément.
Elle frappe de nouveau et toujours, jusqu'à s'en faire mal
aux doigts, et elle appelle de toutes ses forces :

— Monsieur Gérard ?

— Qui est là ? répond enfin une voix endormie.

— C'est moi : c'est Esther ! dit-elle toute palpitante de
frayeur. Ouvrez ! ouvrez vite !

— Esther ? vous, Esther ! dit-il de l'intérieur, et cette
fois complètement éveillé. — Bon Dieu ! qu'est-il arrivé ?
Attendez une minute.

Il s'habille promptement et lui ouvre.

— Êtes-vous malade ? lui demande-t-il avec une vive
inquiétude en la trouvant appuyée contre le montant de la
porte, pâle comme la mort et la terreur peinte dans les yeux.

— Non ! non ! répond-elle d'une voix rauque et entrecoupée, tandis que tout semble tournoyer autour d'elle. Non !
mais il y a un homme... je l'ai vu.. qui cherche à pénétrer
dans la maison !

— Que diable est ceci ? reprend le jeune homme avec animation. Donnez-moi votre lumière ; j'irai voir ce qu'il veut.

— Non ! non ! n'y allez pas, s'écrie-t-elle folle de frayeur
et sans avoir conscience de ce qu'elle dit. Je vous défends d'y
aller ! Il vous tuerait !...

Et tout en parlant ainsi, elle l'étreint de ses beaux bras
nus et, laissant tomber le flambeau, se jette, inanimée, sur
sa poitrine.

N'est-ce pas là le rêve qui, depuis plus d'un mois, pour-
suivait Gérard nuit et jour ? N'est-ce pas là le désir constant
auquel son honneur seul lui défendait de céder et qui se
trouve tout à coup réalisé ? et cependant, comme l'accom-

plissement de nos désirs ne répond presque jamais à l'idée
que notre imagination s'en était formée, il n'éprouve guère,
en ce moment, qu'un embarras extrême. Que va-t-il faire
de cette chère créature évanouie dans ses bras au milieu de
l'obscurité profonde ? Va-t-il la déposer sur son lit et l'y laisser, tandis qu'il ira s'enquérir du sujet de sa frayeur ? Mais
les domestiques, s'ils prennent l'alarme, peuvent pénétrer
dans sa chambre et l'y découvrir, et ainsi, malgré sa parfaite innocence, elle se trouverait à jamais compromise !
Tandis qu'il délibère en lui-même, ayant toujours cette
belle tête reposant sur son épaule, ses cheveux soyeux caressant son visage, il aperçoit un filet de lumière qui s'é-
chappe par la porte de la chambre d'Esther. Une bougie y
brûle encore, et dès lors il s'y dirige, dépose son doux fardeau sur le lit couleur cannelle, et sans prendre le temps de
lui faire reprendre ses sens, il va tâcher de découvrir ce qui
a pu lui causer cette frayeur extrême, tout en se disant que
ce ne peut être qu'un effet de son imagination malade.

Il regarde par la fenêtre, et, comme elle, aperçoit un
homme à la pâle lueur des étoiles. Sans s'arrêter un moment,
sans accorder même une pensée à Esther toujours évanouie,
Saint-John se précipite dans la galerie, non sans éprouver
une excitation presque agréable à l'idée d'une aventure : il
court par les corridors, descend rapidement les froids escaliers de pierre, traverse le vestibule, les salons, jusqu'à ce
qu'enfin il ait atteint l'étroit passage qui conduit à la porte
du jardin. Dès qu'il en est près avec sa lumière, le bruit
cesse. Il reste immobile, espérant l'entendre encore, mais
vainement. Alors il pose de côté sa bougie, va décrocher les
antiques fermetures qui tiennent la porte verrouillée, et
regarde au dehors. D'abord il ne voit rien que le jardin
dans sa triste apparence d'hiver et le ciel parsemé d'étoiles,

mais un second coup d'œil lui fait apercevoir la forme indistincte d'un homme qui cherche à se dissimuler dans l'ombre d'un des contre-forts de la muraille.

— Qui est là ? crie-t-il d'une voix forte.

Personne ne répond.

— Qui est là ? répète-t-il. Si vous ne me répondez pas, je fais feu !

Ce n'est qu'une menace, car il ne porte aucune arme ; mais, à peine a-t-il parlé, que l'homme paraît et se rapproche de lui :

— Ne tirez pas, monsieur, je vous en prie, c'est moi !

Des boutons de livrée brillent dans l'ombre, et le coupable est reconnu. Ce n'est qu'un jeune mauvais sujet de valet de pied, qui, déjà plusieurs fois, a été soupçonné d'avoir trop de penchant à passer la nuit à l'enseigne de l'*Échiquier*. Une furieuse colère s'empare de Saint-John à ce dénouement ridicule de l'aventure, et il apostrophe le jeune homme d'un ton assez semblable à celui qu'eût pris son père en pareille occurrence.

— Que diable, monsieur, avez-vous à vous cacher ainsi de manière à effrayer toute une maison ?

— Excusez-moi, monsieur, j'étais allé, seulement... seulement... faire un tour dans le parc.

— C'est un mensonge ! s'écrie Saint-John toujours en colère. Ce n'est pas au milieu de la nuit que l'on va se promener ! Dites la vérité, sans aggraver votre faute. Vous étiez à l'Échiquier, je suppose. Avouez-le tout de suite.

— Pardon, monsieur, répond le jeune homme en baissant la tête d'un air de contrition ; il y avait une jeune demoiselle de Shelford qui craignait de s'en aller seule, et je l'ai accompagnée....

— Une jeune demoiselle ! répète Saint-John en réprimant

un sourire. Eh bien ! la prochaine fois, ayez la bonté de choisir une heure plus convenable pour reconduire les jeunes demoiselles.

— Et quand je suis revenu, monsieur, j'ai trouvé la maison fermée ; alors j'ai pensé que je pourrais passer par cette porte que Betsy oublie souvent de verrouiller en dedans ; seulement, elle tient si fort...

— Et Betsy n'avait pas oublié cette fois de la fermer, dit sévèrement Gérard ; c'est bien, monsieur, ne recommencez pas, ou l'on vous renverra sans vous donner de certificat.

Heureux d'en être quitte à si bon marché, le jeune homme s'esquive et Gérard remonte chez lui. Il ne peut s'empêcher de rire en pensant à la frayeur mortelle de la pauvre Esther et à ses supplications pathétiques : « N'y allez pas ! il pourrait vous tuer ! »

— Si je ne cours jamais un plus grand danger, se dit-il, je deviendrai vieux comme Mathusalem. Pauvre petite ! Je voudrais savoir si elle est revenue à elle... Il faut qu'elle sache que ce brigand sanguinaire ne m'a pas assassiné cette fois...

Il s'arrête près de sa porte et écoute attentivement ; nul bruit ne se fait entendre. Il frappe légèrement ; pas de réponse ; une seconde fois, il n'en obtient pas davantage. Avec un peu d'hésitation il entr'ouvre la porte ; il pénètre dans la chambre. A la lueur d'une bougie qui brûle encore sur la toilette, il peut voir Esther étendue sur le lit comme il l'y a posée et toujours sans connaissance. Cet évanouissement a toutes les apparences de la mort. Il se penche vers elle, en contemplant avec admiration ces belles paupières baissées, ces beaux cils soyeux et son admiration n'est pas sans un mélange de peine, car il voit mieux dans le long regard qu'il lui accorde que dans des coups d'œil à la dérobée les taches violettes qui sont sous ses yeux, le léger affaissement de ses joues, l'expression douloureuse des lignes de sa bouche. Mais cette contemplation ne suffit pas pour la rappeler à la vie. Il ne sait que faire, ayant été rarement témoin d'un évanouissement si prolongé. Il faudrait des sels ! Il en cherche inutilement sur la toilette où ne se trouvent que des brosses, des peignes, une Bible, une grosse pelote, et ni essences, ni pommades, ni flacons d'odeur d'aucune sorte. Tout à fait en peine de savoir ce qu'il faudrait faire, il retourne vers le lit et commence à frotter les mains d'Esther dans ses mains, puis se baisse pour voir de plus près s'il y a quelque apparence qu'elle reprenne sa connaissance. Ses lèvres sont si près qu'il lui est impossible de n'y pas poser les siennes... Mais bientôt il revient à lui avec un sentiment de honte d'avoir pris avantage de son insensibilité, et, se relevant, il se contente de caresser doucement ses mains toujours si froides et de surveiller avec une ardente impatience le retour à la vie si lent à se manifester ; enfin quelques symptômes de ce réveil apparaissent dans le mouvement des paupières, dans le léger frémissement des lèvres, et son regard encore vague, un peu effrayé, rencontre celui de Gérard ; une légère teinte rosée vient colorer ses joues pures ; la conscience tout à coup renaît, en même temps que la frayeur.

— Où est-il ? demande-t-elle d'une voix faible. Est-il parti ?... Vous n'êtes pas blessé ?

— Ce n'était pas un brigand bien dangereux, lui répond Gérard avec un sourire rassurant. Ce n'était que Thomas qui avait été reconduire sa belle et tâchait de rentrer à la maison sans qu'on l'entendît.

— Oh ! tant mieux ! Mais, ajoute-t-elle en regardant autour d'elle, comment suis-je ici? Il me semble que j'étais restée dans la galerie ?

— Je vous ai apportée là... J'espère que vous ne me trouvez pas trop hardi d'être revenu, après vous avoir laissée évanouie, pour voir si vous aviez besoin de soins ?.

Elle rougit et se relevant, assise sur le lit, elle essaye de rassembler avec les deux mains ses cheveux en désordre.

— Puisque vous êtes mieux, lui dit-il tendrement, je m'en vais.

Il va pour s'éloigner, mais avant qu'il n'ait gagné la porte, elle est brusquement ouverte, et Constance, échevelée, en robe de chambre, toute hors d'elle, se précipite dans la chambre en s'écriant :

— Oh ! miss Craven, j'ai peur ! J'ai entendu des voix dans le jardin !... Saint-John !!!

Jamais tragédienne n'a fait une exclamation de surprise égale à celle de Constance sur ce simple mot : Saint-John !

— Eh bien ? dit celui-ci, vivement contrarié d'être découvert dans ce moment critique.

— Je pense que je puis vous demander qui vous amène ici ? reprend-elle en se redressant de toute sa hauteur.

— Vous le pouvez parfaitement, répond-il en s'efforçant de recouvrer son sang-froid, et je n'ai pas la moindre objection à vous le dire. Je suis venu pour essayer de faire reprendre connaissance à miss Craven qui s'était évanouie en m'appelant, comme la seule personne à sa portée, parce qu'un homme essayait de s'introduire dans la maison.

Tandis qu'il parle, son propre récit lui paraît invraisemblable.

— Et vous n'avez pas été empêcher cet homme d'entrer ? dit Constance oubliant ses griefs personnels pour ne songer qu'à sa sûreté personnelle.

— Je vous demande bien pardon, j'y suis allé ; mais ayant découvert que c'était un domestique resté dehors par mégarde, je suis revenu le dire à miss Craven, dans le cas où elle aurait repris connaissance, ou sinon lui porter secours, comme on doit le faire à son semblable.

Après avoir parlé, il se croise les bras et la regarde en face hardiment.

— Je n'aurais pas pensé que ce fût votre affaire, réplique-t-elle, sans chercher à cacher son incrédulité. Pourquoi ne pas sonner une femme de chambre ?

— Parce que, et vous le savez bien, j'aurais eu beau sonner, personne ne m'eût entendu. Les sonnettes ne répondent qu'en bas et les domestiques logent en haut.

— Pourquoi ne pas m'appeler, moi ?

— C'eût été au moins aussi inconvenant, répond-il d'un ton railleur, et, d'ailleurs, c'est une idée qui ne me serait jamais venue.

Quelque chose dans son accent l'irrite singulièrement.

— En effet, reprend-elle d'un ton glacé, ce ne sont pas mes affaires ; que miss Craven reçoive tant qu'elle voudra les visites des messieurs dans sa chambre, à deux heures du matin, je ne m'en soucie nullement !

Elle allait s'en aller, mais il va se placer devant la porte pour l'empêcher de sortir, et, saisissant son poignet avec une rudesse dont il ne se doute pas, il s'adresse à elle d'une voix âpre, sourde et tremblante d'émotion. Ses yeux, où elle n'avait jamais vu que de l'indifférence, lui lancent des flammes de colère :

— Constance, lui dit-il, qu'entendez-vous par ces insinuations ? Comment osez-vous les exprimer ? Votre esprit est-il si corrompu que vous ne puissiez croire à la pureté des autres ?

— Vous conviendrez, reprend-elle avec obstination, bien qu'assez effrayée par son expression sévère, que la situation est au moins équivoque.

— J'en conviens, répond-il péniblement ; je le sais, j'en
souffre et cependant, si j'étais seul en cause, je refuserais
de m'abaisser jusqu'à vous répéter les explications que je
vous ai déjà données ; mais il s'agit de la jeune fille si parfaitement innocente, compromise par ma propre faute, et je
dois vous jurer, je vous jure devant Dieu, Constance, que
la chose s'est passée telle que je vous l'ai dite. C'est la vérité
tout entière... Maintenant, me croyez-vous ?

Elle ne répond pas.

— Me croyez-vous ? vous dis-je.

Constance a gardé l'expression froidement obstinée qu'il
ne connaît que trop bien quand elle lui répond :

— Il doit peu vous importer à présent que je vous croie
ou non, puisque, en tous cas, vous avez pris le meilleur
moyen de rompre votre engagement. Déjà, hier, vous m'a-
vez assez franchement fait comprendre votre désir de redevenir libre... Soyez satisfait ! Je vous rends votre parole.

— Comme vous voudrez, répond-il d'un air sombre. Dieu
sait qu'il n'y a jamais eu beaucoup d'amour entre nous...
Que c'était seulement un mariage de convenance des deux
côtés... Mais, de dire que le hasard qui nous a fait trouver
ensemble, miss Craven et moi, cette nuit, pendant quelques
moments, a pu déterminer la rupture de notre engagement,
c'est comme si vous disiez que j'ai menti en vous affirmant
ce qui s'est passé sur mon honneur de gentilhomme !

Il a pâli en prononçant ces dernières paroles.

— Vraiment ! réplique-t-elle avec un sourire bien fait pour
l'exaspérer, mais se confiant dans l'inviolabilité de son sexe.
Malheureusement, continue-t-elle, je ne suis pas de mon
siècle ; j'ai gardé des préjugés quant aux notions des convenances et de l'honnêteté, et, par conséquent... puisque

vous n'avez plus aucun droit sur moi... permettez-moi de
me retirer.

Il quitte sa main qu'il tenait encore, et, ouvrant la porte,
il la salue en lui disant :

— Allez, je n'ai ni le pouvoir ni le désir de vous retenir.

Elle part sur ces hautaines paroles.

Esther s'était glissée hors de son lit, tremblant de tous ses
membres, et, appuyée sur le dos d'une chaise, elle écoutait
tout le temps avec la surprise et l'horreur peintes dans ses
yeux innocents, largement ouverts. Aussitôt que miss Blessington a quitté la chambre, Saint-John se tourne vers elle,
et d'une voix où se mêlent le remords et la passion :

— Ma bien-aimée, lui dit-il, pardonnez-moi de vous avoir
exposée à cette scène cruelle !

Elle cache son visage que couvre une rougeur brûlante :

— Sortez, dit-elle d'une voix éteinte, sortez bien vite ! Ne
dites pas un mot de plus ! Ne donnez aucun prétexte à ses
affreuses calomnies. Allez, je vous en conjure !

Il lui obéit à l'instant.

XLII

Des trois personnes dont le repos a été troublé par les amours de Thomas le valet de pied, une seule est capable de reprendre le fil de son sommeil interrompu. Miss Blessington, de retour à sa chambre, ayant réfléchi un quart d'heure avec sang-froid sur sa destinée dont elle venait de trancher le nœud, et ayant donné un grand soupir à la mémoire des diamants de Gérard, avait reposé sur l'oreiller sa tête blonde et parfumée et s'était endormie du sommeil de l'innocence. Miss Blessington est bien près de posséder le secret de l'éternelle beauté et de l'éternelle jeunesse, c'est-à-dire l'absence complète d'émotion; mais le dieu du sommeil, qui n'aime qu'une demeure tranquille, s'est bien gardé de secouer ses pavots sur les fronts soucieux d'Esther et de Saint-John.

Celui-ci, toute la nuit, se promène de long en large dans sa chambre, fort tourmenté, non de la conduite qu'il va tenir, car il est bien décidé, mais de l'effet qu'aura produit sur Esther la manière froidement sceptique dont Constance a accueilli son histoire invraisemblable et pourtant vraie.

Quant à Esther, ne pouvant supporter l'idée de rentrer dans ce lit couleur cannelle, elle s'est enveloppée d'un grand châle et s'est assise près de la fenêtre, épiant les premières lueurs du matin si lentes à paraître durant ces longues, longues nuits d'hiver. Malgré le froid, ses mains sont brûlantes. Depuis quelques jours elle ressentait dans son côté une douleur aiguë qui a fort augmenté cette nuit, jusqu'à l'empêcher de respirer. Deux pensées lui reviennent constamment : « Vais-je tomber malade ? » Ou bien : « Vais-je être renvoyée ? » Elle ôte son châle, ne pouvant plus supporter cette chaleur fébrile, et se demande si la fièvre qui la brûle est produite par l'excitation des événements de la nuit, et si la fraîcheur du matin ne la soulagerait pas. Quand le jour paraît, comme elle était presque habillée, elle met son chapeau et une jaquette, et elle descend l'escalier, sans bruit, pour gagner cette porte du jardin qui a causé tant de trouble et se dirige vers le parc.

Il n'y a pas de vent ce matin, mais le pâle soleil est voilé de nuages et l'air est très vif. Esther n'est pas encore loin, et elle est arrêtée un moment sur la hauteur qui domine le sombre étang bordé de roseaux, quand elle entend un pas derrière elle, et bientôt Gérard est à ses côtés.

— Qui vous amène ici? Pourquoi m'avez-vous suivie? lui demande-t-elle vivement; les fenêtres de miss Blessington donnent de ce côté et... elle peut nous voir ensemble.

— Qu'elle nous voie! répond-il hardiment.

— Elle ne croira jamais que c'est par hasard que nous nous sommes rencontrés, reprend la pauvre Esther avec agitation.

— Elle aura raison; ce n'est pas par hasard.

— Elle croira que c'est un rendez-vous! s'écrie-t-elle encore en joignant les mains dans son angoisse extrême.

— Peu m'importe qu'elle le croie.

— Ce n'est pas très bien à vous de parler ainsi, dit-elle

d'un ton de reproche. Vous êtes un homme; vous pouvez braver l'opinion, mais il n'en est pas de même pour moi.

— Que nous importe, je vous le répète, l'opinion de Constance? N'avez-vous pas entendu de vos propres oreilles, cette nuit, qu'elle me donnait mon congé?

— Elle était en colère, répond Esther d'une voix faible et en baissant la tête. Elle en aura du regret et vous pardonnera.

— Vraiment! dit-il en souriant; d'abord je n'en crois rien, et, ensuite, à dire vrai, je n'ai pas envie de lui demander mon pardon.

— Vous devez le faire, répond Esther en relevant la tête, — et une vive rougeur colore son visage: — vous devez lui expliquer que ce qui est arrivé cette nuit ne saurait être un obstacle à votre mariage; vous devez vous efforcer de la convaincre, ne fût-ce que pour l'amour de moi!

Il fronce le sourcil:

— Quand un esclave, dit-il, a brisé sa chaîne, il n'est pas tenté de la reprendre.

— Pourquoi vous être vous-même enchaîné? réplique-t-elle avec véhémence. Tout est venu par votre faute. Pourquoi avoir pris cet engagement?

— Parce que, répond-il avec un accent de reproche, je souffrais trop cruellement du coup que vous m'aviez porté... parce qu'il fallait me marier comme seul rejeton d'une ancienne famille... et que je me disais qu'elle seule, de toutes les femmes que je connaissais, était trop stupide pour me tromper, trop froide pour me rendre jaloux... et que, par conséquent, elle, du moins, ne me ferait pas souffrir.

Il se défend ainsi avec vivacité et non sans une sorte d'amertume.

Esther, un instant silencieuse, reprend la parole d'une voix suppliante :

— Monsieur Gérard, dit-elle en tremblant, vous m'aviez promis de partir dans les vingt-quatre heures. Vous en souvenez-vous, et... êtes-vous prêt?

— Je m'en souviens, répond-il lentement et je suis prêt, mais... *à manquer à ma promesse.* Ne me regardez pas d'un air de reproche, Esther! C'est une autre promesse que je veux vous faire. Je suis prêt à vous jurer, — ses yeux brillent d'une tendre expression tout en parlant — prêt à vous jurer que je ne vous quitterai jamais, à moins que vous ne me chassiez, jusqu'à ce que la mort nous sépare. Voulez-vous accepter ce serment plutôt que l'autre?

Elle pousse un cri de surprise, en reculant d'un pas :

— Que voulez-vous dire? Je ne comprends pas!

— Je veux dire, reprend-il les yeux brillant d'un bonheur inaccoutumé, je veux dire, Esther, que je ne puis vivre sans vous... et que vous... vous ne pouvez vivre sans moi.

Incapable de nier cette vérité, elle se tait, troublée et confuse.

— Et, continue-t-il avec tendresse, n'est-ce pas là une des raisons pour lesquelles votre santé est ébranlée? vos joues sont décolorées? N'est-il pas vrai? Ne suis-je pas pour quelque chose dans ce changement?

— Vous vous trompez, dit-elle, croyant que la pitié *seule* le ramène à elle, j'ai eu un grand chagrin quand vous m'avez repoussée; mais... je l'aurais supporté... je crois... si je n'avais pas perdu mon pauvre frère.

Elle se détourne pour cacher ses larmes, et Gérard, consterné, ne sait plus que penser :

— Vous pouviez le supporter? répète-t-il simplement et

tristement. Oui ! je le vois ! J'avais tort de croire que je serais jamais le premier objet de l'affection de personne au monde !

Ils marchent en silence l'un auprès de l'autre. La pluie commence à tomber en larges gouttes d'un de ces noirs orages d'hiver. Le hangar des daims avec son toit rouge et ses murs peints en vert n'est pas éloigné et s'élève sur un monticule au milieu d'épais buissons.

— Vous n'auriez pas dû sortir par un temps pareil, dit Gérard en regardant avec sollicitude l'apparence si délicate de sa compagne et ses yeux brillants de fièvre ; allons nous mettre à l'abri jusqu'à la fin de l'orage.

Arrivée là, Esther regarde pensivement cette pluie qui tombe sur la terre frémissante, tandis que Saint-John va et vient, tout absorbé dans ses réflexions. Enfin, paraissant sortir d'un rêve, il s'approche d'elle et lui parle, avec calme d'abord, puis avec une véhémence toujours croissante :

— Esther, dit-il, je pensais tout à l'heure qu'en réunissant même les jours et les semaines depuis le moment où nous nous sommes rencontrés, en ajoutant ce mois passé à Felton durant lequel nous n'avions d'yeux que l'un pour l'autre, à ce mois passé ici où nous avons à peine échangé deux paroles, nous nous connaissons à peine. Il se peut, d'après ce que vous dites, quoique je ne le croie pas, que vous ne valiez absolument rien... Il se peut encore que vous puissiez facilement m'oublier. — Eh bien ! je vous le jure, moi, je ne puis supporter l'idée de vivre sans vous. Esther ! ajoute-t-il du ton le plus passionné, Esther, *je veux* que vous m'apparteniez, et quelle est la raison qui s'y opposerait ?

— Avez-vous oublié, répond-elle avec un triste sourire, cette nuit où vous m'avez dit que vous ne me pardonneriez

jamais, ni dans ce monde, ni dans l'autre ? Qu'ai-je fait depuis pour que vous changiez de sentiment ?

— Je pense qu'alors j'avais perdu l'esprit, reprend-il avec
ardeur ; mais, quand bien même vous devriez me tromper
encore comme vous l'avez fait à Felton, quand vous devriez me mentir de cet air ingénu qui peut cacher tant
de fausseté, eh bien ! je consentirais encore à tenter l'aventure !

Elle sourit, tout en secouant la tête.

— M'aimez-vous donc si peu, poursuit-il avec chaleur,
qu'il ait suffi de cette scène pour tuer en vous tout amour ?

— Non !... Vous m'aimiez assurément, convenez-en, ma
chérie, quand vous essayiez de me retenir dans vos bras et
que vous pleuriez sur mon cœur ? et Dieu sait ce qu'il m'en
a coûté de vous en éloigner !... Parlez, Esther ! répondez-
moi... ou plutôt, non, taisez-vous, si vous devez me dire
que votre amour, qui me rendrait si heureux, est entièrement passé !

— Pourquoi, s'écrie-t-elle enfin avec un accent douloureux et presque dur, pourquoi insistez-vous autant pour
me forcer à m'expliquer ? Pourquoi voulez-vous que je
convienne que je vous aime toujours, quand je suis décidée
à ne jamais vous épouser ?

— Jamais ! répète-t-il dans sa surprise extrême.

— Jamais ! redit-elle avec fermeté. J'étais alors, autrefois, un bien mauvais parti pour vous, sans fortune, sans
position ; mais aujourd'hui...

— Mais aujourd'hui ?...

— Aujourd'hui que je ne suis plus qu'une *dame de compagnie*, à peine un degré au-dessus de la femme de
chambre... et maintenant que tout le monde pourra dire de
moi ce qu'en dira miss Blessington...

— Que peut dire miss Blessington? Que vous êtes *détruite?*

— Non, pas cela... répond en rougissant Esther.

— Quoi? Que vous toussez de manière à l'impatienter? Que vous êtes d'une sensibilité excessive?

— Non! non! Vous savez trop bien tout ce qu'elle a pu dire!

— De tout ce qu'elle a pu dire, je n'ai retenu que ces trois mots : « *Vous êtes libre!* »

— Elle était dans l'erreur, assurément, et quand elle en sera convaincue, elle reviendra à vous.

— Grand Dieu! Esther, voulez-vous me rendre fou? Vous qui connaissez ma profonde indifférence pour elle!

— Elle est du moins votre *égale.* C'est pour vous un parti sortable.

— Et suis-je, moi, un si bon parti? moi qui, en échange de votre douce vie, n'ai presque rien à vous offrir tant que vivra sir Thomas, qui vivra cent ans! Soyez plus généreuse, Essie, continue-t-il en se rapprochant d'elle et prenant ses petites mains froides dans les siennes, comprenez que d'être ma femme, jaloux et mal élevé comme je suis, c'est un destin plus dur que d'être l'esclave du vieux Blessington. Enfant! c'est vous qui auriez pitié de vous-même.

— De moi? dit-elle avec émotion. N'ai-je pas mérité tout mon malheur. Laissez-moi partir! Un jour vous m'en remercierez.

— Jamais! dit-il avec énergie et la saisissant pour la presser contre son cœur. Voilà le seul moment de bonheur qui m'ait été accordé depuis notre séparation.

— Laissez-moi partir! reprend-elle d'une voix émue.

— Je vous laisserai aller seulement si vous dites : « Saint-John, je ne vous aime pas. »

Elle essaie de prononcer ces fatales paroles, mais elles restent dans sa gorge, et, confuse, agitée, elle ne peut que cacher sa tête sur sa poitrine.

— Je le savais bien! dit-il d'un accent de triomphe. Essie, vous ne pouviez me tromper plus longtemps.

Puis il baise ce front penché et la retient, tandis qu'elle essaie de se dégager de ses bras.

Esther, posant la main sur son bras, reprend résolument :

— Vous m'avez promis de partir à ma première réquisi-tion. Terminons cette lutte cruelle... Partez!

— Je ne partirai pas! Je me sens délié de ma promesse. Il n'existe plus entre nous d'autres obstacles que ceux que vous créez vous-même. La mort seule peut nous sé-parer!

Elle ne répond rien; mais, à travers la pluie froide d'hiver, elle s'échappe et s'éloigne rapidement par une allée du parc.

— Esther! Esther! lui crie-t-il en vain.

Les grosses gouttes qui tombent sur les feuilles desséchées lui répondent seules.

XLIII

La pluie cesse et Saint-John essaie de calmer son agitation en marchant longtemps. Quand il rentre au château, il
trouve les deux vieillards qui se mettaient en marche pour
le déjeuner, et miss Blessington les suivant, de son pas
lent et gracieux. Son expression est placide; il n'y apparaît
rien d'agressif. A dire vrai, pendant trois heures de travail
au crochet, elle a vu briller les diamants des Gérard et elle
s'est dit qu'elle s'était trop hâtée de les laisser échapper.
Donc elle a résolu, pour les recouvrer, de faire tous les efforts qui pourront s'accorder avec sa propre dignité.

— Est-ce qu'on n'a pas averti miss Craven que le déjeuner est servi? demande Saint-John au maître d'hôtel.

— Je ne crois pas, monsieur, que miss Craven descende
déjeuner.

— Pourquoi? Est-elle malade? dit-il sans se soucier que
son inquiétude soit remarquée.

— Je sais qu'elle est indisposée, monsieur.

Quand le déjeuner est fini et que le vieux couple a été
ramené au salon, Gérard reste à lire le *Times* dans la
salle à manger. Constance, sous le prétexte de jeter un coup
d'œil dans les journaux, se rapproche de lui doucement.

— J'ai raconté à ma tante, dit-elle de sa voix la plus douce, notre alerte de cette nuit...

— Vraiment?

— Et son dénouement prosaïque.

— Ah !

— Je crains d'avoir été bien déraisonnable au sujet de ce qui n'était qu'un pur hasard, mais quand on est nerveuse et effrayée, on ne sait ce qu'on dit. C'est à peine si je m'en souviens.

— Moi, je m'en souviens parfaitement, Constance.

— Vraiment? Vous n'y entendez pas malice, j'espère? lui demande-t-elle avec un faible rire. Je suppose qu'il n'y a rien de changé entre nous ?

Il laisse là son journal et la regarde bien en face, de ce regard clair dont elle connaît la franchise :

— Les choses sont ce qu'elles ont été, dit-il, toute notre vie, jusqu'au mois d'octobre dernier. Quant à ce qui s'est passé depuis, c'est entièrement fini entre nous.

Elle se retourne vivement pour cacher la mortification que son masque si généralement impassible ne peut dissimuler.

— C'est bien cela que je voulais dire, répond-elle tranquillement et en s'efforçant, avec une grande présence d'esprit, d'éviter que sa défaite n'ait l'air d'une déroute; — et bien qu'ils ne s'y trompent ni l'un ni l'autre, l'effort n'est pas moins héroïque.

Esther, vers le milieu du jour, se trouve, pendant qu'elle emballait ses modestes effets, prise d'un point de côté dont elle avait déjà ressenti les premières atteintes, et la douleur devient si aiguë, qu'elle est forcée de s'étendre sur son lit. Les émotions de la nuit, le froid du matin, la course à travers le parc au milieu de la pluie qui a traversé

ses vêtements, tout a hâté la crise de la maladie dont elle
était menacée depuis quelque temps. Quand le jour baisse
et à l'heure du dîner, la femme qui la sert vient frapper à
sa porte.

— Le dîner est servi, miss.

— Je ne peux pas descendre, répond la pauvre enfant,
en écartant les cheveux qui recouvrent ses joues en feu ;
je ne pourrais pas manger ; je me sens trop malade.

— Bon Dieu ! miss, vous avez l'air très mal ! s'écrie la
femme qui s'est approchée du lit, avec une expression à
demi peinée, à demi satisfaite. Voulez-vous que l'on envoie
chercher M. Brand ?

— Oh ! non, non, merci ! dit Esther en retombant sur
l'oreiller. Cela passera de soi-même.

La soirée s'écoule lentement et ennuyeusement comme à
l'ordinaire. Gérard, certain que miss Craven n'a pas donné
suite à son projet de quitter la maison, se flatte qu'elle y a
renoncé et qu'il pourra le lendemain plaider de nouveau sa
cause et la gagner. Vers neuf heures, la femme de chambre
de miss Blessington paraît à la porte et fait signe à sa maîtresse qu'elle voudrait lui parler.

Constance se lève et va l'écouter d'un air aimable. Il n'appartient qu'aux petites gens d'être rudes avec leurs inférieurs.

— Pardon, miss, mais je viens vous demander s'il ne
faudrait pas faire quelque chose pour miss Craven. Elle
est excessivement malade ce soir, la pauvre demoiselle !

— Qu'est-ce que ce peut être ? dit Constance tranquillement. C'est la grippe, sans doute ? Toute la maison l'aura
probablement.

— Je ne sais pas, miss ; mais elle souffre beaucoup et
elle peut à peine respirer.

— Mon Dieu ! dit Constance, tout à coup effrayée ; j'espère que ce n'est pas contagieux ?

Rassurée sur ce point et ayant ordonné que l'on fasse appeler M. Brand, Constance retourne, parfaitement calme, reprendre sa place.

— Quelle était cette communication mystérieuse, Constance ? lui demande Saint-John tout à fait à son aise maintenant que leur position relative est redevenue toute simple.

— Elle venait seulement me dire que miss Craven était souffrante. Les domestiques exagèrent tout. Je jurerais que ce n'est rien.

— Qu'a-t-elle ? s'écrie-t-il vivement.

— Je n'en sais rien, répond-elle d'un ton sec. Vous le demanderez à M. Brand quand il viendra.

Dix heures ! Le vieux couple est remonté à ses appartements. Miss Blessington a froidement souhaité le bonsoir à Saint-John, et, bougeoir en main, elle est allée chercher le repos qui ne lui manque jamais. Gérard a renoncé à fumer, parce que le fumoir ne donne pas du côté de l'entrée, et, dans une agitation des plus pénibles, il ouvre une des fenêtres du salon, comme pour contempler la pâle lune entourée de nuages. Sans doute, M. Brand n'était pas chez lui, parce qu'à dix heures et demie il n'est pas encore arrivé. Enfin, on entend le bruit des roues dans le village et l'on aperçoit la lueur des lanternes d'une voiture qui passe à travers les rhododendrons et s'arrête à la porte d'entrée. Impatienté de la lenteur du valet de pied endormi, Saint-John s'élance lui-même pour ouvrir au docteur, et, le suivant à quelque distance, monte l'escalier en même temps que lui et va l'attendre dans sa chambre dont il laisse la porte ouverte.

22.

La visite dure longtemps; il semble à Saint-John qu'elle est éternelle; à la fin le petit Esculape sort de la chambre d'Esther, et Saint-John se précipite hors de la sienne dans la galerie pour rencontrer le vieux docteur qui se hâtait de quitter, tout transi, ces grands corridors glacés.

— Est-ce une maladie dangereuse ? lui demande-t-il sans autre préambule.

M. Brand s'arrête tout surpris du ton avec lequel lui est adressée cette question. Il avait pensé que sa malade qui se mourait là-haut n'était qu'une pauvre petite lectrice orpheline, sans amis, dont la vie ou la mort ne pouvait guère intéresser les gens qui la tenaient sous leur dépendance.

— Une maladie *dangereuse !* Oh ! non, mon cher monsieur. Vous n'avez rien à redouter ; elle n'a rien de contagieux, je peux vous l'assurer.

Le petit docteur a cru comprendre que l'on ne redoutait que le danger de la contagion.

— Ce n'est pas là ce que je vous demande, reprend Gérard brusquement. Je vous demande si vous êtes inquiet d'elle ?

— Êtes-vous un parent de la jeune personne ? dit le docteur en cherchant à mieux distinguer Gérard, qu'il voit à peine à la lueur vacillante de la bougie que le vent agite.

— Non.

— Alors, pour vous dire la vérité, je crois son état fort sérieux. Ne pourrait-on savoir s'il existe dans sa famille une prédisposition aux maladies de poitrine ?

— Je ne sais rien de sa famille, répond Gérard tristement. — En effet, il ne s'était jamais informé de son père ou de sa mère et encore moins des autres parents. M. Brand se retire, et Saint-John, de nouveau seul, se jette dans un fauteuil, couvre son visage de ses mains, et du fond du

cœur adresse une ardente prière au ciel pour la conserva-
tion des jours de l'infortunée. Jusqu'alors il n'avait guère
cru à l'efficacité de la prière; mais maintenant, pour résister à la mort, à un ennemi si redoutable, il croit et il espère
y trouver du secours.

La lutte est violente. Le docteur Brand reparaît fréquemment et combat l'ennemi corps à corps, tandis que la pauvre
malade, ne paraissant plus se soucier de rien au monde
que de satisfaire une soif ardente, demande sans cesse à
boire et finit par prendre le délire, à la grande fatigue de la
garde qui la veille. Elle lui parle sans cesse du banc sous
le vieux cerisier, de ses roses-thé qui couvraient le mur, des
poulets qu'elle nourrissait. Puis, pour elle, les figures de la
tapisserie commencent à s'animer et les cupidons joufflus
s'avancent vers son lit. En vain elle les repousse, ils la pressent, toujours plus nombreux ; enfin vient le moment où
elle retombe épuisée sur son lit, aussi faible que l'enfant
qui vient de naître. Elle ne sent plus rien et, les yeux agran-
dis démesurément, elle regarde sans voir. Par une des fenêtres ouvertes pénètre un air assez doux dans la chambre
silencieuse. C'est un dimanche ; le son des cloches est aussi
fort par moments que si elles résonnaient à l'intérieur, mais
la malade n'y fait nulle attention ; elle est si abattue qu'il
lui semble à elle-même qu'elle ne retient plus qu'une étincelle de vie. A peine si elle aurait la force de lever un doigt.
Oh ! que ne peut-on la laisser seule ! M. Brand et la garde
sont encore là en conférence. Le docteur s'approche tout contre son lit. Qu'a-t-il à lui dire avec une expression si solennelle ?

— Ma chère miss Craven, lui dit-il en articulant très distinctement, M. Winter est là. Ne voudriez-vous pas le
voir ?

Elle ouvre largement les yeux :

— Moi ? répond-elle avec effort. Pourquoi ?

Le pauvre homme semble un peu embarrassé :

— Vous êtes très malade, lui dit-il enfin, et les personnes dans votre situation aiment à entendre les paroles d'un ministre du saint Évangile.

— Ah ! murmure-t-elle faiblement, comme ne comprenant pas.

— Ma chère demoiselle, reprend-il gravement, c'est une tâche pénible pour moi, mais je crois remplir un devoir de conscience en vous annonçant que vous n'avez que peu de jours à vivre.

Malgré son extrême faiblesse et son apathie générale, cette terrible nouvelle semble tout à coup la frapper comme d'un aiguillon. Ses yeux se dilatent de crainte et d'horreur, et elle retombe en gémissant et en disant à travers ses sanglots :

— Non ! non ! ce n'est pas vrai ! je ne veux pas mourir ! je suis encore trop jeune pour mourir !

— Il faut se soumettre à la volonté de Dieu ! lui dit M. Brand, de ce ton que l'on prend si aisément pour soumettre les autres à la volonté de Dieu.

Elle ne répond rien, mais lève ses pauvres mains péniblement pour tâcher de cacher son visage couvert de larmes.

— Avez-vous des parents qu'il faudrait prévenir ?

— Aucun, répond-elle d'une voix éteinte.

— Des amis ?

— Pas d'amis.

— Ainsi vous n'avez personne que vous désiriez voir ?

— Non... restez, dit-elle comme il s'éloignait. Dites-moi... êtes-vous parfaitement *certain* que je vais mourir ?

Ses lèvres tremblent en prononçant ces mots cruels.

— On ne peut jamais avoir *une certitude* complète, répond-il ; tant qu'il y a de la vie, il y a de l'espérance... Mais
je ne voudrais pas vous inspirer une fausse sécurité.

Elle reste immobile un moment, comme pour reprendre
un peu de force.

— Combien de temps me reste-t-il à vivre ?

— C'est impossible à dire exactement... C'est entre quelques jours et quelques heures.

Elle se tait, épuisée par l'effort qu'elle a fait pour dire une
seule phrase ; puis elle reprend :

— Demandez à M. Gérard de venir me voir... *une fois...
avant de mourir !*

Il la regarde avec étonnement, croyant à un nouvel accès
de délire ; mais ses yeux fixés sur lui sont calmes et il ne
peut que lui obéir.

Saint-John vient et s'approche de ce lit où, il y a si peu
de jours, il l'avait vue encore si belle et l'avait contemplée
avec des regards si ardents. Elle ne rougit plus maintenant
en entendant son pas. La mort qui la tient dans ses liens
lui défend de rougir en revoyant celui qu'elle aime, mais
ses yeux se posent encore avec complaisance sur ce visage
bouleversé par le chagrin.

— Ainsi, lui dit-elle simplement et à voix basse, on m'assure que je vais mourir !

Gérard ne peut rien répondre, mais il couvre de baisers
cette petite main amaigrie.

— Peut-être n'est-ce pas vrai, Saint-John ? reprend-elle
en pleurant.

Pas de réponse encore.

— Ne peut-on rien faire pour moi ? demande-t-elle avec
un accent suppliant.

Il quitte sa main et des larmes brûlantes montent à ses

yeux qui n'ont pas pleuré plus de deux fois depuis son enfance.

— Rien, ma bien-aimée, je le crains, lui répond-il douloureusement.

— Alors, il n'y a plus aucun espoir ?

— Oh ! pauvre petite chérie, pourquoi me torturer ? Vous
savez bien que je ne puis mentir ?

— Vous êtes donc bien *sûr* que je vais mourir ? dit-elle,
tandis qu'un frisson semble parcourir tout son corps.

Il l'entoure de ses bras avec désespoir.

— Ne m'obligez pas à vous répondre, lui répète-t-il ;
n'est-ce pas assez de vous l'avoir déjà dit ?

— C'est donc bien certain ! Oh ! que je voudrais en avoir
moins peur !... Êtes-vous bien *sûr* que *cela* doit être ?...
Tout à fait *sûr ?*

— Hélas ! oui !...

— Eh bien, alors, reprend-elle en essayant de se soulever
sur son lit et en tendant vers lui ses bras si faibles, alors,
Saint-John... embrassez-moi !...

Sans dire un mot, il la presse contre son cœur, contre ce
cœur qui se brise à la pensée que cet embrassement solennel
sera le dernier et que ses lèvres pressent les siennes pour
l'adieu suprême.

— Combien je suis heureuse que vous m'ayez pardonné !
lui dit-elle d'une voix défaillante.

Puis ses bras retombent d'eux-mêmes, et sa tête reste
inerte sur son épaule.

Une demi-heure se passe ainsi pendant laquelle il tient ce
doux corps, presque sans vie, appuyé contre sa poitrine.

XLIV

Mais la vie ne l'a pas complètement abandonnée, et la nature a été la plus forte. Pendant plusieurs jours encore il avait été impossible de prévoir l'issue du combat, tant l'étincelle de vie semblait prête à s'éteindre, et pourtant, il en restait assez pour conserver cette jeune existence de dix-sept ans à laquelle tant d'années semblaient encore dues. C'est d'abord un doux sommeil qui revient à ce corps d'enfant, puis le désir de prendre un peu de nourriture ; puis la joie de revoir le soleil ! Il semble que la résurrection que nous espérons pour nos corps glorieux n'aura rien d'aussi délicieux que la convalescence après une longue maladie. Esther jouit de tout ce qui s'offre à sa vue ; la mémoire, la conscience lui reviennent par degrés, mais avec elles une sorte de honte singulière, la honte de n'être pas morte !

Esther a été habillée pour la première fois et transportée dans son cabinet de toilette. Il y a un charme tout particulier dans ce changement de place ; le bonheur de ne plus voir tous les objets dont elle était fatiguée et de retrouver tout nouveau autour d'elle. C'est avec joie qu'elle reprend la sensation de la vue, du toucher, des sons. Elle en fait l'expérience ; elle entreprend un pèlerinage de son fauteuil jusqu'à la fenêtre, en s'appuyant sur tous les meubles, et quand elle parvient au but, elle jouit avec délices de la vue du ciel, des splendeurs de la terre, de l'étang au loin coloré par les derniers feux du soleil. Elle aperçoit, dans le bois, le toit de la petite grange des daims et ce souvenir lui rend aussitôt l'impression de sa dernière entrevue avec Saint-John ; à l'instant aussi le rouge lui monte au visage. « Comment ? se dit-elle, je l'ai fait appeler, je lui ai *demandé* de m'embrasser et *je ne suis pas morte !* » A cette pensée, la honte l'écrase tellement, qu'il lui semble qu'elle n'osera jamais le revoir. Est-il encore dans la maison ? A-t-il fait sa paix avec miss Blessington ? Est-il bien aise de sa guéri-son ? N'est-il pas indigné du rôle ridicule qu'elle a joué en demandant à lui dire adieu pour la dernière fois, tandis qu'elle devait vivre encore ! « J'espère, pense-t-elle, qu'il voudra bien l'oublier et aura la charité de n'en parler à personne ? Et maintenant, quand pourrai-je m'en aller ? quel jour ? et où irai-je ? »

Il faudra peut-être qu'elle fasse taire son orgueil et qu'elle retourne à Plas-Berwyn. Il faudra qu'elle prie encore mistress Brandon d'insérer un avertissement pour une place dans une pieuse famille. Le matin même, elle a reçu de miss Betsy quatre pages de conseils sévères, de prédications, d'admonestations. Il faut y répondre à l'instant. Elle a près d'elle plumes et papier et va commencer, quand son amie la femme de chambre, car il n'est plus question de docteur ni de garde, entre en lui disant :

— Miss Craven, pouvez-vous recevoir des visites ?

— Je suis bien en état d'en recevoir, dit-elle tout étonnée, mais qui peut venir me voir ?

— C'est M. Gérard qui le demande.

— Non, assurément non ! c'est-à-dire oui... non !... s'il le veut... répond la jeune fille, ne sachant plus ce qu'elle dit.

Esther a l'air d'un enfant dans son grand fauteuil. Ses cheveux, qu'elle n'a pas pris soin d'arranger, sont tout réunis en une grosse torsade qui tombe sur son cou, retenus autour de sa tête par un ruban rouge et recouverts d'un petit fichu blanc ; son visage rosé, transparent, ses yeux innocents et limpides, font d'elle comme un délicieux portrait. C'est ainsi que Saint-John la retrouve en entrant immédiatement sur les pas de sa messagère. Chez lui, c'est la joie qui brille sur son visage, c'est le plus sincère amour qu'expriment ses regards, dans lesquels apparaît aussi une ombre de malice. Elle veut se lever et retombe assise, dans une confusion inexprimable, mais dont il ne semble avoir aucune pitié.

— Vous ne m'avez pas fait un accueil aussi froid la dernière fois que nous nous sommes vus, Essie, lui dit-il avec un sourire de triomphe.

— Oh ! ne soyez pas si cruel, je vous en supplie ! s'écrie-t-elle en couvrant son visage de ses mains, mais sans parvenir à en dissimuler la rougeur éclatante.

— Ce n'est pas une cruelle vérité, reprend-il en se mettant à genoux près d'elle.

C'est alors qu'avec l'accent le plus ému elle lui adresse ses supplications :

— Oh ! allez-vous-en, je vous en conjure, murmure-t-elle d'une voix entrecoupée.

Il essaye de lui ôter les mains dont elle cache sa figure.

— Regardez-moi, Essie lui dit-il ; mais elle résiste tant qu'elle le peut.

— O mon Dieu ! s'écrie-t-elle, pourquoi, quand ils ont vu que j'allais mieux, pourquoi ne m'ont-ils pas tuée ! Cela aurait bien mieux valu !

— Je me réjouis fort qu'ils ne l'aient pas fait, réplique-t-il
gravement.

Et, ayant enfin réussi à détacher ses mains, il contemple
à son aise ce visage charmant et adoré, tandis que la pauvre
enfant semble prête à mourir de honte.

— Avoir fait toute cette scène des adieux et cette dernière
confession, et ne pas mourir après tout ! dit-elle avec désespoir, et ne pouvant en même temps s'empêcher de rire. Oh !
c'était par trop stupide, je ne m'en consolerai jamais, *jamais !*

— Le temps, qui adoucit tous les chagrins, pourra bien
aussi adoucir celui-là, dit Saint-John, ne pouvant résister
au plaisir de la taquiner un peu.

— Pourquoi ne pas vous en aller, quand je vous en supplie ? dit-elle en détournant la tête. Je ne peux pas supporter votre vue.

— Esther, reprend-il sérieusement, dans ce terrible moment où, vous et moi, nous avons cru nous dire un dernier
adieu, toutes les barrières élevées par votre invincible orgueil ont disparu. Il n'est plus en votre pouvoir de les relever de nouveau.

— Vous n'avez pas besoin de me rappeler que j'ai franchi toutes les barrières, dit-elle tristement.

— Oui ! répond-il, toutes ! et il n'en existe plus entre
nous !

Il la saisit dans ses bras, et elle consent enfin à y rester.
Ce n'est qu'au bout de quelques instants de cette douce
étreinte qu'elle lui dit à voix basse et en appuyant encore
sa tête sur sa poitrine :

— Saint-John ?

— Eh bien ?

— Vous ne le direz à personne ? Promettez-le moi.

— Quoi ? Que nous allons nous marier bientôt ? J'espère bien, avant demain, l'avoir annoncé à tous ceux que je rencontrerai.

— Non ! je ne veux pas dire cela, mais vous ne raconterez pas ce... ce que... ce que vous savez bien ?...

Elle ne peut pas s'expliquer davantage.

— Oui, Esther !

— Vous me promettez de n'en faire jamais un sujet de plaisanterie ?

— Jamais !

— Et de n'y pas faire allusion quand nous nous querellerons ?

— Comment ! vous pensez déjà à nos futures querelles ?

— Je le crois bien, répond-elle en riant ; deux caractères comme les nôtres ne pourront pas s'accorder toujours.

— Querelle ou non, répond-il en l'embrassant avec passion, nous voilà à jamais l'un à l'autre, pour le bien comme pour le mal, pour la bonne comme pour la mauvaise fortune, jusqu'à ce que la mort nous sépare. Répétez-le après moi, Essie.

Et Essie obéit en murmurant après lui : « Jusqu'à ce que la mort nous sépare ! »

. . . .

Tout ceci se passait au printemps, quand la terre rajeunie se couvrait d'une nouvelle parure, et bientôt le son joyeux des cloches annonçait une heureuse union.

Et le soleil qui inondait de ses clartés le couple s'avançant à travers un pays en fête, brillait avec une ardeur bien plus brûlante encore sur la tombe d'un soldat à qui là-bas, sur le rivage des Bermudes, ses camarades venaient de rendre les honneurs militaires. Son nom est Robert Brandon, et Esther ne peut s'accuser d'avoir apporté une nouvelle douleur à

ce cœur loyal ; il est mort sans connaître la brillante fortune de la femme qu'il a si malheureusement et si noblement aimée. Il lui avait écrit quelques lignes incorrectes en
appelant sur elle les bénédictions du ciel ; ses larmes tom-
baient brûlantes sur ce bout de papier ; il les a essuyées et
elle n'en a rien su. Tout ce qu'il a pu épargner de sa solde,
il l'a employé au modeste présent qu'il destinait à la fiancée
de Gérard et il a continué à vivre sans se poser en martyr
et sans se révolter contre ce qu'il a regardé comme la volonté de Dieu. Les fièvres pestilentielles du pays qui atteignent les plus forts se sont abattues sur les puissantes épaules du brave soldat et lui, sans se plaindre du sort, ayant
bravement combattu la bataille de la vie, il a vaillamment
répondu à l'appel du Très-Haut.

FIN

www.ingramcontent.com/pod-product-compliance
Lightning Source LLC
Chambersburg PA
CBHW050301030726
47505CB00003B/526